古典文獻研究輯刊

二九編

第 5 冊

魏晉辭賦的圖像化書寫

陳秀彥 著

國家圖書館出版品預行編目資料

魏晉辭賦的圖像化書寫／陳秀彥 著 -- 初版 -- 新北市：花木
蘭文化事業有限公司，2024〔民 113〕
目 4+220 面；19×26 公分
（古典文學研究輯刊 二九編；第 5 冊）
ISBN 978-626-344-555-0（精裝）
1.CST：辭賦 2.CST：寫作法 3.CST：文學評論
4.CST：魏晉南北朝
820.8   112022454

古典文學研究輯刊
二九編 第 五 冊   ISBN：978-626-344-555-0

魏晉辭賦的圖像化書寫

作　　者　陳秀彥
總 編 輯　杜潔祥
副總編輯　楊嘉樂
編輯主任　許郁翎
編　　輯　潘玟靜、蔡正宣　美術編輯　陳逸婷
出　　版　花木蘭文化事業有限公司
發 行 人　高小娟
聯絡地址　235 新北市中和區中安街七二號十三樓
　　　　　電話：02-2923-1455／傳真：02-2923-1452
網　　址　http://www.huamulan.tw 信箱 service@huamulans.com
印　　刷　普羅文化出版廣告事業
初　　版　2024 年 3 月
定　　價　二九編 21 冊（精裝）新台幣 56,000 元

魏晉辭賦的圖像化書寫

陳秀彥　著

作者簡介

陳秀彥，國立臺灣師範大學公民教育與活動領導學系學士班、國立中央大學中國文學系研究所碩士班畢業，現從事教職。最初只是抱持著對中國古典文學的喜愛，毅然選擇步入研究所，回首論文的寫作歷程，可說是從躊躇滿志地認為自己「才高八斗」，到被一波波的研究瓶頸殘酷地打臉之後，發覺自己可能不過是個「扶不起的阿斗」罷了。然而唯有把自己放在一處渺小之地，才有可能寫出一點點有意義的論述。特別感謝曹子建與王輔嗣兩位魏晉文學界與思想界的巨擘，作為本人在研究生涯中的精神支柱與慰藉！但願未來自己總能帶著一顆最浪漫的赤子之心，走出最腳踏實地的道路。

提　　要

在魏晉時期的辭賦作品中，文人善於透過各種具象的文字形容，來試圖展現自身的創作意旨，這些作品中以文字呈現出的具體圖像包含人、事、物、景，種類繁多，形容詳切，情境逼真，這樣的文學現象，本研究稱之為「圖像化書寫」。

「圖像化書寫」係指文人在作品中以文字為媒介來描繪出具體圖像的創作手法，且勾勒之圖像並不限於客觀存在或主觀想像。此手法使用的目的乃在於突破抽象性語言文字對於觀念指涉的限制，能夠更大程度地發揮出創作主體的創作意念，以貼合個人種種難以言說的幽微心緒。

「圖像化書寫」的運用，早在先秦的作品中便已略具雛形，然對於此文學現象的討論，多囿於傳統的比興、物色觀念，而對之未有具備系統性的觀照。筆者透過梳理文學史中先秦、兩漢、建安之際的內部演化歷程，以及分析當時王弼玄學「立象盡意」觀與人物品評風氣二者對於文學領域的推波助瀾，得以證明「圖像化書寫」的表現模式至魏晉發展已臻於成熟。

本研究將「圖像化書寫」的表現手法分成點型圖像、線型圖像、面型圖像三個樣態，以此詳細分析在抒情與說理內容的文本中，文人如何使用不同的表現手法，達到展露作品意旨的目的。魏晉文人善於採取圖像化的文字表露主體之情志，同時利用作品中各種圖像式語言的象徵，能更好地掌握對於形而上內容真理的指涉。因此，透過「圖像化書寫」的表現技巧，中國古代文人困擾已久的言／意隔閡的問題，終於獲得了一個解決之道，而在此寫作風尚的影響下，亦造成了魏晉之後的文學作品具有愈加趨向於「巧構形似」的風尚。

目次

第一章 緒 論

第一節 研究動機與目的

　　古往今來的創作者大多會遇到一個難題：如何把心中所想，以語言、文字等媒介忠實地呈現在大眾面前？且不論讀者或觀者的接受視角與詮釋為何，恐怕連作者自己都會對產出的作品暗自狐疑，為何成品並未百分之百達成內心所希望呈現出的樣態？西晉的陸機在〈文賦〉中相當生動地說明了這個現象：

> 恆患意不稱物，文不逮意，蓋非知之難，能之難也。〔註1〕

後世劉勰在《文心雕龍·神思篇》也指出：

> 方其搦翰，氣倍辭前，暨乎篇成，半折心始。何則？意翻空而易奇，
> 言徵實而難巧也。是以意授于思，言授于意，密則無際，疏則千里。
> 或理在方寸，而求之域表；或義在咫尺，而思隔山河。〔註2〕

劉勰在此指出了寫作的模式：「意授于思，言授于意」，說明了一套「思－意－言」的創作歷程，即經由感思而形成了作者的創作意志，並透過能表意的符號系統進行說明，以完成作品。然而提筆前人人都覺得自己才高八斗，下筆之後才驚覺言意之間有所隔閡，甚至可能風馬牛不相及。任是文思泉湧，在言意轉

〔註1〕李善注：《文選》（臺北：文津出版社，1987年），卷十七〈賦壬·論文〉所收陸機〈文賦〉，頁762。

〔註2〕范文瀾：《文心雕龍注》（臺北：學海出版社，1991年），卷六〈神思〉，頁494。

換時，或多或少都存在著言不及意的懊惱與無奈。則究竟如何才能使所用之語言文字徵實而巧，良好地將言、意二者串連起來？

就中國古典文學來看，從《詩經》「楊柳依依」、「桃之夭夭」這類狀物體貌的描寫，便是透過直書其事的賦、比方於物的比、引譬連類的興，構成了賦比興的書寫傳統；或是《楚辭》中對各類景物風貌瑰麗而細膩的描寫；漢賦中種種對於宮殿苑囿、巡狩出遊等場景的雕畫；乃至於六朝注重物色、追求「巧構形似」的詩文主張，無不是一幅幅有關描摹「圖像」的書寫痕跡。造成文人喜歡運用具體圖像的描繪來進行創作的原因是什麼？若跳脫單純的事實紀錄，這些外在的人、物、景之圖像，帶給作者什麼樣的感受或情緒？從中體會到了什麼？陸機曾指出：

宣物莫大於言，存形莫善於畫。〔註3〕

語言文字的指陳，能夠令事物昭晰朗暢；圖像繪畫則能使事物保存形相，前者可指涉出精神上的意念，後者則可顯現經驗上的存有，但二者的創作都可以使創作者的心意顯現。那麼假使將「言」與「畫」（象）二者進行創造性的結合、轉化後，運用文字的敘述，對經驗界之事物迫形肖貌，是否即能突破純文字抽象性的限制，使圖像成為了串聯「言」與「意」的中間人，令作者顯其意、讀者知其心？觀陸機所言，實則「宣物」與「存形」乃是一體兩面，只是側重面向不同，導致體現手法有異。但「宣物」之最佳詮釋，應該要同時將物之精神與形體皆朗現；「存形」之最高境界，也要能完美說明物之外在與內涵，創作主體選擇某事物進行再創造時，必然是因為自身某種特殊的動機、意念，因此凡藉言「宣物」時，其實並不能離開對「存形」追求，而圖像化的語言文字，即能照見物之形神，與創作者之心跡。由是我們應該可說：古人往往透過圖像式的書寫，以具體的人事物描述，來表達出創作意旨，甚至能夠藉此來寄託言外之意。隨著文學創作技巧的發展，與對文學概念的體認逐步成熟，關於「透過描繪外在景像以表達內心的創作意旨」此套書寫模式，已不能只用「賦比興」的六義傳統一言以蔽之。關於比興的傳統如何進一步地發展並昇華，而這類透過描繪圖像以寄託作者心緒的書寫模式如何運作等議題，便很值得探究。

筆者注意到魏晉賦作較前代文學作品出現更多、更豐富的圖像化描寫，無

〔註 3〕張彥遠：《歷代名畫記》（北京：中華書局，1985 年），卷一，引陸機語，頁 11。

論是「情隨景生」、「移情入境」乃至「情景交融」的作品〔註4〕，對於圖像的
描繪皆相當精緻，明顯是刻意安排而成。其中不少作品都是透過對物或人等刻
畫，來比喻、象徵，或另有所指地表達自己的創作主旨——即抒情言志的部分，
而這類的鋪排，相較於漢賦為製造華麗效果而進行鋪陳的誇張描寫，又有不
同。魏晉的文人透過圖像化的描述來書寫，應可視為當時的一種風尚，而造成
這樣寫作方式大量出現的原因，首先是漢代以降文學便開始逐步專業化，發展
到魏晉，文學的獨立性已受到重視，文學的政治教化作用相對縮減，主張文學
旨在於「吟詠情性」〔註5〕、顯現自我的比例增加，「文學自覺」的意識進一步
拓展，使得文人願意在將文章視為「經國大業」之餘，還能同時注入自身的性
情、見解與興趣，因此如何有效書寫出個人獨有的、抽象的內心情志，即成為
文人急欲展開的追求，而具體的圖像形容能夠逼真地進行模擬，以體現其精神
主體〔註6〕。其次，玄學的興起也造成思維方式產生改變，進而大力推動了表
意的方式產生變化。如言意之辯中，王弼在其著作〈周易略例・明象〉中對此
問題提出加入「象」這個媒介來解決言是否能「盡意」的觀點，也讓文人得以
確立使用「象」來傳達「意」的書寫模式。最後，就文學技巧的發展言，魏晉
對於物色與感官的體會相較先秦兩漢更為敏銳細膩，因此亦使得「以圖表意」
的書寫模式得到更好的發展。

　　本論文選擇「賦」這個文體作為研究對象，乃因魏晉時期的文學發展重心
雖逐漸從漢時的賦體移轉到五言詩上，但當時詩人亦多同為賦家，賦仍是相當
盛行的創作文體，創作數量亦與詩同為大宗。漢大賦華麗磅礴的寫作形式雖已
衰疲，但魏晉篇幅短小、風格清新的抒情小賦卻能夠很好地抒發出作者自身的
情志，別開賦體之新面，因此筆者認為由賦來探討中國古典文學中的圖像化書

〔註4〕以上三種性質的作品分類，參考自袁行霈：〈中國古典詩歌的意象〉，見袁行
　　　霈：《中國詩歌藝術研究（增訂本）》（北京：北京大學出版社，2005年），頁
　　　28。

〔註5〕姚思廉：《梁書》（北京：中華書局，1992年），卷四九〈庾肩吾傳〉所收蕭綱
　　　〈與湘東王書〉，頁690。

〔註6〕關於言語與圖像的表達關係，例如米歇爾曾指出：「……一段描述性的文字就是
　　　一幅圖畫，因為他們與公眾使用的符號具有同樣的功能，都能使我們暫時認清
　　　事態的大致情形。」說是暫時，是因為文學作品所呈現出的圖像「並沒有被看
　　　作是與形象即為相似的圖像或精神印記，而是存在於某種隱喻空間中的共時結
　　　構。」原文見 W. J. T. Mitchell, *Iconology: Image, Text, Ideology*, The University
　　　of Chicago Press, 1986, p.19~36.

寫，與詩論中關於意象等探討一樣也具有相當高的討論價值〔註7〕，且討論空間尚大。另外就文體本身而言，「賦者，鋪也」〔註8〕，賦之寫作即是以鋪陳描摹作為特色，對於文章中人、事、物的情境展演，圖像化書寫的運用技巧實是寫作時的重要關鍵。然而此特色可能導致流於字句的雕琢與物象、場景的鋪排而本末倒置，忽略了作品中的情意。如能善於運用大量的圖像，卻不至於失去文章中所蘊含的情韻與涵意，才是文壇的高手。故筆者亦想要藉此探索魏晉的賦作並非只是華而不實的搬弄辭藻典故而已，為文須以文質並重為上，隱藏在華美圖像的背後，實有深意等待吾人去挖掘。

然綜觀前人研究，雖有類似看法，並未有全面性的討論，如大略指出魏晉南北朝時期對於物色的刻畫與追求巧構形似的目的實在於言志寫心，卻未將「圖像化書寫」視為一書寫模式，做系統性的宏觀觀照；或僅點出自魏晉言意之辯開始，王弼「立象盡意」的玄學理念對文學理論與創作有所啟發，但未具體說明如何落實。又如圖像化書寫的概念如何實踐在作品當中？透過象來表意的寫作手法又有哪幾種類型？論述皆有所不足，亦無實際舉作品為例以詳加分析，證明此說法確實為真。筆者欲探究的是，魏晉文人如何採用圖像化書寫這樣的寫作手法？此種模式替當時與後世的文學作品帶來了什麼樣的影響與變化？透過此一技巧的展現，文人可以怎樣更好地表達出自己心中所思所想？進一步來看，玄學又是如何具體地影響了當時的文學作品？其思考模式如何「用」在文學作品中？

因此，筆者期盼此研究的預期成果為：

一、說明中國古典文學中圖像化書寫的脈絡，且在魏晉時期形成了一個主流的書寫模式，其成熟與玄學思想與理論有所相關。

二、證成魏晉玄學對文學的影響不只是在內容上談玄遠之學，或風格上產生澹然飄逸的審美觀念，而是能夠確實地利用玄學的思維與理論，體現在文學作品中。如描摹技巧的展現，即是言意之辯中關於意象言關係的實際運用。

〔註7〕過去研究六朝文學多集中在詩作的討論，然詩賦可視為同源，如班固〈兩都賦序〉有言：「或曰：賦，古詩之流也。」足見二體密切之關係，且六朝文論多詩賦並舉，如曹丕《典論・論文》：「詩賦欲麗」；陸機〈文賦〉：「詩緣情而綺靡，賦體物而瀏亮。」故可借詩論一併比較賦之語言形式與內容。

〔註8〕劉熙：《釋名》（北京：中華書局，1985年），卷六，頁100。又劉勰云：「賦者，鋪也，鋪采摛文，體物寫志也。」見范文瀾：《文心雕龍注》，卷二〈詮賦〉，頁134。

三、分析當時的文學作品以肯定上述觀點確為文人所實踐。

四、歸納出魏晉圖像化書寫的寫作手法有哪幾種類型，並分析其境界之優劣。

第二節　文獻回顧與探討

關於中國古典文學的圖像化書寫研究現況，不乏有關於比興、情景交融、巧構形似、意象等文學概念與創作技巧的討論。就魏晉玄學與文學思想關係的論述來看，前賢談文學中的意象關係，往往從玄學思維上「言意之辯」等理論進行開展，以語言學或文體學的角度說起，作概念性的哲學解釋，並進一步說明在詩歌的語言使用中如何運用這些意象，來表達出所寄託的象徵意義。然而皆並未針對作品當中圖像的運用作一系統性的論述，其關心重點亦多集中於詩這類文體的分析上，全面析論賦作中出現的體物、寫物現象與其寫作主旨之關聯性的研究則較少且零散，縱有論及，對於魏晉賦中為何頻頻採取「寫物圖貌」的寫作手法，仍有很大的論述與詮解的空間。

由於前人的研究中，皆非專門地、系統地探討圖像化書寫此一書寫模式，故在文獻回顧的部分，筆者僅針對較全面、具高度相關性的研究進行爬梳，以下分別就關於描摹物色、物象與作家心靈連結的主題評析：

一、專書

（一）體物、寫物與巧構形似

蔡英俊《比興物色與情景交融》〔註9〕，從比興的傳統寫作手法與物色探討情景交融的問題，他提到由於情感是飄渺不定的，因此「詩人往往需要透過外在的事物（尤其是自然景物）為媒介，藉以安頓瞬息萬變的情感、並且賦予具體可見的形相。」更說明「創作活動的意義，就在於掌握、反映情感與外物相摩相盪的種種境遇與啟悟。」指出不論形似或賦法，皆在客觀景物描寫之切實，藉蔡英俊的論點，筆者在論析體物、寫物等內涵時，獲益頗豐。

蔡英俊《中國古典詩論中「語言」與「意義」的論題：「意在言外」的用言方式與「含蓄」的美典》〔註10〕中，從傳統賦比興的重新詮解出發，來處理

〔註 9〕蔡英俊：《比興物色與情景交融》（臺北：大安出版社，1986 年）。
〔註10〕蔡英俊：《中國古典詩論中「語言」與「意義」的論題：「意在言外」的用言方式與「含蓄」的美典》（臺北：學生書局，2001 年）。

關於中國古典論述傳統下以有限之語言表現無限之情感與意念的問題。書中也談到王弼理論對於文學的影響，肯定可以透過「巧構形似」的手段來達成「立象盡意」的目的，但整體而言偏重詩如何體現出「意在言外」的神韻、寄託與其含蓄美感等審美觀念，其論述基礎較傾向由語言符號與意義表達出發，而非分析圖像化書寫之技巧對於文學作品自身所營造出的意義與功能，亦缺少對文本的舉例與解讀。

陳昌明《緣情文學觀》〔註11〕提到緣情跟感物之間的關係，抒發內心感受（緣情）須以一「美感對象」為經營目標，而「把內心感受，透過審美對象作一種結構的，秩序的表現」，便是感物的過程與表達。此處作者除舉陸機詩作來指陳陸機重視感物的觀念外，其他分析多以南朝宋以降的山水詩文為例，但仍是側重詩歌作品進行分析，其餘文學作品中的「感物」觀念與「體物」手法運用則未有論述。另作者針對言意問題指出，王弼所謂「忘言」，主要是從語言概念解脫出來，審視內心狀態，「回到感覺」，此觀點固可用以說明六朝文人注重情性，亦可能是後人從文學角度對王弼說法的引申，然是否此即為王弼原意，則可商榷。惟筆者亦同意文中認為在此說法影響下，六朝文人安排文章時更格外重視能闡發內心感受的文句安排，甚至追求「文外之重旨」等，筆者以為這便是利用文字來建築圖像，以尋求能夠正確表達內心感受的媒介。

陳昌明《沉迷與超越：六朝文學之感官辯證》〔註12〕一書從「感官」的角度出發探討，透過分析文人對現實世界的感官體驗，進而處理這些感官論述對歷史文化造成的影響。作者指出六朝文論中關於「巧構形似之言」的發展，可看做是六朝文人與語言文字搏鬥的成果，用以突破語言媒介表達圖像的限制，具有繪畫性與隱喻性的特點，其「不定點」提供了一想像空間，得以表達出豐富的內涵。又文中將六朝文人對其感官體驗在文學上的運用，二分為超越現實世界、乃至於脫離感官的遊仙、隱逸、玄言詩，與以追求感官為目的，而作種種聲色描繪的山水、詠物、宮體詩兩種文學類型。惟前者的創作者雖然有意以超越感官為寫作意旨，但如遊仙、隱逸等詩作於描述時仍須借助感官呈現出種種圖像以產生各類情境，且許多玄言詩也往往利用山水來寄託與自然道體冥合的心境，故是否能就題材來區分感官的超越與否，似值得商榷。且此分判僅限於詩作的探究，賦是否也有這樣的傾向則未必。

〔註11〕陳昌明：《緣情文學觀》（臺北：臺灣書店，1999 年）。
〔註12〕陳昌明：《沉迷與超越：六朝文學之感官辯證》（臺北：里仁書局，2005 年）。

（二）文圖關係的研究

張克鋒《魏晉南北朝文學與書畫的會通》〔註 13〕從魏晉南北朝文學與書畫的形式、題材與批評方法著手，整理出相通的藝術觀點與審美傾向。但多集中討論書畫作品題材、內容受文學作品的影響、並能夠具體紀錄、協助流傳文學作品的功能，討論主體實為書畫作品，而非文學作品，研究方向側重於文學作品的內容情感如何落實成書畫的形式表現，故偏向如何將文學作品轉化為一具體「圖畫」、「圖像」的討論，而較少討論到文學作品中以文字敘述來呈現出畫面、場景或形象的「圖像化」現象。

（三）意象的研究

學界關於「意象」的研究繁多，此處就最相關的前人研究討論之。

陳滿銘《意象學廣論》與《篇章意象學》〔註 14〕中，詳細地討論了「意」與「象」的互動關係，認為意象是一個「合義複詞」，各自包含了「情、理」與「景、事」，二者透過創作者的形象思維與邏輯思維，不斷地進行互動、連結，逐漸構成篇章的整體意象。其中探討了對於各類意象的組合方式與類型，如「一意多象」、「一象多意」等，梳理出一套關於意象學的邏輯層次系統，對於筆者提出「圖像化」的概念有很大的幫助。

仇小屏《篇章意象論——以古典詩詞為考察範圍》〔註 15〕，書中認為意象乃是「結合主體之意與客體之象而形成的語言符號」，從章法學的角度分析古典詩詞中整體的篇章意象組織，使筆者能進一步思考如何處理研究文本中「象」的安排對於作者「意」的影響。

二、單篇論文

廖蔚卿〈從文學現象與文學思想的關係談六朝「巧構形似之言」的詩〉〔註 16〕，認為詩之「巧構形似」是一時代性現象，普遍出現在六朝詩賦跟名士言談中，並認為巧構形似的目的即在於「吟詠其志」。廖蔚卿指出自《詩經》、《楚

〔註13〕張克鋒：《魏晉南北朝文學與書畫的會通》（北京：中國社會科學出版社，2010年）。

〔註14〕陳滿銘：《意象學廣論》（臺北：萬卷樓圖書股份有限公司，2006年）。《篇章意象學》（臺北：萬卷樓圖書股份有限公司，2011年）。

〔註15〕仇小屏：《篇章意象論——以古典詩詞為考察範圍》（臺北：萬卷樓圖書股份有限公司，2006年）。

〔註16〕廖蔚卿：《漢魏六朝文學論集》（臺北：大安出版社，1997年）。

辭》與漢賦以來，都有類似的造象技巧，只是在描寫時的側重比例、角度與疏密有別而已，至六朝，透過「巧構形似」的技法能夠有效地融合客觀物貌與主觀感情，真正做到「隨物宛轉」、「與心徘徊」，這也是劉勰文學觀念上的要旨，是源於自然（道）產生的文學現象與結果。同時亦引王弼《周易略例‧明象》的說法，點出其討論的對象雖是「易」，同樣也可用之於「文」，如章學誠亦曾提出比興與象的類推關係，故王弼所謂「觸類可為其象，合議可為其徵」便等同於鍾嶸《詩品》中的「比」與「指事」，即劉勰之「比興」。此文雖有指出「巧構形似」不光是體現在詩作上，而是一廣泛的、具有時代性的文學現象，然因論題為「巧構形似之言」的詩，故僅從詩的角度出發並進行作品分析，未論及六朝賦如何透過巧構形似的技巧來進行言志，雖肯定了巧構形似乃文學思想的實踐，礙於文章僅針對文學範圍討論，如王弼等人的玄學思想如何對於文學理論產生影響，並未具體說明。此外，廖蔚卿指出感物乃是六朝文學思想的新創，並提出「緣情—感物、體物—寫物（造形：巧構形似之言）—詠志」的圖表，然而此處的關係順序較像是先對物有所「感」才進而言志，感物為因、而言志為果。然筆者更想進一步思考、處理的是作者如何在言志的目的下，於創作時主動且有意識地使用物象來表達自己的情感或觀點，換言之，寫物的手段除了是因物感發而興起、觸發了被動的情志外，也可以是藉物言志、移情入境的主動性，二者應是一循環的交互作用。

　　鄭毓瑜《六朝情境美學綜論》〔註17〕，〈知音與神思：六朝周旋交錯的生命情識〉提及「神思」的想像，與空間遠近、時間推移與風物更迭息息相關，故此「思」不只在心想，更與身體知覺有關，故從物色出發而興發感動，指出物象本身非是為文目的，這些「『巧似』的文辭體構乃為圓滿體現與『志』深遠的鮮活『情貌』」。細觀本篇文章，關注重點在「思」的活動上，強調不論形／神或言／意關係中，思理才是意象的本體，意象僅作為串聯神與物的交遊，而創作即是為了要表現此種關係動態，由此觀點，筆者亦試圖再深入探究言意之辨中，在作者的思路下，抽象符號對於還原具體情境、圖像的完成度。至於〈觀看與存有——試論六朝由人倫品鑑至於山水詩的寓目美學觀〉一篇，則認為「巧構形似」未必僅限於以人情為優先的感興體物，在後期更可以透過觀物的「寓目物色」來優先成就創作的內容與意義，故物色不必然僅是情志的替代品。其中由人物鑑識的見貌即形，延伸到模山範水的形似論述，無不是觀看的

〔註17〕鄭毓瑜：《六朝情境美學綜論》（臺北：學生書局，1996年）。

活動,此觀點亦啟發了筆者試圖從人倫品鑑美學的角度,來建立圖像化書寫來源的思考進路,又文中對謝靈運詩有很細膩的分析,惟主要仍集中在山水詩的討論,如謝詩與陶詩的比較等等,雖有論及謝氏之〈山居賦〉,但關於賦作是否有類似的情況出現,則無論及。此文強調觀看活動在文學創作上的主體性與積極性,然當作者提出從早期傳統比興的「感物吟志」演變到晉宋謝靈運詩中新創發出的「寓目美學」時,介於中間的魏晉文學是否具備承先啟後的關鍵性脈絡,尚未有清楚的說明。

鄭毓瑜《引譬連類:文學研究的關鍵詞》〔註18〕中,〈「體氣」與「抒情」說〉從身體思維出發,透過對知覺經驗的體認、描摹,從中建構出詩人感性的精神世界。〈類與物〉一篇梳理「物」與「物類」如何在各類文本參與興感抒情的問題,對於哪些物類可以引起「詩情」而被選取進作品中描寫,並與詩人情志產生關聯,作者的討論皆有助於筆者對物/情之間圖像關係的轉換、類推作出整理。文中提到「任何景物都因為整體存在背景才有意義」,筆者以為作者試圖從文化上對宇宙、身體認知的深層集體記憶,來說明古典文學中文人描述世界的形式,此乃連結外物與內心的原型概念,但就外在手法的呈現上,或可說是圖像化手法之所以存在的原因之一。

鄭毓瑜《文本風景——自我與空間的相互定義》〔註19〕中,〈身體抒情感與漢魏「抒情詩」——漢魏文學與楚辭、月令的關係〉繼續從身體跟外在的接觸出發,指出詩人的感興或應感是「物、我之間無分先後、主從的相應感」,並對傳統上一向側重詩人內在情志的主動性提出商榷,藉此重新思考自然物色在「抒情傳統」展現的定位。作者梳理了自先秦以降的作品,指出隨著對節氣與體氣同步反映的感知加深,魏晉文人的身體感知經驗也比過去更加豐富,故能產生出逐步深化的感時、感物文學。換言之,即是利用對時令、環境的認知意識,呈現出己身的存在感。此文為筆者提供了一個思考角度,這樣的感知書寫如何能將身體感受呈現出來,供人觀看、並令其有所共知、共感?文中提到古人「不斷強調在時物變化中的具體之處身經驗」,因此得以「透過人身巨大的體受幅度去『圖解(如怵惕驚動的頻率)』時人所感知道的在自然節物便變化中的生存環境樣態」是故我們不必非以借此喻彼、借物抒

〔註18〕鄭毓瑜:《引譬連類:文學研究的關鍵詞》(臺北:聯經出版事業股份有限公司,2012年)。

〔註19〕鄭毓瑜:《文本風景——自我與空間的相互定義》(臺北:麥田出版,2005年)。

情來詮釋作品主旨，但應該可以說，透過對感官經驗的進一步體認，以及「圖解」身體感受與節候、外物的手法，可以從中體現文人情志，因此就文學筆法言，此類物色也不需要真實存在，只要能夠構築出足夠真實的虛擬圖像供人想像、玩味即可。

龔克昌〈論漢賦〉、〈漢賦在中國文學史上的地位〉〔註20〕等文，認為漢賦鉅細靡遺地描繪了客觀世界，而過去「粗線條的勾勒漸漸被細線條的精繪所代替。」

又萬光治〈論漢賦的圖案化傾向〉〔註21〕指出漢賦除了在時間與空間上作連續鋪陳外，也將「事物的某一階段取其截面作橫向的鋪陳」，此種平面展開的敘事手法便具有「圖案美」。

另許結〈漢代文學與圖像關係敘論〉〔註22〕、〈漢賦「蔚似雕畫」說〉〔註23〕、〈漢賦「象體」論〉〔註24〕等多篇論文也針對漢賦中的文字圖像化傾向與原因有所探討，並溯及當時畫磚的影響與帝國心態的展演，較偏重外在社會文化因素的考察；〈賦體與圖像關聯的文學原理〉〔註25〕、〈歷代賦論中的圖像意識〉〔註26〕二篇，認為賦體之所以予人一種圖像化的閱讀感受，在於它近似視覺文本的「可觀性」，如就體物方面言，景物即是一視覺文本，敘事手法則可呈現出一種空間藝術，而就創作本身看，寫賦本身又可以觀作者才學與四方風采。許結的觀點從文／圖比較研究的觀點出發討論了圖文的互文性與賦體的「擬畫」思維，雖為賦體圖像化的書寫模式提供了理論基礎，但並未針對書寫模式與寫作意旨之間的關係進行分析。

王懷平〈「人的自覺」與魏晉南北朝的語圖互文〉〔註27〕、〈言意之辨與魏晉南北朝語圖符號的越界會通〉〔註28〕、〈審美自覺與魏晉南北朝圖—文會通

〔註20〕 以上收錄於龔克昌：《中國辭賦研究》（濟南：山東大學出版社，2010年）。
〔註21〕 萬光治：〈論漢賦的圖案化傾向〉，《四川師範學院學報》，1982年第3期。
〔註22〕 許結：〈漢代文學與圖像關係敘論〉，《社會科學》，2017年2期。
〔註23〕 許結：〈漢賦「蔚似雕畫」說〉，《濟南大學學報》（社會科學版）第28卷第4期，2018年。
〔註24〕 許結：〈漢賦「象體」論〉，《文學評論》，2020年第1期。
〔註25〕 許結：〈賦體與圖像關聯的文學原理〉，《天中學刊》34卷第2期2019年4月。
〔註26〕 許結：〈歷代賦論中的圖像意識〉，《文藝理論研究》，2019年5期。
〔註27〕 王懷平：〈「人的自覺」與魏晉南北朝的語圖互文〉，《美與時代》（下），2011年11期。
〔註28〕 王懷平：〈言意之辨與魏晉南北朝語圖符號的越界會通〉，《雲南社會科學》2013年第2期。

的嬗變——兼論文學圖像化審美轉向的發生〉〔註29〕等文,以魏晉南北朝時期語圖符號的越界為主題進行討論,認為「圖形與圖像直接參與文學作品的表情達意」,而圖像不但影響文字上的表現及創造,各類畫作品也開始對文學作品進行了一定程度的模仿與借鏡。作者雖極力強調魏晉南北朝時期的文圖會通,是因為文人介入體現了新一代的審美觀點,並將此融入各類文藝作品中,然而除卻審美思想的轉變之外,當時文人如何認知與解讀文字圖像化後帶來的訊息與意義,仍值得討論。

朱曉海先生〈讀兩漢詠物賦雜俎〉〔註30〕指出詠物賦中多含有物、人雙寫這樣的敘寫模式,尤其是中國文學傳統「總要在體物中寫志言情,將詠物從寫作目的轉為手段。」然而這樣具有雙重文意的寫作傳統究竟是作者確有所託,或僅作為說唱藝術的表現技法,以博取觀眾注目、甚至賺人熱淚?朱曉海先生此文的論點頗能啟發筆者對於魏晉文人在「體物」的過程中,藉物以寄託個人情志的討論。

呂正惠〈物色論與緣情說——中國抒情美學在六朝的開展〉〔註31〕認為,《詩經》的比興是人情對外物的直覺感發,而六朝的物色,偏向以「歎逝的角度去觀察大自然」。又「物色」乃一客體,透過客體的變化,人開始對主體有所了解,且對於喜怒哀樂的種種情緒,能上升到一種哲學化的觀看,這就是陸機所謂緣情之「情」。據此說法,筆者得以比較同是「體物」,先秦文學與魏晉文學在處理文字圖像化時形式手法、思維觀念的差別。

鄭毓瑜〈由「神與物遊」至「巧構形似」——劉勰的「形神」說及其與人物畫論「形神」觀念之辨析〉〔註32〕討論六朝時的人倫鑑識與人物畫論都主張「神似」,但文學觀念卻尚「巧構形似」,似有矛盾之處,認為文學理論中的「形似」,應不比畫論的消極指稱意義,而有更深的價值意涵。作者提出文學的巧構形似,重點乃在於透過文字辭章去「密附」物貌,進而體現作者的情意

〔註29〕王懷平:〈審美自覺與魏晉南北朝圖—文會通的嬗變——兼論文學圖像化審美轉向的發生〉,《雲南社會科學》2012 年第 4 期。

〔註30〕朱曉海:〈讀兩漢詠物賦雜俎〉,《漢學研究》第 18 卷第 2 期,2000 年 12 月。

〔註31〕呂正惠:〈物色論與緣情說——中國抒情美學在六朝的開展〉,收錄於中國古典文學研究會編:《文心雕龍綜論》(臺北:臺灣學生書局,1988 年),頁 285～312。

〔註32〕鄭毓瑜:〈由「神與物遊」至「巧構形似」——劉勰的「形神」說及其與人物畫論「形神」觀念之辨析〉,收錄於中國古典文學研究會編:《文心雕龍綜論》,頁 369～389。

志向，而物貌與情意的交互作用，即是劉勰所謂的「神與物遊」。此種物／意關係的提出，有助於筆者梳理圖像化書寫與文章主旨的關係模式。

意象或意境的研究方面，袁行霈〈中國古典詩歌的意境〉一文提及意境乃是主觀情意與客觀物境交融的，但非單純的「情景交融」，情可包含作者種種感情、志趣、思想等，而景也僅是「物境」的一種。袁行霈並認為境是生於象而超乎象的，意象只是形成意境的材料。又〈中國古典詩歌的意象〉中指出「象是具體的物象，境是綜合的效應」〔註33〕。透過以上觀點，可以協助筆者在釐清圖像化書寫時，關於情志／圖像相輔相成的互動關係。而〈言意與形神——魏晉玄學中的言意之辨與中國古代文藝理論〉中，從魏晉的言意之辨出發，提及王弼「得意忘象」的說法，肯定象、言的表意功能外，又不滯於名言，認為王弼對後世的文學理論「意在言外」與書畫理論「重神忘形」的觀點有所啟迪。〔註34〕

蔣寅則在〈語象・物象・意象・意境〉〔註35〕一文中針對目前「意象」一詞的使用紛亂的現象進行梳理，並提出「語象」一詞，來指陳包含著具體名物的「物象」的所有「存在世界的基本視象」，並認為這個詞語更能夠顯現中國詩善以「象」作為表達媒介的特色，此論點對筆者深具啟發。

三、學位論文

王文進《論六朝詩中巧構形似之言》〔註36〕，旨在肯定「巧構形似」之文學手法，認為其手法乃在於有利文人抒情寫志的表現，因此有助於文學發展之進化，其論述實可做為本研究之跳板，使筆者繼續前進。文中亦將文學與繪畫對照，認為「突破媒介特性所造成的局限，設法『要達到繪畫的效果』」。同時提及：

> 六朝詩歌熱衷追求「形似」，可是其媒介是不適於「存形」之語言，但六朝詩人憑其傑出的才華將語言圖象化，力求形構一與內心所觸完全相對應的世界，可是由於媒介特性的限制，逼使其需又另以「譬喻」的方式，以求間接完成其藝術目標。〔註37〕

〔註33〕袁行霈：〈中國古典詩歌的意象〉，《中國詩歌藝術研究》，頁 54。
〔註34〕以上均收錄於袁行霈：《中國詩歌藝術研究》。
〔註35〕蔣寅：《古典詩學的現代詮釋》（北京：中華書局，2003 年），頁 11～27。
〔註36〕王文進：《論六朝詩中巧構形似之言》（臺北：國立臺灣師範大學中國文學研究所碩士論文，1978 年）。
〔註37〕王文進：《論六朝詩中巧構形似之言》，頁 70。

指出六朝詩歌確實出現一種語言「圖象化」的形式表現趨勢，此說著可證實本文「圖像化書寫」模式之論述提出並無大謬。王文進之研究明白指出「巧構形似」手法產生之原因，乃是為了「突破文字質性不適於存形之限制而逼用出來」，但未處理除卻文學家為突破語言符號的使用限制，而激發出其創造力外，「圖像化」或「巧構形似」之文學手法於六朝大肆盛行的其他原因，同時由於研究範圍為詩歌，故未論及其餘文體之作品。

　　林莉翎《六朝物色觀念研究》〔註38〕，從六朝的山水文學出發，針對古典文學中傳統的「物色」觀念進行了詳細的探討。其中關於創作主體的感官體驗與作品意象呈現的關係，作者指出文人多利用比興的表現技巧來達成對物色的敘寫，逐步造成了「巧構形似」此文學現象的發展，並肯定人物品鑑風氣中「藉由形象語來狀寫品評的對象」，也造成了在文學領域上文人對形相美的追求。但此研究聚焦討論於自然風景的圖像描繪，而未擴及人工器物或人物人體之描寫，文本分析也以詩歌為主，論及辭賦的部分則較少。對於使用物色作為作品的描摹對象，也主要是針對「物感說」進行論述，將文人刻畫自然物象的動機歸因於創作主體應物而興的情感，因而使用「比興」手法狀寫外物，而未深入追問語言文字之所以要力求摹形寫狀，是否背後藏有更深層的觀念性意義。

　　江明玲《六朝物色觀研究──從「感物」到「體物」的詩歌發展》〔註39〕此篇論文以歷時性的探討，將六朝詩歌作品區分「感物」與「體物」二個寫作技巧類型進行分析，以探討「情景」與「情景交融」的問題，以及詩人面對物色的創作態度。此研究有助於筆者詮釋分析文本中的物我關係，以及作家對於「物」實體形象的把握。但「感物」與「體物」二者所代表的概念，是否可以清楚地區分、且足以代表創作時物／我因存在不同的距離、地位而形成的二種寫作模式，似可再有討論空間。

　　陳秋宏《從氣感遷化到興會體物──論六朝詩歌中知覺觀感之轉移》〔註40〕乃從創作主體出發，重在文人自身的身體感知、知覺體驗，探討如物色、

〔註38〕林莉翎：《六朝物色觀念研究》（臺南：國立成功大學中國文學系碩士論文，1999年）。

〔註39〕江明玲：《六朝物色觀研究──從「感物」到「體物」的詩歌發展》（臺北：國立政治大學中國文學系碩士論文，2001年）。

〔註40〕陳秋宏：《從氣感遷化到興會體物──論六朝詩歌中知覺觀感之轉移》（臺北：國立臺灣大學中國文學系博士論文，2012年）。

音樂、等五感等外在資訊，與內心精神世界的連結關係。作者提出「氣感遷化」與「興會體物」兩種詩歌創作的觀感模式，並認為「氣感遷化」較偏向直接的濃烈情感噴發；而「興會體物」則是比較冷靜的物我關係，以此二觀感體驗的類型來呈現六朝詩歌的動態發展。此篇雖然涉及作家感物、寫物及物我關係的討論，但主要著重於從創作時詩人與現象場之關係，討論不同觀感體驗下的詩歌發展脈絡，故與本文研究重點不同。

張娜《六朝「體物」美學思想研究》〔註41〕周詳地探討了六朝人「體物」的內涵與方式，以及在「體物」之後如何「寫物」，並認為六朝人「體物」思想的形成，體現了文人在鋪陳文學作品時對「象」的注重與審美觀，但論述側重於六朝對「物」的審美判斷，對於六朝人喜愛「體物」的動機，僅提到郭象「獨化」、慧遠「形神論」等玄佛思想對於「物」、「山水」的深層認識起到一定的助力。

蔣洪耀《體物、感物與觀物——古代文學中的主客關係論》〔註42〕則指出體物、感物、觀物三種創作主體認識世界的方式，由此建構六朝文人的創作方法，並認為這三種方式中蘊含的心物關係有所差別，有助於筆者梳理魏晉詠物賦中的物我關係。

第三節　研究範圍與方法

一、研究範圍

（一）文本與其年代界定

所謂魏晉，史學上以政權轉移為考量，自曹丕篡漢建立魏朝（西元220年）與東晉滅亡（西元420年）這個區間界定出起訖點。然而文學畢竟與史學、政治學的著眼點不同，文學作品所反映出的文化、思想內容與風格並不會因舊政權終結而戛然而止，並隨新政權脫胎換骨。〔註43〕因此，若以文學發展的角度

〔註41〕張娜：《六朝「體物」美學思想研究》（太原：山西大學文藝學碩士學位論文，2019年）。

〔註42〕蔣洪耀：《體物、感物與觀物——古代文學中的主客關係論》（成都：四川師範大學文藝學碩士學位論文，2009年）。

〔註43〕如宇文所安言：「很多時候，朝代分期法並不能準確代表文化史與文學史的主要變化。」見宇文所安、孫康宜：《劍橋中國文學史》（北京：三聯書店，2013年），〈前言〉，頁21。

來看，東漢中晚期便開始與西漢時期的風格產生差異，至建安時期整體風格又有所轉向。宋齊之後，文學風格又產生一大新變。故在時代斷限上，本研究指稱的「魏晉」，除了集中討論魏晉二朝之外，尚上溯至建安時期的作品。又如謝靈運重要的創作活動雖然集中於劉宋文帝元嘉年間，然由於他一生橫跨晉宋，故也會論述到劉宋初期的部分作品〔註44〕。

　　材料選取方面，除以建安至東晉的辭賦作品為分析對象，亦同時佐以相關詩作、書信、雜文等互相參照。

　　又左思之〈三都賦〉等，因屬承繼傳統漢大賦風格之作品，故不多作討論。

（二）「圖像」與「圖像化書寫」之界義

　　所謂「圖像」，是指「將資訊轉變為用視覺或觸覺等感官，所能感覺到的圖形、景像或影像。」〔註45〕尤其是對視覺的感知進行描述與表現，可以看做是客觀的景物再現，且「不論描繪的對象是否存在於現實中或僅是想像。」〔註46〕

　　爬梳中國傳統文獻上對於「圖像」或「圖象」一詞的使用，最早可見《周禮・秋官司寇》「司約」一條「凡大約劑，書於宗彝。小約劑，書於丹圖」，此處鄭玄注云：

> 大約劑，邦國約也。書於宗廟之六彝，欲神監焉。小約劑，萬民約
>
> 也。丹圖，未聞。或有彫器簠簋之屬，有圖象者與？〔註47〕

此「圖象」即為刻畫圖紋之屬。再考漢魏六朝「圖像」或「圖象」一詞，如王充《論衡・雷虛》：

〔註44〕六朝時期的文學風格多有變化，而關於魏晉文學或六朝文學的起迄點，由於各家論述重點不同，故斷代也有異。本文之「魏晉」，上溯建安，原因如羅宗強言：「（建安）與東漢末年的文學風氣有銜接關係，但究竟已經不同。」又劉宋後文風一變，如檀道鸞言：「至義熙中謝混始改」；沈約言：「殷仲文始革孫許之風、叔文大變太元之氣」；劉勰於《文心雕龍》中〈明詩〉云：「宋初體有因革，莊老告退，而山水方滋。」〈通變〉指出：「魏晉淺而綺、宋初訛而新」，皆可看出宋後與魏晉文學風氣不同，故本文不論。以上引文分見羅宗強：《魏晉南北朝文學思想史》（北京：中華書局，2006年），頁1。余嘉錫：《世說新語箋疏》（臺北：華正書局，1989年），〈文學〉85，頁262。李善注：《文選》，卷五十〈史論下〉所收沈約《宋書・謝靈運傳論》，頁2219。范文瀾：《文心雕龍注》，卷二〈明詩〉，頁67、卷六〈通變〉，頁520。

〔註45〕高千惠：〈後真相年代的圖像化生產〉，收錄於高千惠：《當代藝術生產線》（臺北：典藏藝術家庭股份有限公司，2019年），頁191。

〔註46〕參考自《藝術與建築索引典》。[圖像（物件類型）images (object genre)（編號300264387）]。http://aat.teldap.tw/AATFullDisplay/300264387（2021/09/22瀏覽）。

〔註47〕賈公彥：《周禮注疏》（臺北：新文豐出版公司，2001年），頁1522～1523。

　　　　如無形，不得為之圖象；如有形，不得謂之神。〔註48〕

臧洪〈答陳琳書〉：

　　　　故身傳圖象，名垂後世。〔註49〕

文學作品如曹植〈敘愁賦〉：

　　　　觀圖像之遺形，竊庶幾乎皇英。〔註50〕

何晏〈景福殿賦〉：

　　　　圖象古昔。〔註51〕

傅玄〈畫像賦〉言：

　　　　既銘勒於鍾鼎，又圖像於丹青。〔註52〕

蕭統〈文選·序〉：

　　　　圖像則讚興。〔註53〕

《晉書·裴秀傳》引其〈禹貢九州地域圖序〉：

　　　　有圖象而無分率，則無以審遠近之差。〔註54〕

可見無論人物之像或地圖，皆為「圖畫」之屬。綜合觀之，先秦至六朝的「圖像」或「圖象」，乃是一具體存在、由人為創造之視覺造象。

　　至於文學與「圖像」的關聯性概念，從中國古典文學中的語境來看，首先會牽涉到「象」與「意」的互動關係，因此要論「圖像」蘊含的指涉意義，便須溯及先秦之《周易》，從《周易》的「象」來討論。《周易》之象，指由六爻組合而成之特定卦象，以知悉天機、掌握上天的啟示，故〈繫辭傳·上〉曰：「聖人立象以盡意。」〔註55〕此處的象仍停留在一種符號化的、約定成俗的象徵意涵——即所謂的「符旨」〔註56〕，而透過與卦爻辭的相互搭配，卦象產生了

〔註48〕韓復智：《論衡今註今譯》（臺北：國立編譯館，2005 年），卷六〈雷虛〉，頁749。

〔註49〕范曄：《後漢書》（臺北：中華書局，1966 年），卷五八〈虞傅蓋臧列傳〉，頁1889。

〔註50〕韓格平、沈薇薇、韓璐、袁敏：《全魏晉賦校注》（長春：吉林文史出版社，2008年），頁36。

〔註51〕韓格平、沈薇薇、韓璐、袁敏：《全魏晉賦校注》，頁88。

〔註52〕韓格平、沈薇薇、韓璐、袁敏：《全魏晉賦校注》，頁191。

〔註53〕李善注：《文選》，〈序〉，頁2。

〔註54〕房玄齡：《晉書》（北京：中華書局，1974 年），卷三五〈裴秀傳〉，頁1040。

〔註55〕孔穎達：《周易正義》（臺北：新文豐出版公司，2001 年），頁596 下。

〔註56〕所謂「符旨」是指欲表徵的事物或概念；「符徵」則是行使表徵者。見羅蘭巴特：《符號學要義》（臺北：南方叢書，1988 年）。

更多的象徵意義，如〈說卦〉中指涉的各種象徵物，豐富了原有的符號內容。

　　魏晉時期開展出言意之辨的討論，其中王弼《周易略例・明象》指出：「夫象者，出意者也。言者，明象者也。盡意莫若象，盡象莫若言。」〔註57〕肯定了象的表意功能，以及言作為解釋象的工具。而在此基礎上，就文學創作言，「象」對於文學的創作實具有啟發性，當物象經過創作者的篩選，並融入自身思想感情時，客觀的物象融入了主觀情意，便構成「意象」〔註58〕。此象可以取於自然界的物象，或是人事間的事象，或是假想中的喻象。創作之時，種種豐富的象「都可以供你驅使」〔註59〕，並與作者的情感發生關係，這就是情意與形象的關聯。

　　本文的「圖像化書寫」，乃在「圖像」作為一實際由視覺印象所構成的整體畫面、圖景之基礎上，加以化用，指陳出一種「作家試圖以文字所描繪、勾勒出的具體圖景，且不限於客觀存在或主觀想像」。而筆者所欲討論的「圖像化書寫」，僅就文字表現上談，並無意從西方文學圖像學的角度討論魏晉時期文學作品與書畫之間的文、圖的交互作用〔註60〕，而是將重心放在如何只透過抽象文字「再現」一具體圖像，使讀者感受並領略，進一步能藉此寄託出作者創作意旨，這是創作者所欲達成的目標，亦是筆者認為魏晉作者採取文字「圖像化」的書寫意義。須注意的是，本文所指稱之圖像並不只包含視覺感官所接受到的影像，而是透過該圖像之呈現，即能給予讀者視、聽、嗅、觸、味等五

〔註57〕樓宇烈：《王弼集校釋》（北京：中華書局，2019 年），頁 609。

〔註58〕袁行霈：〈中國古典詩歌的意象〉，《中國詩歌藝術研究》，頁 52。

〔註59〕葉嘉瑩：《風景舊曾諳：葉嘉瑩說詩談詞》（香港：香港城市大學出版社，2006 年），頁 22～23。

〔註60〕所謂圖像學，是指探討藝術作品的主題或含意，是故分析的不是對於題材或理念而已，更側重內在的意象、故事或寓言，即作者建構出來的「象徵的」價值世界。見 Erwin Panofsy 著，李元春譯：《造型藝術的意義》（臺北：遠流出版事業股份有限公司，1997 年）。因此圖像學「關注的是具有象徵關係的圖像」，見段德寧：〈文學圖像學溯源及其中國語境〉，《內蒙古社會科學》（漢文版）第 36 卷第 4 期，2015 年 7 月。其後其分析方法被挪用至文學領域中，以討論文學作品中以語言為媒介所展現出的圖像性要素，「或者將文學作品和視覺藝術共同作為形象研究的物件。」以討論如曹植〈洛神賦〉與顧愷之〈洛神賦圖〉等中國文學與繪畫的互文性，惟無論是「圖像學」或「文學圖像學」皆是一西方語境下產生的概念與分析方法，其來源為基督宗教相關的聖像學與詮釋學，是否能夠合適地拿來論證、指陳中國古典文學作品，仍需仔細斟酌，故本文採「圖像化書寫」一詞，以指稱魏晉時期賦作透過描寫圖景以寄託個人心志與象徵意義的書寫模式。

感體驗，故實則五感所及，皆可透過文字構築成「象」，彼此互相牽連，並對思維、情緒產生作用，故不可僅局限於視覺的接收〔註61〕。

筆者以為，使用「圖像」而非「意象」進行討論，其用意在於，意象的指涉範圍較小，除僅能看做是文本中那些較為個別、細小的單位之外〔註62〕，「意象」乃包含作者主體之情意與客觀物象的融合物，而「圖像」則未必包含作者主體的情意，而可能僅是作者用來鋪陳內容的材料，指涉範圍較意象更廣。因此筆者將討論範圍擴大，試圖將文本中的各式圖景、圖像進行宏觀地觀照，以全面掌握作者的創作意旨。

綜上所述，凡以描寫人像人體、自然景物、人工器具等人、事、物樣態為主的文字記述，都屬於「圖像化書寫」，一併歸納在本文討論的範圍之中。

另關於用典／用事，《文心雕龍·事類》言：「據事以類義，援古以證今者也。」〔註63〕此法雖是作者引用有所含意的事例、典故，以寄託箇中情志或義理，但好的用典一樣可以製造出「象」——包含物象（畫面）與心象（作者情意），透過故事的陳說，帶動作品中情感的渲染，因此也屬於「圖像化書寫」的討論範圍內。

（三）圖像化書寫類型區分

首先就架構分類上言，本文研究目的乃從創作的外在形式層面切入，以探

〔註61〕鄭毓瑜：〈觀看與存有——試論六朝由人倫品鑑至於山水詩的寓目美學觀〉於分析謝靈運的山水詩時指出：「所謂『寓目』的美感，絕對不只是單純來自於目視；而除了明顯的視、聽覺，就山水遊覽活動而言，毋寧更應擴大為整個肢體感官的共同參與，也就是以『身觀』來進一步完備體驗『寓目』之美。」作者雖是在論就山水遊覽的五感體驗，然而文人感物何嘗不是透過五感接收外物後，引起感發而「搖盪性情，行諸舞詠」。見《六朝情境美學綜論》，頁157。

〔註62〕參見袁行霈：〈中國古典詩歌的意象〉，《中國詩歌藝術研究》，頁54。又蔣寅曾在袁行霈等人的基礎上，另以「語象」一詞重新討論中國古典詩論中的意象定義與範圍，認為西方文論中的image翻譯成「語象」會比「意象」更精確，其指稱範圍也較大，包含了物象與意象，意象即是由一個或多個語象經作者情感與意識加工組成的語象結構，見蔣寅：《古典詩學的現代詮釋》，頁13～31。然而「語象」一詞，乃從文本的素材出發，只是呈現出語言指稱之具體事實或狀態，強調文字符號作為媒介的意義，或較與作者的思想、情意脫節，無法忠實呈現創作主體與表意對象的互動關係，而若就陳滿銘所提出之「個別意象」、「整體意象」來看，則創作主體與表意對象互動過於頻繁黏密，有著主體「意」與客體「象」難以分割的問題，亦難以適用於筆者試圖借作者主觀設立之「象」來探究作品意旨的切入角度，故本文仍以「圖像」指稱之。

〔註63〕范文瀾：《文心雕龍注》，卷八〈事類〉，頁614。

求作者內在的寫作意旨，而寫作目的除抒發個人主體（我）感性之外，亦有個人主體（我）理性之見解以喻道說理。因此將魏晉辭賦中運用到「圖像化書寫」模式的作品，先依據內容分成「抒情」與「說理」二大模型，再各自進行專章論述。

其次由於不同的寫作主題中，表現技巧或側重點亦多少有所差異，因此筆者根據作品中主體視角對於「圖像」的聚焦與移動的變化，將圖像化書寫的類型分為點型圖像、線型圖像、面型圖像三個形態，以便進行辭賦文本的分析。所謂點型圖像，乃聚焦於特定事物上進行描摹，此作法將有利聚焦主題；線型圖像則善於運用各種人、是、物、景的勾勒，以加強說明時空的變化；至於面型圖像則是在書寫過程強調文本中整體情境的營造，三者的詳細內涵將於第四章中說明。

同時要合先指明的是：

1. 點型圖像、線型圖像、面型圖像的區分，僅是將圖像式的文字表述所存在的不同樣態，進行造型上的劃分，但未必有層次之分別。

2. 本研究所分析之文本歸於何種圖像化書寫類型，乃按內容表現上作者所側重描寫的比例與主題所欲呈現的主軸重心為何，做為筆者判斷標準，不一定文本中只有一個圖像化書寫類型的表現。

3. 由於說理模型的文本較少，遂不按照點型、線型、面型三個形態依次進行分析。

二、研究方法與步驟

本文研究的方向乃在探究圖像化書寫的寫作手法與作者寫作意旨的關係，因此欲先從文本分析作為切入途徑，以魏晉辭賦作品作為研究材料，開展對文本結構與內容的比較，並在辭賦善於鋪陳描摹的文體特點上，試圖考察文學史中圖像化書寫的現象流變。

就蒐集資料的手段與處理程序上言，將先從目前可蒐羅之全魏晉辭賦著手，進行文本細讀，並整理出具有圖像化書寫的篇章段落，以梳理出本研究之詮釋理論架構。是故筆者將使用文本分析法，以魏晉之傳統典籍為主，前人研究成果為輔，作出深入的結構探析與內容詮解，同時搭配六朝文學理論，使用歸納法與演繹法，與同作家不同文類的作品、同時期／不同時期的文人作品交互比對，透過縱向的文學史發展與橫向的作品風格論剖析，與其時代思想互

證，證成圖像化書寫系統的存在與發展趨勢。

就研究角度言，文本的內部研究將具體分析其段落結構、寫作技巧、文字風格，同時對照外部研究中的作者生平、思想，以期正確掌握魏晉辭賦的主題意旨，並釐清圖像化書寫的文本內容中所指涉的內涵與意義，及此表現手法與創作意念的關係，最後歸納出魏晉時期圖像化書寫的寫作手法有哪幾種類型，兼論述其境界之優劣。

首先於第二章說明圖像化書寫在文學史上的線性發展，分析圖像化書寫在時代變化下的逐漸邁向成熟的過程。筆者就先秦、兩漢、建安之際三個時代分別爬梳當時對於圖像化書寫的運用，並指出不同階段下圖像化書寫的使用情形與發展狀況。

其次於第三章論證魏晉玄學與人物品評風氣對文學的具體影響，討論清談中對於意、象、言的辨析如何就當時文學手法產生具體的質性變化。再從傳統的詠物賦與音樂賦主題為起點，進行圖像化書寫發展的觀察。

再次，第四章正式分析魏晉時期以圖像抒情的辭賦作品。本章將魏晉賦作中藉物擬人、登樓懷鄉、隱逸閑居、記行懷古、哀傷懷舊等幾大主題重新以點型、線型、面型等類型的圖像化書寫模式重新歸類，來探究在不同場景與物象的描寫手法中，如何藉由圖像化書寫的技巧中寄託作者心志，並剖析作者如何運用多樣的圖像化書寫模式，營造出不同的行文風格與閱讀效果，以恰當地展現出自己的寫作意旨。

第五章討論以圖像說理的作品。本章將先重新詮釋宋玉〈高唐〉、〈神女〉二賦，指陳出先秦時期就有透過圖像說理的辭賦作品，其後試圖由東晉時孫綽的〈遊天台山賦〉梳理出其與〈高唐賦〉「藉象喻道」的可能關係，並兼論〈神女賦〉的繼承之作──曹植〈洛神賦〉的以象託喻，接著再以〈文賦〉為例，說明陸機如何將玄學與文學結合來進行說理。

最後第六章先論析圖像運用技巧的境界，提出其寫作手法的層次分析，並提出本文之研究成果與結論。

第二章　圖像化書寫的縱向發展

第一節　先秦文學的圖像描繪

一、《詩經》中的圖像

　　圖像化書寫作為一種表達、寄託作品意旨的手段，其濫觴可以溯及《詩經》。詩人往往經由外在物色而有所感發，例如〈國風・周南・桃夭〉：

　　　　桃之夭夭，灼灼其華。之子于歸，宜其室家。

　　　　桃之夭夭，有蕡其實。之子于歸，宜其家室。

　　　　桃之夭夭，其葉蓁蓁。之子于歸，宜其家人。〔註1〕

「桃之夭夭，灼灼其華」二句，展露出桃花的穠麗與嬌美。《毛傳》注云：「灼，華之盛也」〔註2〕。以「灼灼」二字，說明鮮豔的桃花盛開時，那種奪人心魄的明媚，如同熾熱火焰般席捲而來。又如〈國風・召南・摽有梅〉：

　　　　摽有梅，其實七兮。求我庶士，迨其吉兮。

　　　　摽有梅，其實三兮。求我庶士，迨其今兮。

　　　　摽有梅，頃筐塈之。求我庶士，迨其謂之。

〈國風・鄘・鶉之奔奔〉則連用「奔奔」、「彊彊」的疊音詞，勾勒出禽鳥奔跑撲翅時仍成雙成對、相隨相依的神態：

　　　　鶉之奔奔，鵲之彊彊。人之無良，我以為兄！

　　　　鵲之彊彊，鶉之奔奔。人之無良，我以為君！〔註3〕

〔註1〕孔穎達：《毛詩正義》（臺北：新文豐出版有限公司，2001年），頁98～99。

〔註2〕孔穎達：《毛詩正義》，頁98。

〔註3〕以上引文分見孔穎達：《毛詩正義》，頁166～167、頁318～319。

以上皆採取相當具體的、形象的方式，將外在景物描摹出來，劉勰曾肯定《詩經》對於這類物色之美的描寫技巧：「灼灼狀桃花之鮮，依依盡楊柳之貌。杲杲為出日之容，漉漉擬雨雪之狀。喈喈逐黃鳥之聲，喓喓學草蟲之韻。」囊括視覺之色貌、聽覺之音韻，聲色並寫之外又形神兼顧，因此劉勰稱其表現乃「情貌無遺」〔註4〕。《詩經》雖是寥寥四言，卻能勾勒出物象的外在形容與內在精神，透過對物色的描繪，引類譬喻，能夠方便且有效地轉化創作者抽象的情感或是對事件的評論，同時亦能使讀者知悉情事、並產生興發感動。前文提及的「桃之夭夭」以桃花鮮美狀女子出嫁；「摽有梅」以成熟梅子落下的光景比擬適婚年齡的女子；「鶉之奔奔」透過觀察鶉鳥的成雙成對，來控訴遇人不淑的不滿。這都可以說是文學上的一種形像化思維的早期表現〔註5〕。

　　形象的刻畫，是圖像化書寫的第一步，就《詩經》的三種表現手法——賦、比、興——來看，其圖像呈現與情意表達的關係，又各自有別。首先是賦。如〈邶風‧靜女〉：

> 靜女其姝，俟我於城隅。愛而不見，搔首踟躕。靜女其孌，貽我彤管。
> 彤管有煒，說懌女美。自牧歸荑，洵美且異。匪女之為美，美人之
> 貽。〔註6〕

〔註4〕以上引文見范文瀾：《文心雕龍注》，卷十〈物色〉，頁693～694。

〔註5〕如張文勛、杜東枝認為比興是「作家進行形象思維的重要手段」，見張文勛、杜東枝：《文心雕龍簡論》（北京：人民文學出版社，1980年），頁83。形象思維一詞，實為俄國文學理論家別林斯基（Vissarion Belinsky）所提出，此部分可參考黃慶萱〈形象思維與文學〉之論述，見黃慶萱：《學林尋幽——見南山居論學集》（臺北：東大圖書公司，1995年）。而若就張、杜對比興與形象思維關係的分析：「作家的主觀思想感情，……都必須借助客觀的物及具體的形象才得以表現，或者說作家的思想感情應該是孕育於一定的形象之中，而不是抽象地進行思考。」（頁76）觀之，恐怕僅涉及到解釋人們如何思考的問題，對於比興的涵義仍稍嫌片面。顏崑陽即認為此說將比興僅視為形象思維的「手段」，仍是不離語言形式的定義，「預設了文學的本體就是作品自身的語言形構，……而與外在客觀的世界現象，以及作者、讀者對客觀世界現象的感知經驗無關。這顯然是對『比興』複雜之義的簡化。」見顏崑陽：《詩比興系論》（臺北：聯經出版事業股份有限公司，2017年），〈導言〉，頁53～54。由此，筆者同意「賦、比、興」中那些帶有形象描繪的段落不只是單純語言上的詮釋與表現技法，或大腦思維上的思考途徑，文字語言上的客觀「成像」，實有效連結了人的內心精神主體的活動，故在此僅以形象化思維一詞來大抵說明物、人交接後，人選擇此思考途徑以嘗試「再現」過去的經驗與體會。

〔註6〕孔穎達：《毛詩正義》，頁289～291。

全詩刻畫主人翁戀慕女子之情態，嫻靜秀麗的少女說好與情人相約，卻避而不見，顯露出她俏皮促狹的一面、使得主人翁焦急地搔頭引頸，徘徊不定。二人的神態栩栩如生，就形貌敘寫言，「靜女其姝」道出女子個性與相貌的美好，「搔首踟躕」則淋漓形容出男子的不安與猶疑；就心理活動言，精準地掌握住等候愛人不至的那份焦慮，同時又帶著一絲期盼與戀慕的雀躍。這樣生動的「事態」、「情態」的直接勾勒，在讀者腦海裡也自然形成了一幅動人的愛情圖景。

其次是比與興〔註7〕。《周禮·春官》鄭玄注引鄭眾：

> 比者，比方於物。興者，託事於物。〔註8〕

鄭玄又注曰：

> 比，見今之失，不敢斥言，取比類以言之。興，見今之美，嫌於媚諛，取善事以喻勸之。

劉熙《釋名》卷六〈釋六義〉則云：

> 事類相似，謂之比。興物而作，謂之興。〔註9〕

各家說法無論解釋上是從側重政治教化的觀點說明美刺的表現，或是單純點出創作手法的性質，都認為「比」即是透過比附外在事物的方式，來表達內心所想；而「興」則偏向主觀情感上對外物有所體會、感發後進而展開吟詠〔註10〕。二者就其手法的表現與作用的性質上實有差別，如「比」可以看做是一種理性的理路，透過先行的思索進行譬喻，意與象的作用是「由心即物」，外物於主體情志的關係較像是藉用、挪用的關係；而「興」則傾向情感上對景物的觸發感動，故藉物託付了自身的主觀情感、相互融合，可說是「由物即心」〔註11〕。儘管表現情象的進路不同，但作者皆需要藉由模擬、形容比

〔註7〕儘管比興的內涵雖有所不同，歷來卻是時常合併討論的，至於二者的判別，非是筆者主力討論之處，僅在此藉由二者引喻連類的文學表現手法，一併納入本文「圖像化書寫」的範疇中，同時藉此討論魏晉時期圖像化書寫手法的源流。

〔註8〕賈公彥：《周禮注疏》，頁984。

〔註9〕劉熙：《釋名》（北京：中華書局，1985年），頁100。

〔註10〕各家說法與認定多有歧異，本文僅列舉魏晉以前的說法加以簡單歸納。其餘如劉勰、鍾嶸等人於各自的文學理論的看法，將於後文詳細梳理。

〔註11〕劉勰曾指出：「比者附也，興者起也。附理者切類以指事，起情者依微以擬議。起情故興體以立，附理故比例以生。」可見他認為「興」是偏向感性的「起情」層次；「比」則是理性的事理安排，因此側重「事理」的比擬附會。見范文瀾：《文心雕龍注》，卷八〈比興〉，頁601。本段的心、物之說，取自葉嘉瑩之說

附或興感之物的樣貌神態,來安排思路、安頓意念,故二者都能夠充分展現出一種圖像式的敘述語言。

象有自然之物象、人世之事象、假想之喻象,是故凡「可以使人在感覺中產生一種真切鮮明之感受者,便都可以視之為一種『形象』的表達。」〔註12〕從賦、比、興三法中,可見《詩經》中情事與體貌二種「象」並陳的豐富呈現。賦的概念相對比興而言較無太多的疑義,但比興之義較為複雜、含混,二者容易夾纏不清,且可能具有多重義〔註13〕,筆者在此不多做討論。但無論如何,就《詩經》的賦、比、興手法言,對於圖像式語言的運用是肯定的。

據此,可知早在《詩經》創作之時,人們對圖像化書寫的思維早已存在。然而若深入追究「形象的表現如何連結到情志」此一問題,賦是較為單純的鋪陳,所謂「直言情事」,詩人直觀地說其所見、敘其所聞,可以算是圖像化書寫的第一步,也就是先用語言形容、解釋指涉的客體;而比興在借助外在物象時,也必須有詩人投射的想像、情感在其中,因此意義會更加豐富。因此當後世討論到《詩經》中的意象關係時,我們總是會特別強調比興手法使用的寶貴之處,即在於將一種心與物相感相應的過程抒發出來,同時從詩人最初的聯想出引發更多的聯想,如朱熹曾言「興」相對來說是「意較深遠」且「闊而味長」的〔註14〕。

由是我們得以確立《詩經》的賦、比、興手法於形象、情意之間的連結性,其中又以比興更加豐富多樣。然而《詩經》的形象與情意仍是呈現出初階的直覺感受而已,其賦法勾勒的僅是粗略的輪廓,比興中所展顯的情/物關係也較為簡單,不夠細膩,儘管多有引人入勝的抒情佳作,但這並不代表就「以圖像

法,見葉嘉瑩:〈中國古典詩歌中形象與情意之關係例說——從形象與情意之關係看「賦、比、興」之說〉,收錄於葉嘉瑩:《迦陵談詩二集》(臺北:東大圖書有限公司,1985年),頁119。而徐復觀亦有類似觀點,他指出比、興二者的情象表現不同,興是直感的抒情,而比偏向是反省過的、理智的安排,「經過一番意匠的經營」,關於比的論點,應當近似於葉說之「先心後物」。見徐復觀:《中國文學論集》(臺北:學生書局,2001年),頁98。

〔註12〕此為葉嘉瑩之分類,見葉嘉瑩:〈中國古典詩歌中形象與情意之關係例說——從形象與情意之關係看「賦、比、興」之說〉,《迦陵談詩二集》,頁131~132。

〔註13〕所謂多重義,如顏崑陽曾指出比興之義有所演變,必須納入「動態性歷史語境」中進行不同的詮釋,詳見顏崑陽:〈從「言意位差」論先秦至六朝「興」義的演變〉,《詩比興系論》,頁71~120。

〔註14〕見黎靖德編:《朱子語類》(臺北:文津出版社,1986年),卷八十〈詩一〉,頁2069~2070。

化的語言文字呈現寄託之意」這一部分，作者已形成有意識的寫作手法與習慣。《詩經》中的各類物象雖然有其象徵意義，但仍不足以完整呈現作者眼中所觀與心中所想。情緒的興發是複雜且流動、連續的過程，而內心世界的活動與對外在世界的觀察也互相影響著，故作者關注的視角勢必隨著「感物」的有所轉換，並非是單純見一物一景而起興，以指陳單一事件。當作品中出現多個象徵物，並共同串起，有所關聯、互動時，複雜性開始增加，作品中所呈現的圖像式語言便不再只有單一圖景的定格敘述，而可以是連環的圖畫，並開始產生鏡頭的拉伸。

　　綜上所述，《詩經》的圖像式語言除了較為單一外，尚停留在對自然「直覺式的感應」〔註15〕，是一種直觀的聯想。這類作品所要寄託的主旨還是偏向政治教化的功能，較缺乏詩人個人強烈的情感寄託或性格鮮明的展現〔註16〕，但已經可以視為以圖像寄託作品意旨的濫觴。

二、《楚辭》中的圖像

　　《楚辭》承襲了如同《詩經》對於象徵物的運用，以及對人物、物件的細膩描寫。在託喻比附的過程中，從香草之芬芳，到美人神態、衣飾之描繪，刻畫皆相當精細。觀〈九歌‧湘夫人〉：

> 築室兮水中，葺之兮荷蓋。蓀壁兮紫壇，播芳椒兮成堂。
> 桂棟兮蘭橑，辛夷楣兮藥房。罔薜荔兮為帷，擗蕙櫋兮既張。
> 白玉兮為鎮，疏石蘭兮為芳。芷葺兮荷屋，繚之兮杜衡。
> 合百草兮實庭，建芳馨兮廡門。

迎神的水中之室，從位置、建材、裝潢布置與大量香草名物的展示，既有視覺

〔註15〕見呂正惠：〈物色論與緣情說——中國抒情美學在六朝的開展〉，收錄於中國古典文學研究會編：《文心雕龍綜論》，頁298。

〔註16〕《詩經》中比興的使用手法仍是以政治教化為目的，因此詩多「用」於政治目的，如《左傳》多有外交出使的用詩紀載，孔子亦所謂「不學詩，無以言」，即是透過學習《詩經》以掌握應對進退的外交辭令。又《漢書藝文志‧詩賦略論》：「古者諸侯卿大夫交接鄰國，以微言相感，當揖讓之時，必稱詩以諭其志。」我們不能否認《詩經》有其純文學領域的藝術價值，但就時代背景來看，各種《詩經》的傳疏注解，如毛亨、鄭玄、孔穎達乃至於朱熹，也強調其教化作用。因此儘管《詩經》中的各類作品確實具有文學性，但不過只是披其外衣，當時人們總是傾向於它「美刺」的功能與「勸諫」的意義，而非從創作論的角度討論詩的表現技巧或作者的主體觀點。以上引文見班固：《漢書》（北京：中華書局，1987年），頁1755。

上的柔媚鮮豔，亦有嗅覺上的芬芳香氣。又如〈招魂〉中首先告以外患：

> 雕題黑齒，得人肉以祀，以其骨為醢些。
>
> 赤蟻若象，玄蜂若壺些。五穀不生，叢菅是食些。
>
> 增冰峨峨，飛雪千里些。

其次招以國內的聲色娛玩：

> 經堂入奧，朱塵筵些。砥室翠翹，掛曲瓊些。
>
> 翡翠珠被，爛齊光些。蒻阿拂壁，羅幬張些。
>
> 嫭容修態，絙洞房些。蛾眉曼睩，目騰光些。
>
> 二八齊容，起鄭舞些。衽若交竿，撫案下些。〔註17〕

比起《詩經》感發式的形容，《楚辭》在細節刻畫與動態美的呈現上要細膩生動得多。以上二例，或陳建築場景，或狀風物之貌，或敘佳人樂舞，皆只是描述經驗世界的樣態而已，及至〈離騷〉，如「畦留夷與揭車兮，雜杜衡與芳芷」、「朝飲木蘭之墜露兮，夕餐秋菊之落英」等句，經由種種象徵物與整體情境的建構，產生了豐富的連類想像。王逸在《楚辭章句‧離騷經章句序》有言：

> 〈離騷〉之文，依《詩》取興，引類譬諭。故善鳥香草，以配忠貞。
>
> 惡禽臭物，以比讒佞。靈修美人，以媲於君。宓妃佚女，以譬賢臣。
>
> 虯龍鸞鳳，以託君子。飄風雲霓，以為小人。〔註18〕

屈原藉由種種特定的譬喻之物，來寄託其「上以諷諫，下以自慰」〔註19〕的本意，可見《楚辭》中譬喻連類的手法已較具系統性的聯想與固定性的意涵，然王逸此處說「興」，但更類似「比」，透過物的比附來託喻內心情志。朱自清於《詩言志辨‧比興》亦指出，《楚辭》的引類譬喻形成後世的比體詩，如詠史、遊仙、艷情、詠物等〔註20〕，這四類的詩文主題在整個六朝也是蓬勃發展。

惟《楚辭》的比擬、象徵並非單純如王逸觀點下認為的「一物配一喻」，早有學者關注到《楚辭》中的情境問題，而王逸所謂的「引類譬諭」時則也必

〔註17〕以上引文分見洪興祖：《楚辭補注》（臺北：大安出版社，2004 年），頁 95～96、頁 315、頁 316、頁 317、頁 322～323、頁 325、頁 333。

〔註18〕洪興祖：《楚辭補注》，頁 3。

〔註19〕洪興祖：《楚辭補注》，頁 68。

〔註20〕朱自清：《詩言志辨》（臺北：台灣開明書店，1974 年），頁 88。

須放在整體文本的情境脈絡下進行闡述，而不能讓單純的比附之物跟文本情境斷裂開來，否則一旦脫離作者，即會失去文本情境與實體情境的興意〔註21〕。因此，筆者試圖在此基礎上進一步論述，圖像化書寫之所以成為一主流的寫作模式，在於圖像對作者意旨的寄託是有所幫助、顯現的。屈原一再以自然物象為符碼，以表達內心情志，故香草美人、飄風雲霓等物皆已脫落原有皮相，跟隨作者創立的文本情境轉生幻化成新的有機體，具備了「言外之意」，此書寫手法當可視為圖像化書寫之前導車。但物作為譬喻的符碼，卻未必非是真實的、必然存在的實像不可，圖像與作者意旨的關係，在《楚辭》中可以是一種「經由想像、思辨以抽離物類的某一共性，造作而成的虛像，為比喻關係。」〔註22〕由此，所謂的「詭異之辭」、「譎怪之談」〔註23〕不過是呈現內心情志的描述手段，圖像的描述當然也可以包含虛構的假想。〔註24〕

當想像的文字形容得以承載更多的作者意旨，並於文辭中構築出更寬宏的時間與空間經驗時，作者創造的整體情境將會更加完整細緻。所謂「論山水，則循聲而得貌；言節侯，則披文而見時」〔註25〕，在圖像化書寫的道路上，《楚辭》另一個發展面向便是對於空間與時間書寫的掌握。前文所舉之〈招魂〉，言北方寒冷，為「增冰峨峨，飛雪千里」，便可視為是在《詩經》「雨雪霏霏」的時令狀態上，加上了「千里」的空間描寫，而「飛」字的增加，更具備一種

〔註21〕顏崑陽：〈論詩歌文化中的「託喻」觀念〉，收錄於《詩比興系論》，頁189。同時顏崑陽認為：「這整體渾化的情境，不可句摘，不可自解，如何能一一指出何物比喻何物！」見前揭書，頁190。

〔註22〕顏崑陽：〈從應感、喻志、緣情、玄思、遊觀到興會〉，收錄於《詩比興系論》，頁347。又顏崑陽指出：「在文本語境中的物僅是做為譬喻主體之志的符碼；符碼是物從實在域中抽離出來而取其共類之普遍性相，以做為人之情志的比喻或象徵，故為「虛象」。

〔註23〕劉勰語：「至于託雲龍，說迂怪，丰隆求宓妃，鴆鳥媒娀女，詭異之辭也；康回傾地，夷羿彃日，木夫九首，土伯三目，譎怪之談也。」見范文瀾注：《文心雕龍注》，卷一〈辨騷〉，頁46～47。

〔註24〕關於《楚辭》的想像力與文學性，可進一步討論這究竟是文學家的想像，還是真實寫出對於楚文化中神巫祭祀時，種種客觀經驗的巫術器物意義與神交相感的主體精神感受？如朱曉海先生曾指出：「許多都是借用原始宗教場合使用之物，注以不同分量的新酒，……那些花草奇服、神禽異獸並不是什麼比喻，而是具有實際巫術功能的器物。」見朱曉海：《漢賦史略新證》（西安：陝西人民出版社，2004年），〈序論〉，頁3。但不論是想像或真實，《楚辭》細膩優美的描述文句都豐富呈現出各類圖像，因此仍可透過圖像以追索相關的作者情志。

〔註25〕范文瀾：《文心雕龍注》，卷一〈辨騷〉，頁47。

動態的美感。又如〈離騷〉即是屈原透過書寫一想像的旅途經歷，以上下求索喻志的鉅篇，其中不乏時、空敘寫，交錯紛陳的場景呈現：

> 悔相道之不察兮，延佇乎吾將反。回朕車以復路兮，及行迷之未遠。
> 步余馬於蘭臯兮，馳椒丘且焉止息。進不入以離尤兮，退將復脩吾初服。
> 製芰荷以為衣兮，集芙蓉以為裳。不吾知其亦已兮，苟余情其信芳。
> 高余冠之岌岌兮，長余佩之陸離。芳與澤其雜糅兮，唯昭質其猶未虧。
> 忽反顧以遊目兮，將往觀乎四荒。佩繽紛其繁飾兮，芳菲菲其彌章。
> 民生各有所樂兮，余獨好脩以為常。〔註26〕

以種種形貌上的逡巡淹留之狀，抒發出內心那種忍痛欲歸的掙扎。「悔相道之不察兮，延佇乎吾將反」、「回朕車以復路兮，及行迷之未遠」等句，利用線性的空間呈現，流露出內心的徬徨感，既是在說路途，也是在說心跡。「芰荷」、「芙蓉」等香草之喻，象徵自己的高節操守，此段「芳」字共出現三次，以「芳菲菲」的嗅覺摹寫，呼應視覺上香花滿身的潔身自好，亦有世紛濁而「唯吾德馨」的意味。這樣物、事、情同章連類的手法，在「上征帝居」之時，更有體現：

> 跪敷衽以陳辭兮，耿吾既得此中正；駟玉虬以乘鷖兮，溘埃風余上征。
> 朝發軔於蒼梧兮，夕余至乎縣圃；欲少留此靈瑣兮，日忽忽其將暮。
> 吾令羲和弭節兮，望崦嵫而勿迫。路曼曼其脩遠兮，吾將上下而求索。
> 飲余馬於咸池兮，總余轡乎扶桑。折若木以拂日兮，聊逍遙以相羊。
> 前望舒使先驅兮，後飛廉使奔屬。鸞皇為余先戒兮，雷師告余以未具。
> 吾令鳳鳥飛騰兮，繼之以日夜。飄風屯其相離兮，帥雲霓而來御。
> 紛總總其離合兮，斑陸離其上下。吾令帝閽開關兮，倚閶闔而望予。
> 時曖曖其將罷兮，結幽蘭而延佇。世溷濁而不分兮，好蔽美而嫉妒。

〔註27〕

空間描述上，自屈原起身決定「上征」開始，就開展出了自「點」到「線」的旅途延伸。「路曼曼其脩遠兮」二句，「曼曼」既是距離長度，也暗示旅途中時間的遞嬗，兩次的「上下」奔波，就從單純的線性描述拓展到面的鋪展，形成三維的空間敘寫，其中各類「蒼梧」、「縣圃」、「咸池」、「扶桑」、「羲和」、「望舒」、「飛廉」、「雷師」等地點、人物的點綴，營造出一幅豐富的仙界圖像。「朝

〔註26〕洪興祖：《楚辭補注》，頁23～25。
〔註27〕洪興祖：《楚辭補注》，頁35～41。

夕」、「日夜」相對，直指「日忽忽其將暮」的心焦感，「吾令羲和弭節兮，望崦嵫而勿迫」一句，「弭」、「迫」二字反映出駕車速度的快慢，又何嘗不是刻畫出對時間流逝的感嘆。

　　〈離騷〉的創作意旨即在於明志抒懷，上述例子充分說明〈離騷〉的通篇手法，從局部細觀之，各類物象都是單一的象徵譬喻；從總體巨觀之，建立了渾融一貫的情境。一篇文學作品中，無論是對外物的細膩觀察與描繪，或是對於時空書寫的掌握能力，都並非只是說明文學技巧的高明與否，而在揭露出構築「情境」的重要性。也就是能夠「經由想像虛構的整體文本情境，以與屈原所處的實存情境形成連類，而實存情境隱在言外，對文本情境形成寄託的關係」〔註28〕。《楚辭》創造出一個個的「情境」，當空間跟時間貫串起來，作者可以描繪的、自主建構的精神世界與客觀世界變得更宏大、完整，這樣的一個「情境」是既真實又虛幻的。屈原充滿「香草美人」的情境是建立在一定的客觀物質世界上，但作者卻為之賦予了不同的意義，因此當讀者也進入了作者創造的專屬情境，便能身歷其境地感受作者之感受、理解作者為文之用心。而這或許也可以是作者創造完整情境的用意——透過對時空書寫能力的掌握成熟，藉此達到更精確表意的功能。例如中國古典文學中悲秋的傳統主題，即是從《楚辭》中發展開來，而到了魏晉時期作品更是更層出不窮。這類傷春悲秋等感思時令的作品，內容皆是先對外在物色改變而有所感慨、體會，甚至進而點出因時間推移而產生的認知問題或哲學問題，這便是從時空意識感受到萬事萬物推移的悲哀〔註29〕、進而寄喻自己的「士不遇」。作者即是透過景象與物象的連串展演，讓讀者有所共感、一起感知到節令更迭下的客觀景物與主觀心境轉變〔註30〕。

　　當作者建立的情境越完整，要表達的意旨就可以更複雜、多樣，甚至可以有所「複意」，具有多重的解讀性，這樣的多重解讀可以只是單一意象的形成，也可以全篇文章的旨趣所在。因此儘管《楚辭》在圖像化書寫的意識與掌握上

〔註28〕 顏崑陽：〈論詩歌文化中的「託喻」觀念〉，收錄於顏崑陽：《詩比興系論》，頁190。

〔註29〕 見吉川幸次郎著，鄭清茂譯：〈推移的悲哀上〉，《中外文學》第6卷4期，1977年9月，頁24～54。又〈推移的悲哀下〉，《中外文學》第6卷5期，1977年10月，頁113～131。

〔註30〕 例如何寄澎曾指出：「〈九辯〉還是樹立了由時、空意識所主導的悲肉體衰亡、生命流逝的『悲秋』典型。」詳見何寄澎：〈悲秋：中國文學傳統中時空意識的一種典型〉，《臺大中文學報》第7期，1995年4月，頁77～92。

仍稍嫌模糊、朦朧不清，但整體而言，無論是象徵意義的營建、或是對時空景物的鋪陳描摹，已具有大致的雛形了。

第二節　兩漢賦作的蔚似雕畫

　　最早釋「賦」的文獻為《漢書·藝文志》:「不歌而誦謂之賦」〔註31〕，又班固在其〈兩都賦序〉亦言:「賦者，古詩之流也。」〔註32〕說明詩賦之間存有一定的源流關係。其後漢人注《周官·周禮·春官》之「教六詩，曰風，曰賦，曰比，曰興，曰雅，曰頌」時，鄭玄注云:「賦之言鋪，直鋪陳今之政教。」〔註33〕以鋪敘訓「賦」，而劉熙《釋名》亦言:「賦者，鋪也。」〔註34〕唐代的孔穎達在《毛詩正義》引鄭注也同樣疏為:「詩文直陳其事」〔註35〕，以上鄭、劉皆主張賦之「鋪」意，而孔則從鄭注的「直陳」上談。從《詩經》的文學表現技巧上看，關於詩六義中的「賦」法，確實含有直言其事的特色，但解為鋪陳之義則未必，或許因為東漢以來，見西漢賦作皆有敷陳展衍之風格，故東漢人有此訓解〔註36〕。不論原義為何，賦之寫作在西漢後確實具有這樣的文體特色了，而賦作為「鋪陳」、「鋪張」的概念，仍被魏晉人所繼承，亦屬無疑〔註37〕。既然要「鋪陳」，開展長篇大論，為求提升內容的豐富程度與字數的增加，裝飾性「鋪采摛文」的手法是可想而見的〔註38〕。劉勰《文心雕龍·詮賦》曾

〔註31〕　班固:《漢書》，頁 1755。
〔註32〕　李善注:《文選》，頁 1。
〔註33〕　賈公彥:《周禮注疏》，頁 984。
〔註34〕　劉熙:《釋名》，頁 100。
〔註35〕　孔穎達:《毛詩正義》，頁 45。
〔註36〕　關於東漢釋賦為鋪，乃取材自兩漢辭賦特色之說，參曹道衡:《漢魏六朝辭賦》（臺北:群玉堂出版事業股份有限公司，1992 年），頁 11。
〔註37〕　如晉代摯虞〈文章流別論〉言:「敷陳之稱也」；南朝梁鍾嶸《詩品》言賦是「直書其事」；約略同時代的劉勰《文心雕龍·詮賦》亦言:「賦者鋪也」，同時更指出用「鋪采摛文」的手段以達「體物寫志」的目的。以上引文分可參看穆克宏、郭丹:《魏晉南北朝文論全編》（南京:江蘇教育出版社，2004 年），所收摯虞〈文章流別論〉，頁 88～93；鍾嶸《詩品·序》，見汪中:《詩品注》（臺北:正中書局，1990 年），頁 16；范文瀾:《文心雕龍注》，卷二〈詮賦〉，頁 134。
〔註38〕　鄭毓瑜則認為與其以鋪陳、鋪張的手法來看漢大賦的「閎麗」，不如說受到身體感受的經驗影響，即這些連類體驗是「受聲教傳統影響的記憶單元組合」，故方便表演者串講，「而後（使讀者）順利掌握各單元組合後的整全主題。」見鄭毓瑜:〈替代與類推〉，《引譬連類:文學研究的關鍵詞》，頁 120。筆者案:無論是作者有意的串聯感官經驗，或是讀者的聯想觸動，「連類」本身也需要依靠圖像的展示，因此這類感官的連類體驗可視為是圖像化書寫方式的早期來源。

言：「寫物圖貌，蔚似雕畫」。觀「雕畫」一詞，可說明鋪陳文章的過程中會以安排圖像展演為一大重點。《文心雕龍・詮賦篇》云：

> 及靈均唱《騷》，始廣聲貌。然則賦也者，受命於詩人，而拓宇於《楚辭》也。於是荀況〈禮〉、〈智〉，宋玉〈風〉、〈釣〉，爰錫名號，與詩畫境，六義附庸，蔚成大國。遂述客主以首引，極聲貌以窮文。

《楚辭》中對於時空書寫的延展與活靈活現的物貌描摹，無疑地對漢賦的創作有一定程度的啟發[註39]。而就早期賦作的狀況來看，通篇「借此喻彼」的手法已開始顯現，所謂「極聲貌以窮文」的特色也越加明顯。荀子的〈賦篇〉，在刻畫物體的描述背後，實則是以擬喻來達到「大者興治濟身，其次弭違曉惑」[註40]的用途，因此處處可見「圖象品物」的手法，來表達抽象的道理。如以蠶「屢化而不壽」，言「化性起偽」的積累工夫；詠箴「以能合縱，又善連橫」，喻「道貫」、「道一」的統類觀念。故可知象物即形實非重點，作者寓意極其隱晦[註41]。

　　託名宋玉所作等騷體賦，如〈高唐〉、〈神女〉賦等，從水岸、山林等各方面詳加描繪高唐雲夢澤畔的風景，至描繪美貌「耀乎若白日初出照屋樑」、「皎若明月舒其光」的神女；或是「眉如翠羽，肌如白雪，腰如束素，齒如含貝」的鄰女，除足見其敷張華麗、描寫細膩外，其中的含意似又非單純「諷淫」、「戒色」，而是藉由神女、山川、雲氣等一系列圖像，擬虛為實，體狀出所欲指陳之概念[註42]。

〔註39〕如《文心雕龍・辨騷》云：「軒翥詩人之后，奮飛辭家之前」、「是以枚、賈追風以入麗，馬、揚沿波而得奇，其衣被詞人，非一代也。」但劉勰所謂的繼承與沿襲，主要是指《楚辭》的寫作技法上強調聲貌描寫，「令讀者能被引導進入作者欲傳達的氛圍、情緒」此面向言，故〈詮賦〉是從廣、極「聲貌」這一點來主張《楚辭》影響了西漢賦家的創作風格。詳可參見朱曉海：〈「靈均餘影」覆議〉，《清華學報》，新 30 卷第 4 期，2000 年 12 月。

〔註40〕范文瀾：《文心雕龍注》，卷三〈諧讔〉，頁 271。

〔註41〕劉勰《文心雕龍・諧讔》：「讔者，隱也。遁辭以隱意，譎譬以指事也。或體目文字，或圖象品物，纖巧以弄思，淺察以衒辭，義欲婉而正，辭欲隱而顯。荀卿〈蠶賦〉，已兆其體。」從「圖象品物」可見其書寫手段；「纖巧以弄思，淺察以衒辭」可見其書寫技巧，而書寫的最終目的都指向「遁辭以隱意，譎譬以指事」。這些利用圖像來包藏意義的文體，可以算是具有早期的圖像化書寫概念，儘管這樣的手法呈現並不是撰文者刻意推動的，而可能較傾向從生活經驗中自然而然地篩選、擷取。另關於荀子〈賦篇〉的寓意分析，詳見朱曉海：〈某些早期賦作與先秦諸子學關係證釋〉，《清華學報》新 29 卷第 1 期，1999 年 3 月。

〔註42〕關於〈高唐賦〉與〈神女賦〉以「神女喻道」的書寫手法與傳承，將在第五章詳細分析之。

　　枚乘〈七發〉，多有描寫各類聲色、田獵的段落，較《楚辭》的陳列描述地更有系統、層次，並於最後指出人生終極的精神依歸與價值所在，而這類描寫項目也為後起之漢大賦所繼承、發展。漢賦之興起，其寫作手法或繼承戰國縱橫之風，或用以炫耀大一統帝國之富麗強盛，乃至於作為講唱文學，融合倡優的表演技巧，尤其注重舞台上的視聽效果，故多有描寫五味、五色、五音之段落，並極其鋪陳誇張之能事，這其實正代表漢賦具備了趨於成熟的圖像化的描繪方式，且運用相當廣泛〔註43〕。因此，「漢賦在鋪陳文采、描繪客觀世界方面，的確是先秦文學詩文所無法比較的。」〔註44〕

　　司馬相如曾言：「賦家之心，包括宇宙、總攬人物。」〔註45〕漢賦的題材，有事態，有物態，種類繁多，無所不包，如司馬相如、揚雄等漢賦大家作品，即可看出其鋪張揚厲的風格，同時也顯現出空間與時間書寫的進一步成熟。試觀〈子虛〉、〈上林〉等賦，從楚國的地貌風土、人物百態，到天子上林的帝京風華，寫景記物，極其繁複：

> 其山則盤紆岪鬱，隆崇嵂崒。岑崟參差，日月蔽虧。交錯糾紛，上干青雲。罷池陂陁，下屬江河。其土則丹青赭堊，雌黃白坿，錫碧金銀，眾色炫耀，照爛龍鱗。其石則赤玉玫瑰，琳瑉昆吾，瑊玏玄厲，碝石碔砆。其東則有蕙圃衡蘭，茝若射干，芎藭菖蒲，江離蘪蕪，諸柘巴且。其南則有平原廣澤，登降陁靡，案衍壇曼，緣以大江，限以巫山。其高燥則生葴菥苞荔，薛莎青薠。其埤濕則生藏莨蒹葭，東薔彫胡，蓮藕觚蘆，菴䕡軒芋。眾物居之，不可勝圖。其

〔註43〕漢賦的鋪陳特色，可與漢代畫磚結合一併比較、討論，惟研究方向與本文討論重點較不同，故不多作討論。如許結指出歷來在漢賦的空間研究中，多會以漢畫個案作印證，以兩相比較：「也正是這些類畫的成像方式與空間方位的敘事方法，形成了賦創作與畫創作的相似性，落實到賦體，就是圖案化與類型化的藝術特徵。」見許結：〈賦體與圖像關聯的文學原理〉，頁55。又許結〈漢賦「蔚似雕畫」說〉提及漢賦之圖貌，多以「組像」的方式展現，如張衡〈西京賦〉：「寫京都平樂觀前的『百戲』，列出節目程式表，包括『舉重』、『爬竿』、『鑽刀圈』、『翻筋斗』、『硬氣功』、『手技』、『雙人走繩』、『化裝歌舞』、『幻術』、『雜技』、『魔術』、『馴獸』、『馬戲』等一系列的表演，其在呈示『類』的文物系統的同時，也給讀者如同閱覽連環畫的感受。與『個像』相比，『組像』的場景與氣勢顯得壯浪博麗，這也是大賦最擅長的寫物圖貌的表達。」見許結〈漢賦「蔚似雕畫」說〉，頁41。

〔註44〕龔克昌：〈漢賦在中國文學史上的地位〉，《中國辭賦研究》，頁55。

〔註45〕葛洪著，成林、程章燦譯注：《西京雜記》（臺北：臺灣古籍出版社，1997年），頁73。

西則有湧泉清池，激水推移，外發芙蓉菱華，內隱鉅石白沙。其中則有神龜蛟鼉，瑇瑁鱉黿。其北則有陰林巨樹，楩柟豫樟，桂椒木蘭，蘖離朱楊。櫨梨梬栗，橘柚芬芳。其上則有赤猿蠗蝚，鵷雛孔鸞，騰遠射干。其下則有白虎玄豹，蟃蜒貙犴，兕象野犀，窮奇獌狿。〔註46〕

〈子虛〉以山為中心，向外展開上下四方的自然風貌與人間活動論述，〈上林〉則更加擴大，將所有景物事態一一羅列，尤其是對畋獵的描寫：

生貔豹，搏豺狼。手熊羆，足壄羊。蒙鶡蘇，絝白虎。被班文，跨壄馬。陵三嵕之危，下磧歷之坻。徑峻赴險，越壑屬水。椎飛廉，弄獬豸。格蝦蛤，鋌猛氏。羂騕褭，射封豕。箭不苟害，解脰陷腦；弓不虛發，應聲而倒。……

道盡塗殫，迴車而還。招搖乎襄羊，降集乎北紘。率乎直指，掩乎反鄉。蹷石闕，歷封巒。過鳷鵲，望露寒。下棠梨，息宜春。西馳宣曲，濯鷁牛首。登龍臺，掩細柳。觀士大夫之勤略，均獵者之所得獲。徒車之所轔轢，步騎之所蹂若，人臣之所蹈藉，與其窮極倦𧿒，驚憚讋伏，不被創刃而死者，他他藉藉，填阬滿谷，掩平彌澤。〔註47〕

洋洋灑灑數百字，無處不見大量排比、對偶的句法，以及誇張無比的形容，製造出令人目不暇接的效果，對於時空場景安排、鏡頭的遠近拉伸，都作了精細的雕鏤。從其東、西、南、北，各自若何等「四至」敘述，乃至上、下等囊括「六合」的形容，層次高低起伏，或總覽、或聚焦，層層推進，開展成一幅雄偉的山河畫卷。司馬相如自言：「合纂組以成文，列錦繡而為質。一經一緯，一宮一商，此賦之跡也。」〔註48〕經緯交織成「色」；宮商建構出「聲」；「合」、「列」二字則表示必須將眾多聲色的材料重新鎔鑄、熬煮，方能成品，這些都可以說明賦存在著以感官捕捉形象的特點，故能建構出一種近似視覺文本的可觀性〔註49〕。因此我們確實可以說，漢大賦的圖像性與藝術美感即：「存在於它的空間結構以及經其組合控制而塑造成為千奇百怪的事態與物態之中。」〔註50〕

〔註46〕李善注：《文選》，頁349～351。

〔註47〕李善注：《文選》，頁371～374。

〔註48〕葛洪著，成林、程章燦譯注：《西京雜記》，頁72～73。

〔註49〕許結指出賦的特質是：「賦體給人以圖像化的閱讀感受，在於近似視覺文本的可『觀』，賦可觀作者之才學與風采，可觀社會之禮儀與制度。」見許結：〈賦體與圖像關聯的文學原理〉，頁56。

〔註50〕鄭明璋：《漢賦文化學》（山東：齊魯書社，2009年），頁162。

又如揚雄〈甘泉賦〉描寫甘泉宮高聳入雲、巍峨不可測：

> 於是大廈雲譎波詭，摧嶉而成觀。仰撟首以高視兮，目冥眴而亡見。
> 正瀏灠以弘惝兮，指東西之漫漫。徒徊徊以徨徨兮，魂眇眇而昏亂。
> 據軨軒而周流兮，忽軮扎而亡垠。翠玉樹之青蔥兮，璧馬犀之瞵珛。
> 金人仡仡其承鍾虡兮，嵌巖巖其龍鱗。揚光曜之燎燭兮，垂景炎之
> 炘炘。配帝居之縣圃兮，象泰壹之威神。洪臺崛其獨出兮，撫北極
> 之嶟嶟。列宿迺施於上榮兮，日月纏經於柍桭。雷鬱律於巖突兮，
> 電倏忽於牆藩。鬼魅不能自逮兮，半長途而下顛。歷倒景而絕飛梁
> 兮，浮蔑蠓而撇天。〔註51〕

以及〈羽獵賦〉描述與水中獵物搏鬥時，有如動作片般的驚險場景：

> 乃使文身之技，水格鱗蟲。凌堅冰，犯嚴淵，探巖排碕，薄索蛟螭，
> 蹈獱獺，據黿鼉，抾靈蠵。入洞穴，出蒼梧，乘巨鱗，騎京魚。浮彭
> 蠡，目有虞。方椎夜光之流離，剖明月之珠胎，鞭洛水之虙妃，餉
> 屈原與彭胥。〔註52〕

二賦皆多客觀經驗敘寫，時空安排豐富亦具層次性。〈甘泉賦〉誇張地歌詠了
甘泉宮的壯麗，已經到了震懾鬼神、凌駕日月的地步：「鬼魅不能自還兮，半
長途而下顛」、「歷倒景而絕飛梁兮，浮蔑蠓而撇天」，盡是鋪天蓋地、席捲而
來的震撼感，製造出「黨鬼神可也」的目眩神迷。這種炫目到令人恍惚茫然的
描述，並非真實的雕鏤，而是將重點訴諸於感官與精神上的強烈衝擊感，可說
是對司馬相如式的巨麗風格產生了質的轉化，是另一種嶄新的漢賦圖像美學。
尤可注意的是，這種轉化還包含對於描繪香、光、聲、影的創新手法〔註53〕，
揚雄多次在句中穿插著對於不可見之香、聲描寫：「蘙咇胉以捆根兮，聲駉隱
而歷鍾。排玉戶而颺金鋪兮，發蘭蕙與芎藭。帷弸彋其拂汨兮，稍暗暗而靚深。
陰陽清濁穆羽相和兮，若夔牙之調琴。」〔註54〕描摹可見之色最易，然欲人知
無形之聲、香、風，則需要看作者是否具備足夠功力來描繪「虛無」。揚雄渲
染了一個聲光香煙的「造境」，將香氣與樂音以風為媒介，轉化為圖像，讀者

〔註51〕李善注：《文選》，頁 325～326。
〔註52〕李善注：《文選》，頁 396～297。
〔註53〕朱曉海先生曾指出揚雄〈甘泉賦〉力述奇異幻覺，又著墨於聲光香煙的造境，
　　　　開闊筆力令人驚嘆，並認為此賦「無一處採一般意義的刻畫。」見朱曉海：〈揚
　　　　雄賦析論拾餘〉，《清華學報》，新 29 卷第 3 期，1999 年 9 月，頁 266。
〔註54〕李善注：《文選》，頁 327～328。

彷彿看見氤氳香氣，嫋嫋上升，穿越廊柱、撩動著屋簷，使之發出琅然琴音，但其實一切聲、香、風實不可能「見」，故更覺技巧高明而情境渾然一體。

〈長楊賦〉具體畋獵場面描寫較少，至多像是：「羅千乘於林莽，列萬騎於山隅」等數語帶過君主荒淫的「窮覽極觀」，但採取了歷史典故，將之化為圖像。例如在敘述過去漢武帝的武功偉業時便相當生動：

> 碎轒轀，破穹盧，腦沙幕，髓余吾……分猋單于，磔裂屬國，夷坑
> 谷，拔鹵莽，刑山石，蹂屍輿廟，係累老弱。〔註55〕

天子狩獵的場景不實寫，對於高祖至武帝的豐功偉業卻無不是一幕幕的圖像呈現，實意在暗喻漢成帝才德皆不配先祖，卻好羽獵等「奪民」之舉。

揚雄的賦作在序中已很明確指陳其寫作用意在於「風」〔註56〕，然相較於司馬相如的勸諫意旨，其作品更多的是濃厚的諷刺意味。如〈長楊賦〉中，揚雄很明顯採取了以頌為諷的口吻論述。同是畋獵的題材，〈羽獵賦〉中關於狩獵景象的描述並沒有〈子虛〉、〈上林〉那樣繁多，甚至到了雜冗的地步，相反的，揚雄在賦中的場景安排，比起成堆麗辭的堆砌，更值得仔細分析玩味。若說〈長楊賦〉通篇以翰林主人強詞奪理的言語辯論來諷刺天子荒淫，〈羽獵賦〉則直接提供各種實質的遊狩場面來說明天子的行為有多擾民，而「封禪」一段的安排，將諷刺推到極致：

> 於茲虖鴻生鉅儒，俄軒冕，雜衣裳，修唐典，匡雅頌，揖讓於前。昭
> 光振燿，蠁曶如神，仁聲惠於北狄，武誼動於南鄰。是以旃裘之王，
> 胡貉之長，移珍來享，抗手稱臣。前入圍口，後陳盧山。羣公常伯，
> 楊朱墨翟之徒，喟然稱曰：「崇哉乎德，雖有唐虞大夏成周之隆，何
> 以侈茲！太古之觀東嶽，禪梁基，舍此世也，其誰與哉？」〔註57〕

在鴻生鉅儒、文武百官奉承地請封泰山的符碼中，揚雄加入了兩重意義：其一，當今天子好色、好獵，多有擾民之行，既然德不配位，則封禪的舉動豈不荒唐可笑？其次若真要封禪，此舉恰如當年秦皇暴虐，鞭笞天下之時，「無其德」

〔註55〕李善注：《文選》，頁 407～408。

〔註56〕如〈甘泉賦・序〉：「奏甘泉賦以風。」〈羽獵・序〉：「又恐後世復修前好，不折中以泉臺，故聊因校獵，賦以風。」〈長楊・序〉：「上長楊賦，聊因筆墨之成文章，故藉翰林以為主人，子墨為客卿，以風。」可看出揚雄的獻賦意旨。以上引文見李善注：《文選》，頁 321、87、403。〈河東〉：「上河東賦以勸。」見趙逵夫主編：《歷代賦評注・漢代卷》（四川，巴蜀書社，2010 年），頁 254。

〔註57〕李善注：《文選》，頁 397。

卻硬要「用其事」一般〔註58〕。由此，一幅群臣奏請天子封禪的圖像，正凸顯出和現實中悖反的衝突感。儘管揚雄的賦作多被認為因襲、仿效司馬相如的作風〔註59〕，但相較於司馬相如單純採取大量堆疊的圖像，一層又一層地推上荒謬誇誕的最高峰，來凸顯自己勸諫的意旨，揚雄更在圖像堆疊的基礎上，精心打造出個別突出的構象來「反話正說」，如前面的封禪一段即是。故揚雄的布局手法與細膩度，較司馬相如賦作中所著墨的部分更為深刻。

因此總的來說，如司馬相如、揚雄為代表的漢大賦，其誇張揚厲的特色何嘗不是利用了圖像的層層疊加，最終達到一種極度的荒誕，來點出自己寫作的寓意——勸諫或嘲諷？《史記・司馬相如列傳》就指出，其「虛辭濫說」目的皆在「歸引之節儉」〔註60〕。二人賦中的圖像安排其實已經具備了一定的意識，圖像的浮華炫麗只是刻意為之的表象，目的是使讀者產生荒謬感之後進行反思，此手法與比興中的「比」極為類似，同是「經過了一番意匠經營，使主題以外的事物，通過一條理路而與主題互相關聯起來。」〔註61〕當然此處馬、揚並非是一物比一物的託喻，但透過圖像所勾勒出的情景與故事走向，在構築的幻境中試圖使人幡然醒悟，即是作者的心思所在。

漢賦寫作的內涵其實有所轉變，揚雄自言：「……賦者，將以風也，必推類而言，極麗靡之辭，閎侈鉅衍，競於使人不能加也，既乃歸之於正，然覽者過矣。」〔註62〕武帝時司馬相如尚用以勸諫，至揚雄則多諷刺，隨著文人對政治理想的失意與死心，爾後若到了歌功頌德、全為「宣上德而盡忠孝」而賦的話，便失去了傳統上「風諫」功能的支撐，可謂賦中「與三代同風」的精神，根本上已死。然無論認為作者的書寫用意是在於「諷刺」或是「美頌」，描述場景是「荒誕」或「真實」，四至、六合這些巨麗的敘述皆能體現出強盛國力與天子權威的圖像，如班固〈兩都賦・序〉中指陳：「潤色鴻業」〔註63〕，及

〔註58〕語出司馬遷《史記・封禪書》：「始皇封禪之後十二歲秦亡。……此豈所謂無其德而用事者邪？」見瀧川龜太郎：《史記會注考證》（臺北：大安出版社，2005年1月），〈書・封禪書〉，頁488右下。關於〈羽獵賦〉封禪寓意分析與其為文之用心，詳見朱曉海：〈揚雄賦析論拾餘〉，頁272～276。筆者於此處僅在強調揚雄利用圖像化書寫的手法呈現象徵寓意。

〔註59〕如劉熙載言：「揚子雲乃謂『賈誼升堂，相如入室』，以己多依效相如故耳。」見劉熙載《藝概》（臺北：華正書局，1985年），〈賦概〉，頁91～92。

〔註60〕瀧川龜太郎：《史記會注考證》，〈司馬相如列傳〉，頁1233右上。

〔註61〕徐復觀：《中國文學論集》，頁98。

〔註62〕班固：《漢書》，卷八七〈揚雄傳〉，頁3575。

〔註63〕以上引文見李善注：《文選》，卷一〈賦甲〉所收班固〈兩都賦・序〉，頁2～3。

劉勰《文心雕龍・詮賦》所謂：「體國經野，義尚光大」〔註64〕，一幕幕空間展示也就是權力的展演。但另一方面，從文學技巧的發展上來說，在先秦「狀物」、「寫物」的持續發展下，漢賦的描繪技巧已趨向成熟，選擇賦做為敘述的載體，更能鉅細靡遺地敘寫出一個龐大的圖景，班固《漢書・藝文志・詩賦略》：「競為侈麗閎衍之辭」〔註65〕、劉勰《文心雕龍・麗辭》說「自揚馬張蔡，崇盛麗辭，如宋畫吳冶，刻形鏤法」〔註66〕，二家說法可以從漢賦中極力描繪四方天地的「四至」手法得到證實，「四至」手法除了可視為是漢人宇宙論中對宇宙圖像的詮解，也代表著空間書寫進入了另一個成熟的階段，班固〈兩都賦〉、張衡〈二京賦〉，皆是如此，直至西晉左思之〈三都賦〉，於時皇甫謐之〈三都賦序〉仍言「因物造端，敷宏體理」，說明賦的寫作意旨在於以鋪敘手法體現客觀世界「事理」的方方面面。而左思本人更是在鋪敘之外，增加了「其山川城邑則稽之地圖，其鳥獸草木則驗之方志」的要求，以「美物者貴依其本，讚事者宜本其實」的態度來「頌之所見」〔註67〕。

　　另外，「賦體細部所表現的個別事物，並不是具有獨立性的藝術意象，只有將它們放在特定的結構之中才能聚合在一起，從而表達一個特定的意義。」〔註68〕儘管漢大賦鋪排的事物包羅萬象，然而大部分的細部意象性並不完整，我們很難透過單一的景致、物象的描繪，便說它在作品中代表了什麼意義，或起到什麼作用。而且這樣宏偉鋪衍的鉅篇，其主要目的不過是在呈現畫面，雖然具體刻畫了圖像，但內容上實較缺乏與作者主體情感、思想的連結，亦不見得試圖以這樣的手法來比喻什麼〔註69〕。儘管漢賦中的「造象」，多半缺乏寄託或比喻的意涵，甚至因為連篇累牘的堆疊，可以說不過是「廢話與謊話的

〔註64〕范文瀾：《文心雕龍注》，卷二〈詮賦〉，頁135。
〔註65〕班固：《漢書》，頁1756。
〔註66〕范文瀾：《文心雕龍注》，卷七〈麗辭〉，頁588。
〔註67〕李善注：《文選》，卷一〈賦甲〉所收左思〈三都賦・序〉，頁174。
〔註68〕見鄭明璋：《漢賦文化學》，頁162。但筆者認為仍有例外，故僅言「大部分」的漢大賦作品，如前文提及的揚雄〈羽獵賦〉，即是刻意經營一段關於封禪的圖像描繪，以表達強烈的諷刺性。是故此說法並不代表漢賦中的所有圖像從個別來看，都不具意義，只是我們惟有宏觀地審視通篇作品，才能對文章的主旨有較深刻清晰的掌握、對作者用意的理解也較為曉暢。
〔註69〕廖蔚卿指出漢賦「『工為形似』的『寫物』的手法大抵是客觀的造象技巧之運作，……它不能以『體物』『寫物』『感物詠志』的總體結構去完成詩的目的及效用，是以賦的『巧構形似』僅是『麗淫』的文辭之美巧。」見廖蔚卿：〈從文學現象與文學思想的關係談六朝「巧構形似之言」的詩〉，《漢魏六朝文學論集》，頁546～547。

結合」〔註70〕，然而正是這樣的技巧造成文學發展的美感，〈三都賦序〉言：「美麗之文，賦之作也」，如何在賦作中體現出「美」，就必須靠著圖像的展演。

　　總而言之，圖像化書寫這樣的運用雖早有前例，但何時有意識地將圖像化書寫視為一個獨立的寫作手法、且已成習慣，甚至進一步去強調其目的性與意義——也就是透過「象」來表「意」呢？而這樣的「意」（創作意旨）又是否能逐漸跳脫奉勸君王等政治教化目的，注入更多自己個人的情志？筆者認為，發展到魏晉，當時的詩賦便已充分展現出這樣的特色了。

第三節　東漢晚期的物色觀照

　　圖像能夠呈現情境，若漢賦較傾向三百六十度零死角的照相機，魏晉的鏡頭則是刻意去捕捉、構圖，這可以看成是魏晉時期文人有意識地在作品中大量注入自身的情感與性格，所造就的寫作變化。這樣的情況，東漢以降已略有發端，在寫作視角上，文人逐漸從總攬一切到主要或單獨描寫一個對象，尤其是到了東漢中後期，更可見關注視角的不同〔註71〕。

一、張衡與蔡邕辭賦中的圖像與其寄託意味

　　圖像化書寫的具體變化，從張衡的賦作中即可窺見轉向的端倪。張衡賦作中多有專工雕琢之字句，呈現出具體圖像的刻畫，如〈舞賦〉形容舞姬身姿之美：

> 搦纖腰而互折，嫣傾倚兮低昂。增芙蓉之紅華兮，光的皪以發揚。
> 騰嫇目以顧眄，盼爛爛以流光。連翩駱驛，乍續乍絕。裾似飛燕，
> 袖如迴雪。〔註72〕

〔註70〕此為朱曉海先生於《漢賦史略新證·序》所言，見朱曉海：《漢賦史略新證》，頁10。又注釋17：「漢代賦家以羅列具體圖景，代替奢侈、壯觀等空洞詞彙，傳達欲令讀者獲致的感知。」見頁22。因此在數十句中鋪陳抽掉任何一句，恐怕對整體文章也不見得有什麼影響。然而漢賦中對於圖像的堆疊，正是作者諷諫用意的手段所在，一如《史記·太史公自序》言孔子曰：「我欲載之空言，不如見之於行事之深切著明也。」圖像或故事的敘述，都比空泛地談論抽象概念好懂得多。見瀧川龜太郎：《史記會注考證》所收司馬遷〈太史公自序〉，頁1332～1348。

〔註71〕鄭明璋認為同樣是描寫舞蹈場景，在司馬相如跟張衡的賦中側重的比例就有很大的不同，足見「漢賦創作的題材在不斷地細化」，見鄭明璋：《漢賦文化學》，頁238～239。

〔註72〕費振剛、仇仲謙、劉南平：《全漢賦校注》（廣州：廣東教育出版社，2005年），頁760。

或如〈溫泉賦〉對於驪山溫泉的景色勾畫：

> 覽中域之珍怪兮，無斯水之神靈，控湯谷於瀛洲兮，濯日月乎中營。
> 蔭高山之北延，處幽屏以閑清。於是殊方跋涉，駿奔來臻。士女曄
> 其鱗萃兮，紛雜遝其如絪。〔註73〕

在雕鏤物貌上，身為漢賦四大家的張衡自然是信手拈來，然而其〈歸田賦〉一文，可謂極具圖像化書寫成熟的指標性。我們已知漢大賦中雖囊括各式圖像，然而圖像的陳設多僅為散漫地品覽眾物，這類圖像完全是為了形式上的「美文」效果服務，並無寄託著作者真正的意念，但〈歸田賦〉中的圖像卻負載著張衡的心志，格外具有象徵意義。

（一）田野物色的遠遊圖像

〈歸田賦〉按文意可分為三段，而三段當中分別陳設了三幅圖景，首先是在京都作官的「宦遊圖像」：

> 遊都邑以永久，無明略以佐時；徒臨川以羨魚，俟河清乎未期。感
> 蔡子之慷慨，從唐生以決疑。諒天道之微昧，追漁父以同嬉。超埃
> 塵以遐逝，與世事乎長辭。〔註74〕

首段張衡即塑造出一個情境，指稱自己雖「遊都邑以永久」，卻未能達成治世的抱負，並藉蔡子、唐生與漁父等典故樹立出兩幅歷史圖像，以象徵著自己有心匡正大局，卻在現實中屢屢受挫的困境，因而決定擺脫汙濁的官場束縛，選擇遁世而隱。

其次是面對理想不遂，決心離開宦途後，想像著美好歸隱生活的「遠遊圖像」：

> 於是仲春令月，時和氣清。原隰鬱茂，百草滋榮。王雎鼓翼，倉庚
> 哀鳴；交頸頡頏，關關嚶嚶。於焉逍遙，聊以娛情。
>
> 爾乃龍吟方澤，虎嘯山丘。仰飛纖繳，俯釣長流。觸矢而斃，貪餌
> 吞鉤。落雲間之逸禽，懸淵沉之鯋鰡。

此段對於物色的描摹極其清新，視覺上「原隰鬱茂，百草滋榮」、「王雎鼓翼」、「交頸頡頏」；聽覺上「倉庚哀鳴」、「關關嚶嚶」，但這般的聲色縱橫交陳，並未如同漢大賦那般予人濃墨重采、眩人耳目的感受，反而在春天生機勃勃的原

〔註73〕費振剛、仇仲謙、劉南平：《全漢賦校注》，頁756～757。
〔註74〕李善注：《文選》，卷十五〈賦辛・志中〉所收張衡〈歸田賦〉，頁692～695，下引文同。

野中，點染出徜徉於自然的精神「逍遙」之感。下一小段則又開出另一景象，張衡藉著野釣射獵等休閒活動，繼續體會著他的「逍遙」之樂。「仰飛纖繳，俯釣長流」短短八字，作出了天、地、淵的空間拉伸，使得圖像開闊起來，雲間之飛禽、沉淵之游魚縱橫上下，人處於天、淵之間，彷彿也與自然萬物合為一體。

最後是在徜徉山林之後，意識到自己仍心懷家國，故選擇回歸於儒家聖訓，以安身立命的「志遊圖像」：

> 於時曜靈俄景，係以望舒。極般遊之至樂，雖日夕而忘劬。感老氏
> 之遺誡，將迴駕乎蓬廬。彈五絃之妙指，詠周孔之圖書。揮翰墨以
> 奮藻，陳三皇之軌模。苟縱心於物外，安知榮辱之所如？

前頭的遠遊，雖然是「至樂」，但是野釣射獵等活動，實則卻是老氏遺誡中「馳騁田獵，令人心發狂」的舉措。因此由「迴駕乎蓬廬」一句，將讀者從那一派生機盎然的山水原野中拉回人文化成的世界中，但是此時張衡已不再是看似「遊」於都邑、「遊」於宦，實際上卻是「困」於都邑、「困」於宦的士大夫，而是能真正體現儒家精神的有志君子，志在儒家所肯定的道、藝中優游，如《論語·述而》：「志於道，據於德，依於仁，游於藝」〔註75〕，張衡正是要藉著「彈五絃之妙指，詠周孔之圖書。揮翰墨以奮藻，陳三皇之軌模」的作為，來體現真正的逍遙。真正的逍遙對他而言，並非是老莊式的隔絕避世，而是在「篤信好學，守死善道」〔註76〕當中，找到得以安頓自身心靈的真正歸宿。張衡一輩子是沒有辭官歸隱過的，終其一生孜孜矻矻，以「佐國理民」〔註77〕為務，甚至是死在尚書的任上，他對於歸隱的渴望，如《文選》善注〈思玄賦〉所說：「為奄豎所讒蔽，欲遊六合之外，勢即不能，義又不可。」〔註78〕僅僅是面對挫敗時不如歸於老莊的一種念想，然而他畢竟了選擇儒家積極入世的道路，「邦有道，危言危行；邦無道，危行言孫。」〔註79〕張衡可以在小小的「蓬廬」中安居而不出來作官，但是不能放棄對於道、對於做為一個志士仁人的追求。

〔註75〕朱熹：《四書章句集注》（臺北：國立臺灣大學出版中心，2019 年），頁 126。
〔註76〕《論語·泰伯》：「子曰：『篤信好學，守死善道。危邦不入，亂邦不居。天下
有道則見，無道則隱。邦有道，貧且賤焉，恥也；邦無道，富且貴焉，恥也。』」
朱熹：《四書章句集注》，頁 142。
〔註77〕范曄：《後漢書》，卷五八〈張衡列傳〉所收〈應閒〉，頁 1899。
〔註78〕李善注：《文選》，卷十五〈賦辛·志中〉所收張衡〈思玄賦〉，頁 651。
〔註79〕《論語·憲問》，朱熹：《四書章句集注》，頁 207。

這樣的自處之道，在西漢東方朔〈答客難〉便已可見雖「廓然獨居」而「安可以不務脩身乎哉？」〔註80〕之論述，同時〈非有先生論〉也指出：「遂居深山之間，積土為室，編蓬為戶，彈琴其中，以咏先王之風」〔註81〕等士大夫無論遭逢亂世、治世，面對不遇都能退而涵養修身、以待時機的心態。東方朔與張衡之作雖皆旨在闡述心志，但張衡利用三幅自然風景畫逐步抒發自我情懷，情致上便更見婉轉動人。

（二）「歸田」圖像之意義

三幅圖像同時也象徵著張衡心靈上的人生階段的遊覽之旅。因此這些圖像未必是客觀存在的，其中第二段的遠遊圖像固然可視為張衡的神遊，想像自己隱居山林的生活活動，但其實一切不過是利用圖像來示現，藉此表示自身的情志。這些心靈上的圖景，也並非是指張衡就一定具有如陶淵明般躬耕田居的思想。不同於陶淵明對於農耕的親身實踐，張衡非但「已逾六十高齡，無論從體能上或時間上，都無法實際從事躬耕自足的生活，因此只能透過虛擬滿足自我心靈的願景，極力想像遠離政治場域後的種種樂趣，聊以自遣自娛而已。」〔註82〕全賦也未呈現出農耕的田園風光，按文選善注：「凡在曰朝，不曰歸田。」〔註83〕可見張衡其實所謂「歸田」，不盡然是指真正的農田，文中對於歸隱的敘述，反而是一種「遊」的活動與心態，處在自然山澤，即可以說是對於在天地之間怡然自處的心之嚮往。否則，如庾信〈歸田〉詩云：「苦李無人摘，秋瓜不直錢。」〔註84〕直言張衡若真去作田夫，恐怕是格格不入而無所適從的，日日「穿渠移水碓，燒棗起山田」，又怎會達到張衡心中嚮往的「逍遙」呢？故此處之「田」，解為張衡理想的心靈樂土即可。

〈歸田賦〉既可視為張衡個人抒發不得志之情的作品，但在「超埃塵以遐逝，與世事乎長辭」的玄遠思想氛圍中，亦猶見張衡試圖將儒道思想進行會通，以尋求自身生命的安頓。全文未就其志之不得，或「無明略以佐時」的牢騷大書特書，而是用三幅圖像向眾人表述自我的理想。張衡以圖像來代

〔註80〕李善注：《文選》，卷四五〈設論〉所收東方朔〈答客難〉，頁 2002～2003。

〔註81〕李善注：《文選》，卷五一〈論一〉所收東方朔〈非有先生論〉，頁 2242。

〔註82〕廖美玉：〈「歸田」意識的形成與虛擬書寫的至樂取向〉，《成大中文學報》第 11 期，2003 年，頁 77。

〔註83〕李善注：《文選》，卷十五〈賦辛・志中〉所收張衡〈歸田賦〉，頁 692。

〔註84〕倪璠：《庾子山集注》（臺北：源流文化出版有限公司，1983 年），頁 279～280。

替直抒胸臆的慷慨之言，或可歸因於當時政治的黑暗，如《後漢書·張衡傳》載：「時政事漸損，權移於下」，張衡直言敢諫，「閹豎恐終為其患，遂共讒之。」〔註85〕在世局的紛亂中，文人不敢過於明顯地表露心志，在這樣徬徨不定的人生際遇中，面對滿腔無處可抒發的複雜情緒，如何能找到一個妥善的表述方式，來婉曲表達自己的心聲？幽微的、曲折的圖像寄託、寄喻在此便可以發揮作用，表達出隱晦的言外之意。而「圖像」畢竟是一種指涉，雖可無限接近作者意念，卻又因為存在著曖昧模糊的詮釋空間而可能使讀者的理解各自不同，然而作者寄意之後，目的已經達到，至於讀者能否正確解讀，實非作者可以控制，「音實難知，知實難逢」〔註86〕，作者不過僅能「俟後世聖人君子」〔註87〕罷了。綜上所述，當吾人云〈歸田賦〉開魏晉抒情小賦先河之時，若單就內容情意上談，並不完全貼合，蓋尚有手法上以圖像擬心之故也。

　　張衡與其後之蔡邕的文學才華，向來為六朝人所推崇，亦常一同對舉，如謂蔡邕乃張衡之轉世：

　　　　張衡死月，蔡邕母始懷孕。此二人才貌甚相類。時人云：「邕是衡之後身。」〔註88〕

曹丕《典論·論文》：

　　　　王粲……，徐幹……，雖張、蔡不過也。〔註89〕

陳壽《三國志·蜀書·郤正傳》評曰：

　　　　郤正文辭燦爛，有張、蔡之風，加其行止，君子有取焉。〔註90〕

沈約《宋書·謝靈運傳論》：

　　　　張、蔡、曹、王，曾無先覺，潘、陸、謝、顏，去之彌遠。〔註91〕

魏收《魏書·崔光列傳》：

　　　　雖有善政如黃龔，儒學如王鄭，史才如班馬，文章如張蔡。〔註92〕

〔註85〕范曄：《後漢書》（臺北：中華書局，1966年），卷五八〈張衡列傳〉，頁1914。
〔註86〕范文瀾：《文心雕龍注》，卷十〈知音〉，頁713。
〔註87〕瀧川龜太郎：《史記會注考證》所收司馬遷〈太史公自序〉，頁1348右上。
〔註88〕李昉：《太平廣記》（臺北：文史哲出版社，1981年），卷一百六十四〈名賢·蔡邕〉，頁1190。
〔註89〕李善注：《文選》，卷五二〈論二〉所收曹丕《典論·論文》，頁2271。
〔註90〕陳壽：《三國志》（北京：中華書局，1995年），〈蜀書·郤正傳〉，頁1042。
〔註91〕李善注：《文選》，卷五十〈史論下〉所收沈約《宋書·謝靈運傳論》，頁2220。
〔註92〕魏收：《魏書》（北京：中華書局，1974年），卷六六〈崔光列傳〉，頁1502。

劉勰《文心雕龍・才略》：

　　　　張衡通贍，蔡邕精雅。文史彬彬，隔世相望。

在《文心雕龍》中如〈麗辭〉：「揚馬張蔡」、〈事類〉：「崔班張蔡」〔註93〕等，
多有將張、蔡對舉之處，足見二人的文學才華為六朝人不分地域地推許。以
蔡邕〈述行賦〉為例，此作表面上仍承襲著過去紀行賦的寫法，然而沿途風
光已非是前人勾勒的壯麗山河，而是政局紛亂下，舉目瘡痍的喪亂愁苦，揭
露出當時漢王朝傾頹的面貌，這不單體現在「窮變巧於臺榭兮，民露處而寢
洷。消嘉穀於禽獸兮，下糠粃而無粒」的情境敘述中，蔡邕更利用「比」法
對帝國的離喪蕭條進行譬喻。如行經虎牢時以歷史典故進行懷古，從「勤諸
侯之遠戍兮，侈申子之美城」、「建撫體以立洪高兮，經萬世而不傾」〔註94〕
等形容，然而蔡邕卻在此段中穿插了「稔濤塗之愎惡兮，陷夫人以大名」、
「悼太康之失位兮，愍五子之歌聲」等情節，由虎牢城與黃河，念及春秋時
鄭申侯與夏王朝太康之禍，來暗示搖搖欲墜的漢帝國的崩消。蔡邕書寫出虎
牢從人為的竭力「美城」欲「萬世而不傾」，而最終城主卻淪於冠上反叛之
罪而處死的下場，令人不禁聯想到後世鮑照之〈蕪城賦〉，同樣是先以極具
富麗雄偉的稱頌詞，讚嘆「劃崇墉，刳濬洫，圖脩世以休命」的廣陵城「將
萬祀而一君」，可是轉眼不過是「瓜剖而豆分」，「直視千里外，唯見起塵埃」！
〔註95〕蔡邕此處只利用簡單的歷史圖像進行對比，指陳出家國的起落興衰；
鮑照則運用了更多豐富的圖像指陳出天道無常、時間變遷的不可抗力性，從
蔡邕到鮑照，作品中圖像性語言更見繁複，自然可以視為圖像化書寫的發展
進程。

　　另外，賦中三次指出天氣不佳：

　　　　余有行於京洛兮，遘淫雨之經時。塗遭其塞連兮，潦汙滯而為災。

　　　　山風汩以飆涌兮，氣慘慘而屬涼。雲鬱術而四塞兮，雨濛濛而漸唐。

　　　　玄雲黯以凝結兮，集零雨之溱溱。路阻敗而無軌兮，塗濘溺而難遵。

以上文句固然是呼應序中「霖雨逾月」的自然氣候，但這些對於行役途中物色
的勾畫，其實也暗示著世道昏暗，奸佞當道，浮雲蔽日、風雨交加的局面，在

〔註93〕以上引文分見范文瀾：《文心雕龍注》，卷十〈才略〉，頁699、卷七〈麗辭〉，
　　　　頁588、卷八〈事類〉，頁618。
〔註94〕趙逵夫主編：《歷代賦評注・漢代卷》（成都：巴蜀書社，2010年），所收蔡邕
　　　　〈述行賦〉，頁775～786。
〔註95〕李善注：《文選》，卷十五〈賦辛・志中〉所收鮑照〈蕪城賦〉，頁502～507。

此情況下，精神上面對前途茫茫的猶疑不安，也如同客觀經驗下的路長人困之景，陷入僵局之中，不知何去何從。這段敘述，幾乎可看作是西晉潘岳〈懷舊賦〉面對赴任時「塗艱屯其難進」的先聲，而賦末蔡邕決心選擇「思歸」、「迴軌」，這一自「選擇出仕」到「不願出仕」的心態轉變，看似出乎意料，其實早已隱晦地蘊藏在這一趟旅程的圖像描寫中了。張衡與蔡邕的抒情作品，在表現手法上與過去漢賦中慨然而發的情緒有著很大的不同，他們更傾向將內心的情志，化為不同的物色，向能會意的讀者群進行畫面的展演，以揭示自己的真實心跡。二家辭賦之作多有獨抒胸臆、辭藻華美等特點，固然合於六朝人創作的胃口，但就語言使用與圖像構思上言，透過張、蔡二人以景寫心、以物託意的嶄新創作手法，對於作品的「圖像」安排，便從過去單純的鋪陳體物，發展成了有意對客觀圖像進行創造性的轉化，這無疑對建安文人產生創作上的影響是巨大的。因此到了建安之際，對於圖像描摹所帶來的文學效果的體會更是深刻，由是奠定魏晉時期圖像化書寫的整體模式，故論及張、蔡魏六朝文學帶來的影響，不能忽略此處。

二、建安之際的繼承與開展

從張衡、蔡邕的作品可見，文人對外在物色的描繪除了是一種精神上自然的感受、體會，是「自然生命與個人生命交互投射照應的結果」〔註96〕外，其實更寄託了作者主觀的創造性呈現。若就傳統上對於物色「比興」的討論觀之，過去的詩賦研究中幾乎都會談到緣情跟感物的關聯〔註97〕，而從文人感物、體物與後續的「寫物」，前人多較著重探討在情緒與物之間的引發關係，也就是「興」，而筆者這裡的討論範圍則是先有主觀意識才進行寄託的作品，因此更偏向是「比」。根據前文所述，兩漢賦作中就有使用一些「比」法的端倪，但筆者並不注重於論述對比興的詮解，而僅是借傳統之「比」之概念，以詮釋圖像化書寫模式中，作者主體對於外在圖像掌握的主動性。對於圖像的描摹採取「比」法，使外在圖像與內在情意之間具備一定的連結意義，因此不只是劉勰所謂在「圖狀山川，影寫雲物」時達到「敷其華」的形式目的而已，而是透過多樣的圖像比附，更能夠表達作者內心抽象而幽微的精神意念，這也是

〔註96〕廖蔚卿：〈從文學現象與文學思想的關係談六朝「巧構形似之言」的詩〉，《漢魏六朝文學論集》。

〔註97〕相關研究可參呂正惠：〈物色論與緣情說——中國抒情美學在六朝的開展〉，收入於中國古典文學研究會編：《文心雕龍綜論》。

言志之作多採用比體的緣故〔註98〕

　　因此這裡的「比」法，已經不只是《詩》、《騷》式的一物比一物，而是更偏向整體情景刻畫與情境建構所形成的圖像寄託，但由於物／我的主被動關係與情境連類的「興」法大不相同，故仍不能混為一談。至建安時期，文人就已掌握到這樣一種「印象式」書寫的概念〔註99〕來寫景、寫物，透過形象化的比擬來表達自己所思所想，主動將客觀的景物歸於主觀的情思所用，以進行形象的再創造，使這些「圖像」乘載著更多意涵，且已蔚然成為當時的書寫習慣。

　　首先就日常書信方面進行例證，如曹丕〈與朝歌令吳質書〉：

　　　　彈棋閒設，終以六博，高談娛心，哀箏順耳。馳騁北場，旅食南館，
　　　　浮甘瓜於清泉，沈朱李於寒水。白日既匿，繼以朗月，同乘並載，
　　　　以遊後園，輿輪徐動，參從無聲，清風夜起，悲笳微吟，樂往哀來，
　　　　愴然傷懷。

　　　　方今蕤賓紀時，景風扇物，天氣和暖，眾果具繁。時駕而遊，北遵
　　　　河曲，從者鳴笳以啟路，文學託乘於後車。〔註100〕

短短兩段，幾乎都是圖像式的描述，呈現繽紛的感官體驗：觸感上「天氣和暖」；聽覺上有「哀箏順耳」、「悲笳微吟」；視覺上「彈棋閒設」、「眾果具繁」、「白日既匿，繼以朗月」；更有動態的「馳騁北場，旅食南館」、視覺與觸感並陳的「浮甘瓜於清泉，沈朱李於寒水」、兼具視聽效果的「從者鳴笳以啟路，文學託乘於後車」，真可謂無所不包。透過圖像的描寫，呈現處對往昔美好的追憶與好友的思念。正如信中曹丕自言：「願言之懷」乃《詩經·邶風·二子乘舟》中：「願言『思子』」的藏詞句法，那麼他意欲表達的情意又何嘗不是以深藏在這些圖像化書寫中？另外，那怕是在議論文中，曹丕也要以圖像譬喻的方式說明，試觀《典論·論文》：

　　　　斯七子者，於學無所遺，於辭無所假，咸以自騁驥騄於千里，仰齊

〔註98〕如許結指出「漢以後的體物大賦如『都邑』、『郊祀』、『天象』、『地理』等題材賦，於語言的鋪陳間仍多採用『象體』，而多數詠物、抒情小賦，如『言志』、『情感』等題材賦，於語言的描寫中則多用『比體』。」見許結：〈漢賦「象體」論〉，《文學評論》，2020年第1期，頁174。

〔註99〕如羅宗強指出建安詩賦對於景物敘寫的方法都主要呈現出一種「摹神以寫心」的特點，認為建安詩人們「寫一種感覺情思，一種在主觀情思浸染下的景物的神態。」見羅宗強：《魏晉南北朝文學思想史》，頁14～18。

〔註100〕李善注：《文選》，卷四二〈書中〉所收曹丕〈與朝歌令吳質書〉，頁1894～1895。

足而並馳。

文以氣為主；氣之清濁有體，不可力強而致。譬諸音樂，曲度雖均，
節奏同檢；至於引氣不齊，巧拙有素，雖在父兄，不能以移子弟。
〔註101〕

比喻也要以駿馬奔馳、音樂演奏來說明，增加讀者的理解，也是作者的想像之語。
雖然是簡短的、概念式的敘述，但也可證明圖像式語言乃當時文人慣用的筆法。

又如曹植〈與楊德祖書〉同樣將身邊的文士比擬為：

然此數子，猶復不能飛軒絕跡，一舉千里也。〔註102〕

亦相當具有畫面感。我們當然不能歸因於這是曹氏兄弟自己獨門新創的寫作
心法，但作為鄴下文學集團領袖，在繼承過去文學創作的傳統後，進一步地與
自身的寫作心路歷程結合，一定程度上也使得圖像化書寫的運用更加廣泛，而
逐漸成為日後的潮流，而當時這種圖像式批評的語言也大量反映到了後世的
文學批評上。

再以詩為旁證說明，如王粲〈七哀詩其二〉所描述的情／景關係是可以跟
〈登樓賦〉對讀，以說明當時王粲的悒鬱不滿〔註103〕。另外詠物的主題去開展
自己的情思這一個部分也開始成熟，如曹植的〈嗟吁篇〉：「東西經七陌，南北
越九阡」、「宕宕當何依，忽亡而復存」〔註104〕等句，看似詠物，實為一種比體
詩，用以表達自身漂泊不定、惶惶不安的際遇。鍾嶸《詩品‧序》所謂：「至乎
吟詠情性，亦何貴於用事？『思君如流水』，既是即目。『高臺多悲風』，亦惟所
見。」〔註105〕透過直言作者的「即目所見」，對物進行了有效的模擬、比喻、表
徵，形成圖像論述，繼而可以達到「吟詠情性」的目的，也就是所謂「緣情」
的部分，首先當然還是藉由「興」而使情有所發動，但這類的景物表徵並非是
純然的西方文學概念的「象徵」意義，而必須套在整體情境下談。〔註106〕若從

〔註101〕李善注：《文選》，卷五二〈論二〉所收曹丕《典論‧論文》，頁2270～2272。
〔註102〕李善注：《文選》，卷四二〈書中〉所收曹植〈與楊德祖書〉，頁1901～1904。
〔註103〕關於王粲〈登樓賦〉的題旨分析與〈七哀詩其二〉之比較，詳參郭師永吉：
〈王粲〈登樓賦〉結構分析及創作技巧探索〉，《淡江中文學報》第二十一期，
2009年12月，頁57～88。
〔註104〕逯欽立輯校：《先秦漢魏南北朝詩》，所收曹植〈吁嗟篇〉，頁423。
〔註105〕鍾嶸《詩品‧序》，見汪中：《詩品注》，頁22。
〔註106〕如韋勒克言象徵：「乃是一事物，蘊含代表另一事物，但此事物本身有權利要
求人去留意它，因為它本身是一種呈演。」見 Rene & Wellek，梁伯傑譯：《文
學理論》（臺北：水牛出版社，1991年），頁282。

徐幹〈室思〉的「思君如流水」這一句話來看，仍然近似於一物對照一物的比附，那麼從曹植〈雜詩〉「高臺多悲風」可證實所謂漢魏以來的緣情說法〔註107〕，即人與自然的關係是以自然景物起興做為情感之觸媒，但筆者認為此處應不只是一個引領作用，而可具有融入整體情境中的象徵意義，如此處曹植對於「悲風」的使用。風，是以物興，強調「悲」風，則帶入主體意識，「高臺多悲風」則是一文本描繪的情境，未必是現實。「高台多悲風」本身就是一個圖像的陳述，但不是細膩描寫，不是粗筆勾勒，而只是大概的、印象式的暈染，這樣的暈染筆法呈現的是僅是興情之景而已嗎？還是那是作者認為的、主觀意識構築出來的「悲風」呢？興之物／景，當然不能強行割裂出來，認為即在比喻什麼具體的東西，但作者使用「悲風」，那不光是一種身體經驗的感受或任意觸目所及，而是有所選取，因此在選取出來後，即成為一種有意識的、概念的強化。透過詩的對照，可以明白在辭賦的創作上具有類似的狀況，而由於賦的文體特性，作品中鋪陳出的圖像將會更加繁多。

　　由此，筆者要說明的是透過這種主觀「摹景寫心」的手法，並不是停留在單純的感發層次而已，興發、感物的部分雖然可能是因「觸景生情」，但景只是讓情緒更加地被淘洗出來之後，「利用」圖像作為媒介表達出內心的感受。然而須注意的是，此景／物只是寄託，重點其實在於寓意的表達。若就當時的文學理論觀之，如曹丕〈典論論文〉中「詩賦欲麗」說明了對於以麗辭為文的技巧要求〔註108〕，乃至於劉勰〈物色〉「神用象通」、「體物為妙、功在密附」、〈神思〉：「吟詠之間，吐納珠玉之聲；眉睫之前，卷舒風雲之色」之說法，反映六朝的聲色寫作模式與慣例，也可溯及到文章遊戲論中除了作為技巧的炫技之外，還有遊宴、遊戲過程中注重抑揚頓挫、悅耳娛目的口頭／案頭文學的雙重特質。

　　鍾嶸《詩品‧序》言：「賦，寓言寫物、直書其事」，所以重在「寓言」，則須「宛轉喻託」，故鍾嶸並不認為賦一定要如劉勰所謂的「鋪采摛文」，但若以鋪陳手法來寓言寫物似也不兩相矛盾，何況按「指事造形，窮情寫物」要「詳

〔註107〕顏崑陽：〈從應感、喻志、緣情、玄思、遊觀到興會——論中國古典詩歌所開顯「人與自然關係」的歷程及其模態〉提到漢魏抒情詩的「緣情模態」是屬於「賦而興」、「興而賦」，也就是仍定位在「由景生情」，但筆者不認為魏晉的抒情作品一概如此，故試圖在此基礎上進一步論述，收錄於顏崑陽：《詩比興系論》，頁326～403。

〔註108〕曹丕此觀點的來源，在揚雄時早有「詩人之賦麗以則，辭人之賦麗以淫」之見。

切」的觀點，自然是需要鋪陳的。而創作者對物色體會的具體鋪陳、描摹，最終可以反映到「巧構形似」的文學觀念上，「巧構形似是一個時代性的現象，不僅普遍出現於六朝的詩賦及別類文體，更常見於名士的言談。」〔註109〕因此「巧構形似」的文學觀念，可是說是圖像化書寫展到最後所展現的精緻化與細部化，意即可以透過對物色的觀照，逐步形成有意識的圖像化書寫系統，因此圖像化書寫的創作現象正是文學思想的實踐〔註110〕。

若說到「巧構形似」，則自然會聯想到詠物一類的文學作品，詠物賦的賦目主題，在兩漢時便已出現，是很早就有的賦類主題。這類主題賦作與另一傳統賦目──音樂賦──都具有獨特的寫作脈絡、性質與技巧，對於魏晉時期圖像化書寫的成熟著實有很大的影響。舊主題慣有的書寫模式，在時代演化中逐步產生了新變，這樣的創新發展連帶使得一套原本專門屬於固定主題的敘寫技法，開始移植到其他主題的賦作書寫中，互相絪合、鎔鑄，產生了「質」的變換，最後成為一種普遍性的寫作模式。因此將在下一章針對這兩種主題的賦作對於推動圖像書化書寫模式的發展進行專論，同時將一併納入魏晉時期的賦作進行分析，除能更好地與兩漢的作品進行圖像化書寫發展的參照比對之外，也可證明不同賦類主題下的寫作模式確有移植、融合的現象。

基此，我們能夠了解到文學現象的出現、乃是先於文學觀念的確立。因此經過漫長時間的醞釀後，圖像作為闡揚書寫「目的」的「手段」終於邁向成熟，然而文人怎樣「自覺」地使用，且又體現此觀念到什麼程度？這便要進一步去思考思想跟文學是如何互相影響的問題了。

第四節　小結

本章旨在梳理魏晉以前的文學作品中對於圖像化書寫的運用，並探究其以圖像描摹的用意為何？是否已有藉此來表現、寄託寫作主旨的作品？透過整理圖像化書寫模式的早期脈絡，繼而推導出這些「先聲」對本文的討論對象──魏晉賦的影響是什麼？在此基礎上魏晉賦又是如何繼承，並有所創新。

〔註109〕廖蔚卿：〈從文學現象與文學思想的關係談六朝「巧構形似之言」的詩〉，《漢魏六朝文學論集》，頁538。

〔註110〕原文為：「巧構形似的創作現象是文學思想的實踐」，筆者此處引用之並稍作修改，見廖蔚卿：〈從文學現象與文學思想的關係談六朝「巧構形似之言」的詩〉，《漢魏六朝文學論集》，頁568。

從縱向的時間發展歷程來看，先秦時期《詩經》的賦、比、興三法，已可見善用形象化思維進行文學創作的痕跡，然而此時的圖像式語言較為簡單，圖像與情意仍是一種偏向直接比附聯想、直抒胸臆的連結關係。至《楚辭》，對於藉物象徵與場景鋪陳的創作手法已較《詩經》細膩成熟，充滿想像力的情節使作品中的畫面性更加豐富，也開始注重起情境的塑造，然而《詩經》、《楚辭》的作者們尚未形成明確的圖像化書寫意識，因此此時的文學作品，無論是象徵意義的構擬、或是時空景物的描繪，僅具備初階圖像化書寫模式的雛形。

兩漢時期盛行大賦，所謂大賦，主要是從主題上描述帝國京苑等大型題材來說，但也因為描述對象規模龐大，通常篇幅也相對較長。漢大賦在欲體國經野、潤色鴻業的寫作目的下，對於帝國形象的鋪陳便會越發趨向鉅細靡遺，各類品項無所不包。這些華麗繽紛的刻畫形容，雖形成眩人耳目的視聽效果，但內容上較缺乏與作者主體情感、思想的連結，僅是對於物貌或景色的雕鏤。因此兩漢時期對於圖像化書寫的形式掌握雖更往前一步，但透過圖像來表達、寄託圖像以外的情意這一部份的內涵，則尚未深切體認、並確實掌握住。

自東漢中晚期至建安，圖像化書寫作為書寫「目的」的「手段」逐漸成形。文人往往於徘徊自然物貌之時，抒發出自己所懷的萬端情感。其中，東漢張衡的辭賦作品，已可見圖像化書寫的成熟與轉化，如〈歸田賦〉，即開出與過去漢賦的不同處，賦中鋪陳之種種情境，皆為陳述自身情志，可說是圖像化書寫此模式邁入成熟階段的初試啼聲之作，此賦不但是魏晉抒情小賦之先河，也替後續魏晉時期的圖像化書寫發展，立下了一個標幟點。東漢末年，蔡邕與後起建安諸子等人，開始主動透過寫景、寫物等大量圖像化的描摹段落，來比擬、寄託自己所思所想，便由此揭開了魏晉時期圖像化書寫的序幕。

時間上的線性演變乃是文學自身的發展過程，而橫向因素的加入，同樣也會影響特定文學現象的成熟與盛行，此部分將在下一章進行說明。

第三章　圖像化書寫的橫向汲取

第一節　魏晉清談對文學的影響

　　本節欲處理文學與玄學的交互影響,透過清談時對言意之辨的討論以及人物品鑑的形色描摹,證明玄學思維與相人之法運用在文學理論上的可能。二者之影響橫向加廣了圖像化書寫的豐富性,促使圖像化書寫的寫作模式在魏晉持續蓬勃發展。

一、王弼「明象」論

　　魏晉時玄學興起,士人們熱中於「清談」,透過玄學的討論,士人試圖調和了當時社會上對於自然與名教的矛盾,這也導致了士人們的思想、生活品味與情趣有所變化。善於清談的士人被稱為「名士」,在生活上與思想上皆有獨到的動人風采,強調自在解放,故創出所謂的「名士風流」。而這些名士對於玄學思想提出的種種嶄新思辯與分析,亦在哲學發展中帶來劇烈的思維震盪[註1]。

〔註 1〕過去對於魏晉玄學的討論是從外緣因素的政治社會背景來作考量,如自東漢黨錮之禍以來,士人從清議逐漸傾向清談等,並從東漢末年許劭、郭泰等人的人物品鑑出發,討論相關的才性問題,但不能忽略思想史上內部的發展過程。如羅宗強指出玄學是:「更為廣泛、更為深遠的現實生活的要求。它是士人尋找來的一種思想歸宿,一種用以填補儒學失落之後的思想位置的心的理性的依歸。」見羅宗強:《玄學與魏晉士人心態》(臺北:文史哲出版社,1990 年),頁 78。又余英時亦指出:「魏晉思想之演變,實環繞士大夫之羣體自覺與個體自覺而進行。蓋羣體自覺與個體自覺並不能常融合無間,其間頗有衝突抵觸之事。如何消解此類衝突而使羣己關係獲致協調,遂為思想家所不能不注意之一

　　所謂玄學，玄者，《說文》云：「幽遠也。」〔註2〕也就是談「天」等形而上的學問。至魏晉，清談的風氣盛行，如《世說新語‧文學》記載：

　　何晏為吏部尚書，有位望，時談客盈坐，王弼未弱冠往見之。晏聞弼名，因條向者勝理語弼曰：「此理僕以為極，可得復難不？」弼便作難，一坐人便以為屈，於是弼自為客主數番，皆一坐所不及。

　　何平叔注《老子》，始成，詣王輔嗣。見王注精奇，迺神伏曰：「若斯人，可與論天人之際矣！」因以所注為《道》、《德》二論。

　　王輔嗣弱冠詣裴徽，徽問曰：「夫無者，誠萬物之所資，聖人莫肯致言，而老子申之無已，何邪？」弼曰：「聖人體無，無又不可以訓，故言必及有；老、莊未免於有，恆訓其所不足。」

以上三條材料，其一可知當時清談形式為主客二者進行宣講與問難，而王弼竟可「自為客主數番」，數次主客易位，自己駁倒自己，足見王弼的機智，而當時談論時的精妙言辭，由王弼辯才無礙的自問自答中可見一班。其二顯現出《老子》為玄學的研究重點。關於清談的內容，正始年間以談《老》、《易》為主題，談天等形上學的概念討論，主要清談的名士以何晏、王弼為首，如王弼即著有《老子指略》與《周易略例》，並注二經，由此構成其獨樹一幟的本無論體用系統。

　　兩漢《易》學極盛，但多為象數之論，至魏晉，以義理闡述為主，故又涉及「言意之辯」的討論。按《周易‧繫辭傳下》：

　　子曰：「書不盡言，言不盡意。然則聖人之意，其不可見乎。」

　　子曰：「聖人立象以盡意，設卦以盡情偽，繫辭以盡其言，變而通之以盡利，鼓之舞之以盡神。」〔註3〕

自「書不盡言，言不盡意。」一句，後世便多有意、象、言三者的討論。就魏晉當時「言意之辯」而言，實可分為針對語言學上名與物之間的指涉認識關係，或是名言對形而上概念表達的能力與限度〔註4〕，前者代表為西晉歐陽建

　　　　中心問題。而對同一問題之不同答案，則形成流派之根本原因所在也。」見余英時：〈漢魏之際士之新自覺與新思潮〉，《中國知識階層史論‧古代篇》（臺北：聯經出版事業公司，1993年），頁305。

〔註2〕（東漢）許慎：《說文解字》（臺北：頂淵文化事業有限公司，2008年），〈四篇下‧玄部〉，頁159下。

〔註3〕孔穎達：《周易正義》（臺北：新文豐出版公司，2001年），頁596下。

〔註4〕可參考王邦雄等：《中國哲學史》（臺北：里仁書局，2015年）。

之「言盡意論」，後者則如三國時曹魏荀粲的「言不盡意論」：

> 粲獨好言道，常以為子貢稱夫子之言性與天道，不可得聞，然則六籍雖存，固聖人之糠粃。粲兄俣難曰：「《易》亦云聖人立象以盡意，繫辭焉以盡言，則微言胡為不可得而聞見哉？」粲答曰：「蓋理之微者，非物象之所舉也。今稱立象以盡意，此非通于意外者也。繫辭焉以盡言，此非言乎繫表者也；斯則象外之意，繫表之言，固蘊而不出矣。」及當時能言者不能屈也。〔註5〕

就語言表意的限度而言，荀粲的觀點更傾向極端的「言不表意」，但荀粲的說法確實指出語言文字的詮釋總是與精神層次的理解活動隔了一層，但既然聖人指出「立象以盡意」，則言意二者的隔閡是否能透過「象」解決其矛盾？換言之，意的不可言說性是否可由象昭明？若套用到文學創作，「感」物之後如何精確的「寫」物？如何將外在的材料與內心精神活動的交互作用，盡可能地透過語言文字符號轉化完全？嗣後王弼《周易略例・明象》提出：

> 夫象者，出意者也。言者，明象者也。盡意莫若象，盡象莫若言。言生於象，故可尋言以觀象；象生於意，故可尋象以觀意。意以象盡，象以言著。故言者所以明象，得象而忘言；象者，所以存意，得意而忘象。猶蹄者所以在兔，得兔而忘蹄；筌者所以在魚，得魚而忘筌也。然則，言者，象之蹄也；象者，意之筌也。是故，存言者，非得象者也；存象者，非得意者也。象生於意而存象焉，則所存者乃非其象也；言生於象而存言焉，則所存者乃非其言也。然則，忘象者，乃得意者也；忘言者，乃得象者也。得意在忘象，得象在忘言。故立象以盡意，而象可忘也；重畫以盡情，而畫可忘也。〔註6〕

王弼之說，實是從反對已經流於僵硬漢代象數《易》學出發，指出無論是卦辭或卦象，這類「言」與「象」的功能都應在只於輔助理解《易》理，僅能視為一種工具性的媒介，而不能視之為目的，執著某象一定對應某卦。王弼同時化用了莊子「得魚忘筌，得意忘言」〔註7〕說法，認為象與言雖是表意的最佳工具，但畢竟不是意本身，應該從象中解脫出來，若是本末倒置而一味去追求，

〔註5〕陳壽：《三國志》，〈魏書・荀彧傳〉裴松之注，頁319～320。

〔註6〕樓宇烈：《王弼集校釋》，頁609。

〔註7〕《莊子・外物》篇言：「筌者所以在魚，得魚而忘筌；蹄者所以在兔，得兔而忘蹄；言者所以在意，得意而忘言。吾安得忘言之人而與之言哉？」見郭慶藩：《莊子集釋》（臺北：河洛圖書出版社，1974年），〈雜篇・外物〉，頁944。

則將「義無所取」，喪失義理的真諦，而種種表象不過是淪於空說。王弼對語言符號的表意問題提出了獨創性的見解，這個回應，其實很有效地解決了言、意之間的問題，也就是透過「象」來作為中間的媒介，按王弼理論，言意之辨或有無關係，皆是就本體、本源（道）的探索出發，若引入文學理論當中來說，所謂對本體的認識，或可說是作者本意的探究，以及作者對其創作理念之安排。他指出：「觸類可為其象，合義可為其徵。」〔註8〕反對拘泥於僵化的象數，因此「象」的指涉意義並非實指、死指，取其象徵「意義」即可，也符合其不拘泥的意思。而「意」作為一種心之神會，象便可將人所神會的那種無法通傳之特質轉換為具有可思辨之材料，這便是王弼云：「尋言以觀象，尋象可觀意」的用意，以文學創作而言，也就是在外在物的尋／觀之間，透過圖像的語言形容，來無限接近作者本意。

運用王弼的《易》學思想為基礎，便可進一步思考圖像與文學創作的關係。按《易》學本身即有圖符作為表徵，如〈繫辭傳・上〉：「聖人有以見天下之賾，而擬諸其形容，象其物宜，是故謂之象。」〔註9〕又如〈說卦傳〉將八個卦象進一步延伸，能代表各類天象地徵、山川鳥獸，可見古人很早便利用擬物取象來說明、指涉事物的性質與意義，從《易》學象徵的符號應用，到文學領域的意象表達，二者實有一演進關係，章學誠於《文史通義》已然指出：「《易》象與《詩》之比興互為表裡」，說明《易》與比興的關聯性〔註10〕，又指出：「有天地自然之象，人心營構之象……心之營構，則情之變易為之也，情之變易，感於人世之接構，而乘於陰陽倚伏為之也。」〔註11〕《易》學中所指涉的各類《易》象，亦是透過「象」的模擬，來表示內部的「意」；而劉勰在《文心雕龍・詮賦》中也化用〈繫辭傳〉來說明賦善於體物的特色：「擬諸

〔註8〕樓宇烈：《王弼集校釋》，頁609。

〔註9〕孔穎達：《周易正義》，頁562。

〔註10〕居乃鵬曾在〈周易與古代文學〉中肯定《周易》即是以象釋義理，見居乃鵬：〈周易與古代文學〉，《國文月刊》，1948年。又葉嘉瑩亦曾指出王弼學說與詩歌頗有相近之處。見葉嘉瑩：〈中國古典詩歌中形象與情意之關係例說——從形象與情意之關係看「賦、比、興」之說〉，收錄於《迦陵談詩二集》，頁131。張少康在〈論藝術形象〉中對章學誠將《周易》「觀物取象」適用於詩歌、音樂、舞蹈創作上的論點有很詳盡的解釋，並認為「比興就是藝術創作中的『立象以盡意』。」見張少康：《中國古代文學創作論》（臺北：文史哲出版社，1991年），頁59～74。

〔註11〕章學誠：《文史通義》（臺北：廣文書局，1981年），卷一〈內篇一・易教下〉，頁7～10。

形容，則言務纖密；象其物宜，則理貴側附。」可知《易》象與文學的關係，古人早有領略，故王弼之〈明象論〉實可運用在文學上來分析：

　　「象者，出意者也。言者，明象者也。」也就是說，象是能夠代表意的，這邊的「出」，並不是指「象」完全可以代表意，而是可以表現、顯現出「意」，因為「觸類可旁通」，王弼並不主張一象對應一意的那種固定表徵，而是可以靈活運用、變通的，「重在其所含之意義」〔註12〕，章學誠提到《易》象的重點在於「貴乎知類」，也就是王弼「觸類可為其象，合義可為其徵。」〔註13〕以《易》象而言，王弼注重解釋義理勝於象數，故《易》象之「象」不必拘泥於其象，只要能夠達到指涉的目的就可以了。〔註14〕文學創作上亦同，作者所蘊藏之情意或義理見解，皆可以各類圖像呈現，「有斯義，然後明知以其物。」〔註15〕象既然作為代表作者心意的工具，那就會有多種表現方式，包含物象形容、事象表達、典故使用與情境陳述，乃至虛擬幻象之刻畫，客觀物象融合作者主觀情意之意象營造，皆屬於「象」的範疇，可以供作者所驅使，而透過文字表達，盡可能地體物寫貌，使文字輔助象的呈現，也就能彰顯作者情志與意念。

　　「盡意莫若象，盡象莫若言。」則說明了自語言符號瞭解精神意念的層遞過程，無論是作者是透過「意─象─言」的表意行動來產出作品；或是讀者透過言以勾勒出象的樣貌後，進一步透過象承載的情感內涵理解文章主旨或作

〔註12〕朱伯崑指出此處：「出，非生出，乃顯現或表現也」，見朱伯崑：《易學哲學史》（北京：北京大學出版社，1986年），頁322。又《王弼集校釋》引《釋文》：「象，擬象也，泛言之則為指一切可見之徵兆。」見樓宇烈：《王弼集校釋》，頁610。

〔註13〕王弼反對穿鑿附會的兩漢象術易學，重在對《周易》義理的詮釋，因此〈明象〉刻意提出：「一失其原，巧愈彌甚。從復或值，而義無所取。蓋存象忘意之由也。忘象以求其意，義斯見矣。」朱伯崑從《易》象的「取象說」與「取義說」出發，指出王弼偏向取義說，見朱伯崑：《易學哲學史》，頁278。蔡英俊亦認為王弼因為著重取義，所以以文學方面來談，意象亦不是固定不動的「緣事義而發」，見蔡英俊：《中國古典詩論中「語言」與「意義」的論題：「意在言外」的用言方式與「含蓄」的美典》，頁200。

〔註14〕如郭梨華認為王弼所言之「象」乃是一切卦、爻之關係之徵象，故其作用不在於指「實」或使「實」有所顯示，而在於藉著一種符號或物象展現「實」。見郭梨華：《王弼之自然與名教》（臺北：文津出版社，1995年），頁177。

〔註15〕王弼注〈乾卦・文言〉：「夫易者象也。象之所生，生於義也。有斯義，然後明之以其物，故以龍敘乾，以馬敘坤，隨其事義而取象焉。」見樓宇烈：《王弼集校釋》，頁215。

者意圖的「言—象—意」〔註16〕，具體的「象」是能夠串聯無形而抽象的「意」，與有形而抽象的「言」的。劉勰在《文心雕龍・神思》中的「神用象通，情變所孕」或是〈比興篇〉中「擬容取心」的說法，其實恰恰可以用以指陳「言—象—意」三者的關係〔註17〕。象即是物貌的呈現，〈神思篇〉中說「意授于思，言授于意」，說明創作時「思—意—言」的關係，思緒產生創作意念，而創作意念又會導致語言文字的輸出；又〈物色篇〉所謂「情以物遷，辭以情發」，說明創作是因為對外物有感而引起作者情意，而情意要顯現，則須利用言辭寫物，因此「物沿耳目，辭令管其樞機」，必須透過體物、表象的手段，傳遞出作者的意念，是故劉勰主張文學構思中所產生的形象，應是要能夠有效幫助作者心意的表達的，如此才能如同獨照之匠「窺意象而運斤」，達到「物以貌求，心以理應」的效果，這也是「神用象通」、「擬容取心」的目的。由此，外在的形象便已經帶有作者主觀情意上的經營或抉擇了〔註18〕。劉勰的意／情與言／辭中間，與王弼的說法一樣是中間夾雜著象的，而象正是用來再現作者意圖的媒介。只不過王弼是站在哲學上語言符號與精神意義的「言意之辨」的角度來討論「意—象—言」的關係，而劉勰則是從寫作時的「情—物—辭」關係著手，專論文學上心與物的關係，二者實一。

　　「言生於象，故可尋言以觀象；象生於意，故可尋象以觀意。」前文提到讀者透過言以勾勒出象的樣貌，並進一步去透過象承載的情感內涵去理解文章主旨或作者意圖，因此才能夠「尋言以觀象」、「尋象以觀意」。則作者如何能讓讀者有所「尋」、「觀」呢？——具體圖像呈現的目的在於欲使讀者能有所

〔註16〕林麗真在《王弼及其易學》中已有指出：「就作者表達意義的程序來說，必須心中先有某種情意，才能利用象徵，形諸文字。也就是『意—象—言』的依次展現。」這是屬於言生於象、象生於意的部分，又「就讀者理解意義的途徑來說，需先通過文字，明白象徵，以致得其本意。也就是『言—象—意』的溯求。」這則是尋言以觀象、尋象以觀意的部分。見林麗真：《王弼及其易學》（臺北：國立臺灣大學文學院，1977 年），頁 71。

〔註17〕關於「神用象通」與「擬容取心」的關係，張少康在〈論藝術形象〉一文中亦有專節提及，然作者是欲藉此探討文學創作的心物關係，筆者此處則將重點放在「言—象—意」關係中，劉勰與王弼學說的相似之處。見張少康：《中國古代文學創作論》。

〔註18〕歐麗娟於《杜詩意象論》認為王弼的〈明象〉論已肯定了形象是傳達情意的重要媒介，並認為此時「形象已非客觀之存在樣貌，乃是構作於文字中，負責傳達之意念情志的憑藉，形象也就得到了文字表達的中的主觀生命。這種解釋與詩歌構成方式已頗為接近。」見歐麗娟：《杜詩意象論》（臺北：里仁出版社，1997 年），頁 11。

觀，而觀象後，讀者便能進一步尋找其中的內涵：觀意。這便是作者利用「意
—象—言」歷程進行創作的目的了。「象生於意」一句乃王弼自言發揮，《周易·
繫辭傳》中並沒有這樣的意思〔註19〕，但是可以說，作者刻意創造了「象」的
存在，便是或為了使人更明白意，這個「象」可以是作者有意地捕捉、攝取而
加入文章中，成為一種作者獨有的經營，也可以是情感的寄託、融合，而不論
是哪一種，都能夠在文章中引發出一定的效果，透過這樣的表述方式，則可達
到「意以象盡，象以言著。」意能透過象來盡可能擴充、達到極致，這樣的
「盡」，仍是精神意念上試圖「往盡」的概念，而非物理上的真實客觀「窮盡」，
然而依據此法，王弼認為可以大大縮短言／意之間的隔閡。

　　以上的解釋與分析，正可以說明王弼易學觀適用於文學理論的問題。此概
念並非筆者任意挪用、詮解，實際上當時的士人即有這樣的思想移植，玄學上的
思維模式，也會影響到文學觀念。《晉書·陸雲傳》記載陸雲曾遇到王弼的鬼魂：

> 初，雲嘗行，逗宿故人家，夜暗迷路，莫知所從。忽望草中有火光，
> 於是趣之。至一家，便寄宿，見一年少，美風姿，共談老子，辭致深
> 遠。向曉辭去，行十許里，至故人家，云此數十里中無人居，雲意始
> 悟。卻尋昨宿處，乃王弼塚。雲本無玄學，自此談老殊進。〔註20〕

《晉書·紀瞻傳》記載其與顧榮北上赴洛時談《易》：

> 召拜尚書郎，與榮同赴洛，在途共論《易》太極。榮曰：「太極者，
> 蓋謂混沌之時曖昧未分，日月含其輝，八卦隱其神，天地混其體，
> 聖人藏其身。然後廓然既變，清濁乃陳，二儀著象，陰陽交泰，萬
> 物始萌，六合閬拓。《老子》云『有物混成，先天地生』，誠《易》之
> 太極也。而王氏云『太極天地』，愚謂未當。……」瞻曰：「昔庖犧
> 畫八卦，陰陽之理盡矣。……王氏指向可謂近之。古人舉至極以為
> 驗，謂二儀生於此，非復謂有父母。若必有父母，非天地其孰在？」
> 榮遂止。〔註21〕

〔註19〕朱伯崑：《易學哲學史》，頁322。

〔註20〕房玄齡：《晉書》，卷五四〈陸雲傳〉，頁1485～1486。又《太平廣記》記載遇
　　　　王弼鬼魂的故事主人翁是陸機，而陸機面對王弼是「心伏其能，無以酬抗」。
　　　　如果「雲本無玄學」，那陸機也不可能有，否則兩兄弟不必「閉門勤學，積有
　　　　十年。」惟後來陸機憑藉其過人才華寫出了文賦，其中蘊含豐富玄思，與王弼
　　　　之學說不無契合，是以奠定其文學大家的地位。以上資料見李昉：《太平廣
　　　　記》，卷三百一十八〈鬼三·陸機〉，頁2514。

〔註21〕房玄齡：《晉書》，卷六八〈紀瞻傳〉，頁1819～1820。

魏晉玄風盛行，然當時玄學完全為北方的新興思想，南方縱論《周易》，也不脫傳統漢代象數之說，西晉時陸機、陸雲等人入洛，必先熟悉如何談玄，才不會被北方士人譏笑〔註22〕。此二則說明當時盛行的學說正是以王弼為標竿、偶像，不論陸雲是否真的夜半活見鬼，若非王弼玄學是當時熱衷玄談的士人的理論依循，大可不必假以鬼神之說，讓陸雲彷彿得到天人神授一般，獲取玄學天賦而「談老殊進」，彷彿暗示眾人陸雲獲得王弼真傳，談玄自然底氣十足；而南方士人也不必非就王弼學說為範本，爭相進行清談的演練了。《世說新語·文學》引檀道鸞《續晉陽秋》：「正始中，王弼何晏好莊老玄勝之談，而世遂貴焉。」甚至到了東晉仍是「至過江，佛理尤勝，故郭璞五言始會合道家之言而韻之，（許）詢及太原孫綽轉相祖尚。」〔註23〕唐代孔穎達《周易正義》也稱：「唯魏世王輔嗣之注，獨冠古今。所以江左諸儒，並傳其學。」〔註24〕因此可知他的學說確實蔚為流行，並在當時有很大的影響力。

以上說明當時士人對王弼玄學的關注與效仿。這股思潮，也從思想界吹到文壇。早在湯用彤〈魏晉玄學與文學理論〉即有指出王弼玄學與文學的關係，認為王弼言象用以盡意，而非意本身，此「得意忘言」之說：「便成為魏晉時代之新方法，時人用之解經典，用之證玄理，用之調和孔老，用之為生活準則，顧亦用之於文學藝術也。」〔註25〕湯用彤此篇所言應較傾向於將文學、繪畫、音樂等具體可展現之藝術作為一形下之形體、形象，並借此類載體以求得形上

〔註22〕《世說新語·方正》：「盧志於眾坐問陸士衡：『陸遜、陸抗，是君何物？』答曰：『如卿於盧毓、盧珽。』士龍失色。既出戶，謂兄曰：『何至如此，彼容不相知也？』士衡正色曰：『我祖名播海內，寧有不知？鬼子敢爾！』議者疑二陸優劣，謝公以此定之。」〈言語篇〉：「陸機詣王武子，武子前置數斛羊酪，指以示陸曰：『卿江東何以敵此？』陸云：『有千里蓴羹，但未下鹽豉耳！』」六朝人重避諱，盧志為北方范陽宗族，卻直斥陸機祖父名諱，可說是極為無禮輕蔑的舉動；王濟在陸機面前假藉南北食物的比較，實則是來譏笑、暗示南方比不上北方。見余嘉錫：《世說新語箋疏》，〈方正〉18，頁299、〈言語〉26，頁88。又《晉書·華譚傳》：「時九州秀孝策無逮譚者。譚素以才學為東土所推。同郡劉頌時為廷尉，見之歎息曰：『不悟鄉里乃有如此才也！』博士王濟于眾中嘲之曰：『五府初開，群公辟命，采英奇於仄陋，拔賢俊於岩穴。君吳、楚之人，亡國之餘，有何秀異而應斯舉？』」當眾嘲諷華譚為「吳楚之人，亡國之餘」，可見當時北人對南人多有嘲諷看輕。見房玄齡：《晉書》，卷五二〈華譚傳〉，頁1452。
〔註23〕余嘉錫：《世說新語箋疏》，〈文學〉85，頁262。
〔註24〕孔穎達：《周易正義》，〈周易正義序〉，頁5。
〔註25〕湯用彤〈魏晉玄學與文學理論〉，收錄於湯用彤：《理學·佛學·玄學》（北京：北京大學，1991年），頁320。

之道理、意蘊，而未強調玄學轉換為文學藝術運用時，圖像所處的位置與發揮的作用。然湯用彤亦大略地提及：「文人如何用語言表現其本源？陸機〈文賦〉謂當『佇中區以玄覽』。蓋文非易事，需把握生命、自然、造化而與之接，……蓋文並為虛無、寂寞（宇宙本體）之表現，而人善為文（善用此媒介），則方可成就籠天地之至文。」〔註26〕按此，則為文時應把握住「生命、自然、造化而與之接」，即是利用外物作為媒介，透過體物、寫物，進行作者意念的表述。「伐吳之役，利獲二俊」，陸氏兄弟匪以玄談著名，而是以文學顯世，則他們的文學作品中，是否蘊藏著一些玄思玄理的蛛絲馬跡呢？從「太康之英」陸機的〈文賦〉來看，陸機所主張的文學理論中，不論是「佇中區以玄覽」等文句強調在置身之場域有所覽物、應物；或是言意物（象）的關聯：「雖離方而遁圓，期窮形而盡相」，透露出對捕捉象的重視，文中又多以具象譬喻以陳述抽象創作之「理」，試圖「課虛無以責有，叩寂寞而求音」，實對王弼玄學已經有所轉化〔註27〕。

　　然而玄學究竟如何影響文學？一般認為，玄學對於文學的影響即在於「玄言詩」的出現。玄言詩以詩為載體，說明玄學思想，尤至東晉時期，玄言詩賦大盛，《文心雕龍·時序》言：「自中朝貴玄，江左稱盛，因談餘氣，流成文體。是以世極迍邅，而辭意夷泰，詩必柱下之旨歸，賦乃漆園之義疏。」〔註28〕鍾嶸《詩品·序》更是對玄言詩給出較為負面的評價：

> 永嘉時，貴黃、老，稍尚虛談。於時篇什，理過其辭，淡乎寡味。爰及江表，微波尚傳，孫綽、許詢、桓、庾諸公詩，皆平典似《道德論》，建安風力盡矣。〔註29〕

創作玄言詩不外乎兩種途徑：或直言玄理概念，排除形象、感官與情感等經驗的涉入；或藉山水「以形媚道」，在言情狀物之後說明自身感悟的玄思妙理。前者不立象，直接取意；後者則會涉及到對於自然物象物貌的描寫，較具有文學性的美感描述。然而玄言詩中的山水景觀描寫，有個人感於時序、山川，作種種時、空性之述寫者，但也有僅是複製《老》、《莊》內容的籠統式說明，極少有意透過觀山水物貌等體物、體象的方式來理解玄理，同時對於山水物象的

〔註26〕湯用彤〈魏晉玄學與文學理論〉，《理學·佛學·玄學》，頁325。
〔註27〕陸機〈文賦〉之討論，將於第五章分析。
〔註28〕范文瀾：《文心雕龍注》，卷九〈時序〉，頁675。
〔註29〕鍾嶸《詩品·序》，見汪中：《詩品注》，頁10。

敘寫也相當模糊，少有形容刻畫。實際上玄言詩的出現，僅是玄學影響文學的一種面向，玄言詩的內容主在闡述玄學的相關概念，以及詩人自身對玄理的體悟與理解，可以說不過是將「談玄」一事，將表現載體從過去的論說散文轉為「詩」，利用詩這個充滿文學性的文體做為哲學內容的包裝。哲學的目的在於探究真理，玄言詩外表雖然看似披上了文學的形式外衣，但本質上的精神內蘊，仍直接隸屬於哲學性的思辨，行文也偏向採取哲學性的語言敘述，重視思辨與推理，不在個人情志的興發與美感的呈露，是故呈現出「理過其辭，淡乎寡味」的敘述風格，較缺乏文學上的美感聯想與興發感動。思想的語言「以立意為宗，不以能文為本」〔註30〕，玄言詩因為重在直陳形上之「道」、「意」、以進入純粹精神境界為目的，將作者體認玄理的過程、感受，直接訴諸心靈與道體的冥合渾化，達到詩中的「理趣」，志不在以文學筆法委婉比方、抒發情志、捕捉美感，可謂是形上道體的直接呈現〔註31〕。

　　魏晉的文學，無論在內容或形式上，其實都參雜了當時玄學的思維與體認，「文學姑分為技巧與思想兩方面，而通常所言玄學與文學之關係自在思想方面」，〔註32〕是故就文章的內涵思想上，玄言詩的構思充分地說明了玄學的義理思想，可說是內容上對玄學的體現。而筆者要提出的另一個玄學影響文學的面向即在於「形式」上對於玄理運用，換言之，魏晉玄學強調體用論，而相較於玄言詩——這種直言道體是什麼、「體道」的過程又是如何等直指玄理核

〔註30〕李善注：《文選》，〈序〉，頁3。
〔註31〕描寫山水以悟道的玄言詩中，亦有對自然景物之詳加描寫的作品，如孫綽〈秋日詩〉描寫秋日空谷深林的幽闃景致，致使心境澹泊清靜，而得以領略自在逍遙的真諦，可算是一篇藉景感玄的山水佳作。我們固可以說這類以自然物貌帶出作者體玄心境的作品，具備著圖像化書寫的體物、寫物要素，如顏崑陽指出：「玄會雖不離現象，卻又需超越現象以悟得玄同的形上之道，也就是從象入而從理出。」陳順智亦認為藉描摹山水以體玄的詩即帶有「立象盡意」的語言特徵。然而此類作品中的山水物貌並非重點，其圖像描寫也多半不具備作者所欲寄託的情意、玄理或象徵，山水是詩人個人體玄的媒介，但詩人並不欲藉著詩中山水圖像的布局，作為個人「盡意」的媒介，向讀者說明自然跟道體之間的關係，達到自身「立象以盡意」的目的，因此與本文主張的王弼「尋象觀意」、「立象盡意」論，仍有一定程度上的差別。見顏崑陽：〈從應感、喻志、緣情、玄思、遊觀到興會〉，收錄於《詩比興系論》，頁369。陳順智：《東晉玄言詩派研究》（武漢：武漢大學出版社，2003年），頁43。
〔註32〕本處借用湯用彤於〈魏晉玄學與文學理論〉之語。見湯用彤〈魏晉玄學與文學理論〉，《理學·佛學·玄學》，頁316～317。

心的哲學載「體」；圖像化書寫便是一種「用」，把玄理拿來運用，成為一種書寫模式。因此我們可這樣比方：玄言詩是穿著文學形式外衣的哲學作品，其內涵是對哲學的闡述，而圖像化書寫，則是一種使用哲學思維，來替作品穿上文學外衣的方式，是將哲學思維轉移到文學領域運用的結果，在方法論來說，具有哲學思辨的色彩。圖像化書寫在魏晉大為盛行，除卻縱向時間軸上的文學發展對於摹寫技巧的掌握逐步成熟外，也歸因於魏晉人把這樣橫向思想移植產生的書寫模式，當成是形式上對玄學的體現〔註33〕。魏晉文學的特點在於追求體物之切，又善於進行情境氛圍的渲染，風格上極為濃墨重彩，文人們喜用繪畫式的文字敘述，呈現出各式寫實寫神的繽紛圖像，即是受到「立象盡意」的論點影響。中國古典論述傳統一向有著對語言所具備的表意功能的質疑〔註34〕，在這個與有限文字和無限意念的拉扯過程中，文人們不斷求索叩問，試圖尋找一個確切表意的途徑，欲「突破語言的限制」，而王弼「立象盡意」論，正好為苦惱以久的「言不盡意」問題提供了解決的突破口，在這一論點上，文人得以利用圖像化的文字敘述，極力在尋求體物的技巧之後，加以補足、傳達那看不到、摸不著的精神內涵。因此在使用語言文字時，往往就包含了鋪彩設象、刻形鏤貌、描聲繪色的種種圖像營造〔註35〕，而當客觀之象經過轉化之後有所興寄喻托，此象便能夠做為作者的工具，無限地向意「往盡」，以便能達成後世所謂「狀難寫之景，如在目前」的成果〔註36〕。

　　回歸王弼的文本與其理論，由於王弼畢竟是思想家，其〈明象〉所提之象畢竟仍是從《易》學的角度出發，來解釋哲學上的思辨問題。對於「象」

〔註33〕關於玄學體用論在文學上的具體實踐，請參考本文第五章第二節。

〔註34〕蔡英俊指出：「一方面固然由於情感或意念本身的不可捉摸的特性，而另一方面則又認定了語言作為一個表意的工具其實是有所不足的、甚至是不完備的，因而如何以有限的語言媒介去傳寫那極為流動精微的情感或意念，便成為一向備受關注的議題。」同時文中也指出了「立象盡意」的表現手法便可成為推求、想像或追摹的語言表現方式。見蔡英俊：《中國古典詩論中「語言」與「意義」的論題：「意在言外」的用言方式與「含蓄」的美典》，頁27。

〔註35〕如陳昌明曾多次指出：「六朝文士不願像這種語言媒介的局限屈服，奮力透過文字要迫肖形貌，愈是需以本身的多變性來突破其偏限。」見《沉迷與超越：六朝文學之感官辯證》，頁264。

〔註36〕歐陽修《六一詩話》：「聖俞嘗語予曰：『詩家雖率意而造語亦難。若意新語工，得前人所未道者，斯為善也。必能狀難寫之景，如在目前；含不盡之意，見於言外，然後為至矣。』」見李之亮：《歐陽修集編年箋注》（七）（成都：巴蜀書社，2007年），頁142。

的論點仍偏向是一種「工具論」,「象」是作者為求「達意」、讀者為求「得意」的工具,是理解「意」的手段。所以最後要「忘」,不可拘泥。因此最後的主張便是要得意忘言,因為道是「大象無形」、「冥默無有」的〔註37〕,然而文學作品是不能夠離開語言文字的載體的,故此處當需特別指出:玄學與文學有本質上的差異——玄學是以討論形而上、邏輯上的學問為主,注重理性思考與邏輯分析,無須引入個人情感;文學則是以情之興發、感動為主,但二者的仍可以互相交流、影響的,我們不能說是因為王弼玄學理論的提出,對整個魏晉文壇的寫作模式產生絕對的、直接的影響,只是在王弼有系統地整理了意象言之間的關係後,進而催化了當時文人圖像化的書寫模式,因此在玄風鼎盛的魏晉時期,引領風騷的王弼玄學,自然會對當時的文學理論與實踐產生一定的影響。是故當我們審視自東漢到魏晉的文學作品,使用圖像化書寫技巧創作的不乏有早於王弼之前的賦家,然而不可否認的是,自王弼提出此說法後,在玄風浸染的時代背景下,文學創作必會受到流行思潮的影響,進而更加完善這一套圖像化書寫的系統。因此王弼在〈明象〉中「意以象盡,象以言著」的理論確實在圖像化書寫的文學發展上,開闢出一條更為寬廣暢通的思維道路。

二、人物品鑑的圖像應用

魏晉名士清談的內容除了玄學外,還有對人物的品評。從東漢末年至魏晉,人物品評的風氣甚熾,魏初劉劭的《人物志》有言:

> 夫色見於貌,所謂徵神。徵神見貌,則情發於目。故仁目之精,愨然以端;勇膽之精,曄然以彊;然皆偏至之材,以勝體為質者也。故勝質不精,則其事不遂。是故,直而不柔則木,勁而不精則力,固而不端則愚,氣而不清則越,暢而不平則蕩。是故,中庸之質,異於此類:五常既備,包以澹味,五質內充,五精外章。是以,目

〔註37〕 其實就王弼《老子指略》:「四象形而物無所主焉,則大象暢矣;五音聲而心無所適焉,則大音至矣」一段,很能夠與「意以象盡,象以言著」、「立象盡意,象可忘也」等概念對照,雖然「象而形者,非大象」,但大象同樣必須透過形而下的「象」體現,只是不必凝滯於具體之形象,以達真正的「道」。見樓宇烈:《王弼集校釋》,頁195。而象雖是表意的最佳媒介,但王弼此處「立象盡意」之「盡」,畢竟只是一種試圖向精神意念往盡的「指點語」,並非表示真可透過圖像完全切合、擊中精神意念。此指點之概念,可參牟宗三:《才性與玄理》(臺北:學生書局,2002年8月),頁253~254。

彩五暉之光也。〔註38〕

《人物志》中的〈九徵〉、〈八觀〉，都是一種由形觀神的識人方法，或觀人眼目，或觀人聲氣、貌色，以判斷對方才性與適合的人臣職位，順著這樣的品鑑方式，除了發展出魏晉獨有的審美欣趣之外〔註39〕，也可以用來說明漢魏以來對於圖像思維的發展與圖像式語言的運用。〈九徵〉以「觀察精神為鑑識之最高原則」〔註40〕，然而觀察精神須從外觀入手，形成當時人們對外貌形象的重視，在評論人物時，也多從外貌優先下手進行評判。魏晉時期的品鑑專章，如《士操》、《士緯新書》、《通古人論》等，多已亡佚〔註41〕，然從完整存世的兩部《人物志》與《世說新語》對於品鑑人物的各類評語來看，觀人、論人，皆從外在之形出發，透過形神的認識與賞析，直指本心本體，因此在品鑑時的評語不光呈述其相貌，更側重由內在氣秉質性顯露出來的風姿神氣，也就是「風神」〔註42〕，流轉一股出魏晉士人獨有的生命姿態之美。內在的神氣可以由外在形容顯現，何嘗不是透過具體之「象」進入內在，以試圖理解抽象的、潛藏的「心」與「意」，而品鑑過程中亦採取比喻、描摹、營造情境，刻寫鏡頭等圖像式的敘事法，欲使聞之者得以身歷其境、心嚮往之，能夠有所想像、體會〔註43〕。

〔註38〕陳喬楚：《人物志今註今譯》（臺北：臺灣商務印書館，1996年），頁29。

〔註39〕人物品鑑本身實帶有美學欣趣的判斷，《人物志》的品鑑上有選拔人才的目的；至《世說新語》，其人物品藻更無政治實用性或道德實踐性可言，劉卲從外在的實用性整理出對於內在生命整體的了解，無意於過程中發揮美學判斷，開展了才性主體在藝術層面的發見能力，故能下開《世說新語》重視人物風清骨俊、瀟灑不羈等風流情調，如牟宗三即言：「『人物志』之品鑑才性即是美的品鑑與具體智悟之渾融的表現。」見牟宗三：《才性與玄理》，頁65。

〔註40〕余英時：〈漢魏之際士之新自覺與新思潮〉，《中國知識階層史論·古代篇》，頁289。

〔註41〕載於《隋書·經籍志·子部名家類》，見湯用彤〈讀人物志〉，收錄於湯用彤：《魏晉玄學論稿》（臺北：佛光文化事業有限公司，2001年），頁9～10。

〔註42〕牟宗三解釋名士風流時，曾言：「……名士者清逸之氣也。清則不濁，逸則不俗……逸則特顯風神，故俊。逸則特顯神韻，故清。故曰清逸，亦曰俊逸。逸則不固結於成規成矩，故有風。逸則瀟脫活潑，故曰流。故總曰風流。」此段說明很能展現魏晉名士風度翩翩的神采神韻。見牟宗三：《才性與玄理》，頁68。

〔註43〕如鄭毓瑜曾撰文魏晉士人由人物鑑識的見貌即形，到見山水的形似，皆是觀看的活動與作用。如謝靈運的寓目、身觀；陶淵明〈歸去來辭〉之親身深入，強調的是本然世界的觀看與領略，而如何去看、看到什麼就顯得至關重要。見鄭毓瑜：〈觀看與存有——試論六朝由人倫品鑑至於山水詩的寓目美學觀〉，《六朝情境美學綜論》，頁121～170。

　　品評人物的過程中，往往會借助物象來比喻被品評的對象〔註44〕，除以物色物形來擬似對象的外貌，也會試圖以物性呈現出此人內在的品性質地。《人物志》僅說明相人以辨才性的原理原則，《世說新語》則給出了具體案例子證明，觀其〈容止〉篇：

　　3. 魏明帝使后弟毛曾與夏侯玄共坐，時人謂「蒹葭倚玉樹」。

　　4. 時人目「夏侯太初朗朗如日月之入懷，李安國頹唐如玉山之將崩。」

　　6. 裴令公目：「王安豐眼爛爛如巖下電。」

　　11. 有人語王戎曰：「嵇延祖卓卓如野鶴之在雞群。」答曰：「君未見其父耳！」

　　12. 裴令公有俊容儀，脫冠冕，麤服亂頭皆好。時人以為「玉人」。見者曰：「見裴叔則如玉山上行，光映照人。」

　　30. 時人目王右軍：「飄如遊雲，矯若驚龍。」

　　39. 有人歎王恭形茂者，云：「濯濯如春月柳。」

植物比之玉樹、蒹葭、春柳；動物比之驚龍、野鶴；天象則比之遊雲、雷電、日月，可以看出以自然景物比附品鑑對象身形容貌的用法，在魏晉相當常見。如稱讚王羲之：「飄如遊雲，矯若驚龍。」分別以飄宕的流雲與矯健的遊龍，刻畫出王羲之瀟灑不羈、無所拘束的模樣；而觀者見裴楷時，在他面前得到「如玉山上行，光映照人」的感受，此處的比擬，遠不只是單純形容裴楷容貌俊秀如玉而已，而是利用整體情境的刻畫，將裴楷由內而外散發出來的翩翩神采，呈露於眾人目前，面對這彷彿置身在玉山瑤池、舉目皆十里璀璨的景象，又怎能不令觀者驚嘆而懾人心魄呢？裴楷光耀奪目的風姿，透過這類精準生動的圖像設喻，由此可見〔註45〕。

　　這類自然物象的比喻，在〈賞譽〉篇中也相當多：

　　2. 世目李元禮：「謖謖如勁松下風。」

　　4. 公孫度目邴原：「所謂雲中白鶴，非燕雀之網所能羅也。」

　　8. 裴令公目夏侯太初：「肅肅如入廊廟中，不修敬而人自敬。」一曰：

〔註44〕梅家玲指出《世說新語》中有五十餘條以自然意象作為寓體的品賞記載，見梅家玲：《世說新語的語言與敘事》（台北：里仁出版社，2004年），頁75。

〔註45〕梅家玲提及：「以或單一、或複合、或組構整體情境的設喻形式，多面向地形繪魏晉人風神氣韻的同時，卻也透露了時人對自然的觀照角度與審美取向，以及人與自然的相融合。」見梅家玲：《世說新語的語言與敘事》，頁75～76。

「如入宗廟，琅琅但見禮樂器。見鍾士季，如觀武庫，但睹矛戟。
見傅蘭碩，江廧靡所不有。見山巨源，如登山臨下，幽然深遠。」

10. 王戎目山巨源：「如璞玉渾金，人皆欽其寶，莫知名其器。」

37. 王公目太尉：「巖巖清峙，壁立千仞。」

值得特別注意的是，品鑑往往是採用了「目」的形式。〈賞譽〉篇156則中有
33則關於「目人」的記載，所謂的「題目」即為人物鑑識，題者，額也；目
者，人眼也〔註46〕，題與目皆是與人交接時最直接接觸、觀察到的特徵，當轉
換成人倫品鑑之方法時，便有所謂品「題」〔註47〕，如曹操要求許劭「目己」、
或「時人欲題目高坐而未能」〔註48〕。而所謂「目」便是將「目視」作為鑑人
方法，以單純的觀看來取代過往的言行考核與履歷查驗，訴諸於對人事物的直
觀印象、感受，再轉化為評論、鑑識。這樣的評鑑結果代表了品鑑人的整體觀
感，直觀地透過圖像接收、形成感受後，快速進行判斷，而判斷的評語也利用
了具象的比喻來比附、聯想，並訴諸於圖像式的敘述，這即是魏晉人物品評
「見目即形」的觀看之道——目光所及之處，便能夠看出此人材質氣性，因此
「一切賞鑑的進行與成果就存在當下視看的活動中」〔註49〕，無須問答、無須
檢覈，只要透過純粹的「目」，進行人物形體的照面，便能開始人物品評，觀
看的重要性由是可證〔註50〕。而既然目光有所觸及便能評判高下優劣，則表示

〔註46〕 以上分見許慎：《說文解字》，〈九篇上·頁部〉，頁416下；〈四篇上·目部〉，
頁129下。
〔註47〕 徐復觀指出「題目」即為鑑識。見徐復觀：《中國藝術精神》，頁131。
〔註48〕 《後漢書·郭符許列傳》許劭傳云：「曹操微時，常卑辭厚禮，求謂己目」。又
《世說新語·賞譽》記載：「時人欲題目高坐而未能。桓廷尉以問周侯，周侯
曰：『可謂卓朗。』桓公曰：『精神淵箸。』」以上資料分見范曄：《後漢書》，
卷六八〈許劭列傳〉，頁2234；余嘉錫：《世說新語箋疏》，〈賞譽〉48，頁448。
〔註49〕 見鄭毓瑜：〈觀看與存有——試論六朝由人倫品鑑至於山水詩的寓目美學觀〉，
《六朝情境美學綜論》，頁133。
〔註50〕 鄭毓瑜曾撰文指出當時人物品鑑「見貌即形」的特色，考察自兩漢以來相人術
的轉變，認為至魏晉時：「原來必須透過多方考察，重複測試或模式類比的行
為鑑識，似乎可以轉換為強調音言容色的親見身觀、以形色先於度式的月旦
方式。」並舉出如陶侃、王導等人透過「一見改觀」、「一見奇之」的例證，肯
定「目」作為一種極為自然的人物品鑑方式：「……確實可以肯定寓目為六朝
觀人方式之一，而默識則足以成就賞鑑品評。既然視看所即先於言行表現，在
品鑑者與被品賞的對象之間，所進行的無非就是一場純粹的形體照面。」見鄭
毓瑜：〈觀看與存有——試論六朝由人倫品鑑至於山水詩的寓目美學觀〉，《六
朝情境美學綜論》，130～133。

品評的時間並不太長，品鑑者往往能就整體印象快速地給出一個精闢的評價，例如〈言語〉85：

> 桓征西治江陵城甚麗，會賓僚出江津望之，云：「若能目此城者有賞。」顧長康時為客，在坐，目曰：「遙望層城，丹樓如霞。」桓即賞以二婢。

桓溫遙望城中景致而提出「目此城」的要求，無疑是一場競騁文彩的即席競賽。顧愷之的「目」，是在座間脫口而出的品鑑，是當下對江陵城的整體印象，「遙望層城，丹樓如霞。」八字，精準點出城中光影與色彩交織的美感，或正如西方印象派畫作一般，捕捉注了霎時間的整體景象，足見顧愷之不但果為「畫絕」〔註51〕，對畫面美感有著精要的掌握，且又才思敏捷，否則慢慢沉思琢磨江陵印象，倒不如回去作畫的好，又豈能當下贏得賞賜呢？

圖像式的品鑑語言，不光是對外在形貌的描摹，連內在的質、神都要一併指出，如〈容止篇〉對嵇康的品鑑：

> 5. 嵇康身長七尺八寸，風姿特秀。見者嘆曰：「蕭蕭肅肅，爽朗清舉。」或云：「肅肅如松下風，高而徐引。」山公曰：「嵇叔夜之為人也，巖巖若孤松之獨立；其醉也，傀俄若玉山之將崩。」〔註52〕

以「松下風」、「孤松獨立」、「玉山將崩」來形容嵇康，不只是因為嵇康外型挺拔俊秀，也點出了其「遠邁不群」、「恬靜寡欲」的性格〔註53〕。「松柏後凋於歲寒」，松之意象為堅貞有操守，能展現士大夫的風骨氣節，「蕭蕭」、「巖巖」等形容詞，也強化了松柏高峻挺立、不容侵犯的形象，尤其指出是「孤松」之「獨立」，也與嵇康的孤高自傲的形象契合。玉山意象則分別刻畫了玉之美好與山之巍峨：「高山仰止，景行行止」、「有匪君子，如金如錫，如圭如璧」、「言念君子，溫其如玉」〔註54〕，這都是傳統君子之象徵，以玉之溫潤比附嵇康，

〔註51〕 「俗傳愷之有三絕：才絕，畫絕，癡絕。」見房玄齡：《晉書》，卷九二〈文苑列傳〉，頁2046。

〔註52〕 余嘉錫：《世說新語箋疏》，〈容止〉85，頁609。

〔註53〕 《晉書·嵇康傳》云：「有奇才，遠邁不群。身長七尺八寸，美詞氣，有風儀，而土木形骸，不自藻飾，人以為龍章鳳姿，天質自然。恬靜寡欲，含垢匿瑕，寬簡有大量。」又書中與《世說新語·簡傲》同時記載鍾會肥馬輕裘拜訪嵇康卻慘遭冷眼對待的故事，可見嵇康性格上確有著傲然自恃的特徵。見房玄齡：《晉書》，卷四九〈嵇康傳〉，頁1369。

〔註54〕 以上引文分見孔穎達：《毛詩正義》，〈小雅·車舝〉，頁1339；〈衛風·淇澳〉，頁；348〈秦風·小戎〉，頁653。

令人聯想到孔子說君子「比德於玉」〔註55〕，也同時彰顯了魏晉對光潔瑩白的
美感的嚮往。這種對「光潔」的肯定，不光是用以譬擬外貌，還有內在品性的
潔淨光明〔註56〕。

〈品藻篇〉也不乏利用形象化的描述評價人物內在品性材質的例子：

> 4. 諸葛瑾弟亮及從弟誕，並有盛名，各在一國。于時以為「蜀得其
> 龍，吳得其虎，魏得其狗」。誕在魏與夏侯玄齊名；瑾在吳，吳朝服
> 其弘量。

> 87. 桓玄問劉太常曰：「我何如謝太傅？」劉答曰：「公高，太傅深。」
> 又曰：「何如賢舅子敬？」答曰：「櫨、梨、橘、柚，各有其美。」

或以動物英姿，或以水果滋味比擬，表現出人才的英姿，雖各有千秋，然而其
才、其美都是一樣的，以上兩則皆是透過具象比喻，形容人的才性。又如：

> 81. 有人問袁侍中曰：「殷仲堪何如韓康伯？」答曰：「理義所得，優
> 劣乃復未辨；然門庭蕭寂，居然有名士風流，殷不及韓。」故殷作
> 誄云：「荊門晝掩，閑庭晏然。」

此則以畫面的刻畫來說明殷仲堪與韓康伯在名士風采上誰更勝一籌。「門庭蕭
寂」、「荊門晝掩」呈現出韓康伯居宅的景象，門是荊門、並不是豪華的朱漆大
門，即使白天也是掩上的，代表主人家不喜結交賓客，與門庭若市的熱鬧景象
相反。「掩」字又與人一種不經意之感，門扉並非是刻意地死死緊閉以謝絕賓
客，單純只是喜歡清靜的主人料想無人來訪，便隨意地把門悄悄帶上罷了，庭
中幽寂無人，一派閒適安詳，表現出一派恬淡自適的氣象來。儘管袁、殷二人
說的都只是韓康伯的門戶環境，並未言及主人的氣貌如何清高不凡，然而名士
朗朗風姿的展現並不在於言辭談吐或風雅形貌，而在於生活的態度。從韓康伯

〔註55〕 《禮記・聘義》：「孔子曰：『……夫昔者君子比德於玉焉：溫潤而澤，仁也；
縝密以栗，知也；廉而不劌，義也；垂之如隊，禮也；叩之其聲清越以長，其
終詘然，樂也；瑕不掩瑜、瑜不掩瑕，忠也；孚尹旁達，信也；氣如白虹，天
也；精神見於山川，地也；圭璋特達，德也。天下莫不貴者，道也。《詩》云：
『言念君子，溫其如玉。』故君子貴之也。』」見孔穎達：《禮記注疏》（臺北：
新文豐出版公司，2001年），頁2561～2562。

〔註56〕 如《世說新語・容止篇》多記載：「何平叔美姿儀，面至白；魏明帝疑其傅粉。
正夏月，與熱湯餅。既噉，大汗出，以朱衣自拭，色轉皎然」、「王夷甫容貌整
麗，妙於談玄，下捉白玉柄麈尾，與手都無分別」、「潘安仁、夏侯湛並，有美
容，喜同行，時人謂之『連璧』。」又如宗白華於〈論《世說新語》與晉人的美〉
中也曾指出：「晉人的美的理想，……是顯著的追慕著光明鮮潔，晶瑩發亮的意
象。」宗白華：《美從何處尋》（南京：江蘇教育出版社，2005年），頁188。

的居宅環境觀之，其瀟灑風流的名士形象已經昭然若揭。

〈容止篇〉33 記載：

> 王長史為中書郎，往敬和許。爾時積雪，長史從門外下車，步入尚
> 書，著公服。敬和遙望，歎曰：「此不復似世中人！」

王洽對王濛僅僅乃是「遙望」便感慨極深，再度證明對人的賞鑑只在與對方照面即可完成。此則雖只有寥寥數語，但已點出王濛之朗朗風神與白茫大地相互輝映的姿態，儼然勾勒出一幅優美的「天人踏雪圖」，使人望文生景，進而神馳想像、心領神會——《世說新語》中所記載的品評內容，皆具有一種「特寫式的觀照」性，不需繁瑣多言的講述，而是將「一剎那的美感捕捉、放大，並再現到讀者眼前」〔註57〕，不光是品評人做最直接的觀看，其評語也同時在對第三方的見聞者進行示現，臨場感加深，震撼感加大，或許也更能無限接近真實——無論是客觀經驗上的真實情景，或是主觀精神境界的貼合相契。透過具象而得以再現出無限的、精神上的意念要旨，正是圖像化敘述的力量。

　　不光是對品鑑人物時對形神的描述採用圖像式語言，就連名士的言談內容，也多以具象來進行譬喻、分析，如評論支道林的言談內容「才藻新奇、花爛映發」；殷浩語言間：「辭條豐蔚」；王衍評郭象：「語議如懸河寫水，注而不竭」、郗嘉賓問謝太傅曰：「林公談何如嵇公？」謝云：「嵇公勤著腳，裁可得去耳。」〔註58〕以上多以流水、花樹的意象來進行比喻，呈現出言談中個人思想情志源源不絕的生命力與變化性，如同開枝散葉的根芽、溯其本源的源頭活水，不但條理分明，且從不枯乾。而如繁花茂葉般豐蔚多彩的形容字眼，也顯現當時的談論實有著「美聲氣」的要求，不但要求聲調上的抑揚頓挫，也會涉及到言語形容的形式美感，而這樣的言語內容自然不會是空泛的、抽象的敘述〔註59〕。

〔註57〕梅家玲認為《世說新語》是「以顯示代講述為它的敘事原則」，這樣的敘事藝術即在於一種視片段為整體的特寫式的關照方式：「顯示是一種當下、立即的顯現……讀者亦由此享受到一種『似真』的臨場感。」見梅家玲：《世說新語的語言與敘事》，頁 236～237。

〔註58〕以上引文分見余嘉錫：《世說新語箋疏》，〈文學〉36，頁 223、〈文學〉28，頁218、〈賞譽〉32，頁 438、〈品藻〉67，頁 534。

〔註59〕早在建安時期，徐幹《中論・覈辯》便有指出當時談者的辭藻華美、滔滔不絕：「美其聲氣，繁其辭令，如激風之至，如暴雨之集。」至魏晉更是變本加厲，如《世說新語・品藻》48 王濛評劉惔：「韶音令辭不如我，往輒破的勝我。」從「韶音令辭」可以看出清談注重語音節奏與華麗詞藻。以上分見郁沅、張明高：《魏晉南北朝文論選》（北京：人民文學出版社，1996 年），所收徐幹《中論・覈辯》。余嘉錫：《世說新語箋疏》，〈品藻〉48，頁 527。

　　《世說新語》中，品評人欲向聞者、讀者的展現的都是經過篩選、營造過後的特寫鏡頭，「敘事者都是以戲劇搬演的方式，讓被敘述的主角以自己的聲音、自己的動作，在有限的文字中呈現他們的情感、意志與風姿。」〔註60〕以具象之物作為比擬，恍若親身聞見。此亦可視為王弼「立象以盡意」在語言上的展現，《世說新語》是言談，故語言如此；紀錄成筆記小說，則文字如此。魏晉人善於使用圖像思維表達，不只是言談（語言）領域，文學（文字）的部分亦同，透過當時清談風氣的盛行，這樣圖像化的敘述方式也有助於文學上圖像化書寫的發展。如果說《世說新語》中的品鑑方試圖以圖像精準捕捉被品鑑方的風姿神態，以描摹形體之美來直指內在之神，則文學上作者便亦欲採用圖像式敘述，好呈現內在的情志意念。言談跟文學創作雖不是直接相關，但仍有一定的相互影響，既然談論時如此，則寫作上運用文字自然也有這般的習性與風格，由此可作為圖像化書寫的旁證，說明當時人們皆肯定圖像為表意的最佳工具，使用圖像式語言亦是一個流行。魏晉對於言意之辨的討論，或即起源於人物之品鑑〔註61〕，而圖像化書寫之所以在魏晉時期成熟，與王弼玄學、人物品鑑不無關連，這套慣用的書寫模式不單單只是文學上摹寫技巧的進步，實是代表了一種思維模式的改變、反映出玄學的思維精神。

第二節　以「有形」描繪「無形」的音樂賦

　　聲音是抽象的，則如何捕捉住無形的音符，以及聆聽音樂的無形感受？對作家言，這實在是一項相當具有挑戰性的任務。我們耳熟能詳的「大珠小珠落玉盤」、「吃了人參果，無一個毛孔不暢快……如一條飛蛇，在黃山三十六峰半中腰裏盤旋穿插」皆是以具體的事物來比喻抽象的音樂，並將具體的圖像呈現

〔註60〕梅家玲指出《世說新語》是「一具有特定主題的敘事單元」、「足堪凸顯人物精神風貌的代表性記述」：「有如現代攝影機，當它一旦意圖捕捉事物的某一部分，便以特寫鏡頭予以強調，而主體之外的其他事物，自然摒棄在鏡頭之外了。」見梅家玲：《世說新語的語言與敘事》，頁215～216。

〔註61〕歐陽建〈言盡意論〉開篇言：「有雷同君子問於違眾先生曰：『世之論者，以為言不盡意，由來尚矣。至乎通才達識，咸以為然。若夫蔣公之論眸子，鍾傅之言才性，莫不引此為談證；而先生以為不然，何哉？』」說明言不盡意等問題，是從對於人的才性問題出發的，蓋品鑑人之才性，必然涉及到語言與對應之生命姿態能否合實的問題。歐陽建〈言盡意論〉一文見歐陽詢：《藝文類聚》（上海：上海古籍出版社，1982年），卷十九〈人部三‧言語〉，頁348。又關於才性品鑑與名理、名實的討論，可參考牟宗三《才性與玄理》第七章。

在讀者面前，此即以「有」形容「無」的創作手法。賦作類目中有一類即為「音樂賦」，自兩漢到魏晉，作品甚多。

　　文學作品中對於音樂的描述，西漢枚乘的〈七發〉太子與客問答中對於音樂的鋪陳與描述，可以視為音樂賦的濫觴，而目前文獻存留下來最早且最完整的音樂賦為西漢王褒〈洞簫賦〉，後世嵇康、潘岳等人之作，大抵皆因襲〈洞簫賦〉的結構來進行寫作。音樂賦的寫作模式，一般先說明樂器的材料來源、地點，並說明製作方式與形體之精美，稱頌其特質極其「不凡」以暗示樂器之德性，其次敘述演奏過程中樂音如何的美妙、如何的撼動人心，最後收尾於讚揚音樂感發、教化的作用。細觀音樂賦的寫作方式，即是用文字體現出一個「從無到有」的歷程，作者該如何形容樂音的特性、質地？它帶給人什麼樣的感受？這些無形、抽象的感官經驗如何盡量原汁原味地呈現，或是使讀者能明瞭、甚至身歷其境？文人因此透過具體比喻、營造情境等圖像式的描述，令讀者浮想聯翩，一齊進入聆賞音樂的殿堂。

一、音樂賦的摹寫技巧

（一）圖像化的音樂描述

　　上述提及自王褒〈洞簫賦〉以來，音樂賦的書寫皆有承襲王作之處，首先各作品幾乎皆有大段關於生長環境、製作過程、演奏情貌的敘述。這些敘述，有白描、有比喻。就白描言，有描繪生長地者：

> 原夫簫幹之所生兮，於江南之丘墟。洞條暢而罕節兮，標敷紛以扶疏。……翔風蕭蕭而逕其末兮，迴江流川而溉其山。揚素波而揮連珠兮，聲礚礚而澍淵。朝露清泠而隕其側兮，玉液浸潤而承其根。（王褒〈洞簫賦〉）〔註62〕

> 惟籦籠之奇生兮，於終南之陰崖。託九成之孤岑兮，臨萬仞之石磎。特箭槁而莖立兮，獨聆風於極危。秋潦漱其下趾兮，冬雪揣封乎其枝。巓根跱之磬削兮，感迴飆而將頹。夫其面旁則重巘增石，簡積頹砢。兀嶁狋嶷，傾欹倚伏。庨窌巧老，港洞坑谷。嶰壑澮峻，峪窞巖窴。運裏穹浼，岡連嶺屬。林簫蔓荊，森槮柞樸。（馬融〈長笛賦〉）〔註63〕

〔註62〕費振剛、仇仲謙、劉南平：《全漢賦校注》，頁192～202。下引文同。
〔註63〕費振剛、仇仲謙、劉南平：《全漢賦校注》，頁798～801。下引文同。

爾乃言求茂木，周流四垂。觀彼椅桐，層山之陂，丹華煒煒，綠葉
參差。甘露潤其末，涼風扇其枝。鷩鳳翔其巔，玄鶴巢其岐。（蔡邕
〈彈琴賦〉）〔註64〕

惟椅梧之所生兮，託峻嶽之崇岡。披重壤以誕載兮，參辰極而高驤。
含天地之醇和兮，吸日月之休光。鬱紛紜以獨茂兮，飛英蕤於昊蒼。
夕納景於虞淵兮，旦晞幹於九陽。經千載以待價兮，寂神時而永康。
且其山川形勢，則盤紆隱深，磑磈岑㠔。互嶺巉巖，岹㠐崛崟。丹
崖嶮巇，青壁萬尋。若乃重巘增起，偃蹇雲覆，邈隆崇以極壯，崛
巍巍而特秀。蒸靈液以播雲，據神淵而吐溜。爾乃顛波奔突，狂赴
爭流。觸巖觝隈，鬱怒彪休。洶涌騰薄，奮沬揚濤。澌汨澎湃，蛜
蟺相糾。放肆大川，濟乎中州。安回徐邁，寂爾長浮。澹乎洋洋，
縈抱山丘。詳觀其區土之所產毓，奧宇之所寶殖。珍怪琅玕，瑤瑾
翕赩。叢集累積，奐衍於其側。若乃春蘭被其東，沙棠殖其西。涓
子宅其陽，玉醴涌其前。玄雲蔭其上，翔鸞集其巔。清露潤其膚，
惠風流其間。竦肅肅以靜謐，密微微其清閑。（嵇康〈琴賦〉）〔註65〕

有極言樂器形體之美者：

帶以象牙，挺其會合。鎪鏤離灑，絳脣錯雜。鄰菌繚糾，羅鱗捷獵。
膠緻理比，挹抐撮擒。（王褒〈洞簫賦〉）

回風臨樂，刻飾流離，弦則岱穀㴉絲，籠貢天府，伯奇執軛，杞妻
抽緒，大不過宮，細不過羽，清朗緊勁，絕而不茹。（孫該〈琵琶
賦〉）〔註66〕

華繪彫琢，布藻垂文。錯以犀象，籍以翠綠。絃以園客之絲，徽以
鍾山之玉。爰有龍鳳之象，古人之形。（嵇康〈琴賦〉）

基黃鍾以舉韻，望鳳儀以擢形。寫皇翼以插羽，摹鷟音以屬聲。如
鳥斯企，翾翾歧歧。明珠在味，若銜若垂。脩梢內闋，餘簫外逶。
駢田獦攦，鯫鰈參差。（潘岳〈笙賦〉）〔註67〕

〔註64〕費振剛、仇仲謙、劉南平：《全漢賦校注》，頁930～931。下引文同。
〔註65〕韓格平、沈薇薇、韓璐、袁敏校注：《全魏晉賦校注》，頁115～117。下引文同。
〔註66〕韓格平、沈薇薇、韓璐、袁敏校注：《全魏晉賦校注》，頁95～96。下引文同。
〔註67〕韓格平、沈薇薇、韓璐、袁敏校注：《全魏晉賦校注》，頁281～281。下引文同。

有敘述演奏時，彈奏者之情貌者：

> 然後哀聲既發，秘弄乃開，左手抑揚，右手徘徊，指掌反覆，抑案
> 藏摧，於是繁弦既抑，雅韻復揚。（蔡邕〈彈琴賦〉）

> 揚和顏，攘皓腕，飛纖指以馳騖，紛猑磕以流漫。或徘徊顧慕，擁
> 鬱抑按。盤桓毓養，從容秘翫。（嵇康〈琴賦〉）

以上的敘述，細緻詳盡，讀者彷彿隨著文字一同進入那深山翠林，一流清淺的
生長地，親眼看見這些吸收天地精華的木材、竹材如何被匠心獨運地拋光打
磨，添加珍貴的象牙、玉石，如何精雕細琢地施以各色裝飾，而演奏者技法又
是如何的純熟，或十指撥弄，或引氣吹奏，全心投入、忘我演奏的情貌，皆歷
歷在目。上述段落皆透過文字來使得讀者「可見」、「可觀」，進而準備好投入
接下來美妙的音樂饗宴，這些敘述看似屬於漢賦那種鉅細靡遺的形容，不過風
格上已從巨麗的鋪張轉入精細的敘寫，而恢弘華美的行文氣象，也轉變成了較
為清新雅麗風格。若說窮形極貌地刻畫樂器形體，仍不脫「詠物」一目的框
架，那麼樂音部分的描摹，便是音樂賦的重點創新了〔註68〕。

透過具體的「可見」之事物來形容「不可見」的音符，此處便多用比喻，
如〈洞簫賦〉便有：

> 或渾沌而潺湲兮，獵若枚折。或漫衍而駱驛兮，沛焉競溢。惏慄密
> 率，掩以絕滅。嘈囋曄驒，跳然復出。

> 故聽其巨音，則周流氾濫，並包吐含，若慈父之畜子也。其妙聲，
> 則清靜厭瘱，順敘卑述，若孝子之事父也。科條譬類，誠應義理，
> 澎濞慷慨，一何壯士！優柔溫潤，又似君子。故其武聲，則若雷霆
> 輘輷，佚豫以沸㥜。其仁聲，則若颺風紛披，容與而施惠。（王褒
> 〈洞簫賦〉）

《文心雕龍・詮賦》云：「子淵〈洞簫〉，窮變於聲貌」，王褒以水之「渾沌」、
「潺湲」、「漫衍」、「駱驛」等水流的各類狀態形容簫音緩慢悠揚，「獵若枚折」
則將簫音比擬成風吹拂樹梢而折斷樹枝的聲響，而「嘈囋曄驒，跳然復出」亦

〔註68〕朱曉海先生言：「以音樂為主題的賦，不論選取鋪敘的樂器為何，必然都會著
墨用該樂器演奏，而任何樂曲均不可能沒有洪纖、低昂、疾徐等變化，一篇刻
畫傳神的音樂賦正在於能掌握這種種變化，唯其如此才能顯示出用該樂器演
奏的樂曲音色之美，這也就無形在巨麗之外開啟另一非巨麗的品味。」見朱曉
海：〈自東漢中葉以降某些冷門詠物賦作論彼時審美觀的異動〉，《中國文哲研
究集刊》第12期，1998年3月，頁107。

富有動態之美感。接著再以慈父、孝子、壯士、君子、雷霆、飄風六種人／物來比喻樂音的特質，此處雷霆、飄風的使用，尚屬於對特定實體聲響、狀態的相關聯想；但慈父、孝子、壯士、君子等比喻卻不是就具體感官經驗指陳，而是「以聲比心」〔註69〕，運用精神、情感上的類似性來比附，屬於內在質性的相似，「讓音樂的變化和生活中的各種心理感受相聯繫」〔註70〕。王褒利用抽象的情感關係表達同樣抽象的音樂特點，讀者透過聯想慈父畜子、孝子事父的圖像，便可感受到樂音中所傳達出的那種溫潤而綿長的情感，可說是思考上的一種創新，進而使得書寫技巧更加豐富多彩。

　　王褒形容音樂如同慈父、孝子，仍僅是一筆帶過，缺乏詳實的敘述，難免流於空洞，例如我們無從得知「若慈父之畜子」，所謂慈祥的父親教養孩兒，那究竟是什麼樣的畫面？作者並未告訴讀者慈父的具體神態或行為，讀者必須要自行想像，加以填補這部分的空白。然而到了漢魏之後，文人不但大量地「聽聲類形」〔註71〕，多以流水、鴻鵠、鸞鳳等具體之物為喻，同時加強了對喻體的描畫，進一步完善圖像化敘述的技法。

　　對於樂音的形容，是音樂賦的重點之一。在比喻的喻象上，類型也相當豐富，首先即以禽鳥比喻作為大宗：

　　　　又象飛鴻。（馬融〈長笛賦〉）

　　　　類離鷁之孤鳴。（蔡邕〈瞽師賦〉）〔註72〕

　　　　譬若離鷁鳴清池，翼若游鴻翔曾崖。

　　　　遠而聽之，若鸞鳳和鳴戲雲中。（嵇康〈琴賦〉）

　　　　似鴻鴈之將鶵，乃群翔於河渚。（孫楚〈笳賦〉）〔註73〕

　　　　似鴻鴈之將鶵，群鳴號乎沙漠。（成公綏〈嘯賦〉）〔註74〕

〔註69〕劉勰云：「王褒《洞簫》云：『優柔溫潤，如慈父之畜子也』，此以聲比心者也。」見范文瀾：《文心雕龍注》，卷八〈比興〉，頁602。

〔註70〕郭令原評論〈洞簫賦〉時言：「音樂訴諸聽覺，直接震撼心靈，沒有視覺形象，很難用文字畫面展現出來，作者一改司馬相如那種刻畫事物形貌的辦法，讓音樂的變化和生活中的各種心理感受相聯繫，從而傳述音樂之聲。」見趙逵夫主編：《歷代賦評注‧漢代卷》（成都：巴蜀書社，2010年），頁222。

〔註71〕馬融〈長笛賦〉言：「爾乃聽聲類形，狀似流水，又象飛鴻。氾濫溥漠，浩浩洋洋。長矕遠引，旋復迴皇。充屈鬱律，瞋菌碨抉。」

〔註72〕費振剛、仇仲謙、劉南平：《全漢賦校注》，頁941。

〔註73〕韓格平、沈薇薇、韓璐、袁敏校注：《全魏晉賦校注》，頁256。

〔註74〕韓格平、沈薇薇、韓璐、袁敏校注：《全魏晉賦校注》，頁211～212。下引文同。

> 夫其悽喉辛酸，嚶嚶關關，若離鴻之鳴子也；含咮嚏諧，雍雍喈喈。
> 若群雛之從母也。（潘岳〈笙賦〉）

其中，如蔡邕、潘岳等人的飛鳥意象都乘載著一種顛沛悽苦的情感，意在凸顯出音樂賦中慣有的「悲涼」主題。《詩經·小雅·鴻雁》曰：「鴻雁于飛，哀鳴嗷嗷」，這些文人的音樂賦繼承《詩經》流離失所、孤苦無依的意象情感傳統，更借著對空間的隔阻、離群的悲涼的具體表現，落實音樂以悲悽為美的內涵。至於嵇康的飛鳥則一反予人悲酸愁苦的觀感，而有著傲天凌雲、自由自在的形象，這與他「以和為美」的音樂理論切合，也建構出其超然脫俗的自我理想空間。

除禽鳥比喻外，又或以花草為喻：

> 迫而察之，若眾葩敷榮曜春風。（嵇康〈琴賦〉）

亦有以流水為喻：

> 狀似流水，又象飛鴻。（馬融〈長笛賦〉）

> 狀若崇山，又象流波。（嵇康〈琴賦〉）

以人為喻：

> 其巨音，則周流氾濫，並包吐含，若慈父之畜子也。其妙聲，則清
> 靜厭㽎，順敍卑迷，若孝子之事父也。科條譬類，誠應義理，澎濞
> 慷慨，一何壯士！優柔溫潤，又似君子。（王褒〈洞簫賦〉）

> 似杞婦之哭泣。（蔡邕〈瞽師賦〉）

如「杞婦之哭泣」即擬杞良妻之哀哭，形容瞽師的笛聲如泣如訴；而以禽鳥作喻，亦旨在指稱樂聲狀若鳥鳴，如潘岳利用「嚶嚶關關」、「雍雍喈喈」等狀聲詞，以模擬吹奏笙樂時的音符，這類比喻多偏向「以聲擬聲」的手法，而王褒雖然沒有極力描摹樂聲如何像慈父愛子，但「以事擬聲」的創作思維，卻較「以聲擬聲」更加具象，因此技巧上也較高明。

若說以高山、流水為喻，雖以形喻聲，使讀者能夠聯想到高山巍峨，則其聲雄壯沉穩；流水淙淙，則其聲悠揚流暢，但這不過是屬伯牙、子期高山流水之傳統用典，雖有圖像的展現，卻並沒有什麼新意。到了嵇康「眾葩敷榮曜春風」之句，則完全是將聽覺感受，透過移覺的手法，以視覺、嗅覺、觸覺形容樂音之美妙，使讀者感受到春意融融裡，芬芳群花奼紫嫣紅開遍，在溫煦的和風中搖曳生姿的景象，這可謂是將無形的音樂，具體圖像化的一個明顯痕跡。

　　再如陸機〈鼓吹賦〉中：「詠悲翁之流思，怨高台之難臨。顧穹谷以含哀，仰歸雲而落音。」四句，亦含藏空間與時間的意象。悲翁、高台二者，既可以解釋為古曲〈思悲翁〉之名，與曹植〈雜詩〉：「高台多悲風，朝日照北林」之用典，同時又可以直觀解釋為面對客觀風景時有所興發的場景刻畫，陸機用典高妙之處即在於，他將典故巧妙地鑲嵌進圖像描寫裡，置入了時、空的意象，讀者可以一邊設想出詩中「高台多悲風」的景象，進而浸淫在後句「節應氣以舒捲，響隨風而浮沈」的敘述中，感受到樂音透風而響、隨風鋪捲。音樂帶來的效果使得人亦悲、風亦悲，故「馬頓跡而增鳴，士噴欎而沾襟」，而後下顧穹谷，上望流雲，則人獨立於天、淵之間，望著行雲漸遠，更增加了時間的流逝感。

　　而這些圖像性的描述在渲染氣氛上，無論是移情入景、入物的離鴻孤鳴、嫠婦哀泣等意象，情感皆是「悽唳辛酸」〔註75〕，能起到製造悲悽藝術效果的作用，也符合當時自漢魏以來「以悲為美」的審美觀念〔註76〕。透過以上將音樂屬性以具體圖像呈現的手法，可以有利於讀者做出豐富的聯想。這類作品中對於音樂的聯想未必與作者情感有太多的連結，或注入作者意識，但透過具體

〔註75〕潘岳〈笙賦〉：「夫其悽戾辛酸，嚶嚶關關，若離鴻之鳴子也。」
〔註76〕關於中國古代「以悲為美」的音樂風格，錢鍾書於其《管錐編》指出「王褒《洞簫賦》：『故知音者樂而悲之，不知音者怪而偉之。』按奏樂以生悲為善音，聽樂以能悲為知音，漢魏六朝，風尚如斯，觀王賦此數語可見也。」如《韓非子‧十過》中晉平公「所好者音也」，問師曠「清商固最悲乎？」可見在戰國時便以聆聽悲音為好。又枚乘〈七發〉為太子描述之音樂，即是「天下之至悲」，東漢中晚期後以悲為美的社會風氣越發盛行，時人於宴會中好聽輓歌，《後漢書‧五行志》劉昭引應劭《風俗通》：「時京師賓婚嘉會，皆作魁櫑，酒酣之後，續以挽歌。」又古詩十九首〈西北有高樓〉即有：「上有絃歌聲，音響一何悲」、「一彈再三歎，慷慨有餘哀」等句；〈東城高且長〉言：「音響一何悲，弦急知柱促。」至建安年間，戰亂頻仍，《文心雕龍‧時序》言當時：「梗慨而多氣」，對生命倏忽即逝的深切認識與生死的關注，不光反映在文學風格上，對音樂的風格也是崇尚悲哀風格，如曹丕〈與昭歌令吳質書〉：「高談娛心，哀箏順耳」、「清風夜起，悲笳微吟」可見對悲悽旋律的偏愛。此時對於「哀聲」的描寫亦多，如曹丕〈燕歌行〉：「援琴鳴弦發清商，短歌微吟不能長」；曹植〈雜詩〉：「弦急悲聲發，聆我慷慨言」；王粲〈公讌詩〉：「管絃發徽音，曲度清且悲。」種種都是透過音樂表達出悲哀淒苦的情緒與氛圍。以上引文分見錢鍾書：《管錐編》（北京：三聯書店，2010年），〈全上古三代秦漢三國六朝文‧二六則〉，頁1506～1511；王先慎：《韓非子集解》（北京：中華書局，2011年），頁59～77；范曄：《後漢書》，〈志第十三‧五行一〉，頁3273；李善注：《文選》；逯欽立輯校：《先秦漢魏南北朝詩》（北京：中華書局，1983年）。

的比喻、形容，可以有效地達到描述音樂特性的目的，而也進一步使得讀者產生相對應或舒緩欣悅、或悲傷低落等感受。

魏晉玄學興起之後，文人作品多少受到玄學風潮之浸染，如嵇康或成公綏在作品中極力塑造出一個世外隱士形象，而隱士高人所在之處也是一超然世間、自然逍遙的場域，以此寄託自身超凡絕俗的人生理想。文中的出場角色，如嵇康的「遯世之士，榮期綺季之疇」；成公綏的「逸群公子」，亦是「體奇好異。傲世忘榮，絕棄人事。睎高慕古，長想遠思。」在行樂活動中，嵇康是「登飛梁，越幽壑，援瓊枝，陟峻崿，以遊乎其下。周旋永望，邈若凌飛。邪睨崑崙，俯闞海湄。指蒼梧之迢遞，臨迴江之威夷。」成公綏也非常相似：「遊崇崗，陵景山。臨巖側，望流川。坐盤石，漱清泉。藉皋蘭之猗靡，蔭脩竹之蟬蜎。」而這些遊覽活動，目的是達到「情舒放而遠覽，接軒轅之遺音」、「心滌蕩而無累，志離俗而飄然」，而遊覽過程中，琴音與嘯聲也是能夠達成澄淨心靈、超脫塵俗不可或缺的關鍵。這些圖像式的語言看起來跟音樂內容無關，其實正是透過刻畫主人翁的外在活動與內心狀態，營造出整體氣氛，在呈現出理想的遊賞場景之餘，亦凸顯出琴、嘯的高潔與玄妙，能夠暢通玄思、通神悟靈。

（二）圖像化的場景呈現

其次就演奏場景的陳設言。可以發現魏晉之後的音樂賦開始有細膩描寫演奏場景的段落出現，不斷轉換的演奏場景，取代了過去單場表演的呈現，讓讀者更能帶入作者所營造的整體氣氛中。作者所要表達的具體樂音之美與演奏之情，多以各類畫面深入烘托，如嵇康、潘岳的作品，都刻畫了數個彈奏樂器、聆賞音樂的場景：

> 若乃高軒飛觀，廣夏閑房；冬夜肅清，朗月垂光。新衣翠粲，纓徽流芳。於是器冷絃調，心閑手敏。觸擬如志，唯意所擬。
> 若夫三春之初，麗服以時。乃攜友生，以遨以嬉。涉蘭圃，登重基。背長林，翳華芝。臨清流，賦新詩。嘉魚龍之逸豫，樂百卉之榮滋。理重華之遺操，慨遠慕而長思。
> 若乃華堂曲宴，密友近賓。蘭肴兼御，旨酒清醇。進南荊，發西秦。紹陵陽，度巴人。變用雜而並起，竦眾聽而駭神。料殊功而比操，豈笙籥之能倫？（嵇康〈琴賦〉）
> 若夫時陽初暖，臨川送離。酒酣徒擾，樂闋日移。疏客始闌，主人

微疲。弛弦韜籥，徹壎屏籟。

爾乃促中筵，攜友生。解嚴顏，攉幽情。披黃包以授甘，傾縹瓷以酌酃。光歧儼其偕列，雙鳳嘈以和鳴。晉野悚而投琴，況齊瑟與秦箏。新聲變曲，奇韻橫逸。縈纏歌鼓，網羅鍾律。爛熠熮以放豔，鬱蓬勃以氣出。秋風詠於燕路，天光重乎朝日。（潘岳〈笙賦〉）

我們能夠很清楚地在嵇康與潘岳的作品中看到聆賞音樂的整體場景，這包含了時間與空間的安排，例如嵇康指出時節或在清冷的冬夜，或在花開的春初；地點或在山林之中，或在華堂之上，有知己相陪、醇酒相伴，聆聽琴曲，便是美事一件。潘岳亦指出欣賞笙樂是在「時陽初暖，臨川送離」之時，或「促中筵，攜友生」之際，這些對場景的設置、刻畫是過往的音樂賦較少特意著墨的地方。尤其潘岳善於將特定字詞鑲嵌進其情節場景中，不但對仗巧妙，更使之有畫面感。如「爾乃引飛龍，鳴鵾雞，雙鴻翔，白鶴飛，子喬輕舉，明君懷歸；荊王喟其長吟，楚妃嘆而增悲。」楚妃、楚王等主詞既是人物，又暗指〈楚妃嘆〉、〈楚王吟〉等曲名，潘岳以荊王、楚妃等各類人物的哀嘆情緒為引，往下鋪陳出「悽唳辛酸」的音樂情境。又如「秋風詠於燕路，天光重於朝日」亦是採取用典之法，把曲目名稱進行轉化，產生出兩重意義：秋風一句既可以是指曹丕〈燕歌行〉中「秋風蕭瑟天氣涼」的句子，帶入詩中原有秋風、思婦的憂愁意象，字面上也直觀呈現出秋風蕭瑟之時，在燕地吟詠自然的畫面；〈天光〉、〈朝日〉既是曲名，代表著在宴會中「既奏〈天光〉，又奏〈朝日〉」[註77]，又營造了朝日初升時，天光相隨，將大地逐漸染成一片明淨煥朗的景象。

需注意的是，這些聆聽音樂的場景設置，或許僅是作者的神遊，而非真實的宴饗經驗，因此音樂賦中的場景描摹，便開始從兩漢時真實的宮廷樂舞經驗，逐漸擴大到無時不刻都可以進行音樂的欣賞，乃至於建構出虛擬的音樂聆賞情境，隨著主角的意識任意流動於林間、川畔、屋宇……等想像之中，而魏晉音樂賦中以聆賞者為主角，不斷刻劃各類活動情境的書寫形式，除了可以說明當時音樂賦或許正朝著一種格套化的模型發展之外，文人們奔馳的想像力也透過了文中各類圖像的描繪而展露無遺。

〔註77〕《文選》李善注「秋風詠於燕路，天光重於朝日」二句曰：「文帝〈燕歌行〉曰：『秋風蕭瑟天氣涼』。傅玄〈長簫歌〉有〈天光篇〉。魏文帝〈善哉行〉有〈朝日篇〉。言既奏天光，又奏朝日，故曰重也。」按應為魏武帝曹操之〈善哉行〉才有〈朝日篇〉：「朝日樂相樂，酣飲不知醉」等句，見李善注：《文選》，〈賦十八‧音樂下〉所收潘岳〈笙賦〉，頁861。

除嵇康與潘岳外，成公綏也利用大段的篇幅刻畫「嘯」與「遊」的相輔相成。例如是在「登高臺以臨遠，披文軒而騁望」的情況下發出嘯音，甚至是詳細說明在山林何處進行逍遙遊賞時，可以從事吟詠嘯歌的活動：

> 遊崇崗，陵景山。臨巖側，望流川。坐盤石，漱清泉。藉皋蘭之猗
> 靡，蔭脩竹之蟬蜎。乃吟詠而發散，聲駱驛而響連。

以上可見除了善用寫實技法刻畫外，自漢魏以來，也越來越有意去營造情境，以點出演奏時所蘊藏、甚至是迸發出的情感。

（三）圖像化的效果表述

最後就音樂效果言，音樂的力量不但使得人聞之而感受甚深，縱蟲魚鳥獸也為之震撼：

> 故知音者樂而悲之，不知音者怪而偉之，故聞其悲聲，則莫不愴然
> 累欷，擥涕抆淚。其奏歡娛，則莫不憚漫衍凱，阿那腲腇者已。是
> 以蟋蟀蚸蠖，蚑行喘息。螻蟻蝘蜓，蠅蠅翊翊。遷延徙迤，魚瞁雞
> 睨。垂喙蜒轉，瞪瞢忘食。（王褒〈洞簫賦〉）
>
> 魚鱉禽獸，聞之者莫不張耳鹿駭。熊經鳥申，鴟視狼顧。拊譟踴躍，
> 各得其齊。
>
> 鱏魚喁於水裔，仰駒馬而舞玄鶴。（馬融〈長笛賦〉）
>
> 走獸率舞，飛鳥下翔，感激弦歌，一低一昂。
>
> 於是歌人恍惚以失曲，舞者亂節而忘形，哀人塞耳以惆悵，轅馬蹀
> 足以悲鳴。（蔡邕〈彈琴賦〉）
>
> 馬頓躓而增鳴，士噴憿而霑襟。（陸機〈鼓吹賦〉）〔註78〕
>
> 雲禽為之婉翼，泉鱏之躍鱗。（伏滔〈長笛賦〉）〔註79〕
>
> 獸連軒而率舞，鳳跟蹌而集庭。（陳窈〈箏賦〉）〔註80〕
>
> 樂操則寒條反榮，哀曼則晨華朝滅。（孫瓊〈箜篌賦〉）〔註81〕

值得注意的是，旁人都是寫鳥獸，惟孫瓊卻轉而書寫草木，「寒條反榮，晨華朝滅」八字讀來相當生動，草木本是無情，但音樂的力量卻能使無情草木也

〔註78〕韓格平、沈薇薇、韓璐、袁敏校注：《全魏晉賦校注》，頁314～315。
〔註79〕韓格平、沈薇薇、韓璐、袁敏校注：《全魏晉賦校注》，頁511。
〔註80〕韓格平、沈薇薇、韓璐、袁敏校注：《全魏晉賦校注》，頁535。
〔註81〕韓格平、沈薇薇、韓璐、袁敏校注：《全魏晉賦校注》，頁538。

隨之榮枯，樹猶如此，則人何以堪？其中深情自不言而喻。不只人世間之草木，甚至連非經驗世界的神明、靈獸都有所反應，替音樂的力量增添一絲玄幻色彩：

> 天吳踴躍於重淵，王喬披雲而下墜。舞鸑鷟於庭階，游女飄焉而來萃。（嵇康〈琴賦〉）

音樂的力量產生相對應的感受，甚至影響了動植物的行為，獸舞、魚躍、鳥翔、馬鳴……都是慣用的圖像描摹。以上情景的安排，如王褒、蔡邕、陸機、孫瓊，都提到了音樂予人悲悽的感受，嵇康〈琴賦〉言「稱其材幹，則以危苦為上；賦其聲音，則以悲哀為主；美其感化，則以垂涕為貴。」實乃對音樂賦的精要總結，然而抽象之「悲」如何呈現，仍有待圖像的捕捉。因此，不光是形容樂音之悲悽，從生長地之苦寒、演奏者注入自身哀怨身世、聞者如何嘆息哀哭等，皆成就樂曲或樂器的淒涼特性，種種敘述皆呼應音樂賦「以悲為美」的特色。除了以悲悽作為音樂所帶來的效果外，成公綏的〈嘯賦〉也生動地描述嘯音的神奇，文中對嘯音的稱許，不但感天動地：

> 怫鬱衝流，參譚雲屬。若離若合，將絕復續。飛廉鼓於幽隧，猛虎應於中谷。南箕動於穹蒼，清飆振乎喬木。

嘯音一出，能夠上撼蒼天之星辰，下振原野之巨木，無論是大風或是猛虎，都隨之應和，幾可謂是一呼百應，甚至是贊德化育的地步：

> 散滯積而播揚，蕩埃藹之潤濁。變陰陽之至和，移淫風之穢俗。

接著又再透過一幕幕景象的呈現，說明嘯聲為何是「音聲之至極」：

> 於時綿駒結舌而喪精，王豹杜口而失色。虞公輟聲而止歌，甯子檢手而歎息。鍾期棄琴而改聽，孔父忘味而不食。百獸率舞而抃足，鳳皇來儀而拊翼。

嘯聲讓善謳歌的綿駒、王豹等人閉口不發，就連鍾子期也捨琴來諦聽嘯音，孔子三月不知肉味。不光是聖賢為之傾倒，就連經驗世界中的百獸，乃至非經驗世界的鳳凰聽到樂音都翩然降臨。成公綏利用具體人事物的情狀來說明了音樂撼動萬物的力量，比起一味地稱讚音樂的功能要清楚地多，讀者也更有感受。

　　一般而言，音樂賦最後仍不免「曲中奏雅」，說明音樂的教化力量。如馬融〈長笛賦〉云：

> 可以通靈感物，寫神喻意。致誠效志，率作興事。澂盪汙濊，澡雪

垢滓矣。

潘岳〈笙賦〉云：

> 彼政有失得，而化以醇薄。樂所以移風於善，亦所以易俗於惡。故
> 絲竹之器未改，而桑濮之流已作。惟簧也，能研羣聲之清；惟笙也，
> 能總眾清之林。衛無所措其邪，鄭無所容其淫。非天下之和樂，不
> 易之德音，其孰能與於此乎！

古來皆肯定音樂能感通心靈，甚至能夠道德化成，《禮記・樂記》有云：

> 樂者，音之所由生也；其本在人心之感於物也。……是故先王慎所
> 以感之者。故禮以道其志，樂以和其聲，政以一其行，刑以防其奸。
> 禮樂刑政，其極一也；所以同民心而出治道也。〔註82〕

> 凡音者，生於人心者也。樂者，通倫理者也。是故知聲而不知音者，
> 禽獸是也；知音而不知樂者，眾庶是也。唯君子為能知樂。是故審
> 聲以知音，審音以知樂，審樂以知政，而治道備矣。是故不知聲者
> 不可與言音，不知音者不可與言樂。知樂則幾於禮矣。禮樂皆得，
> 謂之有德。德者得也。〔註83〕

〈樂記〉說明了音樂與心性的關係，又將音樂與倫理層面的政教禮義結合起來，指出禮、樂、刑、政是治道的一體四面，透過審聲而知音、審音而知樂，從禽獸、眾庶上升成為君子，然後可以知政教禮義，故能「治道備」而「幾於禮」，成為具有良好品性的有德者，這是透過音樂以達到教化人心的目的。如王褒直言：「故貪饕者聽之而廉隅兮，狼戾者聞之而不懟。剛毅彊鷙反仁恩兮，嘽喑逸豫戒其失。」馬融亦云：「彷徨縱肆，曠瀁敞罔，老莊之概也。溫直擾毅，孔孟之方也。」呈現出音樂具備著道德教訓的社會功能。以上說明音樂教化人心的思想其來有自，然而如何在眾人面前呈現「變陰陽之至和，移淫風之穢俗」的力量，使眾人信服？若僅繫於空泛的說理，不僅讓人難以理解，甚至可能相當乏味無趣。大道理需要藉由圖像化的敘事引出，因此音樂賦彷彿是一幅極具故事性的連環圖畫，以供讀者興發聯想，明白指出音樂不只感人動物，而是能教化人心，乃至草木山川皆為之震撼。透過「聲」歷其境，才能有所感悟、體會，有賴讀者真切感受到音樂的美妙與神奇力量後，音樂「通靈感物，寫神喻意」的力量由是證成。

〔註82〕孔穎達：《禮記注疏》，頁 1654～1655。
〔註83〕孔穎達：《禮記注疏》，頁 1662～1663。

二、圖像化書寫在音樂賦上的運用與變化

　　作家利用上述三個面向的描摹手法，可以有助於讀者領略音樂的美妙，透過「化無形為有形」，利用加入的各類圖像，使讀者易於聯想之餘，作者也能於其中寄託自己的情感。除了細部的圖像描摹之外，整篇作品中作者同時會營造出一個或多個情境，這都有利於協助讀者理解作者所要表達的意旨，同時也有加強情感渲染的功能。在爬梳兩漢至魏晉的音樂賦後，我們可以發現，儘管寫作的結構大致不變，但魏晉時期的音樂賦確實出現兩個現象：其一，對樂音的比喻愈加具體；其二，場景安排趨於成熟。首先，音樂是無形的藝術，無形的藝術美如何在未親聞者面前呈現？賈彬〈箏賦〉有言：「何以盡美？請徵其喻。」〔註84〕明白指出要達到「盡美」，其手段就是「擬喻」。漢魏後之音樂賦作品中，可見對樂音的比喻愈加具體、刻畫也愈細膩。其次，場景安排上，在馬融〈長笛賦〉後，嵇康、潘岳、成公綏，於賦中結構安排皆有一幕幕的場景顯現，無論是形容音樂旋律或是效果的刻畫，除了在句子裡使用譬喻來詳切比擬之外，更利用多個段落進行場景的鋪敘，強化音樂感染力，務必要讓讀者身在其中、透過文字就能產生絕佳的臨場感。《禮記‧樂記》云：「凡音者，生人心者也。情動於中，故形於聲。」〔註85〕圖像化書寫的技巧使得讀者能在閱讀到賦中種種人、物的情狀後，得到一種親身觀賞的感受，作者意圖使讀者聞見音樂——透過圖像形容之「見」而彷彿有所親「聞」——而這正是圖像聯想的力量，作者利用這些圖像化書寫的技巧，有意識地去比附、連類，是故當作者身為當時音樂的觀者、聽者，透過樂而「興」時，讀者亦可透過作者之文字而有所「興」。

　　綜合言之，兩漢至魏晉的賦作中關於形容音樂的段落，就描述抽象樂音上來說，可有三個層次的變化：

　　第一層，單純陳述音樂的效果，而無對音樂本身的形容。例如枚盛〈七發〉所謂：「飛鳥聞之，翕翼而不能去；野獸聞之，垂耳而不能行；蚑蟜螻蟻聞之，拄喙而不能前。」或是司馬相如〈上林賦〉：「奏陶唐氏之舞，聽葛天氏之歌；千人唱，萬人和；山陵為之震動，川谷為之蕩波。」雖對音樂效果進行了細膩的形容，但讀者僅可知樂音帶來的感受，卻無從得知音樂本身究竟如何的美妙。

　　第二層，將音樂形象化，透過種種的聯想，落實為具體的圖像表現，漢之

〔註84〕韓格平、沈薇薇、韓璐、袁敏校注：《全魏晉賦校注》，頁 462。
〔註85〕孔穎達：《禮記注疏》，頁 1656。

王褒〈洞簫賦〉、馬融〈長笛賦〉；魏晉之潘岳〈笙賦〉、孫楚〈笳賦〉為是。

第三層，透過寫作時將「音樂」圖像化，額外再傳達圖像本身之外的意義，使音樂成為連結到作者主體思想與情感的媒介。

自第二層開始，便利用了圖像化書寫的方式進行摹寫仿擬，從〈洞簫賦〉以降，針對樂音形容的段落開始增加，至西晉潘岳之〈笙賦〉便可見運用圖像手法之巧妙與嫻熟。而第三層則是更近一步利用圖像表意，傳達出一些特殊的自我情志與見解，已非是單純音樂聆賞的指涉，而是承載了作者欲寄託之意，嵇康〈琴賦〉可為代表。

由此我們可以發現「如何展現樂音」以及「樂音帶給人的感受為何」，是音樂賦描繪的重點。在描繪過程中，此二者的呈現必須依賴具體化的描述，運用最多的仍是透過比喻、進行想像。另外敘述演奏過程時，也必須說明奏者的神情姿態，乃至於宴饗時樂舞的種種場景，故一篇音樂賦的完成，實包括了聲色並陳的感官之美：從樂器材料生長環境到製成過程，乃至於演奏當下強烈的畫面感呈現，無不是說明仔細，以一幅幅圖畫的方式在讀者面前呈現出一場結合視覺與聽覺的聲光饗宴，並從中引發出一種悲哀之美——這樣油然而生的哀感，便是透過具有故事性的畫面一一呈現，將無形的聲音、抽象的哀感，試圖以具體的比擬與圖像陳述來表達。然而能夠具體形容僅是圖像化書寫的初始階段，傳統音樂賦多至單純稱詠樂器與樂音即戛然而止，縱有肯定音樂教化力量的個人論述，然這些述其光大的贊德之語，不過是慣用手法。作者尚無藉此來表示另外的寄託，亦較少看出有個人情感意志的存在，然不能否認此種以有形容無的圖像式語言，至魏晉後時仍有所延續，甚至有所拓展。例如嵇康〈琴賦〉，便開始在音樂賦的傳統上，增加了論說樂理的部分，以藉此闡述自己對於玄學的看法。此間涉及思想內涵上的論述，並尤以嵇康為代表，故關於嵇康〈琴賦〉延伸出的圖像化表達與闡揚樂理之間的關係，將在第五章詳述。

綜上所述，音樂賦的書寫傳統對後世造成了文學上的影響，因為能「在不宜展示的情感與聲音方面，賦家卻嘗以形象化與物件化的方式加以呈現」〔註86〕，

〔註86〕許結指出：「賦似圖畫的一個描寫原則就是構象，包括物象（體物）與事象（敘事），尤以物態展現為本。」如馬融〈長笛賦〉：「寫悠揚波蕩的『笛聲』，以『紛葩』、『波散』、『流水』、『飛鴻』加以擬象，使難以捉摸的『時間』藝術轉換為『空間』的景觀。」這是「也堪稱揚『長』避『短』的設色之法。」按鋪陳體物本為賦之所長，抽象音樂難以形容，故以轉為視覺上的形象描述，是所謂揚『長』避『短』。見許結：〈漢賦「蔚似雕畫」說〉，頁43。

無論是樂音、「悲」之情緒、教化力量或是美感的表達，都是抽象的，在「由無到有」的技巧上，音樂賦的主題是一個奠基石，透過對無形音樂的具體描摹，繼而在此基礎上持續發展圖像式語言。而儘管魏晉時期的音樂賦主旨固然多不在「假物託心」——藉由外在的各類圖像來寄託自己情志，但可見在描寫手法上很明顯較兩漢已有所不同，這也是圖像化書寫至魏晉發展成熟的一個例證。

第三節　詠物賦中物／我的雙重意義

本文之「詠物」，以動植物，礦物與人工器物為限，不涉及天象地理或附著於土地、無法分割之人工建物〔註87〕，從梳理歷來詠物賦傳統出發，探究詠物賦中的物／我關係，以及其對魏晉圖像化書寫手法類型的影響。

一、詠物賦的分類與發展

以「詠物」作為主題的賦作，早在屈原時即有〈橘頌〉，形容橘樹的芬芳嘉美，並稱揚其秉性與情操，文中「蘇世獨立」、「閉心自慎」等句，頗有自況之意。至漢代，此主題的作品數列不少，共 35 篇〔註88〕，一來就寫作傳統言，劉勰《文心雕龍・明詩》：「感物吟志，莫非自然。」鍾嶸《詩品・序》：「氣之動物，物之感人。」陸機〈文賦〉：「瞻萬物而思紛。」創作過程中會受到種種外物的感染影響，引起各類思慮情感，人們除了有著單純紀錄外物性質、外觀的好奇心之外，當外在事物開始與內在情感相互激盪、感應，透過聚焦於物的微觀體察，「將客觀物作為獨立觀察與和表現的對象」〔註89〕後，不但物自身獲得了人們對審美價值的其肯定，物也會進一步成為提供人們抒發情志之用

〔註87〕本文排除樂器不算，因樂器必然與音樂相關，故歸屬於音樂賦，其類別應屬於巧藝賦，重點不在對樂器此「物」的描摹，而更多了對於抽象樂音的表述過程，故與詠物賦不同。又天象地理之專題歌詠，應屬物色類，如蕭統在《文選》中即有物色與鳥獸兩目。詠物定義不一，前人多有將天象、地理、巧藝類納入者，本文採取限縮義，以利後續區分圖像化書寫的類型。

〔註88〕漢代詠物賦的選題中，器物類 15 篇，鳥獸類 11 篇，植物 9 篇，凡 35 篇。其中內容方面蟲鳥樹木之主題較偏向抒情；器物類較偏向說理或單純贊詠。詳參廖國棟：《魏晉詠物賦研究》（臺北：文史哲出版社，1990 年），〈漢代詠物總目〉，頁 17。此書原定鳥獸類凡 12 篇，然本研究將魏晉之朝代界限定義自建安始，故扣掉廖國棟納入之禰衡〈鸚鵡賦〉，凡 11 篇。

〔註89〕陳昌明：《沉迷與超越：六朝文學之感官辯證》，頁 258。

的媒介。二來「賦體物而瀏亮」，賦的風格即善於鋪陳刻畫，自然有利於雕鏤物貌物情。

詠物之要點，在於「所詠之物縱使不在讀者閱讀當下見聞範圍內，經由作者的描述，卻能令該物栩栩如生地呈現在目前。」〔註90〕而「凡以吟詠物之個體為主旨之賦，為之詠物賦。此類賦篇乃作者有感於物，而力求『體物』、『狀物』，以『窮物之情』、『盡物之態』而作也。」〔註91〕綜合以上兩點，詠物無疑是展現圖像化書寫的絕佳時刻，因此，利用種種圖像的描寫具體刻畫外物，在贊詠主題物之餘，更可以拿來說明作者自身的情志。而若要探討詠物賦中的作者情志，其單純詠物的審美賞玩以及個人情志寄託的成分仍需仔細評估，以便作出正確的理解。本文先從區分作品的「產生由來」與「物我關係」下手，而二者皆離不開作者主體面對作品時，其人與文本所形成的主、被動關係。首先，作品的產生由來可以是自選或見命之作，這是屬於創作動機的主、被動地位。就作品內容中所展現出的物我關係言，一樣又可依作者的主導地位分成主、被動：若創作時較偏向見物後而有所感發，如劉勰所謂的「情以物遷，辭以情發」〔註92〕，先因由外物起興，進而引發出自己的感懷或見解，這是作者處於被動地位；若作者有意比附，以外物作為自身抒情或說理的載體，則偏向主動地位。但不可否認，即便通篇作品是作者處於主導地位，刻意在作品中有所譬喻、寄託，但可能一開始仍是「觸景生情」——先由外物作為「觸媒」興感，繼而決定比擬寄託。上述論點整理成表（一）所示：

表（一）

物我關係／產生原因	創作動機主動（自選）	創作動機被動（受命）
作者處於被動地位 （物來即我，見物而感）	較多娛樂賞玩性質 主我表現可能較少	最多娛樂賞玩性質 主我表現可能最少
作者處於主動地位 （我來即物，有意比附）	最多寄託抒懷性質 主我表現可能最多	較多寄託抒懷性質 主我表現可能較多

以上物我之間的主、被動關係或有重疊，僅是比重多寡問題，不一定可以完全區分。一般而言，受命之作，因屬非自發性進行創作，較少在作品中注入個人

〔註90〕朱曉海：〈讀兩漢詠物賦雜俎〉，《漢學研究》第 18 卷第 2 期，2000 年 12 月，頁 231。
〔註91〕廖國棟：《魏晉詠物賦研究》，頁 4。
〔註92〕范文瀾：《文心雕龍注》，卷十〈物色〉，頁 693。

獨有的情志以尋求寄託、排遣，至於自選物品以賦詠的作品，則寓言以諷喻，或假物以托心的成分都可能較多，若是作者在產生由來跟物我關係兩方面皆處於主動地位，則表現出自我情志的機會較大；而兩方面皆處於被動地位的作品，更像是將「物」作為玩賞的對象，作品本身則多傾向娛樂性質，物我之間的情意互動，也較偏遊戲性。

爬梳兩漢賦作中，較具深刻的寄託情意與藝術技巧的作品首推西漢劉安〈屏風賦〉：

> 維茲屏風，出自幽谷，根深枝茂，號為喬木。孤生陋弱，畏金強族，
> 移根易土，委伏溝瀆，飄颻殆危，靡安措足。思在蓬蒿，林有樸樕，
> 然常無緣，悲愁酸毒。天啟我心，遭遇徵祿，中郎繕理，收拾捐朴，
> 大匠攻之，刻彫削斲，表雖裂剝，心質貞愨，等化器類，庇蔭尊屋，
> 列在左右，近君頭足。賴蒙成濟，其恩弘篤，何恩施遇，分好沾渥，
> 不逢仁人，永為枯木。〔註93〕

短短一百多字，不以刻畫屏風的用料、造形或花紋圖案為目的，卻從其生長環境講起，敘述喬木製成屏風、得以伴君左右的故事，實則隱括了淮南王劉安幼時因父劉長被舉謀反，「廢勿王」，一家發配蜀郡後、終於又重新封王的生命歷程〔註94〕。劉安以「屏風」作為自身之喻，「列在左右，近君頭足」說的是屏風作為家具擺設，擺放在居室中主人的近身之處，也暗指身為皇親國戚，必須隨侍帝王、以供驅使藩衛；「思在蓬蒿，林有樸樕，然常無緣，悲愁酸毒」表現出思慕江湖山林，卻受累於帝王家，有著不得不處於廟堂爭鬥中的無奈心酸。種種敘述看似寫物，實為寫人，展現出劉安個人的情志心緒與生命軌跡，可說是目前傳世最早、且最完整以物人雙寫手法寫承的詠物賦，具有獨特地位。

又如孔臧〈楊柳賦〉、〈蓼蟲〉賦等四言小賦分別對庭中楊柳與園中蓼蟲有所興發，前者主在見物抒發與友朋酬觴賦詩的歡快之情，並感謝楊柳有「內蔭

〔註93〕費振剛、仇仲謙、劉南平：《全漢賦校注》，頁66。

〔註94〕劉安父淮南厲王劉長「歸國益恣，不用漢法，出入警蹕，稱制，自作法令，數上書不遜順。」後遭彈劾「與棘蒲侯太子奇謀反，欲以危宗廟社稷，謀使閩越及匈奴發其兵。」而被文帝流放，「廢勿王。」後劉長「不食而死」，其子劉安等「年皆七八歲」。後「十六年，上憐淮南王廢法不軌，自使失國早夭，乃徙淮南王喜復王故城陽，而立厲王三子王淮南故地」，劉安這才幸得恢復王位。詳見班固：《漢書》，卷四四〈淮南衡山濟北王傳〉，頁2136～2144。

我宗、外及友生」之德，後者明指「悟物託事，推況乎人」，批判富貴子弟如同蓼蟲寄生花中一般好逸惡勞，則終將敗亡的道理；杜篤〈書擔賦〉兼寫書匣的樣式、功能，指陳「書擔之麗容，象君子之淑德」〔註95〕，正因收藏、保護書簡的書匣模樣方正美好，又能「抱六藝」、「敷五經」，具有承載文化思想的功能，故能用以說明君子之美德。全文旨在稱揚書匣之德性，表達出對儒家思想與經典的重視，教化成分相當濃厚。

漢賦四大家的張衡也有多篇詠物賦，如〈髑髏賦〉，採用《莊子・至樂篇》中的「莊子之楚，見空髑髏」〔註96〕的故事為基底加以延伸，以對話形式說明死生大化、與道逍遙等玄理概念。賦中未著重於刻畫骷髏形貌，不類一般體物寫貌、抒情贊德的詠物作品，但由於選題特殊，可以說是當時的一個審美觀念新趨勢〔註97〕。殘缺之〈扇賦〉，指出扇子乃「畫像造儀」、「規上矩下」〔註98〕，不脫贊頌物之品性的傳統模板。〈鴻賦〉雖僅剩序，然從序文中「永言身事，慨然其多緒。乃為之賦，聊以自慰。」〔註99〕可見屬於明顯見物起興以抒懷的作品，其餘如崔琦〈白鵠賦序〉：「……失意，復作〈白鵠賦〉以為風。」〔註100〕都可看出為詠物賦帶著自我排遣情志之基調。王逸〈機賦〉不但讚譽織機的德性與功用，更詳細陳述織機的材料、形制與輸出品之美，並描繪了織婦的動人形象，可說是以織機為中心，向外擴及至各面向的刻畫，將美色與才德兼寫，使得作品的情感與內容皆相當豐富。東漢晚期，如蔡邕〈筆賦〉刻畫毛筆形象，亦從德性出發，極力讚美毛筆文化傳承之功；〈傷故栗賦〉則是見物起情，末筆點出「適禍賊之災人兮，嗟夭折以催傷」〔註101〕的亂世感慨。

以上可看出，兩漢的詠物賦主旨較為明確，或傾向於被動的見物起情，或採用主動的藉物說理。賦末的幾處抒情之筆，偏向抒發世人的共感，如傷時、感世等等，起興之物則飛鳥、樹木，多有雷同；說理處往往採取直贊其德、或直批其惡的寫作模式，無論是價值陳述或情感表露上皆較為直白，除了劉安

〔註95〕以上引文見費振剛、仇仲謙、劉南平：《全漢賦校注》，頁155、頁159、頁400。
〔註96〕郭慶藩：《莊子集釋》，〈外篇・至樂〉，頁618。
〔註97〕詳參朱曉海：〈自東漢中葉以降某些冷門詠物賦作論彼時審美觀的異動〉。
〔註98〕費振剛、仇仲謙、劉南平：《全漢賦校注》，頁767。
〔註99〕費振剛、仇仲謙、劉南平：《全漢賦校注》，頁767。
〔註100〕見范曄：《後漢書》，卷八十〈文苑列傳上〉，頁2622。
〔註101〕費振剛、仇仲謙、劉南平：《全漢賦校注》，頁934。

〈屏風賦〉具備隱晦的敘述手法與鮮明的個人色彩之外，可以說任何文人都有可能寫出類似的抒情或說理的作品，至趙壹的〈窮鳥賦〉才又有明顯的比附意味出現。〈窮鳥賦〉採取了物人雙寫的手法，以比體感謝恩人救命之情：

> 有一窮鳥，戢翼原野。畢網加上，機穽在下。前見蒼隼，後見驅者。
> 繳彈張右，羿子彀左。飛丸激天，交集於我。思飛不得，欲鳴不可。
> 舉頭畏觸，搖足恐墮。內獨怖急，乍冰乍火。幸賴大賢，我矜我憐。
> 昔濟我南，今振我西。鳥也雖頑，猶識密恩。內以書心，外用告天。
> 天乎祚賢，歸賢永年。且公且侯，子子孫孫。〔註102〕

引文明確指出：「余畏禁，不敢班班顯言，竊為〈窮鳥賦〉一篇。」趙壹歷經黨錮之禍，得蒙恩人搭救而免於一死，然而仍戰戰兢兢、畏怖不言，故託賦以感念之〔註103〕。賦中窮鳥受到迫害，周匝圍繞著各類機關陷阱，皆欲使致其於死地：「畢網加上，機穽在下。前見蒼隼，後見驅者。繳彈張右，羿子彀左。飛丸繳矢，交集於我」，上下左右皆難以逃出生天，使得心境上驚怖交加、無所適從：「思飛不得，欲鳴不可。舉頭畏觸，搖足恐墮。內獨怖急，乍冰乍火。」窮鳥實即為趙壹本人，當時趙壹那種苦難困窘、驚慌徬徨的姿態，藉著窮鳥的形象躍然於紙上。此賦的手法與劉安〈屏風賦〉類似，可以說是繼承了劉安寫物即寫人的「物人雙寫」手法，看似披著詠物的外衣，實則是利用鮮明的外物比附，委婉地書寫主體心跡，並從中凸顯出自我形象。

　　建安時期，由曹丕、曹植兄弟領頭，鄴下文學集團出現大量同題共作的文學作品，此時的作品大多為應制作品，主要目的在於增加宴饗席上的娛樂視聽效果，建安諸子皆是曹氏兄弟的文學侍從，作品或為娛樂遊戲，或為歌頌君德，其中詠物之作甚多，皆屬宴席之上受命而作，以供悅耳娛心之用。

　　曹丕〈與朝歌令吳質書〉提及南皮之遊時：「從者鳴笳以啟路，文學託乘於後車。」指出建安諸子等人當時作為文學侍從，陪同君主遊玩逸樂，在這樣的情境下，創作自然多風花雪月之事，吳質在〈答魏太子牋〉中亦稱：「昔侍左右，廁坐眾賢。出有微行之遊，入有管弦之歡。置酒樂飲，賦詩稱壽。」〔註104〕自南皮之遊，至鄴中宴饗，貴公子們通宵達旦，不但「清夜遊西園，飛蓋

〔註102〕費振剛、仇仲謙、劉南平：《全漢賦校注》，頁891～892。
〔註103〕《後漢書》記載：「趙壹字元叔，漢陽西縣人也。體貌魁梧，身長九尺，美須豪眉，望之甚偉。而恃才倨傲，為鄉黨所擯，乃作解擯。後屢抵罪，幾至死，友人救得免。」見范曄：《後漢書》，卷八十〈文苑列傳下〉，頁2628。
〔註104〕李善注：《文選》，卷四二〈書中〉所收吳質〈答魏太子牋〉，頁1825。

相追隨」〔註105〕，亦「公私宴集，談古賦詩」〔註106〕，在此背景下，便產生諸多即席創作、同題共樂的作品，如：

曹丕、王粲、應瑒：〈柳賦〉／陳琳：〈楊柳賦〉

曹丕、陳琳、王粲、應瑒：〈迷迭賦〉／曹植：〈迷迭香賦〉

曹丕、曹植、王粲、陳琳、應瑒、徐幹：〈車渠椀賦〉

曹丕、王粲、陳琳：〈馬瑙勒賦〉

曹植、王粲、陳琳：〈鸚鵡賦〉

曹丕、曹植、王粲：〈槐賦〉

曹丕、王粲：〈鶯賦〉

曹植、王粲：〈白鶴賦〉

曹植、王粲：〈鷂賦〉

曹植、楊修：〈孔雀賦〉

以上主題，皆為同題共作，其中多有二曹命作者。個別受命而作則有：

劉楨〈瓜賦〉（曹植命作）

除了君主命令臣下創作外，由於二曹對文學的愛好相當深厚，加之文采風流、才華亦高，因此多半也會粉墨登場，君臣同作，以供娛樂，這類作品個人抒情的成分相當有限，也並未有太多寄託之意。

至西晉，詠物賦蓬勃發展，吟詠的題材更加擴大，幾乎可說是無物不詠，如傅玄、傅咸、潘岳、潘尼、陸機等，詞藻華麗優美，對物的刻畫較漢魏賦也更趨於精細，體現出「結藻清英、流韻綺靡」〔註107〕的時代風格。除應制作品外，此時亦有文學集團同享宴樂、同題共作之作品，如金谷二十四友：「時琴瑟笙筑，合載車中，道路並作。及往，另與鼓吹遞奏。遂各賦詩，以敘中懷，若不能者，罰酒三斗。」〔註108〕又選題如相風、宜男花、石榴、朝華朝菌等，多有人作，展現出對相同題材的審美觀念〔註109〕。

〔註105〕逯欽立輯校：《先秦漢魏南北朝詩》，所收曹植〈公讌詩〉，頁449。

〔註106〕王利器：《顏氏家訓集解》（北京：中華書局，2010年），卷三〈勉學〉，頁143。

〔註107〕范文瀾：《文心雕龍注》，卷九〈時序〉，頁674。

〔註108〕余嘉錫箋注：《世說新語箋疏》，〈品藻〉57所收石崇〈金谷詩序〉，頁530。

〔註109〕如張華、傅玄、傅咸、潘岳、陶侃皆有〈相風賦〉；傅玄、夏侯湛、嵇含有〈宜男花〉賦；傅玄、潘尼、張協、張載、殷允、羊氏之〈安石榴〉；夏侯湛、陳玢〈石榴〉；又傅玄、夏侯湛、盧諶之〈朝華〉、傅咸〈舜華〉、潘岳、潘尼之〈朝菌〉、嵇含〈朝生暮落樹〉、成公綏〈日及〉、羊徽〈木槿〉，大抵內容相似。見韓格平、沈薇薇、韓璐、袁敏校注：《全魏晉賦校注》書目。

　　有些自行命題撰寫的作品，則較具有明顯的個人情志展現，此等作品雖對物的刻畫亦相當精細，但文章重點並非單純詠物之美，而是以此為開端來導入更多自身的想法，相較於漢賦，文章中直賦、直嘆其事的比重增加。如傅玄、傅咸父子受儒家思想影響甚深〔註110〕，賦中充滿說理教化等衍生義，傅咸詠器物、蟲鳥之作亦飽含儒家思想，其作大多有序，由自序即可看出創作動機。傅咸常因見物起情，進而創作出表達自我情志與道德思想的作品，這些作品中的教化內容，充份展現出他自身恪守的儒家思想與價值觀。如〈櫛賦〉：

> 我嘉茲櫛，惡亂好理。一發不順，實以為恥。雖日用而匪懈，不告
> 勞而自己。苟以理而委任，斯竭力而沒齒。〔註111〕

序文首先指出：「夫才之治世，猶櫛之理髮也。理髮不可以無櫛，治世不可以無才。」有意將櫛比附君子，彰顯其才德、氣節。此小賦未詳切刻畫櫛之美材美形，而是直奔其功能而加強描寫：「一發不順，實以為恥」，孜孜矻矻的形象直至「竭力而沒齒」，象徵士大夫積極用世的用心，除刻鏤君子形象外，也將自己的用世期許投射到了物品之中，作為勉勵自身的寫照。或如〈污卮賦〉：

> 有金商之瑋寶，稟乾剛之淳精。嘆春暉之定色，越冬冰之至情。爰
> 甄陶以成器，逞異域之殊形。猥陷身於丑穢，豈厥美之不惜！與觴
> 杓之長辭，曾瓦匜之不若。〔註112〕

此賦前述琉璃杯之美，後見之陷於汙濁，故興起君子處世應潔身自好的聯想，於序中明白指出「君子行身，而可以有玷乎？」以警惕自身與世人。

　　稍晚於傅咸的陸機，詠物之作亦多，其中〈羽扇賦〉梳理羽扇之美的詞句精細詳切，惟此篇不似一般詠物賦，全賦採用對話體，以宋玉對眾諸侯問為開展，反駁諸侯譏笑宋玉手持羽扇的論點：「舍茲器而不用，顧奚取於鳥羽？」陸機假借宋玉之口振振有詞指出扇之佳妙，在藉物說理之餘，另外寄託了個人清高自傲的性格與內心的政治抱負。

　　詠扇之作，西漢已有之，如班婕妤之〈團扇〉詩，賦則有班固〈竹扇〉、

〔註110〕《晉書·傅玄傳》載：「性剛勁亮直，不能容人之短」，博學多著書，司空王沈言其：「省足下所著書，言富理濟，經綸政體，存重儒教，足以塞楊墨之流遁，齊孫孟於往代。」又子傅咸：「剛簡有大節。風格峻整，識性明悟，疾惡如仇，推賢樂善，常慕季文子、仲山甫之志。」見房玄齡：《晉書》，卷四七〈傅玄傳〉，頁1317～1323。

〔註111〕韓格平、沈薇薇、韓璐、袁敏：《全魏晉賦校注》，頁190。

〔註112〕韓格平、沈薇薇、韓璐、袁敏：《全魏晉賦校注》，頁191。

〈白綺扇〉、蔡邕〈團扇〉等。然羽扇為南方產物，至晉武帝滅吳後，中原始多，故時人多有詠羽扇之作，如傅咸亦有〈羽扇賦〉，序中提到「滅吳之後，翕然貴之」；嵇含〈羽扇賦〉已亡佚，留存之序亦曰：「吳楚之士，多執鶴翼以為扇，雖曰出自南鄙，而可以遏陽隔暑。昔秦之兼趙，寫其冕服，以□侍臣。大晉附吳，亦遷其羽扇，御於上國。」羽扇為南方之產物，而陸機本身又為南人北赴洛陽，諸侯笑宋玉，一如北人笑陸機，故陸機有感而作。透過宋玉與群臣之間的問答，陸機化身為宋玉、藉其之口來駁斥眾人對南方羽扇的輕視，而刻意於文中盡彰顯「反寒暑於一掌之末，迴八風乎六翮之杪」〔註113〕的羽扇之美，則羽扇又何嘗不是陸機的化身，並以此自詡。

　　歸納目前魏晉現存的詠物賦，其產生原因多為應制受命之作，或娛樂遊戲之用，早在西漢梁王座下中的枚乘、鄒陽等人，便多有詠物小賦，至二曹的鄴下文學集團、金谷二十四友等，尤為魏晉文學集團之代表，在這樣的情境下創作的詠物賦，不外乎需要爭勝鬥奇，比聰明、比文采。造成這樣的現象乃因與當時的文學遊戲觀有關：

　　曹植〈與楊德祖書〉明確指出「辭賦小道也，故未足以揄揚大義，彰來世也」，又認同「揚子雲猶稱壯夫不為也」，視文學為雕蟲小技，更為注重建功立業的「立功」部份，若著書立說的「立言」之事，亦只在於史書、子書上用心，而辭賦作為純文學，至建安時早已喪失原本「美刺」的政教功能，不過是無用之娛樂，「豈徒以翰墨為勳績、辭賦為君子哉」！〔註114〕同樣曹丕〈與朝歌令吳質書〉言當時遊樂的活動或「妙思六經，逍遙百氏」；或「彈棋閒設，終以六博」，此處曹丕將文學與博弈並列而論，「高談娛心，哀箏順耳」同樣皆是屬於娛心、順耳的範疇，將文學好似聲色犬馬一般的玩賞，可見文學乃至經典思想等典籍，竟不過是「入耳之娛」、「悅目之玩」〔註115〕。曹植於書中亦云：「當此之時，人人自謂握靈蛇之珠，家家自謂抱荊山之玉。吾王於是設天網以該之，頓八紘以掩之，今悉集茲國矣。」此語雖將當時曹操「周公吐哺，天下歸心」的求賢若渴表達得淋漓盡致，但無形中顯現出來的意識，便是將文人似網羅奇珍異獸一般以為玩賞，同理用在對於辭賦的態度上，自然是將文學視為娛樂之用。徐幹《中論·序》：「辭人美麗之文，並時而作，曾無闡弘大義，敷

〔註113〕以上〈羽扇賦〉諸作引文，分見韓格平、沈薇薇、韓璐、袁敏：《全魏晉賦校注》，頁316～317、頁188、頁373。
〔註114〕李善注：《文選》，卷四二〈書中〉所收曹植〈與楊德祖書〉，頁1901～1904。
〔註115〕李善注：《文選》，〈序〉，頁2。

散道教，上求聖人之中，下救流俗之昏者。」〔註116〕說明辭賦以麗為主，在於追求「麗」，則不以寄託個人情志或敷教說理為目的，因此這類的詩賦，在宴席上承載的功能便是娛悅取樂，尤其是賦本身又具有較強烈的講唱表演性質，娛樂表現效果較詩更甚，亦有唱酬贈答的社會交際功能。故可知，儘管文學確實有抒發性靈的地方，但就當時的文學風氣言，辭賦類的純文學不過是供人取樂的工具，石崇〈金谷詩序〉所言之：「若不能（賦詩）者，罰酒三斗。」〔註117〕文學儼然成為一種宴會之上鬥智、鬥才的較量。這類即席競賽、公讌遊戲的詠物作品，很大一部分助長了圖像化書寫的成熟，為了能夠確實體物、窮物，無形中提升了感官書寫的境界，使得講究鍊字鍊句的各類技巧之餘，也對圖像的描繪越加精細生動。

此外，就上位者來說，君主自行創作是因為個人喜好而用以取樂；就下位者來說，君要臣作，臣不得不作，而且要作的又快又好，才能迎合君主、取得賞識。因此在這樣的寫作動機之下，自然很難有太多的個人情志展現。況且從曹丕評建安七子：「於學無所遺，於辭無所假，咸以自騁驥騄於千里，仰齊足而並馳」〔註118〕等語來看，不過將文士視為良馬，具備著如同鬥雞走馬般的玩賞功能，不但流露出文學的遊戲性，也連帶顯現了文學侍從在創作上的服務性，缺乏自主。當時文士的創作或討好上位者，或各自騁才以博聲名，儘管文人在創作過程中，或多或少會有所觸動而注入自身的感懷，在這些情感的驅使下，必會在作品中產生一定的意象內涵，但論其中情感之濃淡輕重，這類描寫未必飽含作者自身豐沛的情感，甚至可能僅是客觀圖像的刻畫而已。詠物賦本質上仍是以遊戲、娛樂為目的，至南朝更被發揚光大，追求美成為書寫目的，只有少數作品確實存在著作者意圖藉物抒懷、即物說理的篇章。

二、詠物賦對於圖像化書寫的影響

以下再就詠物賦內容中「技巧」與「內涵情感」兩個面向，依次進行討論：

（一）「體物」與「狀物」的技巧

俞琰《歷代詠物詩選・序》云：「詩感於物，而其體物者，不可以不工；狀物者，不可以不切，於是有詠物一體，以窮物之情，盡物之態，而詩學之要，

〔註116〕郁沅、張明高：《魏晉南北朝文論選》（北京：人民文學出版社，1996 年），所收徐幹《中論・序》。

〔註117〕余嘉錫箋注：《世說新語箋疏》，〈品藻〉57 所收石崇〈金谷詩序〉，頁 530。

〔註118〕李善注：《文選》，卷五二〈論二〉所收曹丕《典論・論文》，頁 2270。

莫先於詠物矣。」〔註119〕詠物的文學作品中首要的技巧就是能夠寫物詳切，以窮盡物形、物態為工，而賦又以寫物圖貌為文體特點，自然鋪陳體物的手法當是用心用力之處。

漢大賦在構築物象上雖然已然有精工之美，能手如司馬相如，「工為形似之言。」〔註120〕然而相較於兩漢習慣作全面的鋪陳，並不注重物類殊性的描摹，總是泛泛以類似的形容詞帶過，魏晉的詠物賦更專注在其歌詠之特定物上，在勾勒物貌、物象時不但無一不切，且以表露出物類獨有之特質美為重點。又魏晉詠物賦不光注重物本身，連生長地、如何取得等等的情境敘事，也一併刻畫得鉅細靡遺，這或許也受到了傳統音樂賦的書寫模板影響。以下幾點分而述之：

物象之形容，有言外在之物貌，如材質、形狀、造型、圖案花紋、質地、色彩等，如傅玄〈硯賦〉言製硯之材料與硯之外形符合天地陰陽二象：

> 采陰山之潛璞，簡眾材之攸宜。節方圓以定形，斷金鐵而為池。設
> 上下之剖判，配法象乎二儀。〔註121〕

其〈鷹賦〉生動刻畫老鷹作為猛禽的矯健模樣與不可一世之神態，自飛羽到利爪，描寫面面俱到：

> 左看若側，右視如傾。勁翮二六，機連體輕。勾爪縣芒，足如枯荊。
> 觜利吳戟，目類明星。雄姿邈世，逸氣橫生。〔註122〕

潘岳〈芙蓉賦〉自感官摹寫入手，視覺上則燦爛無匹，嗅覺上則芬芳絕倫，觸覺上則溫潤如玉：

> 光擬燭龍，色奪朝霞。丹輝拂紅，飛鬢垂的。斐披艷赫，散煥熠爚。
> 流芬賦采，風靡雲旋。佈濩磊落，蔓衍妖閑。發清陽而增媚，潤白
> 玉而加鮮。〔註123〕

又有言內在之物性，如性情、功能者，如王粲〈車渠椀賦〉讚美其體性貞剛、通達有文，故兼五德之眾美：

> 先清朗以內曜，澤溫潤而外津。體貞剛而不撓，理條達而有文。雜
> 玄黃以為質，似乾坤之未分。兼五德之上美，超眾寶而絕倫。〔註124〕

〔註119〕俞琰：《歷代詠物詩選》（臺北：清流出版社，1976）。
〔註120〕李善注：《文選》，卷五十〈史論下〉所收沈約《宋書・謝靈運傳論》，頁2218。
〔註121〕韓格平、沈薇薇、韓璐、袁敏：《全魏晉賦校注》，頁156。
〔註122〕韓格平、沈薇薇、韓璐、袁敏：《全魏晉賦校注》，頁172。
〔註123〕韓格平、沈薇薇、韓璐、袁敏：《全魏晉賦校注》，頁283。
〔註124〕費振剛、仇仲謙、劉南平：《全漢賦校注》，頁1057。

傅咸〈款冬賦〉言款冬之德性，凌寒獨自開，正因其堅貞有德，故能於寒冬保質全形：

> 惡朱紫之相奪，患居眾之易傾。在萬物之並作，故韜華而弗逞。遠皆死以枯槁，獨保質而全形。〔註125〕

張載〈酃酒賦〉則明言酒的功效：

> 故其為酒也，殊功絕倫，三事既節，五齊必均，造釀在秋，告成在春，備味滋和，體色淳清。宣御神志，導氣養形，遣憂消患，適性順情。言之者嘉其旨美，味之者棄事忘榮。〔註126〕

以上為形容物態、物性之摹寫，而修辭方面，魏晉人善於利用譬喻，加強具體印象，透過比附聯想，使得物的整體圖像更加生動，躍然紙上，如曹丕〈車渠椀賦〉形容椀之紋理造型：

> 或若朝雲浮高山，忽似飛鳥屬蒼天。夫其方者如矩，圓者如規。〔註127〕

或詠花卉時，極言花之形貌，如曹植〈芙蓉賦〉：

> 其始榮也，皎若夜光尋扶桑；其揚暉也，晃若九陽出暘谷。〔註128〕

傅玄〈宜男花賦〉：

> 遠而望之，煥若三辰之麗天。近而察之，明若芙蓉之鑑泉。〔註129〕

夏侯湛〈宜男花賦〉：

> 遠而望之，灼若丹霞照青天；近而觀之，煒若芙蓉鑒淥泉。〔註130〕

潘尼〈安石榴賦〉：

> 遙而望之，煥若隋珠耀重川，詳而察之，灼若列宿出雲間。〔註131〕

而〈琉璃椀賦〉在比喻之餘，又以誇飾法呈現琉璃之晶瑩剔透，到了舉世無雙、無可比擬的地步：

> 凝霜不足方其潔，澄水不能喻其清。〔註132〕

　　就結構章法言，善用層層遞進的圖像展示。如潘岳〈蓮花賦〉先言：「遊莫美於春臺，華莫盛於芙渠。」勾起讀者想要一探究竟的興味，接著層層疊加

〔註125〕韓格平、沈薇薇、韓璐、袁敏：《全魏晉賦校注》，頁193。
〔註126〕韓格平、沈薇薇、韓璐、袁敏：《全魏晉賦校注》，頁443。
〔註127〕韓格平、沈薇薇、韓璐、袁敏：《全魏晉賦校注》，頁15。
〔註128〕韓格平、沈薇薇、韓璐、袁敏：《全魏晉賦校注》，頁51。
〔註129〕韓格平、沈薇薇、韓璐、袁敏：《全魏晉賦校注》，頁164。
〔註130〕韓格平、沈薇薇、韓璐、袁敏：《全魏晉賦校注》，頁235。
〔註131〕韓格平、沈薇薇、韓璐、袁敏：《全魏晉賦校注》，頁294。
〔註132〕韓格平、沈薇薇、韓璐、袁敏：《全魏晉賦校注》，頁293。

場景:「於是惠風動,沖氣和,晞清池,翫蓮花」,不開篇直言蓮花之形態美,而是透過各種景致的一一顯現,漸次簇擁著主角的壓軸登場。在描摹蓮花時,視角上也是逐格移動:「舒綠葉,挺纖阿。結綠房,列紅葩。」是放大的局部之美;「仰含清液,俯濯素波。修柯婀娜,柔莖苒蒻,流風徐轉,迴波微激。」是與清泉和風相映而成的整體之美,由是營造出恍若神話仙境般的美感:「其望之也,曄若曒日燭崑山;其即之也,晃若盈尺映藍田。」〔註133〕至東晉郭璞〈蚍蜉賦〉,以詠物寄託道家思想的說理內容,開頭言:「惟洪陶之萬殊,賦羣形而遍灑。物莫微於昆蟲,屬莫賤乎螻蟻。」〔註134〕也是利用層遞法,由萬物而至昆蟲,又由昆蟲而至蚍蜉,逐步聚焦至蚍蜉身上。

就情境塑造言,漢代之詠物賦篇幅多短小,幾乎是直言物之外形、德性,較少擴及到周邊整體情境的營造,如杜篤〈書擔賦〉、班昭〈針縷賦〉、劉安〈燈賦〉皆是如此,而魏晉不問篇幅,多會傾向仔細敘寫相關場景,便顯得詠物賦通篇的畫面感更加豐富。如傅咸〈螢火賦〉以詠螢火蟲為題,先從自己的居處空間之空寂寫起,提及自己:「潛空館之寂寂兮,意遙遙而靡寧。夜耿耿而不寐兮,憂悄悄而傷情。哀斯火之湮滅兮,近腐草而化生。」其後見物起情,肯定螢火蟲以微弱光輝,閃耀前庭:「不以姿質之鄙薄兮,欲增輝乎太清。雖無補於日月兮,期自竭於陋形。」最後認為螢火蟲如同賢臣般盡誠潔貞,也正因「物小而喻大」,故作者特作文以肯定,兼以自抒懷抱〔註135〕。

同樣其〈燭賦〉加入大量自身情感狀態的書寫,先言因遠寓多懷而輾轉不眠:「患冬夜之悠長。獨耿耿而不寐,待雞鳴之未央。徒伏枕以展轉,起然燭於閒房。」次言燭火乃「揚丹輝之煒煒,朱焰之煌煌。俾幽夜而作晝,繼列景乎朝陽。」既以設燭,故「命樽而設觴。爾乃延僚屬,酌醇清;講三墳,論五經。」將孤館冬寒之寂寥,轉為眾人怡情的長夜樂飲。全篇刻畫燭火之字句寥寥無幾,反倒像是一篇遊宦時的夜間記事,序中雖認為蠟燭「自焚以致用,亦猶殺身以成仁」,但並未針對蠟燭燃燒自己、照亮別人的犧牲奉獻大書特書,而是以蠟燭為媒介,成為貫穿傅咸慰情活動的工具〔註136〕。

上述的情境皆為傅咸的親身體驗,然潘尼的〈琉璃椀賦〉,則刻畫出一遊仙式的神妙旅程:

〔註133〕韓格平、沈薇薇、韓璐、袁敏:《全魏晉賦校注》,頁283。
〔註134〕韓格平、沈薇薇、韓璐、袁敏:《全魏晉賦校注》,頁499。
〔註135〕以上見韓格平、沈薇薇、韓璐、袁敏:《全魏晉賦校注》,頁202。
〔註136〕以上見韓格平、沈薇薇、韓璐、袁敏:《全魏晉賦校注》,頁192。

> 濟流沙之絕險，越蔥嶺之峻危。於是遊西極，望大蒙。歷鍾山，闢
> 燭龍。覲王母，訪仙童。取琉璃之攸華，詔曠世之良工。纂玄儀以
> 取象，准三辰以定容。〔註137〕

詳述琉璃取材不易，需要翻山越嶺、求神訪仙，才能夠獲得，為琉璃椀添上了一筆靈幻奇特的神道色彩。又如陸機之〈羽扇賦〉，更是以宋玉答群臣問為故事主線，為讀者製造了一虛擬情境：

> 昔楚襄王會於章臺之上，山西與河右諸侯在焉。大夫宋玉、唐勒侍，
> 皆操白鶴之羽以為扇，諸侯掩麈尾而笑，襄王不悅。

既而以宋玉之口，極言羽扇之可貴：

> 夫創始者恆樸，而飭終者必妍。是故烹飪起於熱石，玉輅基於推輪，
> 安眾方而氣散，五明圓而風煩。未若茲羽之為麗，固體俊而用鮮。……
> 鳥不能別其是非，人莫敢分其真贗。翩姍姍以微振，風颺颺以垂婉。
> 妙自然以為言，故不積而能散。其執手也安，其應物也誠，其招風
> 也利，其播氣也平。混貴賤而一節，風無往而不清。〔註138〕

以上可看出魏晉時期較漢代的詠物賦，更注重聲色感官的描摹，從籠統的同質模板作泛泛之論，轉為特定焦點的生動敘寫，兼營造物之周圍場景、氛圍。《文心雕龍·物色》言：「體物為妙、功在密附」，又指出寫物手法大多是「巧言切狀，如印之印泥，不加雕削，而曲寫毫芥。」魏晉時期產生文學上對於「巧構形似」的追求，至南朝更熾，如鍾嶸《詩品》中主張的「指事造形、窮情寫物」，詩法如此，則賦法亦有所類似，蓋「詩緣情而綺靡，賦體物而瀏亮」，二者皆因情興而託予文字，又以狀物之圖像詳切寄情，透過對詠物技法的鑽研，使得圖像化書寫的模式更加臻於成熟。自然，在具備外在「形似」的描繪技巧之後，尚須注入內在的靈魂以達「神似」，文人往往在詠物的時候會帶出一點情志方面的感嘆或是贊美，然而這些詠歎是否能真正代表作品的精氣神，或是作者自身另有深意的部分？倘若「對於所詠對象個別細節的表述語詞具有雙重語意」〔註139〕的寫作模式，不過是作為一種彰顯文章高明與

〔註137〕韓格平、沈薇薇、韓璐、袁敏：《全魏晉賦校注》，頁292～293。

〔註138〕以上見韓格平、沈薇薇、韓璐、袁敏：《全魏晉賦校注》，頁316。

〔註139〕朱曉海先生曾指出：「中國的文學傳統大多不肯僅止於詠物本身，總要在體物中寫志言情，將詠物從寫作目的轉為手段，至少也要使一篇詠物賦出現兩個重心——它們可以同等份量，也可以某種主從關係並存——從而導致這種模式下的詠物作品經常是部分節段、甚至全篇物、人雙寫；所謂人，包括作者

自身才華的手段的時候，我們便不能將所有感懷抒情的段落，全歸於作者自身的真實內心寫照。

（二）物我關係與物人雙寫

詠物之作往往能夠透過圖像化書寫以有效展現出作者情志，除了藉「物情」抒發「我情」之外，更可進一步形成我即物、物即我的「物人雙寫」敘事，這樣的寫作手法，較一般的先詠物後抒情、或以我之情，度物之情的方式，還要更為隱誨婉轉，且更能彰顯出其託喻意義。但是在探討物／我的雙重意義之前，應該先釐清詠物賦中蘊藏的抒情言志成分，所代表的真實意涵。

首先，寫物言志中的「情志」未必是作者本志。

前文曾指出，根據產生由來與物我關係的主被動性分析後，可以得知詠物賦內容中所描述的情感、思想等，未必真可以代表作者個人的真情實感。既然是「詠物」，則其吟詠主體必然是有所值得讚揚稱頌之處，故詠物賦強調刻畫物體之精微細膩，其作用不過是為了凸顯此吟詠主體本身的美好之處，敘述出此物體含有的抽象性美感判斷或德性價值，因此詠物賦的目的本來就不只是像寫生或是照相一樣忠實地呈現客觀畫面而已，作品中必然會多少包含寫物／言志的雙重意義。然而，這裡的「言志」，卻需要仔細再加以區分、釐清。

我們肯定在詠物的文學作品中，透過寫物圖貌的筆法，融合客觀物態和主觀感情後，作者便能以外物為媒介，抒發自身情志，如廖蔚卿曾指出，六朝文學中巧構形似的目的在於言志：

> 是以巧構形似的寫物除了「鑽貌草木之中」對於自然物象極盡客觀觀察，以達「瞻言而見貌，即字而知時」的形貌描寫之真以外，尚須以主觀的感情的想象及聯想去感物以「窺情風景之上」，如此方能完成情物相通「體物」密附的妙功，而吟詠出詩人深遠之志。〔註140〕

只是我們要確認的是，一個作品中，作者真正寄託個人情志的成分到底有多少？筆者同意：凡文學之創作，必然有作者內心情感的興發，而又需與外物交感，二者相輔相成，是故文學作品中的寫物—言志實乃為不可分之結構，但須判別此情為何種情志。

自己或他人。進而發展出的品鑑尺度就講求：對於所詠對象個別細節的表述語詞具有雙重語意，愈能做到這點，就愈發顯得這篇作品高明。」詳見朱曉海：〈讀兩漢詠物賦雜俎〉，頁231。

〔註140〕廖蔚卿：〈從文學現象與文學思想的關係談六朝「巧構形似之言」的詩〉，《漢魏六朝文學論集》，頁547。

　　前文提及，物我關係可依作者的主被動地位分成「物來即我」與「我來即物」。在「物來即我」的狀況下：此時興發的情感，可以完全是被外物所引起，也可能是作者本來就有此情此感，只是經由外物推波助瀾，更加被觸動心弦。此處又可被分成單純敘寫物情或是作者有所興發聯想。前者如曹丕之〈鶯賦〉見物起情：「怨羅人之我困，痛密網而加身。故窮杯而無告，知時命之將泯。」〔註141〕為物情代言，作者自行揣度、假想物之情感心態為何，利用第一人稱主觀敘述的手法，將物擬人化，但並無個人情感之寄託，亦非自況，可稱為「以我之情，度物之情」。後者如夏侯湛，作品中多藉物抒懷，參雜自身感慨，觀其〈浮萍賦〉：「似孤臣之介立，隨排擠之所往；內一志以奉朝兮，外結心以絕黨。」感慨「士失據而身枉」，故慷慨作賦以喟嘆「直道之難爽」；或如〈愍桐賦〉：「植匪崗其不滋，鳳非條其不儀」、〈薺賦〉：「悲鮮條之槁摧，愍枯葉之飄殫」〔註142〕，我們自可認為夏侯湛詠浮萍薺菱，不過是尋常感時傷物的見物起情之作，然參《晉書・夏侯湛傳》：「累年不調，乃作〈抵疑〉以自廣……居邑累年，朝野多歎其屈。」〔註143〕則其賦作中感慨士不遇與歲月飛逝的情懷，便可能是自身的情感反應了，此時物我之間確有類似的狀態或處境可作對照，可謂「以物之情，抒我之情」。

　　又如詠物賦中多有贊揚德性節操之處，試舉如傅玄〈團扇賦〉：「朗勁節以立質，象日月之定形」；盧湛〈菊花賦〉：「何斯草之特瑋，涉節變而不傷。超松柏之寒茂、越芝英之冬芳」等，然此處或為因物之徵性，詩人透過聯想而產生慣用之象徵意涵，形成固定意象的歌詠用詞，或嘉而賦之，或感而嘆之，未必作者當下有太多的個人興嘆或情志寄託。此外潘岳之〈螢火賦〉：「猶賢哲之時，時昏昧而道明」；棗據〈船賦〉：「外質樸而無飾，內空虛而受盈」；孫楚〈雉賦〉：「體沖和之淑質，飾羽儀於茂林」，皆極嘉美之能事，譬諸聖賢；又如傅玄〈山雞賦〉：「被黃中之正色，敷文象以飾身」、成公綏〈烏賦〉：「應炎陽之純精兮，體乾剛之至色」，江逌〈竹賦〉：「含虛中以象道，體圓質以儀天」〔註144〕，所詠之物皆含章吐華、符合陰陽五行，儼然是肖貌天地的宇宙論。上述內容盡是冠冕堂皇、言之鑿鑿的大道理，但若細究其內涵，不過是文人在為吟

〔註141〕韓格平、沈薇薇、韓璐、袁敏：《全魏晉賦校注》，頁18。
〔註142〕以上引文分見韓格平、沈薇薇、韓璐、袁敏：《全魏晉賦校注》，頁236～237。
〔註143〕房玄齡：《晉書》，卷五五〈夏侯湛傳〉，頁1491～1499。
〔註144〕以上引文分見韓格平、沈薇薇、韓璐、袁敏：《全魏晉賦校注》，頁156、頁399、頁287、頁254、頁260、頁172、頁220、頁472。

詠之物盡力尋求符合主流道德思想的傳統根據，以作為包裝文學娛樂性質的模板，好似具備「文以載道」的正當性，作者實無意說理，作人事道德上的教化〔註145〕。

　　就「我來即物」而言，作者處於主動地位，刻意藉物敘志抒情。相較於興發聯想式的「以物之情，抒我之情」，物我關係更加密切，甚至可能是重疊的狀態，故可說是「移我之情，入物之情」，不問物本身是否有情，鍾嶸所謂「因物喻志」，對象在物之外，含意亦在文字之外，物僅為一言志媒介，為作者主體之投射，劉安〈屏風賦〉即是。《文心雕龍・隱秀》指出：「隱以複意為工。」然則一篇作品中，透過「詠物」以寄託作者「複意」之處，是確有其事？還是不過只是讀者的附會？這些隱微流露出的「複意」，固然可以是作者刻意安排的雙重意涵，但這未必就能代表作者真實情感。賦作本身不能單獨視為案頭文學，而是具有娛樂效果的講唱文學，則詠物賦自然可以像小說戲曲一樣，藉由普世能解、能懂的共情共感來娛樂讀者，只是這戲劇化的成分被隱沒在大量的詞藻堆砌與潤色宏業的歌詠言志上〔註146〕，尤其在賦逐步往文人雅士的案頭文學靠攏後，就更難辨識這些抒情言志的段落與娛樂效果的關係。劉安〈屏風賦〉，不只是單純地藉他物抒己身之懷，而是直接以屏風作喻，是明顯的物人雙寫手法，的確是具有「複意」的作品。劉安將屏風的特性與安身之所在巧妙地與己身作結合，從出身背景到人生際遇的幽谷：「移根易土，委伏溝瀆，飄颻殆危，靡安措足。」經過十年的跌宕起伏後又終能隨侍君側、「近君頭足」，彷彿藉著屏風喟嘆稍有不慎便又可能「風翻旗尾，浪濺烏紗」，流露出一種「沉恨處，時時自剔燈花」〔註147〕的惴惴不安與無可奈何，具備著個人對生命遭遇、政治經驗的悠長喟歎與萬千寄託。其中故事情節與擬人的心境體會，並非是任意一架屏風都會經歷的，而是來自於劉安的真人真事，具有特殊性，因此

〔註145〕朱曉海先生曾指出：「如果說人鍾五行之秀氣，故人全幅生命結構乃一小宇宙，則萬物雖氣質有偏，畢竟也能多少體現最高實體的屬性於一二。在這種宇宙論式下詠物，贊其德成為很難或缺的基調。雖是細物微品，總也要說得它法天契地。」見朱曉海：〈自東漢中葉以降某些冷門詠物賦作論彼時審美觀的異動〉，頁25。

〔註146〕陳世驤在〈中國之抒情傳統〉一文中指出：「賦裡一旦隱現小說或戲劇的衝動，不管這衝動有多微弱，它都一樣被變形，然後被導入隱沒在詞藻堆砌的路線上。」見陳世驤：《陳世驤文存》（臺北：長榮書局，1975年），頁33。

〔註147〕王強：《周邦彥詞新釋集評》（北京：中國書店，2006年），所收周邦彥〈渡江雲〉（晴嵐低楚甸），頁25。

賦中跌宕的情志才能夠呈現出劉勰所稱許的「義主文外，秘響傍通」，否則「若在一篇作品抒散的情緒煙霧下看不到實人實事，以致套在任何人身上皆可通，也就不足觀了。」〔註148〕

是故所謂的用世之志、或是道德勸說、理想寄託是真的有個人情志，還是就是「曲終奏雅」之道德教化傳統？因為賦本身的功能本在諷諫，這也可能是演化後遺留下來的尾巴而已。又如神仙思想、隱逸思想等，難道不是受到當時時代潮流下的道家思潮影響，進而追風流俗地寫上幾筆，以作為附庸風雅之用？

再者，以個人思想情志言，如楊脩〈孔雀賦・序〉點出著作緣由：

> 魏王園中有孔雀，久在池沼，與眾鳥同列。其初至也，甚見奇偉，而今行者莫眂，臨淄侯感世人之待士亦咸如此，故興志而作賦，並見命及。〔註149〕

曹植之〈孔雀賦〉至今不傳，但從楊修序中可知此作乃曹植先起興感，而命臣下楊修創作，君主動而臣被動，這其中情感的落差自然是有的，雖未必楊修心不甘情不願，甚至對孔雀毫無興發感動之情懷，但畢竟是被動而作，並非是自己的意志選擇命題，況曹植當時貴為臨淄侯，食邑萬戶，實在不能說二人透過詠孔雀來抒發「其初至也，甚見奇偉，而今行者莫眂」的士不遇情感〔註150〕。又好比曹植與王粲、陳琳、應瑒、阮瑀等人並作有〈鸚鵡賦〉，應屬於同題共作的作品，若說王粲等臣屬尚因歸曹後意欲建功立業，無奈多為文學侍從，壯志難伸、抱負未達，故「聽喬木之悲風，羨鳴友之相求。日奄藹以西邁，忽逍遙而既冥。」自身有著圈養鸚鵡之感懷，尚屬有理，然〈鸚鵡賦〉應屬鄴下文學集團活動時，其寫成時間不會晚於建安二十一年（王粲去世、曹操立太子後），自屬於曹植早年的作品，儘管文中多有「遇旅人之嚴網，殊六翮而無遺。身挂滯於重繳，孤雌鳴而獨歸。」等句，但他自己並非是士，而是君，當時尚未政治失意，試問何能有「圈牢之養物」〔註151〕之喟歎？恐怕不過是鸚鵡做

〔註148〕 朱曉海：〈讀兩漢詠物賦雜俎〉，頁234。

〔註149〕 費振剛、仇仲謙、劉南平：《全漢賦校注》，頁1025～1026。

〔註150〕 陸侃如認為楊修作此賦時乃與曹植醉走司馬門之後，故「似已失意」。惟筆者認為難以判斷繫年，故將君臣同題共作之〈孔雀賦〉仍視為玩賞性質居多之作品。見陸侃如：《中古文學繫年》（北京：人民文學出版社，1998年），頁416。

〔註151〕 李善注：《文選》，卷三七〈表上〉所收曹植〈求自試表〉，頁1679。

為珍禽奇鳥加以讚美，連帶模仿早前禰衡的〈鸚鵡賦〉罷了〔註 152〕。若再順著吳質〈答魏太子牋〉的脈絡：

> 凡此數子，於雍容侍從，實其人也。若乃邊境有虞，群下鼎沸，軍書輻至，羽檄交馳，於彼諸賢，非其任也。往者孝武之世，文章為盛。若東方朔、枚皋之徒，不能持論，既阮陳之儔也。其唯嚴助、壽王，與聞政事。然皆不慎其身，善謀於國，卒以敗亡，臣竊恥之。
> 〔註 153〕

吳質完全不認同諸子之文，認為其不過是文士賓客馳騁文采，區區雍容侍從，如何能建功立業？此說暗與曹植「辭賦小道」、「不足以揄揚大義」的想法切合，就此觀之，則應可以確認建安諸子這類應制之作並未有以孔雀、鸚鵡自喻情志的「複意」，甚至可能連「見物傷情」的成分都相當有限。

　　由上述討論可知，建安時期的同題共作之作品，其真情實感恐怕不多，畢竟「真正的創作都是極端獨一事件，興發創作的感知是無從移植、教導的。」〔註 154〕文學之創作，不問是否真實，都是美感表達與情感抒發的管道，但文人在同題共作、應制命題的狀況下，多有競采、奉承之心，個人情志的展現不但非是造文的意旨，也並非是作品的重點，是故就「感」的程度言，受命所作之「感」未必高，其呈現在文中的「情」也就未必是獨特的自我主體之情了。

　　由此可以說：物我關係中，無論是作者因「物」興起之「情」，或是有意比附的「藉物抒懷」，在詠物以言志的部份，作者情志展現也可再分為兩種，一是主體我之情志，具獨特性，因此可貴；二是全體之情志，不專指特定個體，較不具獨特性。主體我之情志，屬於個體我之情；全體之情志，則是一大我之情，而在這全體眾生之共象共情當中，可以是作者自行有所體悟後，體察到的世間共象，但也可能只是純粹就依「人之常情」簡單進行喟歎，若僅是後者所展現出的眾生之情，則感觸未必深刻，也未必就是作者神思妙想後的獨到體察，自然也無所寄託喻意。

〔註 152〕關於禰衡〈鸚鵡賦〉之探討，詳見第四章第一節。

〔註 153〕李善注：《文選》，卷四二〈書中〉所收吳質〈答魏太子牋〉，頁 1825～1826。

〔註 154〕朱曉海先生指出：「乙方經由甲方的提醒，或許也會在重新審視該物品後，激賞、酷愛它，但這是不必然的事，乙方不但可能依然故我，無動於衷，甚至反而可能因為重新審視，產生強烈的厭惡感。何況，縱使乙方至終有與甲方相近強度、深度的感知，豈意謂甲方因此可以連軟帶硬地要乙方採取自己同樣的管道：寫作，而且是詠物賦式的寫作，來處理那份感知？乙方難道沒有權利止於內心反覆咀嚼嗎？」見朱曉海：〈讀兩漢詠物賦雜俎〉，頁 227。

其次針對個體我之情的展現，再論感物與物我的程度。

詠物言志如果是言主體我之志，則具有獨特性，具有較高的價值。然而詠物除了被動之「見物起情」，亦有主動之「藉物抒懷」。在「見物起情」的這種興發感動下，物與我的距離仍需要被仔細分判。作者針對外物而有所興感，「物色之動，心亦搖焉」乃創作之常情，但自身可以不必然有此遭遇。以現代生活舉例，看電影的時候會因為片中某一場景、情節而內心有所觸動，但觀眾未必有所親身經歷，乃至於將個人身心全投射進電影主人翁的形象中。以曹丕〈柳賦〉為例：

> 昔建安五年，上與袁紹戰於官渡時，余始植斯柳，自彼迄今，十有五載矣，感物傷懷，乃作斯賦。
>
> 在余年之二七，植斯柳乎中庭，始圍寸而高尺，今連拱而九成，嗟日月之逝邁，忽齊齊以遄征，昔周遊而處此，今條忽而弗形，感遺物而懷故，俛惆悵以傷情。〔註155〕

曹丕的傷懷是因為「余始植斯柳，自彼迄今，十有五載矣，感物傷懷，乃作斯賦。」是曹丕作為傷懷主體，抒我之情，但王粲不是傷懷主體，故王粲〈楊柳賦〉中「人情感於舊物，心惆悵以增慮」便僅是代主陳述其中的傷懷之情。又如〈槐賦〉，曹丕是「美而賦之」，自己以槐樹為美，王粲只是因為「直登賢門，小閣外亦有槐樹」，就被要求命題作賦，縱然賦中王粲讚美其「豐茂葉之幽藹，履中夏而敷榮」，他對槐樹的美或許也談不上有多大感受，則「鳥取栖而投翼，人望庇而披衿」〔註156〕等句也就不必附會成是王粲見樹起懷，故興起投靠明主以安身立命的念想了。今人固然無法斷言王粲當年是否也可能有所觸動感發，但至少在作賦的當下，作者幾乎是站在被動的地位去進行詠物書寫，感受肯定不似曹丕深刻，因此作品中呈現的物我關係是較為疏遠的。

再者，縱曹丕作為傷懷主體，其感懷並未將柳樹、槐樹是為自己的生命寫照，而只是藉此感嘆歲月流逝、故情不再，或單純以為美而有所感。按《貞一齋詩》：「詠物詩有兩法，一是將自身放頓在裡面，一是將自身站立在旁邊。」〔註157〕若說「將自身站立在旁邊」是指純然客觀的歌詠物事，則「將自身放頓在裡面」也可再細分為藉物抒懷與物我融合，二者固然都具備將內在蓄積之

〔註155〕韓格平、沈薇薇、韓璐、袁敏：《全魏晉賦校注》，頁 16。

〔註156〕費振剛、仇仲謙、劉南平：《全漢賦校注》，頁 1059～1060。

〔註157〕張寅彭：《清詩話全編‧乾隆期》（上海：上海古籍出版社，2020 年），所收李重華《貞一齋詩‧詩談雜錄》，頁 462。

情志，藉外物而抒發的成分，但藉物抒懷的作品中不非全將自己投射進外物中，形成物人雙寫，作者不過是將情感「設身處地投射到所詠之物的身心上」，或是將物自身感觸以擬人的手法呈現。是故詠物作品中的諸多意象，固然是涵融進作者一種特定狀態下的情緒、情感，但不代表是主我的寫照，只是作者的「主體我」投射進去後所產生的創造性轉化，藉物抒懷的作品中，物與人畢竟是分屬二者，並未疊合，故「賦中敷陳的那些感觸的確不是詠物者本身內外景況的反映。」〔註158〕由是觀之，我們得以再區分在物我關係中，除了作者創作時與外物的主被動關係，尚需考慮作者與物之間的距離：

1. 由物即我：（物→我）

主體見物而興發己身之感動，為藉物抒懷。由物即我，物／我之間仍有區分、為不同狀態之二者。見物後而有所「聯想」，認為物情類似於我情，但物並不等於我自身。「物」之圖像只是「我」之抒情開端或媒介，「物」之圖像或有包含作者「我」之情意，形成意象，但並不能代表「我」之主體本身。一般抒情之詠物賦大多屬於此類，如詠蟬一題，歷來多有詠蟬之賦作，為見物抒懷的常見題材，以蟬作為清淨高潔的象徵，兼抒個人情怨。如東漢之班昭、蔡邕，或魏晉之曹植、陸雲、傅玄、傅咸等人皆有詠蟬的賦作流傳。

2. 物我合一（物＝我）

物等於我，作者以物為喻體象徵，自況自喻，此時物即我、我即物，屬於真正的物／我雙寫，甚至互相交融。此時「物」之圖像即「我」之圖像，故屬於物人雙寫的範疇中，即所謂：「雖曰推物之情，而實言我之情；雖曰代物之辭，而實出我之辭。」〔註159〕如劉安〈屏風賦〉、趙壹〈窮鳥賦〉、曹植〈蟬賦〉、〈蝙蝠賦〉、〈鷂雀賦〉、〈離繳鴈賦〉、張華〈鷦鷯賦〉等。無論創作起因是見物起情，或有意比附、以此物做為個人的創作選擇，皆可包含在內。又禰衡〈鸚鵡賦〉雖是受命而作，但仍有深刻的自我形象在其中，是故亦屬此類〔註160〕。

綜上所述，透過對物我關係與作者地位的掌握，我們得以分判作品中物我關係的遠近，以及物人雙寫的特質為何。一篇高明的詠物賦首先是要具備「寫物」的技巧，懂得刻畫描摹的技術；其次若文章內容中確實另有作者寄託之

〔註158〕見朱曉海：〈讀兩漢詠物賦雜俎〉，頁239。
〔註159〕祝堯：《古賦辨體》（上海：上海古籍出版社，1996年），卷五。
〔註160〕以上所提之魏晉諸賦，將於第四章第一節詳細討論。

處，則在這類藉物抒情表志的作品中，「詠物」本身不是單純的目的，而是將物之圖像做為表「意」的媒介，借物比興，這才是真正的「物人雙寫」。

第四節 小結

本章先就玄學思想與社會文化二個外緣因素對文學創作的影響進行討論，再專論特定主題賦模板對圖像化書寫的啟發，以全面整理文學史上圖像化書寫在魏晉時期的盛行原因，以及對於圖像化書寫內涵的擴充。

王弼在其著作《周易略例·明象》篇中指出：「盡意莫若象，盡象莫若言。」他利用《周易》中易象的陳列，來解決言意之間的隔閡，此論點得到士人的普遍接受，蔚為主流，因此文人亦很容易將這樣的思想體系移植到文學的創作上，肯定透過圖像的描畫，來無限趨近於作者心意的創作手法，以補充語言文字表意的限制。由是可證成王弼「明象論」對於文學創作思維的影響，使得圖像化書寫的模式在玄風大盛的魏晉，得到了一個強而有力的發展契機，因而快速地風靡起來。因此亦可證成玄學思想對於文學創作的影響，不只體現在內容題材上，涉及到相關的哲學議題討論而已，玄學的思維邏輯特色，更是落實在了文學創作的方法論中，是一種對於玄學思維的「用」。另外，本章也佐以當時品評人物的社會風氣進行旁證，從魏晉的審美角度審視，肯定在當時人物品鑑時注重形神的種種形容、比擬，也是一種圖像式的語言描摹，故能對文學作品中象徵性語言的豐富性有所助益。

其次專就文學內部的發展，談圖像化書寫的模式如何在傳統的音樂賦與詠物賦的原有架構上進行吸收與創新。音樂賦與詠物賦向來是辭賦創作的大宗主題，音樂賦乃是透過具體化的描繪，以有形表無形，呈現出無形的聲音與抽象的情緒。詠物賦則從「寫物」的技巧中，由物連結到自身，經由藉物表志的手法，達到寄託自身情志的目的。因此兩大主題書寫對於圖像化書寫模式的貢獻，即在於能夠在體物、寫物的基礎上，持續精進以各類圖像的形容來表達各類情感或道理的寫作模式。

此外，本章特就詠物賦中作者情志的真實性與物我關係的分際，重新進行梳理，指出僅有少部分詠物賦作品真正具有物／人雙寫的寄託寓意，蓋唯有將作品中作者主體與物關係的距離、地位釐清了，才有可能進一步去分析在詠物的過程中，這些圖像化書寫的手法所代表的意涵為何，方能準確地剖析作品中

的「圖像」到底究竟可作為作者心理狀態的代表，或僅是作為美感點綴，以達歌詠應制時娛樂娛心的效果。

玄學思想在社會上的盛行，帶給文學創作新的思考方式；原有文學主題的創作模板，也能提供給不同主題的作品另一種構思的路徑。時間上的縱向發展是文學自身的演變過程，而橫向的思想、社會文化與不同文學主題模板的交流則是能夠增添「圖像化書寫」內涵的土壤，促使其萌生出更多嶄新的風貌。

第四章　圖像化書寫的抒情模型：
　　　　主體情感之表露

　　本章根據創作主體視角對於文本中「圖像」的聚焦與移動，將圖像化書寫分為點型圖像、線型圖像、面型圖像三種類型，以仔細分析魏晉時期抒情主題賦作的圖像化書寫運用。

第一節　點型圖像——從以鳥為題的賦作看士人的
　　　　知行矛盾

　　此處欲承續第三章第三節有關詠物賦的討論，進一步挖掘圖像技巧與作品內涵的關係，並分析作者如何透過聚焦於特定物的圖像，表達出自我情志。

　　所謂「點型圖像」，乃是聚焦在特定主題物的刻畫，若從幾何的空間概念來說，即可看作是對於特定端「點」的描摹形容，此為作者將寫作主旨與自我情志濃縮於一個點上的書寫技巧。這種書寫手法主要以詠物類作品居多，然而高明之作家往往能夠在單純詠物的基礎上，由物出發，進行人／我之表述，看似寫物，實則是以物做為標的，以圖像展演為手段，而旨在闡述自我情志。

　　藉物敘志的作品中，文人往往取材於自然物象，「感悟吟志，莫非自然」〔註1〕，各類動植物皆會帶有其獨特屬性，人類的想像力賦予了它們更多具文化性的象徵意涵，詩人賦家便往往會利用這種獨特屬性與象徵意義，進而闡述自己的心志。其中涵括的意象與情感，範圍相當大，實無法一一盡述，然查魏

〔註 1〕范文瀾：《文心雕龍注》，卷二〈明詩〉，頁 65。

晉以各種禽鳥為主題的賦作共有 82 篇，蔚為大宗〔註2〕，故酌舉以鳥類為主
題的辭賦代表說明。禽鳥有其特殊屬性與生存習性，如鸚鵡學言、慈烏反哺、
孔雀開屏、鴻鴈南飛等現象，皆屬於生物的自然本能，加上人與鳥的互動或有
豢養關係、捕獵關係等等，經由人們的興發聯想後，原本客觀的鳥類形象得以
連結到人類社會的各種個體情感與群己關係，故自《詩》、《騷》以來，在文學
作品中便形成了豐富的鳥類意象。文人捕捉到鳥類的自然特性與文化意義後，
加以強化，使文學作品中鳥之形象不只具備「擬人」的情感，更是一種「擬己」
的書寫，將鳥類作為自我的投射。

　　本節先從書寫技巧出發，研析魏晉辭賦中，士大夫如何透過以鳥類為中心
的點型圖像來呈現出自我形象；其次梳理出作者在字裡行間蘊藏的知行矛盾，
並討論士人於文章中或有意、或無意流露出面對仕／隱、遇／不遇等人生問題
時，其欲超脫而不得的矛盾心態。

一、借鳥抒懷的濫觴

　　漢賦中，以鳥為題，進而引申出自我情志的作品，賈誼〈鵩鳥賦〉可為嚆
矢。賈誼受讒見疏，任長沙王太傅時，夏日見鳥飛入室內，故作〈鵩鳥賦〉抒
懷，創作情感上較傾向是被動地「見物起情」。

　　鵩鳥實即為鴞，也就是貓頭鷹，古人多認為是不祥之徵兆，如《詩經‧豳
風‧鴟鴞》：「鴟鴞鴟鴞，既取我子，無毀我室。」《毛傳》注《詩經‧魯頌‧
泮水》：「鴞，惡聲之鳥也」〔註3〕；《西京雜記》卷五：「長沙俗以鵩鳥至人家，
主人死。」；《荊楚歲時記》：「鴞大如雞，惡聲，飛入人家不祥。」〔註4〕賈誼
從鳥類的特性產生興發聯想，繼而延伸出自己對生命的看法，其作品的主題雖

〔註2〕如賈誼〈鵩鳥賦〉、孔臧〈鴞賦〉非屬雕形鏤貌的詠物賦，但涉及到以物為標
　　　 題，內容也與物相關，故此處稱為「以物為題」，其範圍較「詠物」大。關於
　　　 魏晉禽鳥賦研究，吳儀鳳於《詠物與敘事——漢唐禽鳥賦研究》梳理甚詳，據
　　　 其〈歷代禽鳥賦目錄〉統計，漢魏禽鳥賦共有 33 篇，兩晉禽鳥賦 49 篇，共 82
　　　 篇。惟吳儀鳳乃就寫作形態上將以鳥為題的賦作分別就詠物與敘事兩大類型
　　　 進行文本內容與作者情志的分析，與本節中側重在探討「物我」圖像的主題有
　　　 別。見吳儀鳳：《詠物與敘事——漢唐禽鳥賦研究》（臺北：輔仁大學中國文學
　　　 系博士論文，2000 年）。
〔註3〕以上引文分見孔穎達：《毛詩正義》，頁 804、頁 2131。
〔註4〕以上引文分見葛洪著，成林、程章燦譯注：《西京雜記》，頁 213。王毓榮：《荊
　　　 楚歲時記校注》（臺北：文津出版社，1988 年），〈第二部‧五月‧（補）土梟〉，
　　　 頁 182。

是以鳥為題，但文章重點全然不在鳥身上，幾無對禽鳥的刻畫，賈誼的〈鵬鳥賦〉尚有一些對鵬鳥的刻畫與物我之間的互動，如「止於坐隅，貌甚閒暇」、「鵬乃太息，舉首奮翼，口不能言」是對鵬鳥動作的刻畫；「問於子鵬：『余去何之？吉虖告我，凶言其災。淹速之度，語余其期。』」〔註5〕是賈誼試圖與鵬鳥進行對話，但主要重點乃是闡述生死、禍福等天道觀念，嗣後孔臧亦撰有〈鴞賦〉，應是根據賈誼的作品進行創作，其筆下的鴞更是完全抽象而模糊不清，對鳥的敘述僅「爰有飛鴞，集我屋隅」〔註6〕一筆帶過，可見二賦的內容主旨皆不在吟詠禽鳥本身，故二賦實難認定為詠物賦。

〈鵬鳥賦〉非屬詠物之作，主旨在於對生命與處世議題的思考，文中的「鳥」較像是一個觸媒，觸發賦家開展對自身生命的思考，此一觸媒如同作者以「鳥」為「點」，透過對「鳥」此一客體的聚焦，由「鳥」及「人」來審視主體的內心世界。賈誼以為鵬鳥之兆代表不祥，生起感慨：「以為壽不久長，迺為賦以自廣」，賈誼利用道家思想試圖超脫生死，然而思想欲作解脫，以「化為異物兮，又何足患」勸勉自己隨遇而安，但現實生活無法做到看淡生死、與道翱翔，情感上始終鬱鬱寡歡，致使英年早逝。此篇可與稍早貶往長沙時所作之〈弔屈原文〉進行比較，〈鵬鳥賦〉中的鵬鳥似僅為中立客觀的他者，彷彿是賈誼的假性知己，可以對牠述說出自己關於生死議題的肺腑之言，但若對照〈弔屈原文〉中的鳳凰意象，可以發現鳳凰便是自我期許的象徵，此時物我關係較為緊密。如：「鸞鳳伏竄兮，鴟梟翱翔」〔註7〕即以祥鳥與惡鳥進行對比，然鳳凰既為神鳥，應懂得明哲保身，何苦與微賤螻蟻一般逃竄？因此當「鳳漂漂其高逝兮，固自引而遠去」，認為應如同鳳凰一般有所洞察，遠離汙濁；又指鳳凰若見世間有險惡之徵，則當立刻「遙曾擊而去之」，這是理性上潔身自好的選擇，鳳凰明智的舉措即是賈誼理性上所追求的目標，否則遭逢困咎如同圈養犬羊，不過是不聰明地自尋死路而已。賈誼以鳳凰為例責備屈原，同時以為自許，警惕自己不可如同屈原一味耽溺自憐自怨之中，致使心盲、悲戚而終，然而自身仍然墮入了傷感的網羅之中，無法自拔，賈誼未能於行動上落實自己的思想準則，顯現出文人現實世界與精神世界的差距。

至趙壹〈窮鳥賦〉，文中的窮鳥已非單純勾起主體情懷的媒介物，而直接

〔註5〕費振剛、仇仲謙、劉南平：《全漢賦校注》，頁9。
〔註6〕費振剛、仇仲謙、劉南平：《全漢賦校注》，頁157。
〔註7〕李善注：《文選》，卷六十〈弔文〉所收賈誼〈弔屈原文〉，頁2590～2594。下引文同。

成為主體的化身。趙壹詳細勾勒出窮鳥的形象，原本該是展翅高飛於天際之中的飛鳥卻收斂起了翅膀，在毫無遮蔽的曠野之中東躲西竄：

> 有一窮鳥，戢翼原野。畢網加上，機穽在下。前見蒼隼，後見驅者。
> 繳彈張右，羿子彀左。

以鳥為中心點的空間描寫：上、下、左、右、前、後，一一包括，過去漢大賦描寫東西南北方「四至」的壯麗無垠，是由內而外的擴充與延伸；到了趙壹筆下，反而成了四方逐步向內收緊的網羅意象，使得主人翁進退維谷、畏怖交加。此時趙壹尚站在第三人稱的觀點進行敘事，下文聲口一轉，直接成了窮鳥自白：「飛丸激天，交集於我」是動態的外在環境；「思飛不得，欲鳴不可」是接收外在環境資訊後的舉措應對；「舉頭畏觸，搖足恐墮。內獨怖急，乍冰乍火。」則是窮鳥的內心寫照。賦中窮鳥的形象之所以生動，即來自於趙壹將其內心的狀態與活動，忠實呈現於紙上。東漢晚期，奸黨橫行，加害士人的狀況層出不窮，《後漢書·黨錮列傳》稱逮捕黨人時：「或有逃遁不獲，皆懸金購募。使者四出，相望於道」，張儉被通緝時倉皇逃亡：「困迫遁走，望門投止。」〔註8〕《後漢書·文苑列傳》裡的趙壹正因為「恃才倨傲，為鄉黨所擯，乃作〈解擯〉。後屢抵罪，幾至死。」〔註9〕趙壹的獲罪，應與黨錮之禍相關〔註10〕。而若將《黨錮列傳》中那些追殺士人的描述與作於黨錮之禍以後的〈窮鳥賦〉進行對比，當時士大夫慘遭追捕下獄而亡的情景，與趙壹所謂「畢網加上，機穽在下。前見蒼隼，後見驅者。繳彈張右，羿子彀左」的情況多有重合。趙壹一身傲骨，面見司徒袁逢時敢於「長揖而已」〔註11〕卻困於黨錮之禍，淪為進退兩難的窮鳥，用世之心受到小人阻撓，趙壹是孤獨的，也是無奈的。

　　由此，我們實可以將此賦視為典型物人雙寫的作品。前文曾言物人雙寫需是作者以物作為喻體象徵，進行自我的類比、模擬，而作品中出現的「物」之圖像，即能代表作者主體「我」之圖像，趙壹筆下困頓的窮鳥形象，自屬於其人形象無疑。物人雙寫的特點即是物即我，我即物，這自是屬於文學家試圖將物我合一的虛假想像，而作為趙壹描繪客體的「窮鳥」，實也是自我想像的內心產物。賈誼、孔臧於書寫時，尚有實際的參照物，鵬鳥或鴞都是作為實體出

〔註 8〕范曄：《後漢書》，卷六七〈黨錮列傳〉，頁2210。
〔註 9〕范曄：《後漢書》，卷八十〈文苑列傳下〉，頁2628。
〔註10〕關於趙壹聲明與作品繫年，可參趙逵夫：〈趙壹生平著作考〉，《文學遺產》2003年第1期，頁6～7。
〔註11〕范曄：《後漢書》，卷八十〈文苑列傳下〉，頁2632。

現在作者的眼前的，作者是「親觀」之後觸發種種思考，進而有了寫作的動機。
至於趙壹，我們無從確認他是否也親眼看到了被捕獵的飛鳥進而產生聯想，但
是從文中的形容，這類被追殺、獵捕等全景環繞的敘述視角，似乎虛構的成分
似更大一些。在場景、角色完全是虛構的情況之下，作家的心靈卻得以毫無束
縛地與物合一，並藉由喻體來展現出另一個自我──另一個不敢表現在外，卻
更加真實的自我。這就如同人們照鏡子時，出現在鏡中的「自我」固然是一個
不存在於真實經驗世界的「虛象」，但卻足以使真實經驗世界的「我」得以挖
掘出精神世界中的另一個自己的形貌，展現出精神層面的「真實」。趙壹這樣
的表現手法，確實展現出不同於兩漢的書寫模式，他非常明顯地以鳥自喻，致
使物與我的連結關係更加緊密，這也展現出了漢代之後的圖像化書寫現象，文
人於作品中的形像描寫皆具有一種方向性、歸屬性，圖像能夠直指作者欲所表
之「意」，透過圖像而使得「意」越加具體、明確，但作者於文中所運用的圖
像，實不必然訴諸於客觀世界的真實，只要圖像的刻畫能夠準確指向作者內心
的意圖，那麼即屬於「真實」。

二、禰衡〈鸚鵡賦〉的物人雙寫與其仕隱的矛盾

　　晚於趙壹的禰衡，二人實有類似的倨傲脾性，然禰衡所處的建安初年，時
代更加混亂，這時儘管禰衡仍然有著誰也奈何不得的傲氣，但是他已經沒辦法
像趙壹一樣作個東躲西藏的窮鳥，而只能成為被豢養的鸚鵡。

　　《後漢書·文苑列傳》載：「尚氣剛傲，好矯時慢物。」然他對功名仍有
嚮往，故「來遊許下」，先被孔融推薦於曹操，然而又因其出言不遜、驕傲自
大，不被曹操喜愛，先後輾轉遣送於劉表、黃祖之間。時黃祖子黃射「大會賓
客，人有獻鸚鵡者，射舉卮於衡曰：『願先生賦之，以娛嘉賓。』」[註12]故此
為一應制作品。賦中禰衡仔細針對鸚鵡的形貌、才德、抓捕過程與被迫離家、
接受豢養等心路歷程進行描繪，娓娓道來一篇以鸚鵡自白的自傳。文中的故事
情節靠著一幅幅的圖像推動，若考慮到此篇為歌舞席上的受命之作，則禰衡創
作時便是透過高度的故事性轉折與活靈活現的聲光畫面展演，讓當時的聽者、
觀者能夠沉浸在這個劇目之中。如描繪鸚鵡形貌：

　　　　體金精之妙質兮，合火德之明輝。性辯慧而能言兮，才聰明以識機。
　　　　故其嬉遊高峻，棲時幽深。飛不妄集，翔必擇林。紺趾丹觜，綠衣

───────────────
〔註12〕范曄：《後漢書》，卷八十〈文苑列傳下〉，頁 2657。

翠衿。采采麗容，咬咬好音。雖同族於羽毛，固殊智而異心。配鸞
皇而等美，焉比德於眾禽？〔註13〕

透過聲色並陳、德貌兼具的描述，禰衡介紹了主角的出場，接下來又敘述如何
捕抓鸚鵡以及其面對獵捕的從容神態：

命虞人於隴坻，詔伯益於流沙。跨崑崙而播弋，冠雲霓而張羅。雖
綱維之備設，終一目之所加。且其容止閒暇，守植安停。逼之不懼，
撫之不驚。

此段類似音樂賦中描述生長地與製作過程的敘述，音樂賦以哀聲為最上，極力
刻畫生長地的苦寒，方能孕育出具備悲苦之聲的樂器材料。鸚鵡之悲並非天
生，而是遭禍於人事，故此處禰衡不描寫鸚鵡的自然棲地，而是極力從鸚鵡不
得已離鄉背井、拋家棄子的情景下手渲染，以製造出鸚鵡悲苦的心境：

痛母子之永隔，哀伉儷之生離。匪餘年之足惜，愍眾雛之無知。

嚴霜初降，涼風蕭瑟。長吟遠慕，哀鳴感類。音聲悽以激揚，容貌慘
以憔悴。聞之者悲傷，見之者隕淚。放臣為之屢嘆，棄妻為之歔欷。

禰衡筆下的鸚鵡的形象實暗藏了對自我的觀照，宴饗之餘，藉由替鸚鵡代言，
哀嘆鸚鵡之餘也暗暗抒發出自己的感懷。此作雖為受命詠物之作，具有順應當
時娛樂賓客固以悲為美的說唱藝術特點，但仍包含了禰衡的自我比附，假托鸚
鵡之心志抒發自己的牢騷與困頓感，此時鸚鵡的形象與禰衡自己產生重疊，故
禰衡乃是借鸚鵡之「象」來表達自己的「意」。

　　有一問題需特別進行釐清，前文中賈誼、孔臧、趙壹之作，皆屬於自發創
作，而禰衡此處是為歌舞席上受命而作的詠物賦，則受命與自選之作是否可以
同等比較？禰衡之鸚鵡，是否如同趙壹一般符合「物人雙寫」的情況？畢竟相
較於自選命題，應制之作的自由度是受到侷限的，且禰衡的受命之作，更是一
種為了娛樂而誕生的作品，其鸚鵡的形象是否不過是「竭力呈現一個悽愴哀憐
的角色」〔註14〕而已？首先不可否認受命作品確實較無創作的自由，且作者之
情若非自發，則未必能視為自我寫照。若就娛樂的戲劇效果言，依當時「以悲
為美」的喜好，便須製造出一悲苦情境，如「痛母子之永隔，哀伉儷之生離。
匪餘年之足惜，愍眾雛之無知」展現出與親人生離那種椎心刺骨的孤單與悲

〔註13〕 李善注：《文選》，卷十五〈賦庚・鳥獸上〉所收禰衡〈鸚鵡賦〉，頁 611～616。
　　　　下引文同，茲不再引。
〔註14〕 朱曉海：〈讀兩漢詠物賦雜俎〉，頁 238。

哀；「嚴霜初降，涼風蕭瑟。長吟遠慕，哀鳴感類」則是添加了節候的蕭瑟清冷與肅殺之氣，使得觀眾在聽覺上「音聲悽以激揚」、形貌上「容貌慘以憔悴」，而既然「放臣」、「棄妻」都為之嘆息，則座上賓客又豈是冷血草木，自然也要掬一把辛酸淚了。但在這些刻意營造娛樂效果之中，實也承載了禰衡的心聲。這其中流露出禰衡自我情志的關鍵文句，筆者認為如下：

首段禰衡極言鸚鵡之英華，外貌與才德皆好，此處可以是一種單純的歌詠物之德性的贊語，但也可以視為「尚氣剛傲」的禰衡自視甚高的表徵。孔融上表薦禰衡時曾言其：「淑質貞亮，英才卓礫」、「忠果正直，志懷霜雪。見善若驚，疾惡若讎」〔註15〕，對比禰衡筆下「性辯慧而能言兮，才聰明以識機。故其嬉遊高峻，棲跱幽深。飛不妄集，翔必擇林」的鸚鵡，都凸顯出了聰明秀出、擇善固執的英才形象。

「閉以雕籠，翦其翅羽。流飄萬里，崎嶇重阻。逾岷越障，載罹寒暑。女辭家而適人，臣出身而事主」一段，則可比擬為禰衡周流輾轉至三位主君門下的經歷。「彼賢哲之逢患，猶棲遲以羈旅。矧禽鳥之微物，能馴擾以安處！眷西路而長懷，望故鄉而延佇。忖陋體之腥臊，亦何勞於鼎俎？」既反映了禰衡思念故鄉山林的情緒，同時流露出禰衡自負的一面，若陋體腥臊便可免於鼎鑊之災，則應明哲保身、韜光養晦，當初何必乖乖束手就擒，甘願「侍君子之光儀」又「羨西都之沃壤」呢？換言之，禰衡自己實不甘於自己空有一身翠羽，皓首老死於山林間的。禰衡從鸚鵡的被捕，聯想到了女子嫁人與臣屬奉主的例子，則處於寄人籬下的自己，又何嘗不是如此呢？明明渴求大展才華用世、「期守死以報德，甘盡辭以效愚」，然所遇卻皆非明主，不能有所風雲際會，只能淪為曹操、劉表、黃祖彼此拋擲的燙手山芋，自然多生「嗟祿命之衰薄，奚遭時之險巇」的感嘆了。禰衡藉著受命之作而委婉表達自己的不甘，利用了娛樂的手段達成抒發心聲的目的，更為隱晦宛曲。

賦中鸚鵡之遭遇，與禰衡生命經驗高度相關，故禰衡在字裡行間情不自禁地流露出個人的感懷，然以上之分析，仍屬於臆測禰衡當時可能的創作心境，現在再將以文本內容檢視禰衡的〈鸚鵡賦〉是否確實符合物人雙寫的書寫手法，以證成禰衡筆下的鸚鵡圖像即為自身形象。前章曾就物我關係的討論，指出可依作者的主被動地位分成「物來即我」與「我來即物」兩種，在「物來即我」的狀況下，作者有所興發聯想，此處筆者歸類為「以物之情，抒我之情」，物我之間

〔註15〕李善注：《文選》，卷三七〈表上〉所收孔融〈薦禰衡表〉，頁1668。

有類似的狀態或處境可作對照。從受命的創作動機來看，禰衡詠鸚鵡的產生，始於「物來即我」，但禰衡在書寫過程中融入自身情懷，因此能夠「以物之情，抒我之情」。然而在這樣的抒情過程之中，可以發現物我關係並非只是單純的興發聯想，而是更密切地結合了——鸚鵡的遭遇或許未必百分百符合禰衡的生平，但文中的虛假成分仍然是可以被容許的，因為精神上的相似性確有所重疊，禰衡從鸚鵡身上看見另一個自己，故把鸚鵡當成自己的投射，藉此抒發感慨，此時作者已進入了「我來即物」的主動地位之中，不再是單純揣度鸚鵡孤身在牢籠中的悽苦，而是在與鸚鵡共鳴共感的情況下，有意試圖進行比附〔註16〕。

　　物人雙寫時，投射在客體物的內容，必須是與主體有所相關，如事跡、遭遇、心境皆有相似性、能夠表現主體的特殊性，才能夠算是物人雙寫。乍看之下，鸚鵡的遭遇似是一種喪失自由身的禽鳥被豢養在籠中後，都有可能產生的共相，但當中實具有一條由禰衡注入的、獨具殊性的情感脈絡。此脈絡除了能夠與離鄉背井、寄人籬下的外顯生平有重合之外，也與禰衡在仕／隱之間的矛盾與知行斷裂的內在心態，有著密不可分的關連。

　　〈鸚鵡賦〉中，已是籠中鳥的鸚鵡自云：

> 背蠻夷之下國，侍君子之光儀。懼名實之不副，恥才能之無奇。羨
> 西都之沃壤，識苦樂之異宜。懷代越之悠思，故每言而稱斯。

代表了禰衡求仕的進取之心，欣羨著京城的繁華與宦途，但這樣的求仕自然是要以「痛母子之永隔，哀伉儷之生離」乃至於「音聲悽以激揚，容貌慘以憔悴」為代價的，是故他產生了對仕／隱的矛盾：

> 感平生之遊處，若壎篪之相須。何今日之兩絕，若胡越之異區？順
> 籠檻以俯仰，窺戶牖以踟躕。想崑山之高嶽，思鄧林之扶疏。顧六
> 翮之殘毀，雖奮迅其焉如？心懷歸而弗果，徒怨毒於一隅。

文中禰衡藉鸚鵡眷戀山林之念想，表達出類於老莊隱世避禍的想法，以求能在心靈上的淨土中，安頓自身的生命，使得精神得以求得真正的解脫。〔註17〕然而現實中並不能如願，在儒家的用世與道家的隱遁的拉扯之下，禰衡仍是暫

〔註16〕 如祝堯曾指出此作乃：「比而賦也，其中兼含風興之義，虛以物為比，而寓其羈棲流落無聊不平之情。」見祝堯：《古賦辯體》，卷四〈兩漢體下〉，「鸚鵡賦」條，頁98。

〔註17〕 關於禰衡〈鸚鵡賦〉中禰衡知、行斷裂心態的詳細分析，可詳見郭師永吉：〈禰衡〈鸚鵡賦〉中處世之道研析〉，鄭州大學《文選學與漢唐文化國際學術研討會》會議論文，2014年。

時向現實世界妥協了，因此最後「託輕鄙之微命，委陋賤之薄軀。期守死以報德，甘盡辭以效愚。恃隆恩於既往，庶彌久而不渝。」的結語，可以看作是禰衡求取功名的心聲表現，但同時也是屬於娛樂賓客時奉承的堂皇之詞，禰衡雖然狂放自傲，多次出言不遜辱罵主公，然仍多少不得不低頭──以文章進行娛樂逢迎，甘心做小伏低。

　　人是有複雜性的，而且這些多樣的面向並存時，往往難以相容。滿身狂妄傲氣的禰衡，解衣裸身、搥地大罵，但他仍以經世、濟世為目標，到處尋求施展抱負的機會。然而出仕便意味著要在人家屋簷下低頭、多少具有看主子臉色、卑躬屈膝的辛酸成分，因此在這樣兩相矛盾的情況下，當宴席上禰衡見到鸚鵡，自然會興發出強烈的個人情緒，其放浪猖狂的風貌背後，正顯露出自身無處安頓、宣洩的痛苦與不安。作為受命作品中相當特殊的存在，禰衡〈鸚鵡賦〉其獨特之處可說是在於「受命而自有新生命」，賦中鸚鵡心態上的矛盾與衝突，恰好可以說明了禰衡的內心世界，以及生而為人的複雜性。

　　至於〈鸚鵡賦〉中不完全符合禰衡遭遇的段落，如禰衡是自願求仕「來遊許下」，與文中強行被捕獵的遭遇並不相同，就物人雙寫的脈絡，又該做何解釋？自古文人多自認懷才不遇，則在禰衡刻意營造鸚鵡的悽苦身世之中，觸發他自身的感懷，進而加油添醋地認為自己根本等同於籠中鸚鵡，也是可能的。〈鸚鵡賦〉中與禰衡生平、心境不相似的地方自然有受命而作的娛樂性質，但亦可以是作者的藝術性轉換，畢竟文學以「美」為標準，本身多少有點虛假成分，否則禰衡直接書寫個人自傳便是，故就筆者認為，物人雙寫並不需要百分之百將描述客體等同於自我主體，若能將「物」之圖像與「我」之圖像能夠在情感上有所相通、相容，即屬之因此禰衡的〈鸚鵡賦〉確是一以圖像展演進行自況之作品。

　　同樣是歌舞席上的受命而作，鄴下文學集團殘存的五篇〈鸚鵡賦〉，模仿禰衡的痕跡相當明顯，例如：

> 惟西域之靈鳥兮，挺自然之奇姿。體金精之妙質兮，合火德之明輝。
>
> 紺趾丹觜，綠衣翠衿。（禰衡）
>
> 惟翩翩之豔鳥，誕嘉類於京都。
>
> 被坤文之黃色，服離光之朱形。配秋英以離綠，苞天地以耀榮。（阮瑀）〔註18〕

〔註18〕費振剛、仇仲謙、劉南平：《全漢賦校注》，頁984。

咨□坤之兆物，萬品錯而殊形。有逸姿之令鳥，含嘉淑之哀聲。

抱振鷺之素質，被翠羽之縹精。（陳琳）〔註19〕

這是從對鸚鵡外行進行描寫，同樣是採漢代五行氣化論的觀點，認為鸚鵡「合火德」、「被坤文」，另外關於鸚鵡被圈養之後的心境，如曹植與王粲：

痛母子之永隔，哀伉儷之生離。匪餘年之足惜，愍眾雛之無知。（禰衡）

身挂滯於重繰，孤雌鳴而獨歸。豈余身之足惜，憐眾雛之未飛。（曹植）〔註20〕

苟竭心於所事，敢背惠而忘初？託輕鄙之微命，委陋賤之薄軀。（禰衡）

怨身輕而施重，恐往惠之中虧。常戰心以懷懼，雖處安其若危。（曹植）

期守死以報德，甘盡辭以效愚。恃隆恩於既往，庶彌久而不渝。（禰衡）

永哀鳴以報德，庶終來而不疲。（曹植）

長吟遠慕，哀鳴感類。音聲悽以激揚，容貌慘以憔悴。（禰衡）

登衡幹以上干，噭哀鳴而舒憂。聲嚶嚶以高厲，又慘慘而不休。（王粲）〔註21〕

兩相對照之下，可以看出內容、結構與描寫手法上的類似性，六朝的作品，多有模仿之作，假如能更比原作更加高明，便可證明自身的文學才華〔註22〕。由於建安諸子同名的鸚鵡賦即有四篇，加上曹植亦有書寫，我們應可推論為一同題共作的作品。這樣的同題共作，僅能視為「以我之情，度物之情」，很難說他們確實在文中寄託了一定程度的個人情志，遑論自況。

建安的鸚鵡賦雖然是單純詠物之作，然而這種藉鳥自憐身世的敘述法，代表建安文人關注到了禽鳥悽苦的形象，曹植多篇賦作如〈鷂賦〉、〈離繳雁賦〉、〈白鶴賦〉、〈鶡雀賦〉、樂府〈野田黃雀行〉，皆按此一思維進行寫作。〈離繳雁賦〉悲憐受傷不能復飛的孤雁，以雁的口吻表示對獵者放自己一條生路感激涕零；〈野田黃雀行〉書寫黃雀躲避鷂鳥追殺後又再度困於羅網，可以隱約看出投射了曹丕即魏王後誅殺曹植羽翼丁儀、丁廙兄弟的影子；〈鶡雀賦〉作為俗賦，大有民間說唱文學的味道，與西漢中晚期的〈神烏傳〉有相似之處，此作中曹植仍一再述說著處於獵捕關係的鶡雀故事，這些作品或多或少都帶著

〔註19〕費振剛、仇仲謙、劉南平：《全漢賦校注》，頁1112。

〔註20〕韓格平、沈薇薇、韓璐、袁敏：《全魏晉賦校注》，頁54。

〔註21〕費振剛、仇仲謙、劉南平：《全漢賦校注》，頁1063。

〔註22〕如陸機、傅咸、江淹皆有模擬、仿古之作。

曹植面對政治失意與迫害的處境時，自身情感的寄託。以上可知將對於鳥類圖像的描寫，作為自我形象的建構，在曹魏時期已是文學上的慣用手法。

三、張華〈鷦鷯賦〉的無用之用與其心境分析

　　窮鳥與鸚鵡，尚且是自在翺翔的飛鳥受困網羅，但張華於〈鷦鷯賦〉提出的觀點，卻是從「桂可食，故伐之；漆可用，故割之」〔註23〕的源頭思考起，如果露才揚己反遭禍端，倒不如一開始就選擇「陋體之腥臊」，自願微小、不露鋒芒，「形微處卑」〔註24〕才能真正遠離禍殃、保全自身。〈鷦鷯賦〉表面上似為一說理作品，充滿道家色彩，但是張華乃是以理入情，借此抒發個人心聲，透過對照他日後的宦途遭遇，亦可從中發現其知行難合一的矛盾。

　　張華全賦以「用」字為關鍵，指出「體大妨物」，鷦鷯無用而能保命全身；而鷙鴞鵰鴻、孔雀翡翠皆有用於人，故遭禍害。張華以鷦鷯做為主題，乃是採用《莊子‧逍遙游》中許由語：「鷦鷯巢于深林，不過一枝；偃鼠飲河，不過滿腹。」〔註25〕以闡述「無用於天下」的哲學，正是因為無用，所以如同莊子的大樹一般能夠「不夭斤斧，物無害者」，張華「以小見大」，以鷦鷯之無用比喻人間處世之道，說明莊子「無用之用，是為大用」的道理。而以微小的鷦鷯為題，也透露出審美觀念轉換，士人從歌詠雄壯、富麗、華美的正向之物，開始關注起人們普遍認為無用、微小、卑賤、醜陋等負面之物，甚至以此予以肯定的評價。這固然是當時受到玄學影響而產生的為文風氣，如老子第三十五章：「淡乎其無味」，王弼注：「道之出言淡然無味……若無所中然，乃用之不可窮極也。」〔註26〕指出大道之至樸至常，正是至美的展現，然張華此賦卻非單純追波逐流的仿效文學風向，而是同時反映亂世之中自身的處世心態與對時局的嘆惋。結構上〈鷦鷯賦〉採正、反、合的論述，並皆以圖像呈現所欲說明的意旨：

（一）正

　　首段直陳鷦鷯的特點與習性，牠不好看：「色淺體陋」；不好吃：「毛弗施於器用，肉弗登於俎味」；生活簡單隨意，對吃住毫無要求：「生於蒿萊之間，

<hr>

〔註23〕郭慶藩：《莊子集釋》，〈內篇‧人間世〉，頁 186。

〔註24〕李善注：《文選》，卷十五〈賦庚‧鳥獸上〉所收張華〈鷦鷯賦〉，頁 616～620。下引文同，茲不再引。

〔註25〕郭慶藩：《莊子集釋》，〈內篇‧逍遙游〉，頁 24。

〔註26〕樓宇烈：《王弼集校釋》，頁 88。

長於藩籬之下」、「其居易容，其求易給。巢林不過一枝，每食不過數粒。棲無所滯，游無所盤。匪陋荊棘，匪榮苣蘭。」張華儼然扮演起野生動物頻道節目的旁白，從體態、飲食、生活環境無一不包，鷦鷯是如此的微小低下，然而這樣的生活型態，於自身心境是「動翼而逸，投足而安。委命順理，與物無患。」相當滿足自在。張華一再強調鷦鷯是如何「不為人用」，實則說明鷦鷯的生活哲學才是值得推崇效法的，大有老子「正言若反」的意味。

（二）反

次段為轉折之處，張華首先明白指出卑陋的鷦鷯符合了大智若愚的智慧：

> 伊茲禽之無知，何處身之似智。不懷寶以賈害，不飾表以招累。靜
> 守約而不矜，動因循以簡易。任自然以為資，無誘慕於世偽。

鷦鷯符合老莊哲學中的樸、常、無華，這樣的小鳥見素抱樸，守虛極而致靜篤，故能歸根復命，不遭致禍患，正是「大巧若拙」的表現。接著張華再以對比手法逐一舉例其他鳥類受到人們的喜愛，卻喪失本性、無法善終的狀況，他一口氣指出鵬鶵、鵠鷺、鷗雞、孔翠、鴞鷹等鳥類，牠們或展翼而飛、翱於天際，或利爪精猛、精神抖擻，姿態各異、優美不凡，但皆因有世人所認可的「美羽豐肌」，故不免「無罪而皆斃」、「終為戮於此世」。正因為牠們皆有用於人，所以猛如蒼鷹、麗若鸚鵡，都不免蒙受人為的殘害，喪失去了往昔的自在從容，必須「屈猛志以服養」，被幽閉著、咀嚼著屬於自己的孤獨；乃至於連髮膚無法保全，或「變音聲」、或遭「摧翮」，徹底成為奴顏婢膝的僕從，而原本尋常的山林高松，亦不過只是僅存在於精神上心牽夢縈的戀慕罷了。以上正透過種種鳥類圖像，體現出老子「俗人昭昭，我獨昏昏」〔註27〕的道理。

（三）合

第三段為結論。張華再以海鳥畏風、巨雀被獻為例，指出乃因「體大妨物，而形瑰足瑋也」，鷦鷯在萬物中「比上不足，比下有餘」，正如《莊子・山木》中的大樹介在材與不材之間，而終能免於受累、得以安享天年的論點。世人以為鷦鷯小而無用，但真正的大小又豈是世俗的評價所能判定的呢？鷦鷯雖小，然「生生之理足矣」，故即為道、為無用哲學的體現。

張華從描繪出一幅鷦鷯生活圖出發，搭配其餘珍禽如何遭禍的情景對照，種種圖像借喻出人間的處世哲學與智慧，若與前人的詠鳥作品相比，作為文人

〔註27〕《老子》二十章，見樓宇烈：《王弼集校釋》，頁48。

吟詠的圖像客體，張華的關注焦點從過去光鮮亮麗的種種珍禽，轉移到了微小的鷦鷯上；技巧上更加善用對比，旁引許多鳥類的姿態、習性與心聲的敘寫，增加文章中圖像式語言的豐富性。與趙壹、禰衡相對單純的物人雙寫不同，透過鷦鷯具體圖像的敘述，既體現出老莊之大道，也有著自我心跡的流露。老莊無用之思想如何陳述？自我面對世局的思考又如何委婉敘說？鷦鷯作為一個承載張華之「意」的象，其處世哲學，是張華眼下的生活狀態，但更有一種以此自許的味道。

〈鷦鷯賦〉有一段可與禰衡〈鸚鵡賦〉互相參照：

> 蒼鷹鷙而受緤，鸚鵡惠而入籠。屈猛志以服養，塊幽縶於九重。變
> 音聲以順旨，思摧翮而為庸。戀鍾岱之林野，慕隴坻之高松。雖蒙
> 幸於今日，未若疇昔之從容。

鸚鵡是因為其美好之「惠」故入籠成為囚徒，此處才華反而成為一種拖累，「直木先伐，甘井先竭」，張華或有莊子討論「無用」、「大用」的論點，同樣禰衡筆下的鸚鵡，是因為有才而被豢養，所謂「期守死以報德，甘盡辭以效愚」的忠心自白，某種程度難道不是張華此處「變音聲以順旨」的婉順承受嗎？這種喪失本性的豢養，無疑是對自身的戕害〔註28〕。喪失本性不光是指自己甘於屈居臣妾之位，還有自我尊嚴與自由意志的喪失，若套在儒家觀念來說，那即是背叛身為人的道德本志，捨「天爵」而逐「人爵」，甚至是在價值選擇上向惡勢力妥協；若在道家來說，便是有為、違反自然。然而張華追求如同鷦鷯一般的生活，到底是像老莊一般，達觀地在無何有之鄉，怡然自得地甘願處於「材與不材」之間；還是僅因為亂世之中，無用廢材方能苟活的避禍心態呢？張華出身寒門，青年時代曾以放羊為生，而當時眼見鋒芒畢露的何晏、嵇康等名士先後受到政治迫害，阮籍藉酒避世、向秀失圖妥協，則他心向鷦鷯，視無用為最上，是否不過是如同禰衡所謂「寧順從以遠害，不違迕以喪生」這樣謹小慎微的屈就讓步而已？到此，吾人可以進一步思考，張華真的甘心於鷦鷯之無用？還是僅是灰心的亂世觀察心得？《晉書·張華傳》記載張華捲入八王之亂時，死前與張林最後的對話：

> 華將死，謂張林曰：「卿欲害忠臣耶？」林稱詔詰曰：「卿為宰相，任

〔註28〕如成公綏〈鸚鵡賦·序〉言：「以期能言解意，故為人所愛，成之以金籠，升
　　　之以殿堂，可謂珍之矣，蓋乃未得鳥之性也。」見韓格平、沈薇薇、韓璐、袁
　　　敏校注：《全魏晉賦校注》，頁 222。

天下事，太子之廢，不能死節，何也？」華曰：「式乾之議，臣諫事具
存，非不諫也。」林曰：「諫若不從，何不去位？」華不能答。〔註29〕

如果真願意奉行「無用之用」的處世哲學以求得精神上的無待與逍遙，「和其
光、同其塵」〔註30〕，則張華當年不必出仕，這是他第一次面對進退出處時所
作的選擇，也就是選擇拋棄鷦鷯的處世哲學。第二次的選擇，是得罪司馬倫與
孫秀時，面對政治上的不測之禍，固然張華忠君愛國，難能立時拋主棄民，以
全己身，然而實際上位至司空的他，也難保有當時「任自然以為資，無誘慕於
世偽」的想法了，縱然當初「華庶族，儒雅有籌略，進無逼上之嫌，退為眾望
所依」〔註31〕，因謹慎處事而受到重用，然而受到政治風暴席捲的他，縱然仍
保持如同鷦鷯一般從容地守約山林、委命順理之心，也再難能實踐。張華的
「不能答」，無論是無奈或是慚愧，毋寧說實是深陷於宦海而無法真正超然於
塵俗的心，這樣身不由己，是時勢所迫，也是自己選擇步入仕途後的心態早已
產生轉變，於家國責任、於功名權位，都無法超然割捨、毅然選擇「去位」。
因此，無論是自願還是被迫，張華最後也落入了知行不能合一的矛盾。

自漢至晉，這類以鳥為題的辭賦作品，文人或有實體鳥類的親觀，或僅為
虛構假想，作者皆是以鳥做為自我形象的示現，此時鳥非單純被關照的客體，
而是幻化成作者精神世界中可以與自身對話、乃至於根本成為自我化身的另
一個主體。

從創作技巧來說，賈誼、孔臧之作，志不在刻形畫貌，但是這種藉某一物
為觸媒，並將之延伸至自己對生命、對世情的觀照，進而書寫出個人內心情志
的書寫進路，這樣的思考脈絡與書寫表現，若加上後世巧構形似的著墨，便實
是魏晉時期圖像化書寫的思維邏輯。趙壹〈窮鳥賦〉直抒胸臆，雖然用了比體，
但是諷刺與抨擊的意味溢於言表，一目了然，讀者無須花費什麼腦筋便可以很
明白地讀懂趙壹所欲傳達的意涵，不同於後世所肯定「餘味曲包」的韻味〔註
32〕。至禰衡與張華，在精雕細琢的描繪下，辭賦中鳥的圖像更加鮮明生動，
但讀者往往會被眼前歌詠禽鳥的表象所迷惑，而忘記文章其實還有一層深意

〔註29〕《老子》四章，見樓宇烈：《王弼集校釋》，頁10。

〔註30〕房玄齡：《晉書》，卷三六〈張華傳〉，頁1074。

〔註31〕房玄齡：《晉書》，卷三六〈張華傳〉，頁1072。

〔註32〕劉熙載言：「後漢趙元叔〈窮魚賦〉及〈刺世疾邪賦〉，讀之知為抗髒之士，惟
徑直露骨，未能如屈、賈之味餘文外耳。」按原刊本即作「窮魚賦」，然自漢
至清，趙壹僅〈窮鳥賦〉，〈窮魚賦〉則未見，劉熙載或應即指〈窮鳥賦〉。見
劉熙載《藝概》，〈賦概〉，頁92。

——作者實乃以鳥作為自我情志表達的手段。

　　從賈誼到張華，其作品中流露出的個人心跡包含了他們如何面對仕隱、進退、出處、遇不遇等人生抉擇與際遇的過程，這些難題相互拉扯著，以至於幾乎要撕裂了文人們的心，他們在多變的世局下追求「戮力上國，流惠下民」〔註33〕，卻總是鬱鬱不得志；欲從儒、道思想中尋求安身立命的進路，以得到精神上的開脫，然而卻總是落空，不得不面對現實的殘酷，甚至與世道妥協，這時他們的知、行便往往產生斷裂，以至於心境上落入一種複雜性、矛盾性的困窘之中，而自在翱翔於江湖的禽鳥，若一朝落入廟堂的樊籠，其困頓、掙扎、猶豫，正可以象徵了文人那種不安而徬徨的心境。世人（尤其君主）尚能以禽鳥為獵物、為囚徒而悲，卻不知士大夫之悲。迫於環境與時勢，在積極地追索自由與消極地尋求避禍之間，所有的文人都陷入了一種泥淖之中。在文學作品裡，呈現的是對時運的哀吟與控訴，也是試圖告別的超脫身影：賈誼、禰衡一直被仕／隱的矛盾糾纏著，這來自於他們用世的抱負與遠離塵俗紛擾的心願不能平衡；趙壹不得已成為窮鳥倉皇出逃，只能作〈刺世疾邪賦〉痛斥奸佞當道；曹植志欲用世，而皆不見用，屢遭迫害；張華當時欲隱，而後不得隱，無奈見法⋯⋯每一隻鳥的圖像，姿態各異，或受困於金籠、或閒適於卑處；或華麗、或鄙陋，背後都恰恰代表了作者的情志。文人們藉以「鳥」為中心出發，透過勾勒禽鳥的圖像，也形塑出了自己的主體形貌。

第二節　線型圖像——時空書寫下的「出走」與　　　　　　「回歸」

　　人的思緒與情感是流動不息的，而在人生中某一個極為特殊的時間、地點所發生的經歷與感觸，往往便會成為儲存在腦海中的碎片，當多個碎片（點）串連在一起，便會構成一串回憶的絲線，這些記憶的碎片經由作家有意地描摹並串連之後，便可以在文學作品中看到時間與空間的圖像不停在其中流動、穿梭，而這一連串飽含時空流動的圖像碎片，筆者以「線型圖像」稱之。

　　文學作品中若具備了「線型圖像」的書寫模式，則其描繪技巧需包含了歷時性、移動性的時空書寫。這類對時空圖像的描述，涵括事象、景象等描寫，然而作者不會一直停留在特定景象上濃墨重彩地進行描摹刻鏤，一幕幕的圖

〔註33〕李善注：《文選》，卷四二〈書中〉所收曹植〈與楊德祖書〉，頁 1901～1904。

像是被作家的筆與心靈推動前進或後退的，因此整篇作品猶如徐徐鋪展開來的長幅畫卷，而所有由各種圖像碎片交織而成的旅行線的起點，皆從作者實際的旅途移動開始，此處筆者稱其為「出走」。「出走」後，仍需要有所「回歸」，這邊的回歸，不論是空間上路徑的返回原點，或是時間上的回到過去，其實都是象徵著作者主體的心靈安頓之渴望，透過魏晉的文人即是利用線形圖像來描寫時空的變化，以處理心靈上的「出走」跟「回歸」。

一、「出走」的時間與空間觀看

自屈原的〈遠遊〉、〈離騷〉，文人透過記錄空間的移動與時間的變遷，得以展現自我心志，由是成為一種典型的抒情敘述〔註34〕，從寫作手法上言，時間與空間的移動變遷，即需仰賴圖像的呈現。

（一）時空移動的圖像化書寫

時間是抽象的，若欲表現出時間的存在與流逝，便需借助經驗世界的具象表現。東漢中晚期以降，詩賦中常流露出對於時間變化的感懷，形成「感物抒情」的論述主題〔註35〕。最明顯的，便是從詠四時看時間的變化，如夏侯湛〈秋夕哀賦〉：「木蕭蕭以披風，階縞縞以受霜」〔註36〕、潘岳〈秋興賦〉：「蟬嘒嘒而寒吟兮，鴈飄飄而南飛」、陸機〈感時賦〉：「敷曾雲之葳蕤，墜零雪之揮霍」、李顒〈悲四時賦〉：「雲鬱律以泉湧，雨淋澡而方筵」〔註37〕，皆是透過一幕幕畫面，展現出節候的紛遷。這類對時間的感嘆，是以特定時令為描摹對象，來審視自我與人世的變化。

空間述寫上，從屈原《楚辭》開始，文人在行旅記事中加重了抒發自我情懷的篇幅，形成一種主體「出走」的歷程書寫。漢代劉歆的〈遂初賦〉，以赴

〔註34〕屈原楚辭的紀行段落，重在展露神遊時其對理想的求索心態，對具體空間的描寫則較少，與其說是上下左右的空間叩尋，倒不如說是個人內心戲碼展演居多。詳細分析可參廖蔚卿：〈論中國古典文學中的兩大主題〉，《漢魏六朝文學論集》。

〔註35〕關於東漢以來文學作品中的感時、感物的抒情體驗，可參呂正惠：〈物色論與緣情說──中國抒情美學在六朝的開展〉，收入中國古典文學研究會編：《文心雕龍綜論》、顏崑陽：〈從應感、喻志、緣情、玄思、遊觀到興會──論中國古典詩歌所開顯「人與自然關係」的歷程及其模態〉，《詩比興系論》。

〔註36〕韓格平、沈薇薇、韓璐、袁敏：《全魏晉賦校注》，頁241。

〔註37〕以上引文分見韓格平、沈薇薇、韓璐、袁敏：《全魏晉賦校注》，頁262、頁299、頁395。

任五原太守的路途風光為書寫對象，進行歷史懷古，也參雜進個人政治生涯榮辱或志意情懷的家國寄託，逐漸形成後世紀行賦的傳統，如班彪〈北征賦〉、班昭〈東征賦〉、潘岳〈西征賦〉大抵結構如此。這類去國遠行的羈旅書寫，論述上空間隨著作者移動不斷產生變化，作者是具有行動性的，而透過作者對地點與歷史典故的擷取，使得這類空間的記錄不只是隨處興發的地景記錄或古今興亡的浩歎，而是具有特定主題的有意安排，產生或諷諭、或抒情的效果〔註38〕。至馮衍〈顯志賦〉兼抒「退而幽居」〔註39〕的山林之意，自我敘志成分增強；蔡邕〈述行賦〉暴露出東漢末年其對於政治紛亂、民不聊生的憤慨；而潘岳〈西征賦〉長篇鉅制地描寫了自西周到曹魏的種種歷史人物與事蹟，儼然已成為一幅極長的史詩畫卷。

以上論述可簡單歸納：前者的「感時」是從空間見時間，透過描述空間中的各類景物來紀錄時間的流逝；後者的「紀行」則是從時間相的追索，來展開對空間的論述，透過一連串的懷古情態，紀錄下自身在空間上的移動軌跡。

但無論是辭賦主題是「感時」或「紀行」，儘管多少含有作者自身的感懷，但作者仍是以客觀第三者的角度，透過時間、空間的交互作用，展開對世間共相的陳述，更像是一種擬眾人語的旁白，尤其是紀行懷古這類作品，作者觀點仍屬於較為客觀的歷史評價，屬於大眾的歷史記憶與公領域的評判〔註40〕，作品中個人獨有的殊性以及私領域的感懷仍然較少。東漢馮衍〈顯志賦〉中，紀行懷古的成分漸被個人情志的呈現取代，論述多在顯示自我對官場失望，遂絕意仕途、回歸故里的心境。至漢末蔡邕〈紀行賦〉，在紀行與抒懷中，增加了對時政的激憤針砭，而原本「吾將往乎京邑」，最後卻「援結蹤而回軌」、「復邦族以自綏」〔註41〕，可以窺見出走之後蔡邕的心態轉變，到底蔡邕出走的真正目的地該指向哪裡？目的地該是故國京師？還是那個能夠撥雲見日的心靈所在？

〔註38〕曹淑娟曾指出如紀行賦「以地理遊歷連鎖史實」，其安排目的「不復止於沿途興發所能解釋，而是作者在既定主題之下，有意安排，使相殊史實，朝向中心意旨集中，以託諷喻之意。」見曹淑娟：《漢賦之寫物言志傳統》（臺北：文津出版社，1987年），頁151。

〔註39〕費振剛、仇仲謙、劉南平：《全漢賦校注》，頁367。

〔註40〕大賦的特色在於追求光大、恢弘的書寫技法與題材，以達到「體國經野」、「潤色鴻業」的效果，因此論述的題材本身就很龐大繁雜，如班彪、班昭之紀行賦，篇幅雖短，但賦中仍呈現出大一統的光榮氣象與家國意識，故仍屬於大賦。

〔註41〕費振剛、仇仲謙、劉南平：《全漢賦校注》，頁911～913。

　　若再就《藝文類聚》的賦目分類，觀魏晉關於懷舊、行旅等辭賦作品：

　　曹植〈幽思〉、劉楨〈遂志〉、潘尼〈懷退〉、棗據〈表志〉曹攄〈述志〉、陸機〈懷土〉、〈遂志〉（卷 26 言志類）

　　陸機〈思歸〉、〈行思〉（卷 27 行旅類）

　　向秀〈思舊〉、潘岳〈懷舊〉（卷 34 懷舊類）

　　陸機〈歎逝〉、〈憫思〉、〈大暮〉（卷 34 哀傷類）

　　陸機〈感丘〉（卷 40 塚墓類）

　　魏晉以後主題與體裁偏向抒情小賦，抒發自我主題情志成為寫作目的，故上述類目皆屬於個人的內心活動：「懷」其「舊」、「哀」其「傷」、「言」其「志」。而貫穿這些主題的一條主軸，即是自個人的「出走」開始。而無論這趟旅程出於自願或非自願，最終主角們都渴望能在出走之後「回歸」——不管是回到故鄉、回到能施展抱負的京官之地，或是回到自己人生曾經最美好的時刻與地點，這些文人意圖「回歸」的目光所向，即是能安頓自己心靈的終極所在。然而這樣能安頓心靈的精神桃花源，自身卻未必能夠有能力透過行動來抵達，於是文人便往往處於「出走」與「回歸」的對向拉扯之間，使得自我與世界產生疏離，而開始對自我生命的價值產生質疑。

　　文人所經歷的「出走」與「回歸」之旅，既可能是時間上的回溯，也可能是空間上的返途，而由於「時間不可能全然脫離空間而獨立在外」〔註42〕，因此反映此心境的文學作品，必然同時含有時間的流逝，也有空間的遠去，而在書寫過程中，尋找出與個人產生特定連結的圖像化成文字入詩、入賦，就成了作者承載自身「回歸」情意的關鍵工具，這類型的圖像式語言，即是一種連結過去與現在、客觀世界與主觀自我的重要「斷片」，具有指向過去與未來的方向標意義〔註43〕。

（二）在自我與人我之間流動的時空

1. 與「出走」的自我進行對話

　　當人遠離熟悉的場域，處於一陌生空間，與當地群體產生隔閡，而身邊又無知己可訴說時，便會產生孤獨、寂寞，甚至是與整個社會疏離的感受。這時能夠與「我」對話、能了解「我」之心意的人，仍是自己，因此文人往往透過

〔註42〕鄭毓瑜：〈推移中的瞬間〉，《六朝情境美學綜論》，頁 67。

〔註43〕「斷片」一詞，請參考宇文所安著，鄭學勤譯：《追憶：中國古典文學中的往事再現》（臺北：聯經事業出版有限公司，2006 年）。

自言自語的內心獨白，一吐去國離鄉的抑鬱不平之氣，期待能夠稍加寬慰自己。這類懷鄉敘志的作品，作者遠離家鄉，是為「出走」，望鄉之殷切，是為「回歸」，其中王粲〈登樓賦〉不但成就極高，已成中國古典文學中登樓望鄉主題中的代表作；陸機思念故土之作亦多，二人可謂魏晉文壇之代表，故舉王粲〈登樓賦〉、陸機〈懷土賦〉為代表進行梳理。

　　王、陸二人大量運用各類圖像鋪陳，娓娓道出自身的懷鄉心境，文章中所呈現出來的種種景象，與其說是文人對於外在的經驗世界的真實描寫，毋寧看作是一種「以心靈感覺加以塑造的內在經驗的景象」〔註44〕。如王粲〈登樓賦〉第一段的景色描寫：

　　　　挾清漳之通浦兮，倚曲沮之長洲。背墳衍之廣陸兮，臨皋隰之沃流。

　　　　北彌陶牧，西接昭丘。華實蔽野，黍稷盈疇。〔註45〕

王粲藉由登高遠望，製造出一種延續不斷的視野，連綿的線型圖像，卻是「美」而非「吾土」，他接著又在這一條帶狀景色上點綴了各種令人感到無助、絕望的物象：

　　　　步棲遲以徙倚兮，白日忽其將匿。風蕭瑟而並興兮，天慘慘而無色。

　　　　獸狂顧以求群兮，鳥相鳴而舉翼。原野闃其無人兮，征夫行而未息。

白日無光、冷風蕭瑟、天色昏暗、野獸狂嚎，天地如此之大，舉目所見、凝耳所聞，觸膚所感，盡是予人昏亂而黯淡的感受，而原野上的征夫蹣跚獨行，無法停下來好生休憩，呈現出一種孤絕之感。最後文章以自己內心痛苦哭泣收束，一步步走下台階，彷彿直直走向那沒有光的所在，全文收束在一片淒涼之中。

　　陸機〈懷土賦〉序言其「去家漸久，懷土彌篤」〔註46〕，因此導致他「方思之殷，何物不感？曲街委巷，罔不興詠。水泉草木，咸足悲焉。」而文章中也處處是感物而發的思鄉喟嘆，首二句「背故都之沃衍，適新邑之丘墟」便囊括了陸機離鄉北上的路徑，此處大類〈登樓賦〉中：「背墳衍之廣陸兮，臨皋隰之沃流。北彌陶牧，西接昭丘」的描寫，只是王粲的廣陸沃流，都是異鄉，「雖信美而非吾土」，而陸機不但將王粲的文句濃縮成短短二句，並將之分別描述故土跟新邑，顯得文意精煉而情意深遠。王粲登樓遠望，視野卻因「荊山之高岑」而處處被遮蔽；同樣陸機「眇綿邈而莫覯」，故鄉親人或遠在千里，

〔註44〕廖蔚卿：〈論中國古典文學中的兩大主題〉，《漢魏六朝文學論集》。頁58。

〔註45〕費振剛、仇仲謙、劉南平：《全漢賦校注》，頁1032～1033。下引文同。

〔註46〕韓格平、沈薇薇、韓璐、袁敏：《全魏晉賦校注》，頁305。下引文同。

－123－

或化為異物，皆欲見而不得。由於「望的動作並不能構成實體的移動，基本上僅能作為心靈超越空間的隱喻」〔註47〕二人試圖透過「望」來聊以自慰，但是視線又被阻隔，是欲回鄉之不得、欲望鄉之不得，心態上層層落空。至此，作者產生了強烈的「疏離感」。

這種加重的憂思與疏離感如何表達？王粲採取的是昏天黑地的原野上狂亂的野獸群鳥圖像，來對應「無人」、對應迎風獨行的「征夫」，以凸顯其孤絕的心境。陸機先是「留茲情於江介，寄瘁貌於海曲。玩通川以悠想，撫歸塗而躑躅。」透過臨水望川，將思鄉的情緒都寄託在悠悠江水之中，隨後展開一連串的景物敘寫：

> 愍栖鳥於南枝，弔離禽於別山。念庭樹以悟懷，憶路草而解顏。甘
> 菫荼於飴粧，緯蕭艾其如蘭。

從遠山高枝的禽鳥，到觸手可及的庭樹路草，再近在眼前的鮮花芳草，數個點構成了視角越拉越近的線型圖像，而最後一個圖像的聚焦點，陸機沒寫出來，但其實正是在自己──一個思鄉的行人──身上。栖鳥、離禽、庭樹、路草、菫荼、蕭艾……以上的圖像都能興發起陸機強烈的思鄉愁緒，這不一定是作者親眼所見，也可能只是作者神馳想像的產物。

就文章意旨言，王粲登樓的心態在開篇即明白揭示他是「聊暇日以銷憂」。然則王粲因何而憂？王粲一心求仕，卻委身於荊州劉表，且未受到重用，正如其詩所述：「荊蠻非我鄉，何為久滯淫？」〔註48〕因此他透過「望鄉」的行動，來表達對心靈「回歸」的渴望。因此〈登樓賦〉看似是懷鄉作品，然真正的主旨應是側重在王粲自怨其「士不遇」，思鄉僅是因為不遇而連帶引起的心緒〔註49〕。

相較於王粲撰〈登樓賦〉是藉「望鄉」以自慰其士不遇的煩憂，陸機〈懷土賦〉的思鄉情緒則較為單純，然而阻隔陸機回家的原因是什麼？觀陸機〈思歸賦〉中言：

> 余牽役京室，去家四載，以元康六年冬，取急歸。而羌虜作亂，王
> 師外征，職典中兵，與聞軍政。懼兵革未息，宿願有違，懷歸之思，
> 憤而成篇。〔註50〕

〔註47〕廖蔚卿：〈論中國古典文學中的兩大主題〉，《漢魏六朝文學論集》，頁70。
〔註48〕逯欽立輯校：《先秦漢魏南北朝詩》，所收王粲〈七哀詩・其二〉，頁366。
〔註49〕見郭師永吉：〈王粲登樓賦主旨探索兼論其歸曹後的心境〉，收錄於《華學》第11輯（廣州：中山大學出版社，2014年）。
〔註50〕韓格平、沈薇薇、韓璐、袁敏：《全魏晉賦校注》，頁306。

這說明陸機不得返家是因為「牽役京室」，有政務在身。陸機用世之心深厚，渴望建功立業，以恢復祖上身為南方世族，祖父、父兄皆為孫吳重臣大將的光榮，因此他無時不刻都抱持著「報朗節以遐慕，振奇跡而峻立」的志向，唯恐「日歸功未建，時往歲載陰」〔註51〕，陸機被迫「出走」、赴洛出仕，便是因為他意在用世濟民、光宗耀祖的志道，而陸機的回歸心態，在對家鄉的真切懷念之餘，更多了一份重振家聲的肩頭重擔。

以上的懷鄉作品，時間上屬於站在現在看過去、空間上站在此地看彼地，儘管隨著作者思緒產生了種種時、空的流動，但實際上作者並沒有行動起來，如王粲佇立在「樓上」，陸機佇立在「岸邊」，不過只能望著遠方的平原或江河綿延地無窮無盡罷了。王粲登樓銷憂，但最終卻以「氣交憤於胸臆」失敗收場；陸機渴望歸家，卻總是被王事耽誤而無法脫身。當主體在此點「望向」彼端時，當下即被固定，而且很有可能未來也被迫繼續固著於此端點上，動彈不得，而這個固定的端點對作者來說就是被困住的牢籠，顯示出作者當下的人生困境。

2. 由「他人」見「我」的心靈之旅

人的行動，往往是外在時勢與人事變化促成，導致不得不為之。而人與其所處的社會與群體相連，這樣的情感連結，有的關係充滿愛與歸屬，有的關係則不偕，而當失去歸屬，就往往成為比與人不偕更加痛苦的來源。那麼透過書寫對於他人的想念，實際上也可以藉此挖掘出自己內心深處最幽微的情緒——在「懷人」的同時，作者更須面對著個人喪失歸屬感的不安、徬徨，以及對於過往的悔恨與追憶。在這樣的敘事脈絡之下，寫作對象看似是寫「他人」，實是書寫「我」自身的心境。

我們可以先透過另一種文類——弔文——的參看，來了解魏晉辭賦中這種「由他人見自己」的描寫筆法。自賈誼〈弔屈原賦〉起，「弔」的對象改為古人，而這個被弔的對象卻與作者自身在際遇、心境、理想上多有類似之處，作者乃是透過時空的穿梭，自比為古人，對自己進行一番靈魂的拷問。換言之，那已經作古的弔念對象，正是自己的化身，如賈誼透過弔念、責備屈原，來警惕自己不可如同屈原一樣因為理想落空而一蹶不振，傷心喪身；陸機〈弔魏武帝文〉期許自己如同曹操一般作個真英雄之餘，也藉由對於曹操死亡前過度「繫情累於外物，留曲念於閨房」〔註52〕的責備，流露出他對於脆弱人性、

〔註51〕逯欽立輯校：《先秦漢魏南北朝詩》，所收陸機〈猛虎行〉，頁666。
〔註52〕李善注：《文選》，卷六十〈弔文〉所收陸機〈弔魏武帝文〉，頁2594～2602。

人世的傷懷，種種情緒，皆顯現出自身渴望光耀家族的心理意識。

漢魏弔文中，具備著藉弔古（他人）來反思今人（自己）的寫作特色，這樣的思考脈絡也能被運用在狹義的辭賦作品之上，向秀〈思舊賦〉與潘岳〈懷舊賦〉即是看似緬懷故人，實則是感傷自身的例子。是故二賦在書寫時空的雙重流動之時，猶寄託出自己極為隱微幽晦的心意。此時作者的「出走」還不是結果，而是過程，在過程中，作者處於肉眼可見的明顯移動狀態，並未安定下來，因此作者心中會充滿更多不確定性，其心理狀態亦是不停地徘徊在過去與未來之中，而每一幀回憶中的畫面重重堆疊，便搭建起了一個作者無法走出的人生困境。

〈思舊賦〉與〈懷舊賦〉的寫作手法與結構十分相像，可以認為潘岳乃模仿向秀之作而寫成，故《文選・賦類・哀傷》皆將二文選錄以進行對照，蓋從寫作背景觀之，二人出走的情境相當類似：向秀是從家鄉懷縣至洛陽觀見司馬昭；潘岳則是從洛陽至懷縣上任懷縣令，二人行走的路途不但一模一樣，且心境上也同樣面對了親故喪亡，自己前途茫茫的哀傷與無奈。

〈思舊賦〉中，向秀先以客觀景物寫起，交代此趟懷舊行程的行跡。他拜訪山陽的路途是：「濟黃河以汎舟兮，經山陽之舊居」、「瞻曠野之蕭條兮，息余駕乎城隅」〔註53〕，從破敗荒蕪的景像漸漸收束視角，讓讀者跟著向秀的腳步履踐於「二子之遺跡」，並聚焦在「棟宇存而弗毀」的「空廬」上，使得一切回憶更加鮮明。與序文對照，其景色相差無幾，當時的時令與氣溫是「於時日薄虞淵，寒冰淒然」，冷色調的蒼茫景觀更加點染了孤單悲涼的氣氛。

由「曠野」、「城隅」、「窮巷」、「空廬」，可以發現視角由遠而近地逐步收縮，而最終向秀旅程的圖像視角落在一個點上，這樣的寫作技巧呈現出一種空間被不斷擠壓的狀態，而作者情感在此同時也跟著被擠壓、濃縮，隨著空間逼近而不斷持續累積、增強，如果忍受不住，便會突破臨界點，徹底爆裂，然而這一切情感的澎拜與膨脹，該向誰釋放、向誰訴說？如今只剩向秀孤身一人在「空廬」咀嚼著所有的情緒。人去，樓空，則向秀過往一切與「與嵇康呂安居止接近」的美好也已經成空，面對物是人非，自己心靈又怎能不被掏空呢？向秀為讀者呈現出一幕幕畫面，使得讀者隨著作者腳步，身歷其境地步入了那已杳如人煙的荒廢空屋。

潘岳的〈懷舊賦〉則在思舊的基礎上，一樣是用逐步聚焦的、由遠而近的

〔註53〕李善注：《文選》，卷十五〈賦辛・哀傷〉所收向秀〈思舊賦〉，頁 719～723。

手法。首先寫出遠行的足跡：

> 啟開陽而朝邁，濟清洛以徑渡。晨風淒以激冷，夕雪矗以掩路。
>
> 轍含冰以減軌，水漸軔以凝冱。塗艱屯其難進，日腕晚而將暮。〔註54〕

潘岳先說明自己的行程，空間上乃是自洛陽開陽城門出發南行、度過清水、洛水；時間上則是清早出發，一路走至傍晚。前二句描述空間移動，後二句點出時間的移動。「晨風淒以激冷，夕雪矗以掩路」一句同時說明了無論早晚，作者的旅途都並不溫暖舒適，冷冽晨風撲在身上是觸覺的形容，傍晚的大雪掩蓋路面是視覺的呈現，透過感官的形容，強化了潘岳的困窘路況。往下潘岳接著繼續指出環境的惡劣：道路滿是冰雪，車輪咔啦咔啦地，因著天寒地凍而結冰，難以繼續轉動前行。此時困於漫天大雪之中的潘岳，忽然發覺「日腕晚而將暮」，與前句的「夕雪」相呼應。一天又將過去，北風怒號，天色昏暗，而人獨困於茫茫冰雪之中，不知前方還有什麼難題在等待著自己，備感茫然而孤寂。

　　潘岳此段與向秀相當類似，然而向秀只有「瞻曠野之蕭條」一筆帶過，潘岳則仔細從天氣、路況、時間一一說明，比向秀的描寫更為細緻。此外向秀的線型空間上僅描寫了屬於平面性的縱走，潘岳的視角卻是：

> 仰睎歸雲，俯鏡泉流。前瞻太室，傍眺嵩丘。

潘岳筆下的圖像敘寫，不只是前後的平面移動，更有著上下的立體變化，手法較向秀更加豐富，他從原本單純的直行路線，經由仰視、俯瞰、前望、旁觀的四個動作，便構築出一四方天地的立體空間。「仰睎歸雲，俯鏡泉流」二句，分別點出行雲、流水之意象，「逝者如斯夫，不捨晝夜」，則在觀看歸雲流泉的過程中，也暗示著時間的推移，此時天地萬物都不斷奔騰前進，然而對照著潘岳目前「塗艱屯其難進」的狀況，一種強烈被世間拋下的困頓之感，便無限地瀰漫在了字裡行間。

　　就結構言，二賦皆由不同的線型圖像交互成篇，進行旅行足跡的描寫，時空的遷逝與內心的傷感意緒全都由圖像呈現，向秀採取逐步縮小的圖像描寫，以呈現出自身情感被壓縮至極小的濃烈；潘岳則利用上下前後的立體角度建構出更為遼闊孤絕的羈旅圖像，來映襯出自己處於天淵之間的形單影隻。敘事手法上，皆不是平鋪直敘地直貫而下，而是採取具有層次的「今—昔—今」的形式，相互穿插：今我來弔念故人，而跌入昔日的回憶裡，最終仍不得不從美好的過往醒來，面對現實中今日的苦痛與徬徨。「今昔變化」為二作中的重點

〔註54〕李善注：《文選》，卷十五〈賦辛・哀傷〉所收潘岳〈懷舊賦〉，頁730～733。

著墨處，就時空變化的結構安排言，向秀與潘岳善於利用同空間、不同時間的對照描寫，塑造出物是人非之感：如向秀「踐二子之遺跡兮」、「棟宇存而弗毀兮，形神逝其焉如」；潘岳「何逝沒之相尋，曾舊草之未異」、「今九載而一來，空館闃其無人。陳荄被于堂除，舊圃化而為薪。」回憶皆歷歷在目，然一昔、一今；一亡、一生，透過空間敘寫出時間流逝的無奈與悲哀，營造出無限悵惘之感。而今昔對照之下，「昔」才是全文的核心，今之一切踐履，全在表現昔日種種，種種圖像形容，皆在鋪寫一個「昔」字，而隨著作者主體心靈的忽而回憶、忽而懷古、忽而想今，層層往復，使讀者也跟著他們的意識參與了一場時空跳轉的歷程。

二、「出走」的必然與「回歸」的渴望

　　旅途顯現出空間的移動與時間的流逝，現實旅途的出走，也象徵著自己徬徨不安的內心不斷踏上追尋求索的旅程，因此無論是「思鄉」或是「思舊」，作者的目的都在尋求自己心靈的歸屬之處。換言之，透過描述出走的「象」，作者得以展現出自身期盼回歸的「意」。

（一）思鄉──安心才是吾鄉

　　離鄉是出走，望鄉則是渴慕回歸，表面上的「回歸」是實質上的回歸故里，但更重要的是在精神世界的家鄉中得以安頓。面對漢末以來「西京亂無象」〔註55〕的各種世局離喪、政治動盪，在紛亂的客觀世界中，士人的心靈裡被添加了更多不安定性與疏離感，他們試圖擺脫這樣的疏離感，因此，魏晉文人在作品中總是一再渴盼回歸到心靈樂土中。

　　王粲與陸機除了具有一般士大夫的用世抱負之外，其雄心壯志，同時也反映著他們背負著恢復家族榮光的使命。王粲為山陽王氏，祖上皆為三公；陸機祖父陸遜為孫吳大都督，後至丞相，父陸抗亦官拜大司馬，顯赫的家世讓他們對於建功立名有著更強烈的追求。

　　王粲的籍貫在山陽高平，而其成長的地點則可能在京邑洛陽〔註56〕，無論地理上的故鄉為何，士大夫實以帝都為仕宦之故鄉，王粲期盼「回歸」故鄉──即在表達對於得遇明主見用的希冀，這才是對其生命價值的肯定，也是士

〔註55〕逯欽立輯校：《先秦漢魏南北朝詩》，所收王粲〈七哀詩・其一〉，頁365。
〔註56〕詳參郭師永吉：〈王粲登樓賦結構分析及創作技巧探索〉，《淡江中文學報》第21期，2009年12月，頁57～88。

人心靈上歸屬的故鄉。由此，王粲〈登樓賦〉的「出走」包含了三層意義：第一層出走乃是表面上「登樓」的銷憂行動；第二層為離開家鄉，不得不委身荊蠻的「出走」；而委身荊蠻不被重用，致使王粲抱負落空，故屬於心靈漂泊不定的「流浪」，找不到那個得以安身立命的心靈棲所，則是第三層。

　　「回歸」於陸機而言，既是重回實質故里的吳楚之地，也象徵著回歸家族榮耀，然而欲達成這兩者，於陸機言又恰好屬於對立的隱／仕二端，因此他總是在進退游移中，越發悵然。因此當陸機「羨歸鴻以矯首，挹谷風而如蘭」時，不過只是臨淵羨魚，因為他深知「世網嬰我身」〔註57〕，假如要承擔起恢復家族光榮的重責大任，就必須拋下過去華亭鶴唳的閒適與自由，投身於政治的風暴中。《晉書·陸機傳》載：「時中國多難，顧榮、戴若思等咸勸機還吳，機負其才望，而志匡世難，故不從。」〔註58〕面對晉王室的政局紛爭，陸機終究選擇了「甄錄之欣」〔註59〕，面對另一個實質故鄉的「回歸」，也就只能「佇立望故鄉，顧影淒自憐」，永遠在精神世界中留戀過去了。

（二）思舊——悼人實為悼己

　　王粲與陸機在作品中的「出走」，雖然有著屈服現實而不得不為之的被迫成分，但是他們的出走，卻恰恰可以達成內心的一種「回歸」——透過進入仕途以重返家族榮耀。現在的他們雖然不幸，但對未來尚有一絲期盼，也就是心靈上的「回歸」是可以在未來達成的。而向秀與潘岳的心靈「回歸」，卻只停留在過去，心境上，可以說向、潘二人有的幾乎只是對未來的絕望。二人殷切地渴望回歸到過去，這代表著當時二人的狀況並不順心：好友被誅，向秀被迫離開山林生活，對司馬政權俯首稱臣；熱衷功名，潘岳卻總是一再徙官而不得升遷。透過筆下的圖像所產生的種種「斷片」，二人皆得以開啟時光隧道，與過去的人事物產生對話，所感念的、傷懷的，與其說是死去的故人，不如說是那個曾經滿載著自由與希望的過往。賦中圖像所給予作者與讀者的，都是一種「歷歷在目」的感覺，然「在目」之象實為虛假，轉瞬煙消雲散，曾經那個快樂的自己，也早就隨著親友的逝世而消亡無蹤。

〔註57〕逯欽立輯校：《先秦漢魏南北朝詩》，所收陸機〈赴洛道中作二首〉，頁684。
〔註58〕房玄齡：《晉書》，卷五四〈陸機傳〉，頁1473。
〔註59〕清人陳祚明評陸機語。見續修四庫全書編纂委員會編：《續修四庫全書》集部
　　　　總集類（上海：上海古籍出版社，1995年），所收陳祚明：《采菽堂古詩選》，
　　　　卷十，頁38上。

若就〈思舊賦〉中的音樂意象來說，「琴」、「笛」乍看雖是一客觀的感官描摹，但實際上即反映了向秀的心靈變化：

> 嵇博綜技藝，於絲竹特妙。臨當就命，顧視日影，索琴而彈之。……鄰人有吹笛者，發聲寥亮。

> 悼嵇生之永辭兮，顧日影而彈琴。……聽鳴笛之慷慨兮，妙聲絕而復尋。

向秀反覆在序文與正文中提及了「琴」與「笛」二種意象，昔之嵇康與今之鄰人，各自分屬於往昔的「我輩」，與今日的「他者」，這是從明面上來看的對比；然而昔之嵇康，正可代表昔日一同在山陽竹林聽琴交遊的「我」，但隨著嵇呂之見法、自己不得已之出仕，「我」不再屬於當年援琴打鐵的一份子，今之鄰人任意慷慨吹笛，清閒自適，卻實有如昔日嵇康之風姿，與今日之我相較，嵇康看似是我輩，鄰人看似他者，其實都是與我劃清界線的他人罷了。向秀不只是表面上將當今吹笛的鄰人聯想至當年彈琴的嵇康，更暗示了嵇康、鄰人與「我」的對照，而隨著「妙聲絕」，鄰人也如嵇康一般成為往昔，再難重回往日淡泊自適、任性自然生活的向秀，亦只剩下「追思曩昔遊宴之好，感音而歎」的反應而已了〔註60〕。

向秀直言：「昔李斯之受罪兮，歎黃犬而長吟。悼嵇生之永辭兮，顧日影而彈琴。」李斯之所以興起東門黃犬之歎，在於追憶往日尋常生活之不可得；嵇康見法前援琴而彈的風度，何嘗沒有對「廣陵散於今絕矣」的惋惜，表達出對於昔日暢快山林、不羈於俗的留戀與追悔，二幅圖像呈現出了選擇後的風險：李斯選擇名利權位、榮華富貴；嵇康選擇堅持「越名教而任自然」、對抗司馬氏政權，一則以物欲，一則以精神，二者選擇看似衝突，然而同歸於下獄見法的下場，背後不過都是選擇的問題，而生命的付出即是選擇的風險。將此例放回〈思舊賦〉全文脈絡來看，李斯之典，不但客觀上能夠凸顯出嵇康在獄中寫下幽憤詩的懊悔與悲愴，更暗示自己如同二人般也做出了抉擇。在向司馬

〔註60〕關於向秀此種明寫他人而實寫自身的寫作手法，朱曉海先生已經提出：「而這一切對人（嵇、呂）、事（曩昔遊宴）、物（舊居、空廬）的憑弔，都不過是憑弔以往那位向秀的折射，他只不過借用外在看似他者的遺跡，來說明本身的狀況：全了形，卻也喪了德。」此處就音樂性圖像的觀點切入，進一步分析〈思舊賦〉中此手法無所不在，而尤以「琴」、「笛」二種意象與嵇康的連結最是深刻鮮明。見朱曉海：〈論向秀思舊賦〉，收錄於江建俊主編：《竹林名士的智慧與詩情》，頁 43～44。

氏政權妥協以明哲保身，或如嵇康一般任性倨傲、堅守自我認同之風骨這兩者中，向秀選擇了妥協，而這份妥協也將他從此與山陽時期那份曠達瀟灑之「舊」生活、「舊」身分劃清界線。

《世說新語‧言語》描述了這樣的場景：

> 嵇中散既被誅，向子期舉郡計入洛，文王引進，問曰：「聞君有箕山之志，何以在此？」對曰：「巢、許狷介之士，不足多慕。」王大咨嗟。〔註61〕

向秀口稱「巢、許狷介之士，不足多慕」，回答巧妙之餘，何嘗不是在保全生命下，對於過去操守與舊友的背離。而面對昔日名士的來奔與答覆，司馬昭的咨嗟之聲，多少有諷刺的意味在。與〈思舊賦〉對照觀之，其「將命適於遠京兮，遂旋反而北徂」應是到了山陽的故居，再入洛覲見司馬昭。此時他已經答應出仕，然尚未知道自己是否仍會重蹈李、嵇之覆轍，縱以委曲求全，在舊友已逝的故居前，向秀如何能知他的選擇是可以保全自身的？故此處以李斯、嵇康二者為喻，敘寫出一種茫然無措、身無可依的死亡氣息，並暗暗點出自身心靈上的折磨與無助感。

向秀是不得已出仕，潘岳正好與之相反，他渴望留在京城任官卻不得，因此當來到岳父楊肇的墳前，面對「墳壘壘而接壟，柏森森以攢植」，曾經充滿歡言笑語的住宅，只剩下「陳荄被于堂除，舊圃化而為薪」，透過亭亭如蓋的蒼柏與破敗的花園，這些記憶中的「斷片」再一次將潘岳拉回與楊家的種種記憶裡，拉回那個他還是翩翩少年郎，「名余以國士，眷余以嘉姻」的光榮時刻，然而隨著時間的推移，「今九載而一來，空館闃其無人」，以極多之數，對上僅僅唯一一次的拜訪，要是時光不流逝，曾經的幸福將會永遠停駐吧？至少可以不必面對現在的悵惘──潘岳是這麼想的，於是我們得以明白，潘岳開頭那詳加描寫的旅途狀況，到底所指為何：「晨風淒以激冷，夕雪暠以掩路」、「轍含冰以滅軌，水漸軔以凝沍」──所有難以前進的，不光光是實際上路途的艱難，還象徵著潘岳自身極為不順，當他「仰睎歸雲，俯鏡泉流」時，在天為流雲，在淵為流泉，而人橫亙於天淵之間，默然觀看著天淵之間流逝迅速的景象，則為何徒留我行人困頓於斯？分明呈現出了「路長人困蹇驢嘶」〔註62〕的局面。

〔註61〕余嘉錫：《世說新語箋疏》，頁79。

〔註62〕王文皓輯注，孔凡禮點校：《蘇軾詩集》（北京：中華書局，1987年），所收蘇軾〈和子由澠池懷舊〉，頁96～97。

以至於最後潘岳發出了「獨鬱結其誰語」的感慨，乃化用賈誼〈弔屈原文〉中「已矣！國其莫知我兮，獨壹鬱其誰語」〔註63〕，而賈誼之語更是來自屈原〈離騷〉：「已矣哉！國吾人莫知我兮」〔註64〕。屈、賈被放，正如潘岳心不甘情不願地離開京城，再度外放於懷縣任官一般。潘岳看似是對於逝去的親人感到哀傷，實為暗示自己沉痾下潦的生命與仕途，是如此孤獨寂寞。二人的失落無奈，或在後世陶淵明的〈桃花源記〉中描述「不復得路」〔註65〕的圖像布局中，重現了同樣的悽愴、迷茫，而南朝鮑照〈蕪城賦〉之「薰歇燼滅，光沉響絕」〔註66〕、江淹〈恨賦〉之「煙斷火絕」〔註67〕，亦是異曲同工，表現出對於美好過往的傷逝之情，同時也直指出過往將永不復還。

　　《文選·賦類·傷逝》的選文中都具備了一定的死亡意象，〈思舊賦〉與〈懷舊賦〉中，實質性的死亡來自於嵇、呂與楊氏父子的生命終結，但同時向秀與潘岳也因此間接導致了自身精神上的死亡。實質性死亡的衝擊對二人來說無疑是巨大的，或許潘岳正因為年華倏忽即逝卻無法建功立業而倍感挫敗灰心；向秀更是惶恐步入嵇康「見法」的後塵，於是為了活命，他只能選擇出仕。令人悲哀的是，仕途不順的潘岳或許還帶著捲土重來的一絲盼望，但向秀一旦「失圖」，就是徹底與過去告別，正式跨過那個代表清濁／仕隱的門檻，無法回頭。二賦以今昔對照的手法，呈現被迫離開理想世界的歸宿，而在現實世界流浪的困境。不論是嵇康的舊廬，或是楊家的墳丘，賦中描述的地點雖是現實行旅的中繼站，卻是作者心靈渴望回歸之人生終點站。然而對二人而言，真實代表著自我精神的喪失與疏離，醜陋不堪；而理想儘管虛幻不真，但卻與精神相契合，故為美。然而在這樣的悖反之下，凡人卻是一點辦法也沒有。

　　吉川幸次郎曾指出三類意識到時間推移的悲哀類型，其中第二類即是：「在時間的推移中由幸福轉到不幸的悲哀。」而由第二類又可以開展出第三類悲哀：「感到人生只是向終極的不幸即死亡推移的一段時間而引起的悲哀。」〔註68〕王粲、陸機、向秀、潘岳，在創作的當下的都隸屬於「不幸」，而辭賦

〔註63〕李善注：《文選》，卷六十〈弔文〉所收賈誼〈弔屈原文〉，頁2590～2594。

〔註64〕洪興祖：《楚辭補注》，頁67。

〔註65〕龔斌：《陶淵明集校箋》（臺北：里仁書局，2007年），〈桃花源記〉，頁466。

〔註66〕李善注：《文選》，卷十五〈賦己·遊覽〉所收鮑照〈蕪城賦〉，頁502～507。

〔註67〕李善注：《文選》，卷十五〈賦辛·哀傷〉所收江淹〈恨賦〉，頁744～749。

〔註68〕吉川幸次郎著，鄭清茂譯：〈推移的悲哀——古詩十九首的主題下〉，《中外文學》第6卷5期，1977年10月，頁113～131。

作品中暗藏的死亡徵兆，使得生者更加不樂〔註69〕，因此無論是時間或地點，他們都緬懷過去，展顯出對回歸於「幸」的渴望。要認知到時間的推移，必然不能離開空間的遷徙，面對時空雙重變化的推擠，文人的心靈與認知產生破碎，這些破碎掉的美好，就是一種能指回美好信念都還存在的「方向標」，而記憶中方向標的具體化，就是「斷片」，就是「圖像」，而許多的圖像斷片串連起來，就構成一條線型的時空書寫之旅；而一切關於「出走」的具體圖像，都指向了作者強烈渴望「回歸」的意念。

　　曹丕兩封與至交吳質的書信中，不斷使用圖像作為連結過去與現在的「斷片」，反覆緬懷昔日南皮之遊的美好，這種美好是曹丕精神上不斷流連、試圖進入時光隧道而欲「回歸」的。曹丕之言「每念」、「追思」，但卻「永不復得為昔日」，曹丕與吳質隔閡，年華不再、親故多亡。現實是落空的，甚至是痛苦的，以至於反襯出所有美好都是如此不可復尋而脆弱，因此文人往往從書寫出歷時的真實經歷，轉變成一種共時的感慨。就作者的心靈而言，儘管文中大半都是對過去的回憶，但是正是過去造成當下的我，而當下的我也越發可悲：欲叩門而（時間）絕不可能有所回應。但過去的美好卻是能夠證實自己的存在、存有的證據——儘管當下的我是多麼狼狽、不堪，但透過文人筆下今昔不停地對照，作者與回憶的纏繞與糾結，卻恰恰好展露出一種最真實的存在。

　　綜上所述，透過線型圖像的技法，我們得以看見一個個在人生旅途中流浪的旅行者，他們踽踽獨步在渺渺的天地之間，始終倍感孤絕而空虛。他們既在是世界中被放逐／旅行，也同時被囚禁。旅行跟囚禁是完全悖反的狀態，但這兩個狀態的衝突卻融合進一個人的心靈之中，因此在文章中，我們所能看到的即是魏晉文人在此悖反中永恆地留下了其痛苦逡巡的身影。

第三節　面型圖像——情境塑造下的文人幻想

　　幾何學的空間圖形概念，係經由點、線、面逐步建構，而魏晉文學的圖像化書寫模式，亦從單一的點狀聚焦圖像、兩端的線式移動圖像，到達了多個位

〔註69〕向潘二人之作乃弔念死去親友而感，自不待言；陸機〈懷土賦〉中亦有「悼孤生之已晏，恨親沒之何速」之語，可見亦是具有懷念親友而興起懷鄉之情的成分。王粲〈登樓賦〉中的死亡意象，藏在「北彌陶牧，西接昭丘」兩座墳墓裡，墓主人皆葬於他鄉，暗示王粲可能也會步其後塵，更加強化了王粲思鄉的憂傷情緒，詳細論述可參郭師永吉：〈王粲登樓賦結構分析及創作技巧探索〉。

置互相交織串聯的整體場域圖像，故第三種圖像化書寫的類型，即為「面型圖像」。面型的圖像描寫技巧，偏向整體情境、情景的塑造，在作者精心構築的場域範圍中，點與線多方串聯，形成以描寫對象為中心而環繞的特定空間。

情境塑造必然有作者主觀的「想像」成分，所以在作品中往往會「無中生有」或是「刻意延伸」。面型圖像的書寫，主要依傍於作者本身的心靈活動來創造，文中的場景、人物，多少具有主觀「假想」或「美化」的成分，卻能毫無拘限地呈現出作者的「意」。藉由這樣的書寫模式，除可盡顯作者創作能力之高明外，亦因其自由無拘束的想像，彷彿形成一種「無待」的創作境界，使作者可以更妥善地發揮創作的美感，並表達其內心的創作意旨。

一、想像的悲哀——故作閨音的美感

提及「想像」，在中國傳統的古典抒情論述中，一大特色就是「男子作閨音」〔註70〕，而這種由男性想像女性心態的作品，在魏晉文學中數量相當可觀，後世如南朝之宮體詩，唐宋以降的詩詞作品等等，也多採取這種書寫角度進行創作。男性自比女性，多為怨婦、題材，這類作品多有「代作」、「擬作」的標題或成分〔註71〕，託名司馬相如的〈長門賦〉可為早期代表，至東漢張衡又有〈同聲歌〉、〈四愁詩〉等，皆以書寫女性在愛情中的癡怨為主旨。自建安始，這類代言作品開始大量出現，其中又以樂府詩的形式表現為最多，辭賦中，魏晉以「寡婦」為題的作品所存有五篇，如曹丕、曹植、王粲、丁廙〔註72〕及潘岳之〈寡婦賦〉；以「出婦」為題的作品有四篇，為曹丕、曹植、王粲之〈出婦賦〉，及曹丕之〈離居賦〉。

〔註70〕語出清代田同之：「若詞則男子而作閨音」，見張曉梅：《男子作閨音——中國古典文學中的男扮女裝現象研究》（北京：人民出版社，2008年）。

〔註71〕可參張曉梅：《男子作閨音——中國古典文學中的男扮女裝現象研究》第二章第二節〈男子作閨音的六種類型〉。

〔註72〕《文選》李善注謝靈運〈廬陵王墓下作〉引曹植「高墳郁兮巍巍，松柏森兮成行」二句，題為「寡婦詩」，清代嚴可均《全三國文》歸於賦類，由於僅存二句，筆者雖認為按曹丕、王粲、丁廙皆有寡婦賦，若視為同時共作，似無僅曹植一人作詩之理，然曹丕亦有〈寡婦詩〉，亦是騷體句式，實難斷定真相為何。由於證據仍不夠充分，故此處雖隨嚴可均歸於賦類，但不作過多討論。又丁廙之作《藝文類聚》載為「丁廙妻」，《文選》善注作「丁儀妻」，《初學記》作「丁儀」，筆者認為此作或同為建安諸子同題共賦之作，丁廙妻或為誤植，此處仍將之歸於丁廙名下。關於作者之討論，可參陸侃如：《中古文學繫年》，頁388；朱曉海：〈自東漢中葉以降某些冷門詠物賦作論彼時審美觀的異動〉注111，頁115。

（一）魏晉「為女性代言」的賦作特色

1. 場景刻畫細膩

如曹丕〈出婦賦〉仔細刻畫了女子被出之後，離開夫家的場面：

> 被入門之初服，出登車而就路。遵長塗而南邁，馬躊躇而回顧。野
> 鳥翩而高飛，愴哀鳴而相慕。〔註73〕

從女子的穿著、離去的方向、周遭的景象，猶如慢鏡頭般將出婦離去的畫面一幕幕呈現，聽聞野鳥哀鳴，備感酸楚，而馬匹尚回顧舊居，正如女子仍然不捨昔日的恩愛一般，然而「惟方今之疏絕，若驚風之吹塵」，色衰而愛弛，從前的山盟海誓，不過如同狂風吹塵，終究是煙消雲散，一去不復返。又如其〈寡婦賦〉以秋去冬來的淒冷苦寒，渲染出寡婦無依無靠的悲哀：「微霜隕兮集庭，鷰雀飛兮我前。風至兮清厲，陰雲曀兮雨木。」〔註74〕王粲〈寡婦賦〉亦有類似場景：「日掩曖兮不昏，朗月皎兮揚輝。」〔註75〕白日昏暗而夜月光亮，彷彿自然規律產生了顛倒，凸顯出寡婦內心的煩悶與徬徨。

至潘岳，其賦篇幅較建安之作來得更長，場景刻畫也更趨精緻，如寫漫漫長日的孤寂：

> 時曖曖而向昏兮，日杳杳而西匿。雀群飛而赴楹兮，雞登棲而斂翼。
> 歸空館而自憐兮，撫衾裯以嘆息。思纏綿以瞀亂兮，心摧傷以愴惻。
>
> 〔註76〕

或寫夫婿出殯：

> 將遷神而安厝。龍轜儼其星駕兮，飛旐翩以啟路。輪按軌以徐進兮，
> 馬悲鳴而踟顧。潛靈邈其不反兮，殷憂結而靡訴。睎形影于幾筵兮，
> 馳精爽于丘墓。

場景塑造極為細膩完整，同時以大量的景物堆疊出寡婦的哀慟無依：色有雪驟、水凝、霜降、木落、枝隕等，製造出孤寒的氛圍；聲則有孤鳥嚶嚶、馬匹悲鳴，自然的聲色隨著日夜四時不停推移流轉，而寡婦對於夫君的念想在這些動態畫面的對比下，更顯其心猶如坐困於小小的、封閉的愁城，使哀思顯得越發無窮無盡。

〔註73〕韓格平、沈薇薇、韓璐、袁敏：《全魏晉賦校注》，頁8。
〔註74〕韓格平、沈薇薇、韓璐、袁敏：《全魏晉賦校注》，頁9。下引文同。
〔註75〕費振剛、仇仲謙、劉南平：《全漢賦校注》，頁1044。
〔註76〕韓格平、沈薇薇、韓璐、袁敏：《全魏晉賦校注》，頁275。下引文同。

2. 女子情態生動

就〈寡婦賦〉言，如曹丕形容寡婦從天黑到天亮的不眠滋味：「下伏枕兮忘寐，待平朝兮起坐」，女子躺在枕上卻睜眼難眠，待到翌晨雖是「起坐」，不過是行屍走肉的機械反映罷了，寡婦精神渙散而耗弱的形象，躍然紙上。王粲則塑造出一個貞烈婦人的形象：「欲引刃以自裁兮，顧弱子而復停。」展現出女子在以死殉夫與照顧兒女的兩種情緒中擺盪，情感激昂而真摯。丁廙則從寡婦更改室內陳設下筆，側寫女子的痛苦：「刷朱扉以白堊，易玄帳以素幬。含慘悴以何訴，抱弱子以自慰。」〔註77〕透過朱扉、玄帳的束之高閣，世間種種一切也彷彿變成黑白，只剩懷中的孩子尚可作為生命的寄託。

3. 富有情節性

相較於曹丕以景寓情，多著墨於出婦的婉曲心事，曹植的〈出婦賦〉更具情節性，開篇首先敘事：「妾十五而束帶，辭父母而適人。」交代女子出嫁的背景，然不幸遇人不淑，良人終是「悅新昏而忘妾」，以至於女子「哀愛惠之中零」。面對被休離的命運，女子只能無奈接受，「退幽屏於下庭」。於是「攀僕御而登車，左右悲而失聲。」〔註78〕全文以女子口吻緩緩道來，交代前因後果，說明了自身的悲慘故事。

潘岳〈寡婦賦〉的情節發展則類似意識流般的敘事手法，全文情景交織，讀者雖是旁觀的角度，卻彷彿進入女子的腦海，跟隨寡婦腦中各種追憶的思慮、情緒，經歷著她哭泣、思念、送葬、失眠、獨立、作夢、上墳等行為，讓讀者彷彿親眼瞧見了一位哀戚欲絕的寡婦。

（二）創作動機與文學發展的意義

上文提到的作品都透過圖像進行鋪陳，以刻畫寡婦、出婦命運多舛的遭遇，由建安諸子到潘岳，作者扛起攝影機所捕捉到的敘述視角，逐漸從整體氛圍的點染，轉成具體場景的紀錄，觀看得更加仔細透徹，塑造出一個個飽滿而哀怨的女性形象。而我們可發現，魏晉時期這些以寡婦、出婦為主題的文本不在少數，其情境塑造亦頗類似，則此類作品層出的原因為何？又可歸納出何種現象？

1.「心有戚戚」的美感體驗與娛樂效果

觀曹丕與潘岳的〈寡婦賦〉自序：

〔註77〕費振剛、仇仲謙、劉南平：《全漢賦校注》，頁 1173。
〔註78〕韓格平、沈薇薇、韓璐、袁敏：《全魏晉賦校注》，頁 34。

陳留阮瑀與余有舊，薄命早亡，每感存其遺孤，未嘗不愴然傷心，
故作斯賦，以敘其妻子悲苦之情。命王粲並而作之。（曹丕）

樂安任子咸有韜世之量，與余少而歡焉。雖兄弟之愛，無以加也。
不幸弱冠而終，良友既沒，何痛如之！其妻又吾姨也，少喪父母，
適人而所天又殞，孤女藐焉始孩，斯亦生民之至艱，而荼毒之極哀
也。昔阮瑀既歿，魏文悼之，並命知舊作寡婦之賦。余遂擬之以敘
其孤寡之心焉。（潘岳）

文人自言其創作肇因主要在於「代人抒情」，如曹丕、曹植有〈代劉勳妻王氏
雜詩〉〔註79〕，亦是見出婦之哀戚，故而憐之作文。但我們必須要問，在這些
男性「代女性抒情」的背後，其深層的創作動機為何？前人多有指出，魏晉時
期男子代言閨怨的作品，就創作動機言，或來自同情的關懷〔註80〕，或魏晉時
期崇尚女性美，乃至於性別認同上男性擬作女性的自戀心態等個人心理因素
〔註81〕。建安開始，文人開始意識到，內心細膩的情感活動即為美的感受、美
的體驗〔註82〕，那麼類似〈寡婦賦〉、〈出婦賦〉這類作品男性文人創作這類作
品的原因，可謂「自作多情」地「替」女性發聲。這些男性並非是擁有寡婦或
思婦的性別與身分，也實難有類似的情感經驗加以類推，因此這種悲天憫人式
的同情、憐惜，不如說是男性文人以主我之情，度他人之情的移情幻想。該主
題事件必然對作者的心靈有所觸動、進而觸發感情的產生，但畢竟文中的情意
非屬作者本身的內在情緒或感知，因此缺乏作者自身的真知實感，則若單單將
所謂悲憫其不幸，乃至於試圖「同情共感」、「將心比心」的同情心作為文人創
作動機的主要成分，似稍嫌不當。假若我們將這類寡婦、出婦、思婦等主題詠
歎，連結到東漢中晚期以降社會上「以悲為美」的美感偏好，則原就處於弱勢
地位的婦女慘遭見棄、或少而喪夫等不幸、悲哀的負面事件，便變得格外具有
悲劇效果，甚至具備著強烈的吸引力，能夠刺激出文學創作的種種靈感，故如

〔註79〕 本題共二首，《玉臺新詠》以為乃女子王宋自作，《藝文類聚》作曹丕詩，逯欽
　　　　立《先秦漢蔚南北朝詩》則將第二首列於曹植名下。可參見徐陵《玉臺新詠》
　　　　（上海：上海古籍出版社，2007 年）；歐陽詢：《藝文類聚》；逯欽立《先秦漢
　　　　蔚南北朝詩》。
〔註80〕 參楊義：〈李白代言體詩的心理機制〉，《海南師範學院學報》（人文社科版），
　　　　2000 年第 2 期。
〔註81〕 此討論可參蔣寅：〈角色詩〉，收錄於《古典詩學的現代詮釋》；張曉梅：《男子
　　　　作閨音——中國古典文學中的男扮女裝現象研究》。
〔註82〕 羅宗強：《魏晉南北朝文學思想史》，頁 17。

二曹等文人們多「以幽怨為浪漫，視孤寒係奇賞」〔註83〕，這類事件之所以在當時能夠成為一大文學主題，實源自在以悲苦孤寒為美的風尚下，一種專屬於男性文人的閒情逸致。

〈寡婦賦〉、〈出婦賦〉等作，與物我關係中「以我之情，度物之情」的創作角度相當類似，皆是作者自行揣度、假想寡婦或出婦的情感心態為何，並極盡描述之能事，這類題材的作品實可說是「以某種場景、氣氛、情緒為鋪摛對象的廣義詠物賦。」〔註84〕作者在作品中描摹、鋪陳的對象，非是單純聚焦在寡婦、出婦一人身上的「點型圖像」，而是以她們作為描述場域的中心，進行整體場景、氣氛、情緒的整合，透過立體環繞的視角描寫，達到烘托美感的效果。如潘岳〈寡婦賦〉即善於以寡婦的內心活動作為營造情境與推進情節發展的動力，寡婦「耳傾想於疇昔兮，目彷彿乎平素。雖冥冥而罔覿兮，猶依依以憑附。」回憶起往昔時光，一切歷歷在目，好似時光倒流，理性上明知眼前無一物，內心卻無比貪戀而緊緊依附，然而下句一轉，殘忍地當頭棒喝：「痛存亡之殊制兮，將遷神而安厝。」生死兩隔，現實早已到了送葬的時刻了，於是寡婦只能繼續期盼、想像亡夫入夢：「願假夢以通靈兮，目炯炯而不寢。」她是如此悽愴，以至於要「捐生自引」，只是思及懷中幼子，終是不忍，於是只能「心存兮目想」，煢煢獨立於寒夜之中。此時忽然「夢良人兮來游，若闔闈兮洞開。」然而美夢醒來，卻驚悟原來不過是一場空，於是「慟懷兮奈何，言陟兮山阿。」她只能步行至夫婿的墓前，誓言「要吾君兮同穴，之死矢兮靡佗。」寡婦的內心活動貫穿全文，以寡婦為中心刻畫出她身處居所之空蕩、環境之蕭索、氣氛之哀婉，情景交錯，使文中情意一氣呵成，連貫而下。

因此此處「面型圖像」的技法，重在營造整體情境，勾勒出一「想像的悲哀」。如果說前一節的「線型圖像」意在製造出一種時空「推移的悲哀」，那麼面型圖像的手法便能製造出一種虛構情境：文中的場景、情境完全由作者經由想像而構築，文中所勾勒的種種圖像，已經不單純是對某物的刻畫，或是時空的轉場，而是一虛擬空間的展演，作者是隱居幕後的操盤手，由他全權主導，進行各種「角色扮演」，如〈寡婦賦〉、〈出婦賦〉等作，皆是以寡婦、出婦等悲劇性主題，藉此達到純然的「美」。因此我們可以說，魏晉文人創作〈寡婦賦〉、〈出婦賦〉的動機，非是代抒寡婦之怨情，倒像是這些男性

〔註83〕朱曉海：〈自東漢中葉以降某些冷門詠物賦作論彼時審美觀的異動〉，頁115。
〔註84〕朱曉海：〈自東漢中葉以降某些冷門詠物賦作論彼時審美觀的異動〉，頁115。

透過觀看此一事件後，試圖消化著自身產生的憐惜，與其說是對不幸婦女的同情，不如說是在「以悲為美」的基調上，利用文學的轉譯，讓這份痛苦能夠成就「美」，透過清麗的文字，歌詠出哀戚而蒼涼的美感，作為能夠反覆咀嚼、沉吟的無窮韻味。

2.「逞才」心態與「擬真」的文學創作觀

釐清男性文人創作該類題材的動機後，接下來我們該進一步去追問這種寫作現象在文學發展上反映出了何種意義。

潘岳〈寡婦賦・序〉自言乃擬魏文帝悼阮瑀，命王粲等並作〈寡婦賦〉：

> 昔阮瑀既歿，魏文悼之，並命知舊作寡婦之賦。余遂擬之以敘其孤
> 寡之心焉。

我們不妨從中歸納出兩個重點：

其一，「寡婦」此主題，乃建安諸子的同題共作。

其二，潘岳意圖仿效曹丕等人進行創作。

已知建安時期鄴下文學集團的君臣創作，實有「自騁驥騄於千里，仰其足而並馳」〔註85〕的競賽意味，又魏晉時期文人多喜歡在既有的文本或題目上進行「擬作」，或是仿效古人的風格、形式技巧等進行創作的練習，甚至試圖改善、推陳出新〔註86〕，因此類似題材層出不窮，實則是因為「逞才」這個因素。

「文人相輕，自古而然」，創作目的很大一部分是為了顯露自身的文學才能、並希冀與人爭勝、贏過同行。在「自吟自賞，不覺更有傍人」〔註87〕的情況下，自然認為自己較其他作家都要來得高明。如張衡作〈二京賦〉乃不喜班固〈兩都賦〉：「薄而陋之，故更造焉」〔註88〕；曹植〈酒賦・序〉認為揚雄之作：「頗戲而不雅」〔註89〕；陸機〈遂志賦〉目的乃「欲麗前人」〔註90〕，皆是欲在前人的基礎上，欲與前人爭鋒。而認為自己有能力達到前人未至之高度，不正是露才揚己、欲一較高下的逞才表現嗎？因此於創作時，「必所擬之

〔註85〕李善注：《文選》，卷五二〈論二〉所收曹丕《典論・論文》，頁2270。

〔註86〕關於魏晉六朝擬作風氣的討論，可參考王瑤：〈擬古與作偽〉，收錄於《中古文學史論》（臺北：長安出版社，1975年）；梅家玲：《漢魏六朝文學新論：擬代與贈答篇》（臺北：里仁書局，1997年）。

〔註87〕王利器：《顏氏家訓集解》，卷四〈文章〉，頁238。

〔註88〕歐陽詢：《藝文類聚》，卷六一〈居處部一〉，頁1098。

〔註89〕韓格平、沈薇薇、韓璐、袁敏校注：《全魏晉賦校注》，頁47。

〔註90〕韓格平、沈薇薇、韓璐、袁敏校注：《全魏晉賦校注》，頁304。

不殊」、「謝朝華於已披，啟夕秀於未振」〔註91〕，旨在力求創新，能夠發前人之所未見。因此文本的母題雖然相似，卻能在模擬之中有所新變，進而蛻變成為一獨立的、具生命力的文本內容。

　　劉勰於《文心雕龍·情采》主張：「言與志反，文豈足徵？」認為如果沒有真情實感作為創作的根基，那麼就會流於矯揉造作的「為文造情」，產生淫麗煩濫的毛病，使文學風氣大壞，產生「鬻聲釣世」、追逐浮名的現象。後世文論亦多肯定這類獨抒懷抱、以「為情而造文」〔註92〕為最上的觀點，但綜觀魏晉以來的擬作風氣，這其實違反魏晉六朝人的文學觀，假如像劉勰一般將文學創作只限定在個人真實的情感抒發，則無疑侷限了對藝術的想像力與創造力，將創作之路窄化。個人的生命與經驗極其有限，若只能書寫平生所遇所想，又怎能達到「備善」、「通才」、「備其體」的境界呢？〔註93〕套用莊子語來說，則這些男性文人或可能反駁一句：「子非我，安知我不知魚之樂？」〔註94〕在他們的觀念裡，擬真即為「真」，即能顯現真實，至於塑造出來的情境、情感與真實的相似程度到底能夠貼合到什麼地步，那是屬於文學功力高下問題，與是否虛構無涉。因此六朝文人競騁文采的表現，正是在擬真、仿作這些地方上有所顯露。而就此處所討論之寡婦、出婦題材言，我非女子，但我能說盡女子心中事，正可證明作者的才華橫溢、文采非凡，因此這類「男扮女裝」的文學創作，非屬於自身經驗可得，難度更高於其餘題材，實為魏晉文人逞才的絕佳題目。

　　而要達到能夠說盡女子心中事，則必須技巧、情意兩相結合得宜，以無限貼近作品中女主人翁的方方面面。而關於情意這一層面，上述曾提到這類代替女性發言的作品缺乏作者的真知實感，然文章中蘊含的情意未必只能視之為純然虛假、不實的造作謊言。蓋經驗、身分雖不能轉移，卻能通過「設身處地」的模擬、聯想的形式達成，而在作者「我」進行創造時，筆下的「她」此時仍具有「我」的影子與心緒，這部分不能說一定是屬於作者的一種男扮女裝時的心理狀態或性別認同，但是作者主體與對象客體確實存在著某些層面的交融。

〔註91〕陸機〈文賦〉語。見李善注：《文選》，卷十七〈賦壬·論文〉所收陸機〈文賦〉，頁763。
〔註92〕以上引文分見范文瀾：《文心雕龍注》，卷七〈情采〉，頁537～539。
〔註93〕李善注：《文選》，卷五二〈論二〉所收曹丕《典論·論文》，頁2270～2272。
〔註94〕郭慶藩：《莊子集釋》，〈外篇·秋水〉，頁607。

　　首先，如〈寡婦賦〉這類的題材，雖係意在代女子敘其哀情，但因觸及到生死的議題，便會連帶流露出對死生的敏銳體會，因此便由單純的代言哀情，上升至普世共相的觀察心得。其次，男性文人書寫的同時，他處在一個獨立於「她者」的位置，因此看到了「她」所不能看的、聽到了「她」所無暇聽的，正如潘岳這一段寫景：

　　　　雪霏霏而驟落兮，風瀏瀏而夙興。霤泠泠以夜下兮，水濺濺以微凝。

　　　　夜漫漫以悠悠兮，寒淒淒以凜凜。

正值悲傷的時候固然更容易觸景傷情，但也可能心如槁木死灰，又怎會去關注旁邊的情景呢？因此作者能夠「補充其視域之所限，而將其提升至完整的狀態」〔註95〕透過其獨運的匠心，能夠較為客觀地出入女子的心靈，因此更能將其心境刻畫地淋漓盡致。此時作者與筆下女子的交融狀態，是作者先透過設身處地地「感知」女主人翁的處境後，再將女主人翁安排進自己的意志，以賦予女主人翁正確的角色定位，於時女主人翁之種種情態、心境，乃作者自身揣摩、設想之情態、心境。作者看似為女主人翁發聲，但實際上女主人翁也正像是作者安排之下登場的演員，形成「互為代言人」的狀況〔註96〕。作者大類電影或劇場中的導演，毋須聯想到自身的經驗去產生什麼同情共感，而是思考要如何規劃各種道具、妝髮、布景；如何指導演員擁有鮮活的表情、動作、走位，才能無限貼近所要塑造的角色身上。

　　由此，若就文學技巧言，魏晉文人喜愛創作代言體的原因，恐怕正是想要透過「他人」來傳遞出自己的理念或情意——無論是真有共感的、設身處地而心有戚戚的、因為覺得美而想要捕捉歌頌的。文中「她者」之圖像，正是魏晉文人表意的絕佳工具。是故此類「角色扮演」的寫法在文學上的意義，即是欲透過圖像描摹與代人立言這樣「雙重擬真」的表現，盡可能地在技巧與情意表達上逼真、傳神後，達成他們期望的藝術成就。此書寫方式很能反映出六朝「模擬」的文學觀念，而這樣試圖擺脫自我限制的創作觀念是相當

〔註95〕此處借用梅家玲語，梅此處乃針對文人「擬作」的創作活動言，但若換在代言體也是一樣。見梅家玲：《漢魏六朝文學新論：擬代與贈答篇》，頁55。

〔註96〕梅家玲曾就謝靈運〈擬魏太子鄴中集詩八首并序〉討論擬作時作者與描述對象產生了「雙聲言語」的互動現象。此處筆者進一步思考，認為在主張作者藉描述對象進行「比興寄託」、「心理投射」之前，這種互為主體的互動模式，是因為作者意在將描述對象之圖像，作為自我發聲的工具或媒介，以方便進行戲劇故事的搬演，但這類的書寫技巧，未必都會產生額外的情志寄託。見梅家玲：《漢魏六朝文學新論：擬代與贈答篇》，頁84，註72。

新穎的，作者必須去掉自我的經驗、透過全然的想像力，全然揣摩出婦或寡婦在閨房內的種種情態，來進行創作。同時在此寡婦、出婦主題的論述中，透過她／我的互動，文本便產生了作者自我的創造性轉化，作者之「意」即是為「他人」發聲，而在為「他人」發聲的過程中，作者自我之情緒、心境又隱然在其中，儘管這些情態是虛擬的，但仍可視為是另一種作者所表現出的「真實」與「存有」。

3. 女性的虛假形象與男性的真實寄託

在上述的論述中，不難發現，魏晉賦作中的女性圖像更像是作者的懸絲傀儡或是布袋戲偶，僅是作為男性文人的表意工具存在而已。不可否認，這種書寫主題以「女性」為工具性圖像，實投射出了男性欲望的滿足。此類作品雖不似後期宮體詩，將女體部位完全如同詠物般的描寫，但亦可視作某種程度的物化：寡婦、出婦即為詠「物」，其形象符號是男性操縱的，例如：以寡婦、出婦為抒情主題，除了以哀怨之情思為審美標準之外，同時也顯現古代婦女形象多為依附於男性，祈求愛憐。如《孟子・滕文公下》：「女子生願為之有家」〔註97〕、〈離婁下〉：「良人者，所仰望以終身也」〔註98〕，皆標舉出得到男性的愛情與照拂，即為女性歸屬與價值所在。換言之，我們所認為這些寡婦、出婦的形象「飽滿」、「豐富」，且「令人心疼」，那都是建構在男性視角與主觀感受上的形象。他們極力揣度出婦或寡婦的種種情態，這種女性形象，是男性作為娛樂、把玩的客體。這樣的創作現象當然包含一個問題：文學作品中的女性乃男性設想的女性，換言之，此處可視為是男性霸權的想像〔註99〕，女性只是工具載體，述說著男性主觀揣度的心事，進而達到男性的目的——提供男性玩味與消遣的一種娛樂。文人試圖從飽滿豐富的圖像中建構出所描述的特定／不特定女性的主體情意，但說到底，此種女性形象不過就是一「空洞所指」〔註100〕。蓋這些作品中的女性圖像雖生動飽滿，但多思婦、怨婦、棄婦、寡婦等，形象固定，因此呈現的「意」，僅是男性眼

〔註97〕 朱熹：《四書章句集注》，頁 372。

〔註98〕 朱熹：《四書章句集注》，頁 422。

〔註99〕 相關論述可參考馬睿：〈無我之我——對中國古典抒情詩中代言體現象的女性主義思考〉，《西南民族學院學報》哲學社會科學版，總 20 卷第 6 期，1999 年 11 月。

〔註100〕 孟悅、戴錦華：《浮出歷史地表：中國現代女性文學研究》（臺北：時報文化出版企業有限公司，2003 年），頁 16～22。

中的真實。

　　這種以假作真的擬情作品，可謂是「假作真時真亦假」：他們力求「以假亂真」，創造出與真實寡婦無二的形象與情緒，故「擬真」為男性文人創作時意欲達到的目的，然而這實際上卻只是男性內心想像的女子形象，女性畢竟喪失了自身的話語權。這類創作背後的深層思維，實因囿於時代背景與思想，毋須過度苛責，而單就文學發展的意義而言，詩人通過扮演作品中的女性角色達到了必要的自我掩飾與自我表現〔註101〕，開啟了更具有深度與韻味的文學筆法。這種「角色扮演」的情態模擬，亦轉出了中國古典文學另一種傳統抒情主題——閨怨——以思婦、棄婦為主角，進行男性的政治託喻。

　　從屈原開始，便多有將君臣的附屬關係類比於男女的關係，蓋「兩者都強要始終不渝的痴情，兩者都可能令人陷入失望的痛苦中。」〔註102〕如曹植創作後期的詩作即大量出現以女性自居的口吻，假如以娛樂為主的「寡婦」詩賦乃曹植為導演，寡婦為演員，此時文人尚為第三者、全知視角；而〈七哀詩〉、〈雜詩〉、〈美女篇〉等，即可視為男扮女裝，親自粉墨登場演出，乃是第一人稱。這類的作品，雖然也是透過想像，但「想像的悲哀」，已經不是屬於女性的悲哀，而是藉由想像抒發男性文人自己的悲哀，以思婦、棄婦等女性圖像作為男性書寫政治心事的工具。這類文學作品以詩居多，賦作則較無此自喻手法，蓋詩不但以「言志」為主，同時較能寄託隱約幽微的作者心緒，但就同時涵括個人情志託喻、女性形象想像與情境塑造的辭賦作品言，代表作自然非曹植〈洛神賦〉莫屬。惟此作非屬於此節所討論之閨怨傳統，也不是男扮女身的代言體，而以男性為主體視角的純然觀看，並與想像中的美好女性互動，關於此作，將於第四節小結時作為餘論進行探討。

二、想像的悠哉——閑居空間的美化

　　除了想像他人之心緒，並營造出種種情景加以渲染之外，個人的心聲也能透過想像的圖像呈現，透過書寫個人的居處空間，在讀者觀覽的過程中，便可以探索作者「回歸」隱居生活時，其主觀內心與客觀景象的真實與虛假。此論

〔註101〕此句改寫自孫康宜：「情詩或政治詩是一種表演，詩人是通過詩中的一個女性角色，借以達到必要的自我掩飾與自我表現。」見孫康宜：〈傳統讀者閱讀情詩的偏見〉，《文學經典的挑戰》（南昌：百花洲文藝出版社，2002年），頁297。

〔註102〕孫康宜：〈傳統讀者閱讀情詩的偏見〉，《文學經典的挑戰》，頁292。

題可以潘岳〈閑居賦〉為代表進行討論，〈閑居賦〉歷來討論甚多〔註103〕，自元好問〈論詩絕句〉：「千古高情閑居賦，爭信安仁拜路塵」〔註104〕語出，便有性情與文章悖反的討論，到底〈閑居賦〉是心畫心聲失真的表現，還是在複雜的人性掩蓋下，讀者不懂得咀嚼潘文裡的箇中真義？筆者將以潘岳描寫其退隱安居的種種圖像化敘述為進路，再探此作中呈現之「閑居圖」與作者真實情志的關聯。

（一）閑居圖像所反映的內心世界

〈閑居賦〉的創作背景乃潘岳有感仕宦不達，故萌生退隱之念，在遷博士不就後〔註105〕，選擇在洛陽城南近郊退隱。此賦細膩刻畫出潘岳決心「覽止足之分，庶浮雲之志」後，隱居於田園的生活圖像，其居處的自然之美與家庭的和樂之景，透過潘岳優美的文字蔚然顯現。細觀其敘述，可見潘岳對其個人莊園極其誇耀，幾乎採取了漢大賦的手法，要把個人幽居的桃花源，鋪排成帝王京苑，〈閑居賦〉盡力彩繪出一幅華麗富庶的莊園圖像，在濃墨重筆背後，正委婉地反映出潘岳個人內心的真實情志。

1. 隱藏在圖像中的「京都情結」〔註106〕

文章開頭明確指出，潘岳的閑居地點，根本是坐落於京城近郊的「黃金地

〔註103〕 前人已有點出〈閑居賦〉與潘岳內心的情志反映，如廖國棟：〈試探潘岳〈閑居賦〉的內心世界〉，收錄於國立成功大學中文系編：《第三屆魏晉南北朝文學與思想學術研討會》（台北：文津出版社，1993年）。廖國棟：〈從歸田到閑居——兼論漢晉辭賦對京城的頌讚、眷戀與疏離〉，《南臺學報》第38卷第2期2013年6月。孫雅芳：〈潘岳的「拙者之政」——以〈閑居賦〉為考察中心〉，《中國文學研究》第20期，2005年6月。許恬怡：〈潘岳〈閑居賦〉與謝靈運〈山居賦〉之比較〉，《輔大中研所學刊》第14期，2004年。王德華：〈論潘岳〈秋興〉、〈閑居〉兩賦的創作心態〉，《浙江師大學報》（社會科學版）第6期，1993年。顧農：〈潘岳研究二題〉，《寧夏師範學院學報》（社會科學）第28卷第4期，2007年7月。陳玉萍：〈煙火式棲居——論潘岳〈閑居賦〉的隱逸思想〉，《安康學院學報》第30卷第5期，2018年10月。筆者此處側重討論潘岳文中圖像化書寫的技巧展現，並強調其情志的呈現乃是透過想像的圖像完成，故與前人之研究重點不盡相同。

〔註104〕 狄寶心：《元好問詩編年校注》（北京：中華書局，2011年），〈論詩絕句三十首・其六〉，頁51。

〔註105〕 房玄齡：《晉書》，卷五五〈潘岳傳〉：「徵補博士，未召，以母疾輒去，官免。」頁1504。

〔註106〕 「京都情結」一詞，為廖國棟在〈試探潘岳〈閑居賦〉的內心世界〉一文所提出，此處筆者借用此詞語，來進一步說明潘岳如何透過圖像化書寫來展露他嚮往京城與富貴功名的心理。

段」，觀潘岳自己的描繪，乃是「陪京泝伊，面郊後市。浮梁黝以徑度，靈臺傑其高峙。」〔註107〕臨山面水，風景宜人；「陪京」、「後市」說明交通便利、生活機能高，可說是環境絕佳。四方景緻「其西則有元戎禁營，玄幙綠徽。黺子巨黍，異綮同機。礚石雷駭，激矢虻飛。以先啟行，耀我皇威。其東則有明堂辟廱，清穆敞閑。環林縈映，圓海迴淵。」西有軍營、東有辟雍，與政治、文教中心十分靠近，又可覽天子郊祖時「服振振以齊玄，管啾啾而並吹」的盛大場面，以及浸潤於太學「祁祁生徒，濟濟儒術」的文教氣息。潘岳以「其西則有⋯⋯」、「其東則有⋯⋯」描述出家園的地理位置，分明是採用〈子虛上林賦〉以來的那種潤色鴻業、體國經野的論述，除了能彰顯出自家的豪華之外，也同時「耀我皇威」，點出了洛陽巨麗的帝都風采。

首二段潘岳極言家園里仁為美、乃孟母三遷之理想安居之處，但字裡行間皆充滿著各類政教意味濃厚的圖像描述，不禁令人起疑，若都要「閒居」、「身齊逸民」了，為何一半篇幅尚在意著「耀我皇威」、「禮容之壯觀，王制之巨麗」，誇耀自己的家園沐浴在京都的政教光華之中？前人描述幽居，或馮衍〈顯志賦〉：「摨六枳而為籬兮，築蕙若而為室」；仲長統《昌言・樂志》：「躑躅畦苑、遊戲平林。濯清水，追涼風。釣游鯉，弋高鴻」；張衡〈歸田賦〉：「追漁父以同嬉」、「仰飛纖繳、俯釣長流」，曹植〈閑居賦〉：「聊輕駕而遠翔」、「踐密邇之脩除，即蔽景之玄宇」，他們築室山林、遊於曠野，主在呈現出作者逍遙冥然的心態，對於世俗的功名仕宦價值，看得十分淡薄〔註108〕，對於「帝王之門」、「都邑」、「卿相顯位」都展現出極大的疏離感。又如後世隱逸詩人之宗陶淵明，其〈歸去來辭〉所言「眷然有歸歟之情」、「當斂裳霄逝」，更是極欲逃離那政教樊籠，則潘岳之「退而閑居」，為何還會想要住在一個「耀我皇威」的所在？

隨著軍營、辟雍到天子祭祀、莘莘學子等場景的點出，潘岳的目光所及，

〔註107〕李善注：《文選》，卷十五〈賦辛・志下〉所收潘岳〈閑居賦〉，頁697～712，下引文同。

〔註108〕此指作者們於該作品中所呈現出的客觀景貌與內在心貌而言，皆是以悠遊山林、安居山林，來遠離廟堂塵俗的。實際上馮衍的「退而幽居」，在〈顯志賦〉序中可知他實對不受漢光武帝重用感到極度不滿，隱居只是無奈之舉；張衡感慨「遊都邑以永久，無明略以佐時」，但〈歸田賦〉並不是完全肯定遊心物外的老莊作法，而是仍要回歸到周孔之學來安頓心靈的；曹植〈閑居賦〉雖說欲入閑館廣廡，但從《三國志》本傳可知他終其一生都在上表「求自試」，故他身處「閑居」，但內心實不能真正安於無建功立業之「閑」。

仍在於這類能體現「資忠履信以進德，脩辭立誠以居業」等儒家入世價值的圖像上，潘岳以儒生自居，渴望建功立業，擔心「令名患不劭」〔註109〕。而京城，乃是求宦士人心靈嚮往之故鄉，雖說「退而閑居」，他並未展現出對京城的疏離與遠離，反而處處透露出無比親近與肯定之意，彷彿現代社會人們買房時，一心一意要讓一家老小在高級文教區安居一般，以掌握最好的社會資本與文化資本，可見他仍表現出對京城──也就是對宦途與富貴榮華的嚮往，這雖然不能說他利益薰心、在加官晉爵上無比用心，但可證明他是放棄無法過著逍遙優游的隱居生活的。

　　我們再以〈閑居賦〉中的一段序文進行佐證：

　　　　昔通人和長輿之論余也，固謂拙於用多。稱多則吾豈敢，言拙信而
　　　　有徵。方今俊乂在官，百工惟時，拙者可以絕意乎寵榮之事矣。太
　　　　夫人在堂，有羸老之疾，尚何能違膝下色養，而屑屑從斗筲之役乎。

「太夫人在堂，有羸老之疾，尚何能違膝下色養」固然是潘岳退隱田園的原因，然而或許僅為一冠冕堂皇的託辭，蓋稱疾、或稱家有高堂，實為士人避不出仕的慣用說法，潘岳恐是要拿這個別人挑不出毛病的理由，來昭告天下自己欲隱居田園的決心，實則也是要遮掩自身對於仕途不順的滿腔憤懣，否則若真是關心老母「羸老之疾」，不敢「違膝下色養」，何則又能於之後拜路塵，使「其母數誚之曰：『爾當知足，而幹沒不已乎？』而岳終不能改。」〔註110〕分明只是把盡孝當作此時隱居的託語。而從「俊乂在官，百工惟時，拙者可以絕意乎寵榮之事矣」此句，便能看出潘岳其實內心憤懣不平，他不過在說反話──賢士俊才若皆在位，為何獨獨自己並沒有躋身於此行列中？所謂「絕意乎寵榮之事」，只是不甘於自身只能「屑屑從斗筲之役」罷了。

　　此外「拙」字在〈閑居賦〉文中一再出現，凡8次，數量之高，可成為解讀此文的一個鎖鑰。潘岳自述一生官場浮沉，實是因為自身屬於「拙」者的緣故。他劈頭就寫道：

　　　　岳嘗讀汲黯傳，至司馬安四至九卿，而良史書之，題以巧宦之目，
　　　　未嘗不慨然廢書而歎。曰：嗟乎！巧誠有之，拙亦宜然。

身為拙者，其宦途不通反塞，故可以絕意榮寵之事，潘岳以一種反諷的口吻凸顯出仕途上的巧、拙之別，表達自己的不滿與無奈，因此方選擇「築室種樹」

〔註109〕王增文：《潘黃門集校注》，〈河陽縣作之一〉，頁273。
〔註110〕房玄齡：《晉書》，卷五五〈潘岳傳〉，頁1504。

的生活，期冀過著「仰眾妙而絕思，終優游以養拙」的田園生活〔註111〕。然而文中之「拙」，正是埋怨自己「巧智不足」，拙於做人、拙於做官，「憑他多方面的才能，竟不會善加利用為自己營造有利環境」〔註112〕，以致英雄沉下僚。因此透過潘岳對自身拙愚的評價，他是藉此表達一幽怨之情，「閑居」好似一種賭氣，並不是認為涉足官場、名利場不妥，才掛冠求去。因此他雖有「覽止足之分，庶浮雲之志」，但又假若「不義而富且貴，於我如浮雲」〔註113〕，則非屬不義的富貴，潘岳自然是肯的。透過類於京苑大賦的家園書寫，潘岳勾勒出自己住在高級文教區的生活圖像，即闡明他實放不下立功立業的世俗價值，與對物質生活的追求，相較於「大隱隱於朝、中隱隱於市」的心境，儘管潘岳「結廬在人境」〔註114〕，卻不能「靜己以鎮其躁」〔註115〕，文中仍到處是車馬喧囂。

2. 田園富紳形象的自我美化

前文已點出潘岳的閑居地點乃是一豪華富庶的「高級文教區」，接下來潘岳仍以鋪采摛文的方式，陳述出閑居生活中的兩幅圖像：生機蓬勃且充滿各類珍貴果樹的莊園，與闔家歡樂的溫馨景象。但是須追問，潘岳真的有這般雄厚財力，在京城近郊「柳垂陰，車結軌。陸摘紫房，水掛赬鯉。或宴於林，或禊於汜」，過他的富紳生活嗎？〈閑居賦〉裡豪華田莊的種種圖像，看似描繪具體，但真實性有多少？且看此段敘述：

> 爰定我居，築室穿池。長楊映沼，芳枳樹籬。游鱗瀺灂，菡萏敷披。
> 竹木蓊藹，靈果參差。張公大谷之梨，梁侯烏椑之柿，周文弱枝之
> 棗，房陵朱仲之李，靡不畢殖。三桃表櫻胡之別，二柰曜丹白之色。
> 石榴蒲陶之珍，磊落蔓衍乎其側。梅杏郁棣之屬，繁榮麗藻之飾。
> 華實照爛，言所不能極也。菜則葱韭蒜芋，青筍紫薑。董薺甘旨，
> 蓼荽芬芳。蘘荷依陰，時藿向陽。綠葵含露，白薤負霜。

儘管有一般的蔬菜水果等家常農作，但說是書寫田莊景象，敘述筆法上更類似於司馬相如筆下那充滿各類植物「揚翠葉，扤紫莖；發紅華，垂朱榮；煌煌扈

〔註111〕 關於潘岳〈閑居賦〉中的巧／拙分析，可參廖國棟：〈試探潘岳〈閑居賦〉的內心世界〉；孫雅芳：〈潘岳的「拙者之政」——以〈閑居賦〉為考察中心〉。
〔註112〕 朱曉海：〈潘岳論〉，《燕京學報》新 15 期。
〔註113〕 朱熹：《四書章句集注》，頁 130。
〔註114〕 龔斌：《陶淵明集校箋》，〈飲酒詩・其五〉，頁 253。
〔註115〕 范曄：《後漢書》，卷八三〈逸民列傳〉，頁 2755。

扈，照曜鉅野」〔註116〕的上林苑，至於「張公大谷之梨，梁侯烏椑之柿，周文弱枝之棗，房陵朱仲之李」，更是將神仙帝王的果品都納入自己園中，此處不單只是作賦傳統上以大、多、豐、豪為美的美感觀念與誇飾技巧，而是反映出潘岳的想像——他渴望擁有這些東西，或是可以擁有這些東西的身分地位象徵。因此他將個人的期待化為一幅安逸富庶的家園圖像，藉著誇耀擁有居室與自然品物，彷彿他就具有了掌握這些東西的權力。

潘岳的家世非高門〔註117〕，經濟並不富裕，以至於「祿微於朝，財匱于家」〔註118〕，他三十多歲作河陽縣令時，撰有〈河陽庭前安石榴賦〉，尚說「位莫微於宰邑，館莫陋於河陽」〔註119〕，可見經濟匱乏、居宅簡陋。其後約四十四歲作〈狹室賦〉〔註120〕，仍是一貧如洗，賦中所敘述的圖像，與六年後的〈閑居賦〉截然不同：

> 歷甲第以遊觀，旋陋巷而言歸。伊余館之褊狹，良窮弊而極微。閣寥戾以互掩，門崎嶇而外扉。室側戶以攢楹，櫩接柜而交榱。當祝融之御節，熾朱明之隆暑。沸體怒其如鑠，珠汗揮其如雨。若乃重陰晦冥，天威震曜，漢潦沸騰，叢溜奔激，臼竈為之沉溺，器用為之浮漂。彼處貧而不怨，嗟生民之攸難。匪廣廈之足榮，有切身之近患。青陽萌而畏暑，白藏兆而懼寒。獨味道而不悶，喟然向其時歎。

潘岳出身不高，仕途始終不順，年少舉秀才後卻「為眾所疾，遂栖遲十年」〔註121〕，「八徙官而一進階」，所任不過郎、縣令等低階官職，則不可能忽然家財萬貫，在五十歲「涉乎知命之年」的時候攢積到〈閑居賦〉中那麼多田產。進一步說，縱然〈狹室賦〉未必真的那麼破陋，而是在文學家的加工之下，刻意添上「沸體怒其如鑠，珠汗揮其如雨」、「漢潦沸騰，叢溜奔激，臼竈為之沉溺，器用為之浮漂」等誇張形容，以彰顯出藝術上頹廢、醜惡的另類「美感」，但也盡可作為反諷，凸顯潘岳的心象：他對於當時的居住空間是相當不滿的，眼所觀是：「閣寥戾以互掩，門崎嶇而外扉。室側戶以攢楹，櫩接柜而交榱。」

〔註116〕費振剛、仇仲謙、劉南平：《全漢賦校注》所收司馬相如〈上林賦〉，頁89。
〔註117〕可參考陳淑美：《潘岳及其詩文研究》（臺北：文津出版社，1999年）。
〔註118〕王增文：《潘黃門集校注》（鄭州：中州古籍出版社，2002年），〈陽城劉氏妹哀辭〉，頁182。
〔註119〕韓格平、沈薇薇、韓璐、袁敏校注：《全魏晉賦校注》，頁285。
〔註120〕王增文：《潘黃門集校注》，所收〈潘岳年譜〉，頁309。
〔註121〕房玄齡：《晉書》，卷五五〈潘岳傳〉，頁1502。

體所感是：「沸體怒其如鑠，珠汗揮其如雨。」對常人來說，也實在是難以忍受的寒酸、不適。〈狹室賦〉刻意將自己的「狹室」跟達官貴人的「甲第」、「廣廈」進行對比，他是在「歷甲第以遊觀」之後，回到了自家，便越發覺得自己的宅居褊狹、窮弊，以至於「喟然向其時歎」〔註122〕！潘岳的嘆息，除了哀怨自己的不濟之外，也充滿著嫉妒、比較的心理。

至於是遊觀何人的甲第之後，心生不平的呢？參看潘岳的交友，如夏侯湛、石崇等人，皆豪奢〔註123〕，宅邸自然富麗堂皇，尤其石崇之金谷園，乃是富甲一方的代表，身為「金谷二十四友」的潘岳，在參加其享樂賦詩的聚會時，遊覽其中，一方面讚嘆園中景緻怡人，有如人間仙境；一方面不免暗自欣羨，恨自己官小財薄，不能也擁有類似的別墅產業。若再對照潘岳〈金谷集作詩〉與〈閑居賦〉，便可發現有若干雷同之處，如表（二）：

表（二）

潘岳〈金谷集作詩〉〔註124〕	潘岳〈閑居賦〉
綠池泛淡淡，青柳何依依。	爰定我居，築室穿池。長楊映沼，芳枳樹籬。
濫泉龍鱗，瀾作激波連珠揮。	游鱗瀺灂，菡萏敷披。
前庭樹沙棠，後園植烏椑。 靈宥繁石榴，茂林列芳梨。	張公大谷之梨，梁侯烏椑之柿。 周文弱枝之棗，房陵朱仲之李。 石榴蒲陶之珍，磊落蔓衍乎其側。
飲至臨華沼，遷作登隆坻。	席長筵，列孫子。柳垂陰，車結軌。陸摘紫房，水掛赬鯉。或宴于林，或禊于汜。
玄醴染朱顏，但愬杯行遲。 揚桴輔靈鼓，簫管清且悲。	壽觴舉，慈顏和。浮杯樂飲，絲竹騈羅。頓足起舞，抗音高歌。

二者地點皆在京城近郊，一個臨水依山，一個面橋傍臺。偌大的莊園裡，魚兒優游在清涼的池中，池畔楊柳低垂，園中都種滿了各類梨、石榴、烏椑等果植，活動上亦是捧觴飲酒、耳聞絲竹。則石崇「清泉茂林，眾果、竹柏、藥草之屬

〔註122〕韓格平、沈薇薇、韓璐、袁敏：《全魏晉賦校注》，頁281。下引文同。
〔註123〕如《晉書・夏侯湛傳》：「湛族為盛門，性頗豪侈，侯服玉食，窮滋極珍。」《世說新語・汰侈》中多篇記載石崇「廁常有十餘婢侍列，皆麗服藻飾。置甲煎粉、沈香汁之屬」、「用蠟燭作炊」、「以鐵如意擊之，（珊瑚）應手而碎」等爭豪鬥富的奢侈行徑。以上分見房玄齡：《晉書》，卷五五〈夏侯湛傳〉，頁1499。余嘉錫：《世說新語箋疏》，〈汰侈〉，頁887、878、882。
〔註124〕王增文：《潘黃門集校注》，所收〈金谷集作詩〉，頁270。

莫不畢備」的金谷園，與潘岳之宅邸，圖像何其相似！正可說明潘岳閑居的宅邸，乃照搬石崇莊園別業的一切景象，他的「家園想像」並非是憑空捏造，而是參照了金谷園所建構而成。

（二）〈閑居賦〉實為一「想像的行樂圖」

面對他人的富裕莊園，心生艷羨的潘岳由貪戀產生了妄想，從一開始抱怨著居室的簡陋破敗，到幻想將石崇的金谷園移植至自身家宅，〈閑居賦〉中的種種圖像正像是潘岳的安慰劑，一方面利用虛假的、美化過後的家宅圖像，來達到望梅止渴、畫餅充飢的心理效果；一方面說服自己既然「何巧智之不足，而拙艱之有餘」，那麼退而閑居，築室種樹也不為一條路。這種自慰的幻想心態正是因為仕宦的狀況越發令人心灰意冷，而不得不作如是想。潘岳環繞著自我／自家為中心，極力描繪出一個美麗幻境，欲在幻想的泡泡中，掌握住權力版圖，「藉著這個白日夢企圖滿足他在現實人生中汲汲營營、勞心勞形，卻始終追尋不到幸福的缺憾。」〔註 125〕然而須指明，這種作夢的想像並不是說潘岳對於「閑居」的地理空間或環境狀況完全是虛構的，而是在於他試圖極力著墨在空間圖像上，營造出一種理想桃花源的美好想像，故在個人憤懣不甘的情緒迸發下，與客觀景像有所差異。這種透過想像而得的快樂與閒適，其實直指了潘岳意欲逃避現實的悲哀，畢竟縱潘岳外在的居處空間並不如自己想得那般美好，但若他自己願意真正「關起門來扮皇帝」〔註 126〕，自認家園為美、為佳，能夠安心樂居，倒也無妨。但潘岳並非如此，〈閑居賦〉看似呈現出潘岳心中富足安樂的桃花源，但撕開其包裝，我們仍可窺見他不滿仕途塞困的憤慨與自嘲。因此筆者接著再以陶淵明〈歸去來辭〉、謝靈運〈山居賦〉兩篇作品，與〈閑居賦〉對讀，便可發現這類閑居、幽居的作品中，作者內心世界與筆下圖像的異同。

1. 陶淵明的「田居」之異

相較於潘岳以「退而閑居」作為逃避現實的精神安慰劑，〈歸去來辭〉中，陶淵明卻是實實在在的復返自然、與山林同樂，試看文中圖像，一派清新：

> 引壺觴以自酌，眄庭柯以怡顏。倚南窗以寄傲，審容膝之易安。
> 園日涉以成趣，門雖設而常關。策扶老以流憩，時矯首而遐觀。

〔註 125〕廖國棟：〈試探潘岳〈閑居賦〉的內心世界〉，頁 114。
〔註 126〕朱曉海：〈自東漢中葉以降某些冷門詠物賦作論彼時審美觀的異動〉，頁 98。

　　　　　雲無心以出岫，鳥倦飛而知還。景翳翳以將入，撫孤松而盤桓。〔註127〕
就自然景色的描寫言，陶淵明文中充滿著一種與自然相與、相親的欣趣，自然
景色有人在其中，而人心中亦有自然，彼此契合。陶淵明指出：「富貴非吾願，
帝鄉不可期。」白雲無心出於峰巒之上；飛鳥因困倦而還家，此處白雲、飛鳥
的意象，即象徵著陶淵明無心留戀官場、急切渴望能脫離塵網、歸返隱居山林
的初心本志。陶淵明的「田居」生活真正地體現了隱逸的情志，呈現出「獨與
天地精神獨往來」〔註128〕的逍遙自適，「自然」即是陶淵明的目的。

　　　　同是寫景，潘岳的閒居景緻則是偏向客觀理性的陳列，「他的情感體會滲
入較少，對於景色，潘岳更多的是從旁觀者、欣賞者的角度來描寫。」〔註129〕
潘岳使用賦體進行創作，固然不可避免須在「敷陳張揚」的文體特點上有所發
揮，但他對於自然風光的描寫到了如數家珍的地步，也就反映出這些自然的田
園風光，不過是他幻想中能夠掌控的權力版圖，他是要「擁有」自然，而不是
要與之冥合。而儘管能「擁有」自然，自然對他而言仍是一種安慰劑，是療癒
心靈的工具，非屬目的或理想本身。

　　　　對於家園坐落地段的描寫，同是「結廬在人境」，陶淵明是「心遠地自偏」
〔註130〕，目光所見，只有南山、飛鳥的悠然山色；潘岳卻每每翹首京城風光，
渴望那「浮梁黝以徑度」，那河橋如同臍帶一般牢牢地連結著潘岳與京城的關
係〔註131〕，透露潘岳仍嚮往著仕宦生活。同是不願作一個庸碌小官，陶淵明
的「不為五斗米折腰，拳拳事鄉里小人」〔註132〕，是疏懶於官場上惺惺作態
的應答酬酢；願意「拜路塵」的潘岳，其「屑屑從斗筲之役」則是不滿於職位
不夠高階顯要。

　　　　基此，陶淵明的「田居」，乃以精神生活為基礎，「園蔬有餘滋，舊穀猶儲
今。營己良有極，過足非所欽。春秫作美酒，酒熟吾自斟。」〔註133〕更以頭
巾漉酒亦有所樂，一草一木都欣然可愛；潘岳的「閒居」，則是以一定的物質
生活為基礎——身處高級文教區，坐擁富麗莊園。而兩人對於理想居處的概念

〔註127〕龔斌：《陶淵明集校箋》，頁453～454。
〔註128〕郭慶藩：《莊子集釋》，〈雜篇・天下〉，頁1098。
〔註129〕馬丹紅、黃鵬：〈〈閒居賦〉不閒〉，《安徽文學》第5期，2008年，頁17。
〔註130〕龔斌：《陶淵明集校箋》，〈飲酒詩・其五〉，頁253。
〔註131〕臍帶說的提出，見廖國棟：〈試探潘岳〈閒居賦〉的內心世界〉。
〔註132〕房玄齡：《晉書》，卷九四〈隱逸列傳〉，頁2641。
〔註133〕龔斌：《陶淵明集校箋》，〈和郭主簿二首・其一〉，頁144。

不同，是根基於二人價值觀與理想的差異。若說田居／閑居之樂，陶淵明之樂，乃是實實在在的、性本愛丘山的自然之「樂」；潘岳之樂，卻是沉溺幻想安樂、享樂之「樂」。

2. 謝靈運的「山居」之同

錢鍾書曾就謝靈運〈山居賦〉評道：「……潘岳自慨拙宦免官，怏怏不平，矯激之情，欲蓋彌彰；靈運此作祇言『抱疾就閑』心自禪玄，詞氣恬退；苟曰『失真』，〈山居〉過於〈閑居〉矣！」〔註134〕因此，將二作拿來進行作者心態的比較，是很有必要的。

〈山居賦〉洋洋灑灑共 3915 字，自註 4912 字，從地理位置、環境風光、自然資源無一不包，與潘岳的幻想豪宅不同，出身王謝世族的謝靈運，其始寧別墅是實實在在的大莊園，乃世家豪族政經權力的版圖象徵〔註135〕，而其撰文動機乃是「抱疾就閑，順從性情，敢率所樂，而以作賦。」〔註136〕從幾點基礎上，可看出〈山居賦〉與〈閑居賦〉頗有類似之處。首先〈山居賦〉的結構布局類於〈閑居賦〉，其鋪排的體物手法實有過之而無不及。〈閑居賦〉濃縮漢大賦的「四至」筆法以勾勒家園的地理位置；〈閑居賦〉也是以「近東則……近南則……近西則……近北則……。遠東則……遠南則……遠西則……遠北則……」的句法，將四面八方無不包舉囊括，鉅細靡遺地把自家莊園硬是描繪出了帝王京苑的氣勢與風采，此手法即意在鋪陳出其私人產業之「神麗」。

其次這種神麗的圖像化書寫鋪排，正顯現出謝靈運的誇耀式心態，通篇〈山居賦〉正是透過巧構形似的山川圖像，演示了一場磅礡的權力展演，謝靈運用京都大苑式的鋪陳方法，進行自身家園的論述，以強化自身權力版圖的擁有權，牢牢抓住當下唯一能掌握的——家宅空間的擁有權。與潘岳不同的是，謝靈運是真的擁有可以關起門來做皇帝的豪宅，而潘岳的權力版圖，僅能夠在腦內搬演。

撰寫心態上，謝靈運於序中自言：「意實言表，而書不盡，遺跡索意，託之有賞。」那麼刻意透過巧構形似的山川圖像所欲表達的，就絕非是「敘山野草木、水石穀稼之事」，也非單純修葺祖上產業，「申高樓之意」、效仿先祖謝

〔註134〕錢鍾書：《管錐編》，〈全上古三代秦漢三國六朝文·一六八則〉，頁 2018。

〔註135〕詳見鄭毓瑜：〈身體行動與地理種類——謝靈運〈山居賦〉與晉宋時期的「山川」、「山水」論述〉，《淡江中文學報》第 18 期，2008 年 6 月。

〔註136〕顧紹柏：《謝靈運集校注》（臺北：里仁書局，2004 年），頁 449～484。

安的東山之志。謝靈運「自謂才能宜參權要，既不見知，常懷憤憤。」〔註137〕
是故對於朝廷無法重用他耿耿於懷，他的「稱疾去職」、「移籍會稽，修營別業」
等一連串動作，看似寄心山水，實則透過極度的誇耀，實為顯露出自己目前宦
途的不滿與憤懣。他越是誇耀自家的始寧別業，就越凸顯出一種心態──我既
有豪華大別墅可以悠遊安居，何必需要朝廷的重用與賞識？這種「說反話」的
心態，不正類似於潘岳「終優游以養拙」的心態嗎？值得注意的是，〈山居賦〉
中，謝靈運亦自認為「拙」：

> 仰前哲之遺訓，俯性情之所便。奉微軀以宴息，保自事以乘閑。愧
> 班生之夙悟，慚尚子之晚研。年與疾而偕來，志乘拙而俱旋。謝平
> 生於知遊，棲清曠於山川。

他認為自己是「志乘拙而俱旋」，於是欲幽居於山川。然而謝靈運此處認為自
己志寡而欲求「拙」〔註138〕，是在已經「自謂才能宜參權要」的情況下，刻
意說出的反話，還是真心怨懟自身「褊激，多愆禮度」的個性，不懂得審時度
勢，也如潘岳一般「拙於用多」〔註139〕呢？無論是屬於何者，都可以證明謝
靈運的山居心態，並非是表面上所稱的「奉微軀以宴息，保自事以乘閑」。

謝靈運〈山居賦〉中，其山居的圖像固然是真實的親身走訪與地理履踐，
然而透過文中極其神麗的詞藻敘述與誇耀得意的心態，不難看出謝靈運與潘
岳一樣，懷著一顆躁進而欲用世的心，否則謝靈運遊山玩水之餘，怎還會「每
有一詩至都邑，貴賤莫不競寫，宿昔之間，士庶皆徧，遠近欽慕，名動京師」
〔註140〕？正如潘岳縱「閑居」亦不肯離他的心靈歸屬──京城洛陽──太遠
一般，謝靈運也不甘願就此遠離了京城的視線。他的去職幽居，仍是不甘寂寞
的，因此仍處處交遊、向著京城彰顯自身的存在感，彷彿以此來向朝廷顯耀著
自己的才能、又暗暗譏諷著朝廷竟有眼無珠，不懂得任用才士。潘岳、謝靈運
二人以閑居、山居為名，身欲退而心更躁，猶恐被人們忘記。

綜上所述，潘岳的「閑居」，或源於當時風尚上對歸隱的嚮往〔註141〕，或
出自自己面對乖蹇仕途的灰心舉措，但有時內心的志向未必跟實際行動能夠

〔註137〕沈約：《宋書》（北京：中華書局，1974年），卷六七〈謝靈運傳〉，頁1753。
〔註138〕謝靈運自注曰：「……志寡求拙曰乘，並可山居。」直言其乃「志寡」而欲「求拙」。
〔註139〕潘岳〈閑居賦〉言：「昔通人和長輿之論余也，固曰『拙於用多』。」
〔註140〕沈約：《宋書》，卷六七〈謝靈運傳〉，頁1754。
〔註141〕可參王瑤：〈論希企隱逸之風〉，見王瑤：《中古文學史論》，頁77～109。

直接呼應，蓋理想歸理想，與自己的能力、心理狀態、現實條件等等，仍有一定差距，拚了命地想要恬適、退隱，但內心仍充滿著如同被放逐一般的埋怨，潘岳因此選擇耽溺於想像的美好，構築出了一幅幻想的「閑居圖」。

劉勰〈情采〉所言：「故有志深軒冕，而汎詠皋壤。心纏幾務，而虛述人外。真宰弗存，翩其反矣。」〔註142〕批判了魏晉以來言不由衷的現象，潘岳似乎正是劉勰筆下那個口說退隱、仍志深軒冕、汲汲營營的人。世人多以道德的真善來評判潘岳，並認為〈閑居賦〉乃文不如其人、心聲心畫「失真」的證明。但觀〈閑居賦〉呈現的圖像之「美」，正是潘岳情志「真」之所在。以「高情千古閑居賦，爭信安仁拜路塵」來進行評斷，固然是忽略了人性其實充滿著複雜面與多樣面，但在重新解讀〈閑居賦〉後，或許並不存在文章「情與志反」的問題，因為〈閑居賦〉的各類圖像從來也就不是用以顯現潘岳之「高情」的，在潘岳虛假的閑居行樂圖裡，無不暴露出他仍然急功躁進的真實內心，因此〈閑居賦〉中「虛述」的非作者「情」之虛假，而僅是工具「圖像」的虛假。

第四節　小結

本章以點、線、面三種幾何形式分類，分析魏晉辭賦作品中作者如何運用圖像化書寫的各種變化，來進行自我情志的展演。

首先在點型圖像的描摹中，作者將視角聚焦在特定的主題物上，進行描繪。這種書寫手法往往於詠物賦中常見，但只有部分作品會同時承載了作者主體的情志，並形成「物人雙寫」的狀況，以「物」來表露「人」之心跡。其次在線型圖像的技巧中，作者透過時間與空間的書寫，以撫今追昔的對照方式，呈現了時空的「流逝感」，動態地帶出作者撰文的中心意旨，而撰文目的往往關係到作者現實人生中的「出走」經驗與「回歸」渴望。最後面型圖像的書寫則是作者藉由營造出完整的情境、佈置各類假想的圖像，使作者的想像盡情馳騁，來進行自我或他人內心世界的展示。由此觀之，在作者藉圖像化書寫的技巧以抒情的過程中，作者內心都出現一個狀況，即是現實與理想的斷裂，而現實這些做不到的意念與理想，在文字作品中，透過文字描繪出的具體圖像，得以此作為寄託，或暫且聊表安慰、或發洩慷慨抑鬱之情。

〔註142〕范文瀾：《文心雕龍注》，卷七〈情采〉，頁538。

　　上述的點、線、面型圖像之例，實可以用一作品貫穿說明，即曹植之〈洛神賦〉。此作雖屬魏晉早期的抒情之作，然而其中圖像化書寫的類型卻盡囊括點、線、面三型，故難以在各小節中單獨論述，現以餘論方式稍談〈洛神賦〉中點、線、面型圖像的運用手法。首先〈洛神賦〉中的點型圖像即是聚焦在洛神這位女主人翁上進行各類描摹，如：「翩若驚鴻，婉若游龍，榮曜秋菊，華茂春松。髣髴兮若輕雲之蔽月，飄颻兮若流風之回雪」、「遠而望之，皎若太陽升朝霞。迫而察之，灼若芙蕖出淥波」、「肩若削成，腰如約素。延頸秀項，皓質呈露」〔註143〕等語，而這類對美人的描摹，亦非單純艷情的男女相慕之陳述，而是以「洛神」這個美好女性的形象作為曹植心目中對於「理想」追求的代表。其次線型圖像的呈現，即是曹植在「余朝京師，還濟洛川」的旅途中，求索洛神的整個過程，此過程正好展現出曹植現實生活與內心世界的「出走」與「回歸」。曹植的「出走」，屬於爭儲失敗後，為曹丕所忌諱，先後貶為安鄉侯、鄄城侯〔註144〕，被迫遠離京師，只能「歸東藩」，產生了政治上的失意。透過「解玉佩以要之」，向洛神求愛，他試圖藉此達到心靈上的「回歸」——彷彿透過與戀慕的美人媒合，自己的理想就得以完成，因政治因素而漂泊不安的生命也得以完整、得以安頓。至於這一場曹植全心遣情想像出來的神女豔遇，自然是屬於曹植自己構築出的假想幻境，因此全賦乃是一個以洛神為中心環繞的主題式情境，亦符合面型圖像的寫作手法。

　　曹植以追尋美好女性的落空為題材隱喻，透過文人的想像進行各種藝術加工，使全賦既有點的聚焦（洛神）、線的移動（旅程中的經歷），又有面的構築（幻想奇遇），彼此融合交織，不可不謂手法高超巧妙，可見作者之寫作功力。此賦雖較重在整體氣氛與情景的印象渲染，而非如同鉅細靡遺地巧構形似，但已可視為魏晉文學中，注重「立象以盡意」的早期表現。

〔註143〕韓格平、沈薇薇、韓璐、袁敏：《全魏晉賦校注》，頁 24～25。
〔註144〕《三國志・陳思王植傳》：「文帝即王位，誅丁儀、丁廙并其男口。植與諸侯並就國。黃初二年，監國謁者灌均希指，奏「植醉酒悖慢，劫脅使者」。有司請治罪，帝以太后故，貶爵安鄉侯。其年改封鄄城侯。三年，立為鄄城王，邑二千五百戶。四年，徙封雍丘王。其年，朝京都。」見陳壽：《三國志》，〈魏書・陳思王植傳〉，頁 561～562。

第五章 圖像化書寫的說理模型：主體理性之見解

第一節 重探〈高唐〉、〈神女賦〉的說理意義

一、說理賦的圖像化書寫

　　中國古典文學中，多以抒情為創作主題，即便有意說理——無論是天道性命或是人世變遷之理——也經常在過程中添加了抒情感懷的成分。早在荀子〈蠶賦〉、〈箴賦〉，即透過特定主題進行論說，魏晉時期的辭賦風格雖大力轉向以個人抒情的小賦為主，但由於玄學的盛行，因此也不乏充滿玄學思潮的作品產生。抒情類辭賦可以藉由各種物色、物象起興來鋪陳自我情志，呈現諸多繽紛的圖像，則文人如何透過圖像式的敘述技巧進行說理？

　　以賦說理，通常會帶有一種「藉物諷刺」的意味，而這種立基於特定物的形象所創作的作品，往往使用到了點型圖像的書寫技巧。如曹植〈蝙蝠賦〉、〈鷂雀賦〉以蝙蝠比喻奸佞、以鷂與雀的捕獵關係暗喻自己受到政治迫害等作品，即深藏諷刺性。又如阮籍〈獼猴賦〉以獼猴的形象比喻禮俗之士「體多似而匪類，形乖殊而不純」[註1]這般人面獸心的醜惡形象；〈鳩賦〉則以鳩被「狂犬」所殺的故事，隱晦暗示政治黑暗下士人所受到的無端殺戮[註2]。

〔註1〕韓格平、沈薇薇、韓璐、袁敏校注：《全魏晉賦校注》，頁108。
〔註2〕郭光指嘉平三年司馬懿先後誅殺王凌、楚王彪。見郭光校注：《阮籍集校注》（河南：中州古籍出版社，1991年），頁34。然由於阮籍行文向來晦澀不明，

這類賦作，具有「寓言」的性質〔註3〕，乃是將具象之物作為敘述載體，開展出對世間奸邪的嘲戲諷刺，披露了人世間的世情事理，也流露出自身情緒上的不滿與排斥，因此在說理之餘，內容上往往傾向了一定程度的抒情，而不是對於哲理的思索。

另外還有一種說理的形式主題，是以老莊式的玄遠思想為主，可稱之為玄言賦。早在東漢如張衡〈思玄賦〉、〈歸田賦〉等作，通篇帶有道家思想的色彩；〈髑髏賦〉則通篇取意《莊子·至樂》。曹植〈玄暢賦〉序中自言作賦乃「庶以陶神知機、摛理表徵」，文中充滿「取全真而保素」、「耕柔順以為田」〔註4〕等句子，老子思想蘊含其中，又仿張衡作〈髑髏說〉，其後呂安亦有〈髑髏賦〉，蹈張、曹之前塵。正始年間，玄風大扇，產生了各類將玄學思想融入文學創作的詩賦作品，如阮籍〈清思賦〉即透過思美人、神遊等心靈活動，呈現出一種對道體的追求與見證經歷。東晉時期，除玄言詩之外，也出現如〈意賦〉、〈談賦〉〔註5〕這類以抽象主題作為歌詠對象的賦作，但技巧上則與圖像的使用較無關連，故不在本文的討論範圍之內。

其餘說理賦，如楊泉〈贊善賦〉、陸機的〈文賦〉，則分別對道德善惡與文學理論進行闡發。至於嵇康的〈琴賦〉，則變傳統音樂賦以說理，以「琴」做為歌詠的載體，透過說明琴「性絜靜以端理，含至德之和平」的特性，闡述自身獨創的「聲無哀樂」理論。〈琴賦〉指出琴的特性正在於端正和平，可以「總中和以統物」、「感天地以致和」，對照〈聲無哀樂論〉中：「琴瑟之體……不虛心靜聽，則不盡清和之極」〔註6〕，觀點如出一轍。同時〈琴賦〉力稱「琴德

故難以確認實指為何，僅能推測阮籍或因厭惡司馬家族殘殺曹魏宗室與親曹勢力，故將心跡注入作品中。

〔註3〕所謂「寓言」，原出自《莊子·天下》：「以天下為沉著，不可與莊語，以卮言為曼衍，以重言為真，以寓言為廣。」中國對寓言的定義範圍較廣，凡帶有象徵寓意的文章都可屬之，此處不討論寓言或寓言賦的界義，而僅點出魏晉這類賦作具有一定的情節性，以及藉物說理的寄託性質，可以視為是一種「寓言式」的敘寫技巧。關於寓言，可參看陳蒲清：《中國寓言史》（臺北：駱駝出版社，1987年）。林淑貞：《表意·示意·釋義——中國寓言詩析論》（臺北：里仁書局，2007年）。

〔註4〕韓格平、沈薇薇、韓璐、袁敏校注：《全魏晉賦校注》，頁29。

〔註5〕謝尚之〈談賦〉今僅存四句：「斐斐亹亹，若有若無。理玄旨邈，辭簡心虛。」按文句來看，應該是以清談作為歌詠對象的作品。見韓格平、沈薇薇、韓璐、袁敏校注：《全魏晉賦校注》，頁437。

〔註6〕戴明揚：《嵇康集校注》（臺北：河洛圖書出版社，1978年），卷五，頁196～233。下引亦同。

最優」，亦呼應了嵇康〈聲無哀樂論〉中對於「大同於和」的音樂內涵的認可，在論中他指出「聲音以平和為體」、「有自然之和」，合乎平和，便是善音。另外〈琴賦〉中說明琴能感盪心志，使得：

> 戚者聞之，莫不憯懍慘悽，愀愴傷心。含哀懊咿，不能自禁。其康樂者聞之，則欨愉懽懌，抃舞踊溢。留連瀾漫，嗢噱終日。若和平者聽之，則怡養悅念，淑穆玄真。恬虛樂古，棄事遺身。

因此或伯夷、或顏回、或比干、或尾生、或惠施、或萬石，琴音雖同，但聽者有別，故感受萬殊。這就呼應到了嵇康認為的「和聲無象，哀心有主」，因此心與聲，是為二物。聽了某一種音樂後產生或笑或泣的舉止，這是主體情緒影響的緣故，並非是音樂本身有喜怒哀樂之別，是故可知「音聲之無常」。這也可以進一步去跟他的〈釋私論〉中「心無措乎是非」〔註7〕的那種無特定、絕對立場的心體觀作出對應。從形式上看，〈琴賦〉主題屬於音樂賦；但從內容上看，即可歸於說理賦。

　　爬梳魏晉辭賦，嵇康之〈琴賦〉雖藉詠琴來闡述自身的音樂理論，但畢竟仍以傳統音樂賦的形式進行包裝，內文中多有歌詠樂器、刻畫演奏情貌等寫作格套，若言全以圖像化書寫進行說理的作品，可以西晉陸機〈文賦〉與東晉孫綽〈遊天台山賦〉二作為代表。陸機〈文賦〉於序中開宗明義即言此乃一文學理論，因此文章中的圖像，乃陸機透過各種具象比喻來說明文學創作的過程，尚可讓讀者辨明他使用繁多圖像進行比擬的意義。至於孫綽〈遊天台山賦〉看似一遊記，實則暗藏說理目的，則容易讓讀者迷失在通篇的山林景觀敘述中，而不解作者真實的撰寫目的。

　　本文雖提出魏晉辭賦中往往使用了圖像化書寫的描寫技巧，故自可說，因魏晉時期玄學思潮蓬勃發展，加之王弼〈明象論〉的提出，促使文壇上跟著用「立象以盡意」的方式進行創作的情況方興未艾，但是現象的產生絕非一朝一夕，那麼早在魏晉之前的辭賦作品中，有沒有通過具體圖像的構擬，來表達出說理意旨的例子？而魏晉辭賦中，對此是否有所繼承與開展？筆者以為，過去歸於艷情一類的〈高唐〉、〈神女〉賦，其目的不單是藉女色以勸淫，更是藉神女圖像以闡述「體道」過程的說理作品，而除圖像的表達技巧外，關於「神女」、「山水」的論述，同時也影響到魏晉辭賦圖像化書寫的主題，形成具有經典性的主題文本。

〔註7〕載明楊：《嵇康集校注》，卷六，頁234。

二、再詮〈高唐〉、〈神女〉賦的寫作主旨與手法

（一）以「自然」、「神女」二圖像進行說理

〈高唐〉、〈神女〉賦的寫作主旨，學界向來各家說法分歧，而「大膽地揣測宋玉寫作〈高唐賦〉和〈神女賦〉的動機是非常冒險的。」〔註8〕是故筆者亦不妄下斷言，然而根據對二賦性質的釐清，仍可以推敲出宋玉賦中圖像的大致內涵〔註9〕。

宋玉「識音而善文，襄王好樂愛賦，既美其才，而憎之似屈原」〔註10〕，他雖以賦見稱，陪侍君王左右，但這些搬弄文墨的「小臣」除了口才便給，以辭賦娛樂君王之外，同時還有勸諫君王的責任。宋玉被登徒子指責「口多微辭」〔註11〕，說明他口齒伶俐，而這類侍臣之所以能言善道，除了一方面吸收了倡優的講唱表演之外，亦與戰國諸子百家縱橫說理的諷諫風氣不無關係。清代章學誠已指出「古之賦家者流，原本《詩》、《騷》，出入戰國諸子」，又說「賦家者流猶有諸子遺意，居然自命一家之言者，其中又各有宗旨焉」，說明辭賦的產生乃是承襲諸子各類論辯說辭，再經過賦家巧妙地包裝變化而成。關於辭賦源流與諸子的關係，學界多有研究〔註12〕，故宋玉作為善辭賦之人，又身兼談辯之士，與君王對話時，能「觀五帝之遺道，明三王之法，藉以下考諸衰世之成敗，論天下之精微，理萬物是非」〔註13〕，應無疑問。

〔註8〕 康達維：〈轉向國際化的古典文學研究〉，收錄於鄭毓瑜：《性別與家國——漢晉辭賦的楚騷論述》（臺北：里仁書局，2000年）》，頁4。

〔註9〕 關於〈高唐〉、〈神女〉二賦的作者，亦有爭議，或以為僅是托名宋玉所作，或乃以為主角即為作者，本文採高秋鳳《宋玉作品真偽考》中之意見，仍將二賦放在宋玉名下進行分析。詳情可參高秋鳳：《宋玉作品真偽考》（臺北：文津出版社，1999年）。此外，且不論作者何人，身分大致應屬於文學弄臣，與宋玉類似，故本文之論析當無過多失誤。

〔註10〕（晉）習鑿齒：《襄陽耆舊記》卷一，收錄於續修四庫全書編纂委員會編：《續修四庫全書》史部傳記類（上海：上海古籍出版社，1995年），頁349下。

〔註11〕 李善注：《文選》，卷十九〈賦癸·情〉所收宋玉〈登徒子好色賦〉，頁892～895。

〔註12〕 如朱曉海：〈某些早期賦作與先秦諸子學關係證釋〉，《清華學報》新29卷第1期，1999年3月。簡宗梧：〈賦與設辭對問關係之考察〉，《逢甲人文學報》第11期，2005年，頁20～25。馬積高：《賦史》（上海：上海古籍出版社，1987年）。其中錢瑋東對此整理甚詳，參錢瑋東：《六朝時期宋玉辭賦的經典化及其意義》，國立政治大學中國文學系碩士學位論文，2018年。

〔註13〕 北大簡〈反淫〉篇中將屈原、宋玉等人與張儀、蘇秦、孟軻、墨翟並列，可知宋玉論辯之士的身分。見北京大學出土文獻研究所編：《北京大學藏西漢竹書（肆）》（上海：上海古籍出版社，2015年）。

　　透過吸收講唱表演與縱橫論辯的表現技巧，宋玉這類的文學侍從嘗試以一種諧隱、娛樂的方式，向君王或進行道德勸諫、或推薦自己師承的學術思想。在向君王鼓吹的過程中，小臣們必須避「生」就「熟」，包裝地越通俗、甚至越煽情越好，他們「除了盡量把文章寫得帶文藝性外，還直接染指詩賦，利用詩賦來作為宣傳的工具。」〔註14〕無疑是以寓教於樂的方式，向君主進行種種「說理」，在成功利用話題勾起君主興趣後，透過一來一往的君臣對話，逐步引出自己深藏在華麗鋪張的辭藻背後的思想。在〈高唐〉、〈神女〉二賦的文本中，可以發現正是因為楚王對「神女」的話題具有興趣，宋玉與楚王才得以展開對話，唯有先引起君王聆聽的動機，自己的想法才有可能被接受的機會，因此這樣具對話性的文本內容，便可說明了談辯之士以鋪采摛文的方式來宣達自身理念的用心。因此〈高唐〉、〈神女〉二賦，自非屬單純寄託情愛／情色幻想的娛樂抒情之作，而應具有一定程度的諷諭、說理成分。

　　其次在神女的圖像寓意上來看，文中神女的特色有二：外在的美麗與內在不可捉摸的性質。例如：

　　　茂矣美矣，諸好備矣。盛矣麗矣，難測究矣。上古既無，世所未見。

　　　瑰姿瑋態，不可勝贊。

　　　須臾之間，美貌橫生。

　　　忽兮改容，婉若遊龍乘雲翔。〔註15〕

以上文句指出神女的美貌難以言說與估量，而比起神女「耀乎若白日初出照屋樑」、「皎若明月舒其光」的神采，乃至於實體容貌上「眉聯娟以蛾揚兮，朱脣的其若丹」的動人美色，全文中宋玉不停著墨的實是神女變化多端的姿態，神女是變化於「須臾之間」的，這樣「忽兮改容」的不穩定性與神秘性，才是人們真正「難測究矣」的真正原因。

　　另外主人翁遇見神女時，皆是在夢境中才得以相會，一睹神女真身，夢境往往是超乎日常經驗的，甚至是非理性、超現實的，甚至連作夢之前也是處於一「精神怳忽，若有所喜。紛紛擾擾，未知何意。目色髣髴，乍若有記」的昏眩狀態，彷彿是處於一種意識模糊、乃至於喪失理性判斷的癲狂幻想中，假若早晨精神清醒，所見不過是自然界中的雲氣行雨。

　　宋玉在〈高唐〉、〈神女〉二賦中刻意添入這兩點設定的用意為何？如果僅

〔註14〕馬積高《賦史》，頁50。

〔註15〕李善注：《文選》，卷十九〈賦癸·情〉所收宋玉〈神女賦〉，頁886～892。

從情色幻想的狎邪觀點或是以女色誡淫的勸諭角度進行書寫，似乎不必刻意強調神女姿態的飄忽不定與恍惚的精神狀態。因此為何宋玉選擇的書寫對象是「神」女？這與屈原〈離騷〉中「求女」的意象不同，蓋屈原乃男性主動托媒於宓妃，而宓妃「信美而無禮」，非其理想；宋玉則是神女自薦枕席，但終「歡情未接」。若是單純從「重色思傾國」的角度去勸諭君王，則不必是「神」女，蓋人間美色即可以，此處固然可以說恁是神女這等天仙絕色自行「請御」，君子都不該起心動念，當警惕戒慎，但若關注到神女所獨具的不可捉摸性與神秘性、神聖性這幾個面向，則「神女」此一圖像的代表意義，就不可能只是一種情色慾望的追求〔註16〕。

那麼「神女」究竟被用來說明什麼？假如從神女神話的「情色源流」出發，便可以明白這類「性」的慾望與追求，實與宗教祭祀性的神秘體驗相關〔註17〕，而透過類似於性愛關係的感受比擬，則能延伸出對於「道體」的體驗。

若這場與神女交接的神秘遇會，近似於對道體的體驗，那麼神女除了代表情慾的象徵之外，更是「象徵至善至美的、帶有終極意義的理想和『道』，或者說是人類的精神家園。」〔註18〕文中神女種種變化多端、茂美盛麗的描述，

〔註16〕如屈原在〈招魂〉中的招以美色，宋玉的〈登徒子好色賦〉中好色的對象為東牆鄰女與採桑的郊妹，具是人間佳麗。司馬相如〈子虛〉、〈上林〉賦中除「鄭女曼姬」外，亦有「青琴宓妃」，但這只不過是用來比喻美人的「絕殊離俗」，並非就是指稱天子要將神女們納為己有。

〔註17〕關於「神女」所代表的情色意涵，早在《襄陽耆舊記》即言高唐神女「名曰瑤姬，未行而亡，封乎巫山之台。精魂為草，摘而為芝，媚而服焉，則與夢期。所謂巫山之女，高唐之姬。」或《山海經·中山經》：「姑媱之山，帝女死焉，其名曰女尸，化為䔄草。其葉胥成，其華黃，其實如菟丘，服之媚於人。」說明神女所化之仙草具有媚藥、春藥的功能，近人研究如聞一多指出神女乃楚民族的先妣高禖，且與生育崇拜相關，只是後世轉虔誠為淫慾；葉舒憲強化高唐神女與西方愛與美神維納斯的連結，主張二者都能「以審美愉悅的眼光去看性愛活動」，有著性愛的自主精神；蕭兵、黃洽、董舒心則強調神女的形象具有宗教活動中巫女的「神妓」性質，黃洽「其神性表現為不僅有呼風喚雨的超自然能力，而且更主要的表現為她們能使得與之性愛結合的人達到精神上的啟悟和再生」。見聞一多：〈高唐神女傳說之分析〉，《清華學報》，1935 年第 4 期。蕭兵：〈神妓女巫和破戒誘引〉，《民族藝術》2002 年第 1 期。黃洽：〈高唐神女原型與《聊齋志異》中的高唐型神女〉，《蒲松齡研究》，2002 年第 2 期。董舒心：〈漢魏六朝人神戀小說中女神主導局面形成的原因〉，《民俗研究》，2018 年第 4 期。葉舒憲：《高唐神女與維納斯——中西文化中的愛與美主題》（西安：陝西人民出版社，2018 年）。

〔註18〕郭建勳：〈論漢魏六朝「神女——美女」系列辭賦的象徵性〉，《湖南大學學報》（社會科學版），第 16 卷第 5 期，2002 年 9 月，頁 69。

即是試圖將形而上的「道」，透過具象化的形容，來說明道體的玄妙無雙。如何證明宋玉以神女喻「道體」？觀〈神女賦〉中，神女的性質是：「不可彈形」、「不可盡暢」、「不可親附」、「不可勝記」的，宋玉多採用否定的句式來論述神女的美貌，看似辭窮或有著不夠具體的感覺〔註19〕，但宋玉正是要透過這類的文句來突顯出「神女」與「道」的內在連結性。在老子的論述中，道是：

> 微妙玄通，深不可識。夫唯不可識，故強為之容。豫兮若冬涉川，
> 猶兮若畏四鄰，儼兮其若容，渙兮若冰之將釋，敦兮其若樸，曠兮
> 其若谷，混兮其若濁。〔註20〕

王弼注為「凡此諸若，皆言其容象不可得而形名也。」說明道是無法形容、說清的，這也可以解釋為何賦中雖有實寫神女容貌的句子，但是那不過是「強為之容」，甚至僅是吸引君王專心聆聽的手段，真正的重點其實是那一連串不可名狀的神女性質。在《老子》第二十一章中，對道還有如此描述：

> 道之為物，惟恍惟惚。惚兮恍兮，其中有象；恍兮惚兮，其中有物。
> 窈兮冥兮，其中有精；其精甚真，其中有信。〔註21〕

此處說明了道的變化莫測，王弼注「恍惚」為「無形不繫之歎」；「窈」、「冥」，為「深遠不可得而見」之義。故道體無形無狀、高深莫測的特色，亦呼應了神女「須臾之間，忽兮改容」的姿態，以及「意似近而既遠兮，若將來而復旋」、「褰余幬而請御兮，願盡心之惓惓」後又「懷貞亮之絜清兮，卒與我兮相難」等令人費解難猜的舉止。

　　儘管我們無法確認宋玉的〈神女賦〉必然是一篇向楚王推廣老莊思想的作品〔註22〕，但是「神女」作為一指涉形而上的象徵符號應非謬言。而這樣形而上的指涉，不論是道體或是真理，它都象徵了一個理想境界或終極目標。宋玉筆下的巫山神女形象，有其神話源流，而「任何神話都非實指，而是一個個隱喻和象徵，特別是當它們作為原型和文學母題進入創作領域，被人們一次又一次地重複、模仿時，神話只能是一種虛化的、純粹象徵性的存在。」〔註23〕

〔註19〕高秋鳳：〈宋玉〈神女賦〉與曹植〈洛神賦〉的比較研究〉，《國文學報》第 26 期，頁 14。

〔註20〕《老子》十五章，見樓宇烈：《王弼集校釋》，頁 33。

〔註21〕《老子》二十一章，見樓宇烈：《王弼集校釋》，頁 52～53。

〔註22〕如朱曉海先生認為〈高唐〉、〈神女〉二賦實展現出莊學之氣論。論述詳見朱曉海：〈某些早期賦作與先秦諸子學關係證釋〉。

〔註23〕郭建勳：〈論漢魏六朝「神女──美女」系列辭賦的象徵性〉，《湖南大學學報》（社會科學版），第 16 卷第 5 期，2002 年 9 月，頁 69。

因此「神女」本就非實指，我們不能單單執著於表面上「神」、「女」的二項特徵進行解釋，蓋作者在進行創作之時，其神女的圖像便已經成為一種隱喻的符碼，而非真實的生活體驗、情感體驗。

此外，〈高唐〉、〈神女〉二篇雖屬於同一系列的作品，應作共同解讀，但是儘管看起來作為求訪神女之旅的〈高唐賦〉，是為了最終與神女交接的〈神女賦〉作鋪墊，但不可僅視為豔情〈神女賦〉的開場白或附屬品，而忽略〈高唐賦〉文本中的獨立意旨，因為兩文的內容著實不同。〈高唐〉之序雖有神女自薦枕席之辭，但正文全然是描寫求訪神女的環境與路途，若單純將豔情狎邪的「聞君遊高唐，願薦枕席」之語，僅視為是投君王所好的包裝，故在正文論述中完全轉向，以達勸諷目的﹝註24﹞，似乎會使序文與正文產生斷裂，恐不宜作如是解。

〈高唐〉、〈神女〉兩賦既為姊妹作，則論述主題必然有所相關，〈神女〉的意旨既是以「神女」圖像作為「道」的比擬，那麼〈高唐〉中那求訪神女的旅程，便是「求道」的旅程，其中描畫的自然風貌，則可視為是求道時所需經歷的各種困難與考驗，因此宋玉才會在賦末言：「王將欲往見，必先齋戒，差時擇日。」﹝註25﹞可看出求「道」時需懷恭敬虔誠之心。至於楚王聞色心喜後問道「寡人方今可以遊乎？」以下，宋玉浩浩蕩蕩地開展了對高唐山水之景的描繪，其中兩個重點值得注意。首先高唐之境極其雄偉、難以言說、比類：

> 高矣顯矣，臨望遠矣！廣矣普矣，萬物祖矣！上屬於天，下見於淵，
> 珍怪奇偉，不可稱論。

> 惟高唐之大體兮，殊無物類之可儀比。

「不可稱論」、「殊無物類之可儀比」等否定句式再度出現，除可說明神女所居之高唐乃一巨麗仙境，並且是「貫衎天、地、淵三界的中柱或說聖梯」之外，這類無以名狀的形容，又恰恰好再度呼應了道體的性質，而神女所存之處即為道之所在，亦為「不可得知」﹝註26﹞的，而「廣矣普矣，萬物祖矣」也是「道

﹝註24﹞ 許東海認為〈高唐賦〉序文中對於神女的敘述僅是投楚王所好，宋玉利用香豔的神女故事來引誘楚王走入他的故事布局中，以達勸諷目的。見許東海：〈求女‧神女‧神仙：論宋玉情賦承先啟後的另一面向〉，收錄於許東海：《女性‧帝王‧神仙：先秦兩漢辭賦及其文化身影》（臺北：里仁書局，2003 年），頁28。

﹝註25﹞ 李善注：《文選》，卷十九〈賦癸‧情〉所收宋玉〈高唐賦〉，頁 875～886。

﹝註26﹞ 王弼《老子》注 14 章，見樓宇烈：《王弼集校釋》，頁 31。

氾濫無所不適，可左右上下周旋而用」〔註27〕的表現。

　　其次乃山水景象美險夾雜，例如說明水之壯盛致使「猛獸驚而跳駭兮，妄奔走而馳邁。虎豹豺兕，失氣恐喙。雕鶚鷹鶬，飛揚伏竄，股戰脅息，安敢妄摯。」其後為達「登高遠望」之目的，需經艱辛攀登，故「使人心瘁」，而山勢高聳「磐石險峻，傾崎崖隤」、「不見其底，虛聞松聲」，因此「久而不去，足盡汗出。悠悠忽忽，怊悵自失。使人心動，無故自恐。賁育之斷，不能為勇。」其後各類珍奇異物又是「不知所出」、「不可究陳」。

　　宋玉長篇大論地為楚王指陳出高唐的壯麗奇偉，令凡人感到渺小又驚恐，但是為了「登高遠望」，不辭辛苦、「足盡汗出」；為了一親神女芳澤，面對諸多令人心驚膽戰的險峻山勢，仍堅持抵達仙境，說明了儘管「道」的修練工夫嚴酷困難，仍是值得努力達成的，因為「蓋發蒙，往自會」，若能在求道的過程中得以「發蒙」，則便可以與神女（道）親近。按此，「神女」既是渴求、企慕的目標，那麼〈高唐賦〉表面上彷彿是為了追求神女而作的種種準備，實際上文中「王」的真實身分該為一求道者（或是宋玉希望君王能成為這樣的一個求道者），故「求欲」是表層，「求道」才是內涵。宋玉透過自然山水與神女的圖像，說明「山水」為求索「神女」的必經之路，因此「山水」可為求道的過程、路途；「神女」則為目的（道體）本身。他用圖像（神女／山水）說明道體與對道的體驗連結：以「自然」說明「道」豐富多變、難以到達的屬性；又以「神女」說明道的神聖與理想性。

　　至於為何要鋪陳大段的自然山水？首先考其神話背景，神女乃：「赤帝女曰姚姬，未行而卒，葬于巫山之陽，故曰巫山之女。」〔註28〕因此若要求訪神女，則必須登臨巫山，以親身踐履，作為求道旅程中的歷練。同時在各類自然景象中，巫山「忽兮改容……湫兮如風，淒兮如雨」的「雲雨」之象，最為關鍵。自〈高唐〉、〈神女〉後，「雲雨」已成男女歡愛的代名詞，而「雲雨」此詞，亦猶可說明外在「自然」之氣與內在「道」、「真理」的關聯性。若對照宋玉另一篇〈風賦〉，則或可印證風、氣與所象徵之「道體」之關聯。在〈風賦〉中，「風」除了作為一種自然之氣的運作流行，還帶有社會階級上大王／庶人的雄雌之別，而透過對風氣之「殊」的變化體察，可以窺見對於世界的理解，無論是思想上對於各式存有是否共氣的氣論〔註29〕，或是道德上期冀楚王能

〔註27〕王弼《老子》注34章，見樓宇烈：《王弼集校釋》，頁86。
〔註28〕《文選・高唐賦》李善注引《襄陽耆舊傳》，頁875。
〔註29〕此說詳見朱曉海：〈某些早期賦作與先秦諸子學關係證釋〉。

夠體察民間疾苦的諷諫〔註30〕，風氣帶給人的感知與影響是巨大的，而無論風或雲，其實都偏向是「氣」的一種表現，因此〈高唐〉、〈神女〉賦文中所出現的雲雨，「固然一方面可以形容巫山神女的來去倏忽，居止無常，但是另一方面，這些迅疾或清涼、慘淒的風雨變換，其實可以視作慾望在體內躍升或擴張的追尋體驗。」〔註31〕雲雨等「氣」的激盪衝擊，既可以是外在的感官刺激，也可以看作是人面對神祕體驗時種種身心反應，代表人身體氣的澎湃狀態與精神上的慾望宣洩，而在〈高唐〉、〈神女〉二賦中，宋玉把這種身心感知逼迫到「顛倒失據」、「忽不知處」的極致狀態，而藉由書寫出人內心無限「慾望世界的推拓」〔註32〕，也進一步可以指陳出當人的精神處於極度的虛脫、沉迷狀態時，即可與深層的「體道」境界契合。

　　綜上所述，〈風賦〉、〈高唐〉、〈神女〉三賦看似紀錄下君臣之間調笑的對話、甚至帶有宋玉奉承「大王雄風」〔註33〕的成分，但宋玉數次在作品中提及雲、風等自然之氣，則或許在「終莫敢直諫」〔註34〕的情況下，透過包裝修飾的文辭與適當的引導，藉題發揮，偷渡諸子思想或勸喻內容，也相當有可能，因此此作的說理性過於隱晦，或因文學侍從們不能放膽直諫，而終落於勸百諷一的境地；或因辭賦本為口頭文學，再經整理而紀錄於尺牘，則後續未被紀錄的君臣談話，亦可能因不具文學性而被刪棄於賦外。〈高唐賦〉序中的神女綺思，不只是勾引起楚王興趣的動機，而是隱晦地點出了寫作的意旨——向君王展示道體的精妙，並提醒君王，想要體認真理並非易事。結構上逐步從求道踐履到體道的神祕經驗一一論述；手法上則分別透過山水與神女的圖像進行包裝。〈高唐賦〉中的山水論述，乃是逐步貼近神女中心的必要論述，宋玉透過

〔註30〕採道德諷喻解析〈風賦〉的如趙逵夫主編：《歷代賦評注·先秦卷》（成都：巴蜀書社，2010年），頁363～364。郭乃禎：〈《文選》物色類風、雪、月三賦析論〉，《國文學報》第38期，2005年12月。劉剛：〈從戰國謀臣策士的進諫策略看宋玉〈風賦〉〉，《鞍山師範學校學報》第5期，2004年10月。張勇鋒：〈宋玉〈風賦〉「由諛入諷說」小析〉，《淮海工學院學報》（人文社會科學版），第11卷第1期，2013年1月。

〔註31〕鄭毓瑜：〈從病體到氣體——「體氣」與早期抒情說〉，《中國抒情傳統的再發現》（臺北：國立台灣大學出版中心，2009年），頁69。

〔註32〕鄭毓瑜：〈從病體到氣體——「體氣」與早期抒情說〉，《中國抒情傳統的再發現》，頁69。

〔註33〕李善注：《文選》，卷十九〈賦庚·物色〉所收宋玉〈風賦〉，頁581～585。

〔註34〕《史記·屈原賈生列傳》：「屈原既死之後，楚有宋玉、唐勒、景差之徒者，皆好辭而以賦見稱；然皆祖屈原之從容辭令，終莫敢直諫。」見瀧川龜太郎：《史記會注考證》，頁987下。

凡人固有之情感慾望出發，以雲氣綰合〈高唐〉的物色與〈神女〉的美色〔註35〕，以圖像的方式分別論述「求道過程」與「體道體驗」，故二賦確有不可分割性。

（二）魏晉辭賦對〈高唐〉、〈神女〉的繼承

在初始的文本論述中，宋玉透過二幅圖像，將「自然」設定為求索「神女」的必經之路。因此〈高唐賦〉重在說明目標（神女／道）的求索過程；〈神女賦〉則是刻畫出對目標的愛戀、嚮往、追求，以及那種面對神女（道）時，神女（道）難以捉模的神聖性質和自身恍惚不可言狀的心境。後世的文人則各自繼承其論述方向，並逐步依據自己的寫作需要，為母文本的圖像進行了內涵上的代換。而筆者以為，在辭賦作品中，「神女圖像」論述的繼承為曹植〈洛神賦〉；「山水圖像」論述的繼承則為孫綽〈遊天台山賦〉。如圖（一）所示：

1. 對於「神女圖像」論述的繼承

六朝以神女為題的辭賦甚多，如王粲、陳琳、應瑒、楊修同題共作之〈神女賦〉、張敏〈神女賦〉、謝靈運〈江妃賦〉、江淹〈水上神女賦〉，透過百般描繪美麗的神女形象，形成一種「神女論述」的傳統〔註36〕，其中最為代表乃是曹植〈洛神賦〉。

〔註35〕原文為鄭毓瑜：「這兩篇賦都牽涉了慾望追逐的主題。從這個共通的角度，也許可以重新解釋為什麼〈高唐賦〉要以雲氣發端來綰合物色與美色。」此處筆者將二賦拿來綜合比較，蓋〈高唐〉重在物色描摹；〈神女〉重在美色刻畫。見鄭毓瑜：〈從病體到氣體──「體氣」與早期抒情說〉，《中國抒情傳統的再發現》，頁 68。

〔註36〕張淑香曾指出：「邂逅神女的主題以在辭賦傳統中生根落葉……，儼然已成為一種險目的文學原型矣。」見張淑香：〈邂逅神女──解《老殘遊記二編》逸雲說法〉，中國文學的多層面探討國際學術會議論文編輯委員會：《語文、情性、義理：中國文學的多層面探討國際學術會議論文集》（臺北：國立臺灣大學，1996 年），頁 441～442。

就論述主題、情節設定、場景描述、男主人翁心境等皆有明顯繼承的痕跡，例如皆極言神女形象之貌美嫻靜、相遇場景如夢似幻、男女良緣未結而遺憾離去等〔註37〕，而本文此處要探討的繼承關係，乃在於透過「神女圖像」以表意的寫作手法。曹植序中所謂「感宋玉對楚王神女之事」〔註38〕，到底他是感了什麼、繼承了什麼？所謂的繼承並不是現象上的語言形容（如美人容貌）與情節（如歡情不得），而是深層的觀念意義。歷來關於神女論述的研究，亦多由從情色角度探討，認為其中不乏神妓巫娼的宗教源流，以及男性的情慾宣洩〔註39〕。筆者自可同意這類論述傳統實為男性文人透過男性主體的情慾視角、視線，進行一種「色心大起」的慾望論述，但是這種創作原型被繼承之後，或能在初始的艷情書寫傳統之外，產生進一步的轉化。

如同宋玉之〈神女〉賦一般，曹植創作〈洛神賦〉的動機也撲朔迷離，或許不必去追問曹植筆下的「洛神」究竟所指為何，但曹植既自言其作與〈神女賦〉相關，則洛神形象必含有某種特定的寄託，成為文本中一個明顯的符碼〔註40〕。無論是寄情甄后說、託心文帝說，乃至於比擬自身的政治抱負，我們大抵可以將這個美好的「洛神」形象，歸結為曹植內心中的一種「理想」。而隨著最終作為理想的洛神離去，曹植的失落與悵惘於是而生。「神女」在宋玉是道體象徵，在曹植是理想象徵。宋玉與曹植皆採用了「女神」的形象進行包裝，鋪陳出主人翁精神世界的變化歷程，而種種猶疑退縮、悵悵愁恨的心境，乃至於不得結合的憂傷結局，亦如出一轍。這類內容建構的目的，宋玉的重點在於表明神女（道）的難以求得；而曹植將追求洛神的過程更加細膩地描述出來，透過對洛神形象的描摹與整體情境設立，在豐富的圖像化書寫中，表達出自身理想的失落。

2. 對於「山水圖像」論述的繼承

前述已提到〈高唐賦〉中描繪大段山水的用意，在於說明求道歷程的各種

〔註37〕二賦的比較分析可參高秋鳳：〈宋玉〈神女賦〉與曹植〈洛神賦〉的比較研究〉，《國文學報》第26期，頁61～89。李文鈺：〈從〈神女賦〉到〈洛神賦〉——女神書寫的創造、模擬與轉化〉，《臺大文史哲學報》第81期，2014年11月，頁33～62。

〔註38〕李善注：《文選》，卷十九〈賦癸·情〉所收曹植〈洛神賦〉，頁895～903。

〔註39〕參魯瑞菁：〈論宋玉〈登徒子好色賦〉與〈高唐、神女賦〉中的情慾問題〉，魯瑞菁：《諷諫抒情與神話儀式——楚辭文心論》（臺北：里仁書局，2000年）。

〔註40〕如曹道衡評道：「賦有所寄託是可以肯定的。但這種寄託隱藏頗深，後人一般難以體會和確指。」見曹道衡：《漢魏六朝辭賦》，頁115。在此洛神形成曹植有所寄托的對象，但是洛神並不能僅視為單純藉此喻彼的象徵物，而是應放在整體文本情境下進行觀照。

體會。而在〈洛神賦〉中，也可見對洛水澤畔的風景描寫：

> 背伊闕，越轘轅。經通谷，陵景山。日既西傾，車殆馬煩。爾迺稅
> 駕乎蘅皋，秣駟乎芝田。容與乎陽林，流眄乎洛川。

這類文字固然是為了營造洛神翩然降臨的整體情境，也可視為是宋玉在〈高唐賦〉中對描述神女居所的繼承。而曹植自京域歸東藩「背伊闕，越轘轅。經通谷，陵景山」的一段文字，也如同是一趟艱難的求索過程，因此各樣山水景物，便不只是對神女蒞臨的背景鋪陳，而是同時暗示著在如夢似幻的場景下，「山水」即為追求目標的考驗歷程，山水並非是神女現身的背板，而是追求理想必經的過程。錢鍾書於《管錐篇》提及〈高唐賦〉：

> 寫巫山風物，而入《文選‧情》門，實與〈神女〉、〈好色〉不倫非
> 類，當入「遊覽」門，與孫綽〈遊天台山賦〉相比。賦僅為襄王陳高
> 唐之「珍怪奇偉」，而設想「王將欲往見之」，王未真登陟也；孫賦
> 祇言神遊，見天台「圖像」而「遙想」、「不任吟想」，「俛仰之間，若
> 已再升」，亦未嘗親「經魑魅之途，踐無人之境」也。〔註41〕

按錢鍾書的觀察，則〈高唐賦〉與〈遊天台山賦〉都是神遊之作，因此存在著若干的可比性。然〈高唐賦〉的巫山風光，並非單純供君王遊覽的觀光旅行，回到宋玉〈高唐賦〉的文本，求訪神女（道）的過程必須歷經千辛萬苦、跋山涉水而至：或危峻艱苦、險象環生；或變化多端，恍惚失神，看似在遊覽巫山山水，實則藉此喻彼，這些雄偉瑰奇的山水之境，即象徵著求道的心路歷程。則此「遊覽」真義，並非是單純賞玩，而即是具有針對性——也就是關於「體道」的目的性書寫。孫綽〈遊天台山賦〉那種刻畫登山初期心驚膽戰，登頂又歡然舒暢的山水體驗，其實正是刻畫出了各種對於求道體驗的心境階段，這種以「遊覽」來包裝文章主旨的寫作手法，與〈高唐賦〉中大為相似。因此我們可認為孫綽〈遊天台山賦〉藉山水圖像以喻求道歷程的寫作手法，實為宋玉〈高唐賦〉的繼承。

這種冒險式追尋的「英雄旅程」，在空間論述上，客觀的空間產生了象徵意義，此時空間的論述並非是一外在的經驗事實，而是一種暗喻內在精神境界的昇華與回歸〔註42〕。自宋玉分別以神女與山水的圖像論述一趟藉此喻彼的

〔註41〕錢鍾書：《管錐編》，〈全上古三代秦漢三國六朝文‧八則〉，頁1403。

〔註42〕張淑香以坎伯「英雄歷程」理論，解釋中國古典神女與山水的論述。而她更指出在清代《老殘遊記二編》中關於老殘一行人登上泰山參拜，遇見美艷動人的姑子逸雲為眾人說法一段，即是「邂逅神女」的傳統論述，而過程中上山、下

「體道之旅」後，其後便各形成論述傳統繼承，神女論述以〈洛神賦〉為代表，此作中雖有對山水的描寫，但其內容重心仍是聚焦在「洛神」身上，洛川周邊的山水景象只是附帶渲染、強化的襯托物；而孫綽〈遊天台山賦〉則是如〈高唐賦〉一般，以踐履山水為全賦主體，故山水圖像論述的繼承當以〈遊天台山賦〉為代表。

最後，筆者針對「神女」圖像，歸結出神女論述中的圖像內涵異同。後代仿作的神女賦，性質已經產生轉換，如建安諸子等人同題共作之〈神女賦〉，主題雖相似，但其神女圖像意在「艷情」式女性刻畫，也與曹植〈洛神賦〉所繼承的重點不同，曹植與宋玉一樣，注重的是「神女」所帶來的寄託意涵，因此曹植才真正繼承了宋玉「神女論述」的意旨與精神。至於建安諸子以降的作品，則缺乏了神女／主人翁雙方透過對話互動而產生的象徵性空間〔註43〕，在內容表現上淪於男性單方面的意淫遐想之作，描寫上也多強調「脣譬含丹，目若瀾波」、「戴金羽之首飾，珥照夜之珠璫」〔註44〕，側重於女體的感官描繪。除〈洛神賦〉外，六朝時期的〈神女賦〉系列作品，固然也呈現出神女的圖像，但描摹的對象（符徵）看似相同，最終指向的符指卻產生轉換，宋玉乃是以「神女」喻道，為形而上的指涉，「神女」的符徵乃指向「道」之符指，故多非實寫、非物質性描述；建安諸子則只見神女圖像的表面，因此符徵即為符指，描述便越加朝形而下發展，彷彿以女性為物、為器，因此偏向實寫、物質性描述〔註45〕，主旨上也轉化成以女性為警惕、誡淫的象徵。這恐怕是先作為宋玉「讀者」的六朝〈神女賦〉「作者」們在解讀文本時產生認知上的錯誤，因此在後續的仿作上造成同一圖像代表的意義產生變化。此處對圖像意義的詮釋

山的旅途，即「形成一種空間形式的象徵，刻記著內在隱密蛻變的圖像」，因此可知並非是神女的現身才是最終意義所在，登山過程的種種景緻也是具備各類冒險、朝聖的象徵意義。據此，亦可證孫綽〈遊天台山賦〉中登山的求道體驗，與宋玉〈高唐賦〉不無淵源。見張淑香：〈邂逅神女——解《老殘遊記二編》逸雲說法〉，中國文學的多層面探討國際學術會議論文編輯委員會：《語文、情性、義理：中國文學的多層面探討國際學術會議論文集》。

〔註43〕 關於建安諸子所作〈神女賦〉缺乏曹植〈洛神賦〉裡的政治象徵性此一討論，可參考鄭毓瑜：〈美麗的周旋——神女論述與性別演義〉，《性別與家國——漢晉辭賦的楚騷論述》，頁33～45。

〔註44〕 見費振剛、仇仲謙、劉南平：《全漢賦校注》所收王粲〈神女賦〉，頁1054。

〔註45〕 至阮籍〈清思賦〉，或許才又重回那種以美好女性（神女）比喻對玄道的體驗與追求。可參考鄭毓瑜：〈美麗的周旋——神女論述與性別演義〉，收錄於鄭毓瑜：《性別與家國——漢晉辭賦的楚騷論述》，頁52～61。

變化，故已與原屬母題產生變異，茲當加以分判，但亦可顯現出「圖像」僅作為作者自身用來「表意」的工具性原理。

第二節　孫綽〈遊天台山賦〉圖像化書寫的說理運用

東晉的孫綽為善談玄理之人，但自評最得意莫過於其文才，〈遊天台山賦〉看似遊覽山水之作，但文中處處充滿玄學象徵，東晉士人多以山水解玄，但孫綽此賦的寫作進路卻跟當時一般的解玄、悟玄的玄言作品不相同，他繼承了宋玉〈高唐賦〉中的遊覽式書寫手法，將求道的心路歷程包裝成一篇優美的山水遊記。

一、「登山即修道」的玄學演繹

（一）玄言詩賦中「自然」與「道」的關係

所謂玄言詩或是玄言賦，是指以談論玄學思想為內容主旨的詩賦作品。其表現手法通常有兩種，一種是將玄學思想作為歌詠標的，並運用哲學式的語言進行邏輯、概念的探討，詩如郗超〈答傅郎〉、賦如庾敳〈意賦〉皆屬之。一種是通過寫景狀物的方式，通過山水形貌的歌詠，進而闡發對於玄理的體悟，詩如謝安〈蘭亭〉、盧諶〈時興〉等，將個人玄思寄託於山水之中。前者全然是抽象的形上概念表達，內容重在立意，多「平典似道德論」〔註46〕，少有文學技巧、亦無圖像化的書寫技巧，故不多加討論。後者因為在作品中參雜了大量對山水圖像的描繪，因此可以接著來處理這類型中，在表現手法上的異同問題。

以玄言詩為例，詩人對於山水的描繪，往往有一種「從『象』入而從『理』出」〔註47〕的狀況，也就是透過觀賞遊覽這些大自然中的物象，在「一葉且或迎意，蟲聲有足引心」〔註48〕的情況下，對於時空的變化有所感、有所思，並從中體悟出對於玄學中的相關哲理，從形而下的現象敘述，連結至形而上的「道」、「理」的思辨。在這些「以玄對山水」〔註49〕的作品中，又可以發現寫作手法上有所差異，一種是透過遊覽實體山水之後感發出玄理，如王羲之〈蘭亭詩〉：

〔註46〕鍾嶸《詩品‧序》，見汪中：《詩品注》（臺北：正中書局，1990 年），頁 10。
〔註47〕顏崑陽：〈從應感、喻志、緣情、玄思、遊觀到興會〉，《詩比興系論》，頁 369。
〔註48〕范文瀾：《文心雕龍注》，卷十〈物色〉，頁 693。
〔註49〕余嘉錫：《世說新語箋疏》，〈容止〉24 所收孫綽〈庾亮碑文〉：「公雅好所託，常在塵垢之外，雖柔心應世，蟬屈其跡，而方寸湛然，故以玄對山水。」頁 618。

> 三春啟群品，寄暢在所因。仰望碧天際，俯磐綠水濱。寥朗無厓觀，
> 寓目理自陳。大矣造化功，萬殊莫不均。群籟雖參差，適我無非新。
> 〔註50〕

大自然中蘊藏宇宙道體的奧秘，故作者可以透過遊覽山水體認道體的存有。王羲之即是從碧天綠水的徜徉中，體察到天理造化之工，由景而生起玄思。此時內容中的山水圖像並沒有作者所寄託的涵義，僅為作者悟道的媒介，因此在這類作品中，敘述上往往是先寫景再起興，寫景與說理的段落是截然二分的，「圖像」與「說理」的關係是「先象後理」。

　　另一種作品雖然內容中有提到山水、自然等辭彙，但實是借用老莊的語言概念來表現出作品中的玄學思想，因此作者所呈現的山水之象，不是現場的官能經驗，更偏向是虛擬的符碼〔註51〕。此時的種種物象景色，便不一定是實指哪座具體的山水，而是在既有的經典知識或思想上，化用其概念，作為表意的圖像工具。此時的山水圖像，便具有著特定的意義，而作者並不將這些山水視為主要描寫的對象，因此通常這類的山水圖像都較為簡略，甚至僅是帶過少許山水物色的名詞而已。如張翼〈詠懷〉其一「風來詠逾清，鱗萃淵不濁」、其二「相忘東溟裡，何晞西潮津」〔註52〕等句，與其說是實景山水的描摹，倒不如說是化用了莊子「北溟有魚」、「相濡以沫」、「涸轍之鮒」典故。對於這種「意在象先」的寫作手法，可以稱之為「象中有理」。以上分析可整理成表（三）呈現：

表（三）

	指涉的山水（符徵）	代表的意義（符指）
先象後理	實指，有一實體山水	無，僅為悟道的媒介
象中有理	虛指，僅為概念	有，象徵玄學思想中的既存概念或知識

〔註50〕逯欽立輯校：《先秦漢蔚南北朝詩》，所收王羲之〈蘭亭詩〉，頁895。

〔註51〕顏崑陽曾按抽象化的程度將玄言詩整理成三種敘事模式：純思辨說理的「範型」、意在象先的「擬象徵理」，與賦而興的「因象以悟理」。此說乃從作者的主體意念出發，依照創作思維的不同，以時空抽象程度進行作品分類。此處筆者參考顏說中「擬象以徵理」與「因象以悟理」之分類，以探討玄言詩賦中的圖像意涵，惟為了強調文本中「象」與「理」（意）的互動關係，故分別另稱之為「先象後理」與「象中有理」。見顏崑陽：〈從應感、喻志、緣情、玄思、遊觀到興會〉，《詩比興系論》。

〔註52〕逯欽立輯校：《先秦漢魏南北朝詩》，所收張翼〈詠懷〉，頁891～892。

二種寫作手法在同一首作品中，是有可能同時出現的，例如庾闡〈衡山詩〉中，「北眺衡山首，南睨五嶺末」屬於見物起興的實體山水描述；「翔虯凌九霄，陸鱗困濡末」〔註53〕二句則化用莊子〈逍遙遊〉「摶扶搖而上者九萬里」〔註54〕及〈天運〉「相濡以沫」的典故。

　　假如把這樣的寫作類型移植到賦的寫作上，孫綽〈遊天台山賦〉似乎較偏向實體遊覽山水之後產生玄思感物的「先象後理」型，但實際上孫綽跟上表的兩個類型都有不盡相同之處。首先指涉的山水雖是具體的「天台山」，但是孫綽此作卻強調他是藉由「神思」來勾勒出天台山的自然景觀，因此實有虛構描繪的成分存在。其次在描繪山水的過程中多次一邊寫景，一邊穿插了諸多明顯的玄學用詞，例如直言「法鼓」、「有無」、「色空」、「二名」、「三幡」〔註55〕等辭彙，可見其佛、道意涵。最後由於前節已提及〈遊天台山賦〉與〈高唐賦〉具有繼承關係，因此孫綽在文章中大篇幅描繪景物的手法，可視為是「象中有理」，將圖像作為概念象徵的類型，因此也不能將天台山的山水風景僅視為作者體道的工具性媒介〔註56〕。但比起「象中有理」僅將山水轉化成虛擬符碼，〈遊

〔註53〕　逯欽立輯校：《先秦漢魏南北朝詩》，所收庾闡〈衡山詩〉，頁874。
〔註54〕　郭慶藩：《莊子集釋》，〈內篇·逍遙遊〉，頁4。
〔註55〕　李善注：《文選》，卷十九〈賦己·遊覽〉所收孫綽〈遊天台山賦〉，頁493～501，下文注釋亦同，茲不再引。
〔註56〕　前人研究多僅指出此作是藉著山水景物暢言玄理的玄言詩賦，然未詳其山水圖像與玄理的真正關係。如葛曉音從政治與玄學的關係討論起，認為東晉士族制度已經鞏固下，士人不再追究名教問題，因此名士、名僧往往會藉由自然山水上發展情趣，以用玄理消解他們在市朝台閣中的矛盾與曖昧，故多數作品中往往將山水玄理化和佛理化，形成玄言詩賦中夾雜著山水描寫的特色。見葛曉音：〈山水方滋，老莊未退——從玄言詩的興衰看玄風與山水詩的關係〉，《學術月刊》，1985年2期。許芳紅指出〈遊天台山賦〉為一情景交融之佳作，然而作者之情並非是自我內心情感抒發，而是玄理統攝下的情感，是故充分將情、理、景相互綰合，而產生一幽靜澄明之意境。見許芳紅：〈空靈剔透之心，幽虛澄澈之境——論〈遊天台山賦〉的意境美特質〉，《船山學刊》第3期，2007年。楊志娟認為孫綽虛構筆法中兼顧客觀真實的描寫，達到以實寫虛的效果，並指出這樣的「虛構遊覽」是孫綽對遊記文學的創造性開拓。見楊志娟：〈心游萬仞，情寄八荒——論孫綽〈遊天台山賦〉的虛境〉，《新鄉學院學報》第32卷第10期，2015年10月。熊紅菊、劉運好提出孫綽將郭象的「適性逍遙」論與支遁的「即色游玄」加以吸收，以模寫山水的形式，讓文章形成了「山水—悟理—化情」的結構。見熊紅菊、劉運好：〈論孫綽的「以玄對山水」〉《學術界月刊》，總第234期，2017年11月。林韻柔針對天台山的行旅書寫提出此賦乃後世文人對於天台山認識與想像的重要來源，見林韻柔：〈凝視與再現：天台山記中的宗教文化記憶與行旅書寫〉，《東華漢學》第27

天台山賦〉的山水鋪陳卻較之真實、也是作者重工描摹的部分。要解決〈遊天台山賦〉的寫作意旨與其山水圖像意義的問題，我們必須回到孫綽創作時，賦中山水乃是透過「神思」所得來的這個關鍵上去思考。觀〈遊天台山賦〉序文：

> 然圖像之興，豈虛也哉！非夫遺世翫道，絕粒茹芝者，烏能輕舉而宅之？非夫遠寄冥搜，篤信通神者，何肯遙想而存之？余所以馳神運思，晝詠宵興，俛仰之間，若已再升者也。方解纓絡，永託茲嶺。
> 不任吟想之至，聊奮藻以散懷。

興，指起興，文人內心與外物互動後有所寄託、興懷。後句「不任吟想之至，聊奮藻以散懷」，亦呼應孫綽〈三月三日蘭亭詩序〉：「情因所習而遷移，物觸所遇而興感，故振轡於朝市，則充屈之心生；閑步於林野，則遼落之志興。仰瞻羲唐，邈已遠矣，近詠臺閣，顧深增懷。」這樣透過自然景物興發的感動。《文心雕龍・物色》有云：「春秋代序，陰陽慘舒，物色之動，心亦搖焉。」〔註57〕如果拿〈遊天台山賦〉跟孫綽另一首〈秋日詩〉對照：

> 蕭瑟仲秋日，颯戾風雲高。山居感時變，遠客興長謠。疏林積涼風，
> 虛岫結凝霄。湛露灑庭林，密葉辭榮條。撫菌悲先落，攀松羨後凋。
> 垂綸在林野，交情遠市朝。澹然古懷心，濠上豈伊遙。〔註58〕

東晉士人「對於宇宙萬物的觀察審視，首先具有哲理思辯的意義，其目的在於觀道，即通過觀察萬物眾象以悟道。」〔註59〕，〈秋日詩〉亦是有感於秋日時景，對莊周、惠施之逍遙悠然神往，然如果要透過山水的實際體會、玩味箇中「道」之神趣，則為何孫綽不以親身踐履天台山的方式，來體悟「渾萬象以冥觀，兀同體於自然」？如果非要透過「撫菌悲先落，攀松羨後凋」才能知曉「濠上豈伊遙」，豈不是落入《莊子・逍遙遊》所謂的「有待」了嗎？因此孫綽在

期，2018年6月，頁125～162。至於朱曉海先生則從佛教觀點對此賦提出了全新的看法，認為〈遊天台山賦〉可作為體解「色空不二」的真諦代表。楊儒賓也指出孫綽的天台山乃是一種「道化的產物」，可以跟合格的觀者一體同化。因此實可進一步去思考熟稔佛老之學的作者孫綽，在此作中所蘊藏的言外旨意究竟為何。見朱曉海：〈從蕭統佛教信仰中的二諦觀解讀《文選・遊覽》三賦〉《清華學報》，新37卷第2期，2007年12月，頁431～466。楊儒賓：〈「山水」是怎麼發現的——「玄化山水」析論〉，《臺大中文學報》第30期，2009年，頁209～254。

〔註57〕 范文瀾：《文心雕龍注》，卷十〈物色〉，頁693。
〔註58〕 逯欽立輯校：《先秦漢魏南北朝詩》，所收孫綽〈秋日詩〉，頁901。
〔註59〕 王力堅：《由山水到宮體——南朝的唯美詩風》（臺北：臺灣商務印書館，1997年），頁13。

〈遊天台山賦〉時捨棄了這條寫作的路線，而走向了透過虛擬圖像來表意的寫作道路。此作並非是親身遊覽過後而撰文紀錄，而是以「遙想」、「吟想」、「馳神運思」的方式，使得自身在「俛仰之間」，便能夠「若已再升者也」。他以「神思」來遊覽天台山，乃是以「登山」為象，透過對虛構圖像的闡釋，表達出文章背後真實的寫作意旨。

《世說新語・文學》記載：

> 孫興公作天台賦成，以示范榮期，云：「卿試擲地，要作金石聲。」
> 范曰：「恐子之金石，非宮商中聲！」然每至佳句，輒云：「應是我
> 輩語。」〔註60〕

可見他對於此賦感到相當自豪，而孫綽不只「以文才垂稱，于時文士，綽為其冠」，〔註61〕，他也認為自己是「時復托懷玄勝，遠詠老莊」〔註62〕之人，對於談玄很有心得。當時許詢與孫綽並稱，二者皆「一時名流」、「自有才情」〔註63〕，孫綽卻依舊自視甚高。在《世說新語・品藻》中有兩則記載：

> 支道林問孫興公：「君何如許掾？」孫曰：「高情遠致，弟子蚤已服
> 膺；一吟一詠，許將北面。」

> 孫興公、許玄度皆一時名流。或重許高情，則鄙孫穢行；或愛孫才
> 藻，而無取於許。〔註64〕

許詢也是寫玄言詩的能手，其五言詩被晉簡文帝譽為「妙絕時人」〔註65〕，然而從二則資料中可看出，不但就文學才華方面時人較偏愛孫綽，就連孫綽自己也覺得自己的文才足以讓許詢俯首稱臣。孫綽既覺得自己在文學造詣上高明過許詢，那麼便會想方設法來證明他的文學地位或文采，假如他仍舊走一般文人都會走的路子，書寫親身遊山玩水後有所感發、體悟的玄言作品，恐怕很難讓許詢「北面稱臣」。因此，憑藉著自身對於山水觀照的心得〔註66〕，孫綽選

〔註60〕 余嘉錫：《世說新語箋疏》，〈文學〉86，頁 267。

〔註61〕 房玄齡：《晉書》，卷五六〈孫楚傳〉，頁 1547。

〔註62〕 余嘉錫：《世說新語箋疏》，〈品藻〉36，頁 521。

〔註63〕 余嘉錫：《世說新語箋疏》，〈賞譽〉119：「孫興公、許玄度共在白樓亭，共商略先往名達。林公既非所關，聽訖云：『二賢故自有才情』」，頁 483。

〔註64〕 以上引文分見余嘉錫：《世說新語箋疏》，〈品藻〉，頁 529、頁 533。

〔註65〕 余嘉錫：《世說新語箋疏》〈文學〉85，頁 262。

〔註66〕 《世說新語・賞譽》：「孫興公為庾公參軍，共游白石山。衛君長在坐，孫曰：『此子神情都不關山水，而能作文？』」說明孫綽對於相當看重文章寫作與身心觀照山水之間的關係。見余嘉錫：《世說新語箋疏》，〈賞譽〉107，頁 478。

定「天台山」作為了描繪對象，透過〈遊天台山賦〉中大肆鋪陳山水圖像以「借題發揮」的寫作技巧，孫綽便能證明自己在文壇上的領袖地位。

至於孫綽在文章中稱：「余所以馳神運思，晝詠宵興，俛仰之間，若已再升者也。方解纓絡，永託茲嶺。不任吟想之至，聊奮藻以散懷。」則他究竟有無到過天台山？是全然想像還是觀畫神遊？〔註67〕事實上，不論他有沒有親身遊賞過，其創作的過程中，是以「神思」為主，因此便絕非真實的「回憶」或寫實的報導記錄，而在於建構虛擬圖像以表達自己的「別有深意」、「別有用心」。因此，孫綽有沒有去過天台山並非重點，能確實感物進而寫物，藉物之圖像，或抒情或敘事以確實表意，即符合劉勰「神用象通，情變所孕」的意旨。所謂「圖像之興，豈也虛哉」，其實正點出了孫綽「神思」行為的目的，文中的仙境圖像雖有假想虛構的成分，但箇中涵義卻不假，透過「意授於思，言授於意」的歷程，確實表達出自己的寫作意旨。由此可以看出「象」與「意」的重要性，這裡的「意」不一定是抒情為主的情意，而是所有作者寫作時的本意、主旨。「神思」並非遊覽而心生感懷，孫綽實乃藉神「遊」以釋「意」，故字面上的佛老用詞，並不足以代表其玄學思想的展現，而是在於整篇作品中的結構安排與意象運用上就已經暗示了更深一層的創作意涵。

（二）〈遊天台山賦〉中的登山圖像

〈遊天台山賦〉開篇之序，首先說明天台山壯麗無雙，然而卻不為常人、

〔註67〕六臣注《文選》中李周瀚注「孫興公」，引《晉書》曰：「為永嘉太守，意將解印以向幽寂。聞此山神秀，可以長往，因使圖其狀，遙為之賦。」今《晉書》則未見。呂廷濟注「然圖像之興」一段曰：「綽使圖畫此山，觀而慕之」。又林表民《天台續集別編·卷五》引李庚〈匡峰亭〉詩：「孫綽賦天台，伴人以圖至」；樓鑰《玫瑰集》亦言：「孫興公見天台山圖」。今人如陳傳席、韋賓皆採此「觀畫說」。據此，或可認為孫綽乃是觀一「天台山圖」後，神思嚮往而提筆寫下此文。然而觀宋人筆記中所載，應是建立在六臣注之上說，惟唐以前關於「天台山圖」的紀錄，似未留下隻言片語的紀錄。據此，本文認為「觀畫起興」之說雖係可能，但不以為孫綽此作乃按圖逐一描繪，將「圖像」全然轉為「圖像化書寫」，而是另行轉化，將自己的創作概念與目的蘊含其中。以上分見蕭統選編，呂廷濟等注，俞紹初、劉群棟、王翠紅點校：《新校訂六臣注文選》（鄭州：鄭州大學出版社，2013年），頁665～666。永瑢、紀昀：《景印文淵閣四庫全書》集部所收林師蒧等《天台前集等五種》（臺北：台灣商務印書館，1986年），頁609。永瑢、紀昀：《景印文淵閣四庫全書》集部所收樓鑰《玫瑰集》（臺北：台灣商務印書館，1986年）。陳傳席等：《中國畫山文化》（天津：天津人民美術出版社，2005年）。韋賓：《漢魏六朝畫論十講》（北京：中國社會科學出版社，2009年）。

常典所知所記，這是因為「所立冥奧，其路幽迴。」點出天台山的幽深難進，故「舉世罕能登陟，王者莫由禋祀。」下言：「余所以馳神運思，晝詠宵興，俛仰之間，若已再升者也。方解纓絡，永託茲嶺。不任吟想之至，聊奮藻以散懷。」說明作者欲透過想像將天台山神遊一番。

結構安排上，正文按押韻與意義可分為五段，其中首段為導論，末段為結論，自第二段起即開始描述登天台山時不同階段的景色與心境變化〔註68〕。首段「太虛遼廓而無閡，運自然之妙有。……赤城霞起而建標，瀑布飛流以界道。」雖有三次換韻，然在文意上同樣是泛論天台山的奇偉幽深，因此可將視為正式遊覽天台山之前的一段概述。第二段為「睹靈驗而遂徂，忽乎吾之將行。……必契誠於幽昧，履重嶮而逾平。」是為開始登山的活動敘述，生動展現了道路危險崎嶇，景色驚險奇絕，令人膽戰心驚。第三段為「既克隮於九折，路威夷而脩通。……追羲農之絕軌，躡二老之玄蹤。」在越過重重險阻後，終可平穩從容地眼觀四方之景，得到身心的舒暢，敘述上可謂情景交融。第四段「陟降信宿，迄於仙都。……騁神變之揮霍，忽出有而入無。」全以客觀視角描摹成功登山後眼前「人間仙境」的美麗景色，筆法冷靜。第五段「於是遊覽既周，體靜心閑。……渾萬象以冥觀，兀同體於自然。」收束於玄理，是為全文結論。

此賦二至四段各自呈現出三幅不同的登山圖像，就圖像化的書寫技巧言，孫綽的視角聚焦於天台山此座山岳上，手法看似點型圖像中對於特定主題物的刻畫，但全賦的重點非在具體形容天台山上的風景，而是側重於對於登山路途的描寫與整體登山情境的敘述，因此其書寫技巧較傾向是線型圖像與面型圖像的結合。例如自第二段起登天台山，孫綽描寫道：

> 披荒榛之蒙蘢，陟峭崿之崢嶸。濟楢溪而直進，落五界而迅征。跨穹隆之懸磴，臨萬丈之絕冥。踐莓苔之滑石，搏壁立之翠屏。攬樛木之長蘿，援葛藟之飛莖。

此處全實寫天台山風景，如「楢溪」、「莓苔」、「翠屏」，皆為天台山真實的景觀名稱。視角以第一人稱代入，讀來更具有臨場感，隨後「跨穹隆之懸磴，臨萬丈之絕冥。踐莓苔之滑石，搏壁立之翠屏。攬樛木之長蘿，援葛藟之飛莖」生動刻畫出攀登時驚心動魄、如履薄冰的畫面。同時孫綽接連使用了

〔註68〕關於〈遊天台山賦〉之押韻與分段問題，參自朱曉海：〈從蕭統佛教信仰中的二諦觀解讀《文選・遊覽》三賦〉。

「跨」、「臨」、「踐」、「搏」、「攬」、「援」等六個動詞，製造出連續不斷的動態感，而攀登的又都是懸空、陡絕、溼滑的踩點，令人不禁為之捏一把冷汗。透過直線往上前進的第一敘述視角，讀者彷彿也跟著被帶入那個「被毛褐之森森，振金策之鈴鈴」的志願登山者身分，勇敢「冒於垂堂」，一齊經歷著風嘯苔滑的戰戰兢兢，挑戰著山階石梯、斷莖殘蔓，期待著自己最終能夠「契誠於幽昧，履重嶮而逾平。」登山的旅程即是一場空間的移動，一步一腳印踐履經驗上的山水空間時，個人也與身心產生了精神上的對話空間。登山既是挑戰生理機能的一場冒險，也是自我將心靈遁入秘境的一場出走，透過記錄下登山時所產生的心境變化，使得「登山」此一行為，成為身心靈線性成長的一枚印記。

孫綽充分展現出登山過程中艱辛攀登的線型圖像，而當這趟登山之旅到達了第一個休息點時，他便在第三段極力營造休憩時山林中的悠閒氣氛與自在情致：

> 既克隮於九折，路威夷而脩通。恣心目之寥朗，任緩步之從容。藉
> 萋萋之纖草，蔭落落之長松。覿翔鸞之裔裔，聽鳴鳳之噰噰。過靈
> 溪而一濯，疏煩想於心胸。蕩遺塵於旋流，發五蓋之遊蒙。追羲農
> 之絕軌，躡二老之玄蹤。

筆鋒一轉，經歷過剛才腎上腺素飆升、「冒死垂堂」的困苦之後，景色豁然開朗，透過欣賞美麗的風景，主人翁的心情也平靜悠然起來。此段全為面的視角，視野由直線式的深邃幽闃轉為一片開闊，下有纖草，上有長松；眼觀珍禽，耳聽鳴鳥，一情一景，相互交融。明明是在描寫人間山岳的自然景貌，卻彷彿如同遊仙一般，鋪陳出了佛、道教徒心目中的仙境／西方世界的樣貌。隨著空間的伸展，自身心靈也跟著平和從容起來，因此「藉萋萋之纖草，蔭落落之長松。覿翔鸞之裔裔，聽鳴鳳之噰噰」一段，集五感之描繪：坐在鮮美柔軟的草地上，頭上有高大的松樹遮蔭，眼睛看的是高升飛翔的鸞鳳，耳朵聽的是牠們的叫聲，綠茵鮮美，何嘗不是自己豐沛充盈的心靈象徵，嚶嚶成韻的鳥鳴也意味著舒暢恬適的內心感受。

休息已畢，孫綽繼續出發他的旅程，此時「陟降信宿，迄於仙都」，經過休整與再度的跋涉，終於到達了目的地。於是第四段的景象為：

> 雙闕雲竦以夾路，瓊臺中天而懸居。朱闕玲瓏於林間，玉堂陰映於
> 高隅。彤雲斐亹以翼櫺，暾日炯晃於綺疏。八桂森挺以凌霜，五芝

含秀而晨敷。惠風佇芳於陽林，醴泉涌溜於陰渠。建木滅景於千尋，
琪樹璀璨而垂珠。王喬控鶴以沖天，應真飛錫以躡虛。騁神變之揮
霍，忽出有而入無。

觀此段敘述，則「仙都」之名，已非孫綽的溢美之詞。建築是光燦精緻的朱闕、
玉堂；植物則有神話中出現的建木、琪樹，又有仙人王子喬、羅漢應真，穿梭
其間、神通變化，毫無疑問這是個鍾靈毓秀的神仙居所，而非凡俗之境。第三、
四段的敘述，都十分強調整體情境營造。然而需注意的是，第四段幾乎運用了
所有的篇幅極力描寫景物，然而物色描繪雖多，卻難以歸於「巧構形似」的實
寫筆法，這是因為孫綽所勾勒出的山林全景，其視角乃是如同攝影機的長鏡頭
一般概括掃過天台山，畫面呈現的狀態為一印象式的概覽，而非是逐一定格拍
攝的生態寫真。何況「雙闕」、「瓊臺」、「醴泉」等雖可視為天台山的具體地標
〔註69〕，但這類對於山水的命名與讚美，放在任何一個遊山場景都可以。若落
在山水遊覽的寫作目的來說，對於這些景物，孫綽僅是採用大量虛寫、泛指的
溢美之辭，如惠風拂林、流泉淙淙、靈芝綻放等等，未細膩刻畫出天台山花草
樹木之狀、蟲鳴鳥叫之態到底如何，這使得天台山的景色，相較於其餘山岳沒
有什麼殊性，甚至近似於郭璞遊仙詩中那種「艷逸」〔註70〕的風格。孫綽看似
什麼都寫到了，但其實什麼都講不清楚，彷彿這幅天台山岳圖，全籠罩在孫綽
刻意添加的、各類亮晃晃的仙氣金光之下，而顯得越發氳氤模糊。因此，孫綽
的圖像化書寫並非是鉅細靡遺的將天台山的種種風景、標誌性景觀一一標舉
刻畫，而是採用氣氛烘托的方式，營造出一個如夢似幻的仙境，並在字句中夾
雜著玄思玄理，故全賦的手法實可屬於面型圖像。

二、「山水圖像」是體現玄理的工具

（一）登山三階段的圖像意義

上文從形式與書寫技巧出發，梳理出了〈遊天台山賦〉全文結構與圖像化
書寫的類型運用。我們接著要追問的是，孫綽通篇以山水圖像進行包裝的意義
何在？從開頭「非夫遺世翫道，絕粒茹芝者，烏能輕舉而宅之？非夫遠寄冥
搜，篤信通神者，何肯遙想而存之」幾句，已揭露主人翁正是這樣一個求道通

〔註69〕根據李善引顧愷之〈啟蒙注〉曰：「天台山列雙闕於青霄中，上有瓊樓、瑤林、
　　　　醴泉，仙物畢具。」見李善注：《文選》，頁498。
〔註70〕范文瀾注：《文心雕龍注》，卷十〈才略〉，頁701。

神之人，孫綽透過「馳神運思」的方式，除呈現出天台山的形色壯闊外，也連帶暗示了文中求道者的情思隨天台山景而轉，甚至可以說，在作者有意識的創作下，其實是建構出了一座景色隨心境而轉的天台山。按《世說新語・文學》引檀道鸞《續晉陽秋》：

> 正始中，王弼何晏好莊老玄勝之談，而世遂貴焉。至過江，佛理尤
> 勝，故郭璞五言始會合道家之言而韻之，詢及太原孫綽轉相祖尚，
> 又加以三世之辭，而詩騷之體盡矣，詢綽並為一時文宗，自此作者
> 悉體之。〔註71〕

許、孫之玄言，或祖尚郭璞遊仙。郭璞的遊仙詩，也是充滿幻想色彩的，如「璇台冠昆嶺。西海濱招搖。瓊林籠藻映。碧樹疏英翹。丹泉漂朱沫。黑水鼓玄濤。」〔註72〕等句，顯示出對神仙生活環境的綺麗想像，「山水風物看似在眼前，實則意味著理想中的仙界。」〔註73〕這個的寫作風格其實在〈遊天台山賦〉也可以看到，如「八桂森挺以凌霜，五芝含秀而晨敷」、「建木滅景於千尋，琪樹璀璨而垂珠」等，亦是刻畫出一想像的美麗仙境，可以說孫綽繼承了這種想像的創作模式。但是孫綽的山水描述並非只停留在郭璞遊仙詩裡面那種瑰麗的仙界幻想，郭璞的「遊」是將重心放在了對神仙世界的嚮往上進行神幻的遨遊，孫綽神思天台山之美的「遊」，不再是愜意的遊覽，而是一場場考驗決心毅力的關卡，他從真實的遊覽經驗中抓取了外在景物與登山者的心境進行互動，進而轉化成一種對修道過程的指涉。從第二段開始登山起，即已進入了修道歷程的比喻中，故筆者將全賦二到四段的登山歷程，整理成修道境界的三段論。此修道，同時指佛、道二家而言，不論是佛教的修持精進或是道教的修仙成道，都會面臨到修為境界的變化，賦中的老莊之辭未必即是受拘於創作上用典時的字面雅麗與既有的道家、道教思想，而僅是魏晉格義佛學在文學領域的演繹〔註74〕。按當時玄學範疇包含佛老二學，且將之進行會通的風氣極勝，孫綽作為當時士人中的談玄好手，則不論是透過格義的方式「援道入佛」，或綜佛老

〔註71〕余嘉錫：《世說新語箋疏》，〈文學〉85，頁 262。

〔註72〕郭璞〈遊仙詩〉，收錄於逯欽立輯校：《先秦漢魏南北朝詩》中，頁 866。

〔註73〕林文月：〈從遊仙詩到山水詩〉，收錄於林文月：《山水與古典》，（臺北：三民書局，1996 年），頁 21。

〔註74〕朱曉海先生已有指出此作暗喻了佛教徒的修道境界，文中三段敘述乃象徵著佛教徒修持的「三無漏學」。此一觀點筆者認為可以成立，但不必只鎖定在佛教對於三無漏的修持上。參朱曉海：〈從蕭統佛教信仰中的二諦觀解讀《文選・遊覽》三賦〉，頁 455。

思想二者以雙修，都是有可能的〔註75〕。

　　首先第二段為修道歷程的第一境，登山者「被毛褐之森森，振金策之鈴鈴。」「毛褐」可以是隱者的衣著，也可以是僧衣的面料色彩；「金策」善注則言是「錫杖也」。透過「毛褐」與「金策」的符碼，主人翁以典型僧侶的裝扮，表現出身為一個「遺世翫道，絕粒茹芝者」、「遠寄冥搜，篤信通神者」，欲上山求道的明確形象。而在行動上主人翁則是：

> 披荒榛之蒙蘢，陟峭崿之崢嶸。濟栖溪而直進，落五界而迅征。跨
> 穹隆之懸磴，臨萬丈之絕冥。踐莓苔之滑石，搏壁立之翠屏。攬樛
> 木之長蘿，援葛藟之飛莖。

其中每一個深淵與峭壁的形容，皆象徵了求道時的磨難與障礙，這些路障可能是外在環境的阻饒，但也可能是修道時自我的心魔，暗示稍不謹慎，就可能犯戒、乃至走火入魔，墜入萬丈深淵。面為修道失敗的下場，修道者的心理狀態是相當恐懼的，這些內在的驚慌與害怕，都轉化為峻嶺深淵，因此此階段呈現在眼前的景象也都危險重重。每一次九死一生的山川履踐，代表著修持之路何其艱難險阻，而求道／向佛之心志卻異常堅定，「從世間惜命保生的角度來說，完全違背『千金之子坐不垂堂』的教訓，但為了『永存乎長生』，這是值得的。」〔註76〕修道之辛苦險阻，但有志者事竟成。這些地形的困難阻礙，於佛家言，可說是三無漏學中「戒」的階段。〔註77〕持戒意味著透過嚴守戒律，諸惡莫

〔註75〕孫綽與王羲之、許詢、支道林、竺法深等人善，如《世說新語・文學》30：「有北來道人好才理，與林公相遇於瓦官寺，講小品。于時竺法深、孫興公悉共聽。此道人語，屢設疑難，林公辯答清析，辭氣俱爽。此道人每輒摧屈。孫問深公：「上人當是逆風家，向來何以都不言？」深公笑而不答。林公曰：「白㳌檀非不馥，焉能逆風？」深公得此義，夷然不屑。」又36記載「王逸少作會稽，初至，支道林在焉。孫興公謂王曰：「支道林拔新領異，胸懷所及，乃自佳，卿欲見不？」王本自有一往雋氣，殊自輕之。後孫與支共載往王許，王都領域，不與交言。須臾支退，後正值王當行，車已在門。支語王曰：「君未可去，貧道與君小語。」因論莊子逍遙遊。支作數千言，才藻新奇，花爛映發。王遂披襟解帶，留連不能已。」另著有〈喻道論〉、〈道賢論〉，皆有儒釋道會通之見。以上引文分見余嘉錫：《世說新語箋疏》，〈文學〉30，頁219、同卷36，頁223。

〔註76〕朱曉海：〈從蕭統佛教信仰中的二諦觀解讀《文選・遊覽》三賦〉，《清華學報》，頁456。

〔註77〕按佛教中之三無漏學，即為持戒、禪定、智慧，簡稱為戒、定、慧，是為斷除煩惱、證得智慧的實踐法門。如東晉道安於〈比丘大戒序〉言：「世尊立教法有三焉，一者戒律，二者禪定，三者智慧。斯之三者，至道之由戶，泥洹之關

作、眾善奉行，而能入正軌正道，身心清涼。《大智度論》卷十三：「尸羅，此言性善，好行善道，不自放逸，是名尸羅。或受戒行善，或不受戒行善，皆名尸羅。」〔註78〕透過守戒，內心有所轉變，故是能實踐一切善法的基礎。然而人多內有三毒五蓋、外有五欲六塵〔註79〕，若要不犯戒，便需時時精進，戒慎砥礪自我修持之心，避免落入「萬丈絕冥」。於道家言，既已進入求道階段，故如《莊子・逍遙遊》一般，已然擺脫「知效一官，行比一鄉，德合一君而徵一國者」〔註80〕的世俗追求，成為清楚自己價值與目標的宋榮子。

第三段中對於登山旅程中休息點的描寫，則為修道第二境。主人翁「既克隮於九折，路威夷而脩通」，地形開始平坦暢通起來，故方能「恣心目之寥朗，任緩步之從容。」此段乃是修道到一定境界，在成功跨越過重重阻礙之後，修道略有小成，故心境轉向恬淡自得，豁然開朗。於佛家言，可說是定，內心達到平靜安定的程度，心念不起，亦不隨外物轉。於道家言，可如列子「御風而行，泠然善也」，已是一自在境地，故言「疏煩想於心胸」、「蕩遺塵於旋流」。此時眼前所見之景，鳥語花香，皆詳和寧靜，然仍不是最高境地。若就莊子所言，第一境雖然置個人死生於度外，乃至於拋家棄子，一心求道，是所謂「無功」、「無名」，如宋榮子「舉世而譽之而不加勸，舉世而非之而不加沮，定乎內外之分，辯乎榮辱之境」〔註81〕，即為自我的價值顯現，然觀前言所謂冒死垂堂、契誠幽昧，仍是一「有我」的狀態，在與自我心魔進行抗爭。在第二境，

要。戒乃斷三惡之干將也，禪乃絕分散之利器也，慧乃濟藥病之妙醫也。」見《CBETA 電子佛典集成・大正藏》所收僧祐《出三藏記集序・第十一》。http://tripitaka.cbeta.org/T55n2145_011（2022/06/11 瀏覽）。丁福保：《佛學大辭典》亦言：「若人防止三業之邪非則心水自澄明，是由戒而生定者。心水澄明，則自照萬象是由定而生慧者。此三者次第相生。入道之關鍵也。」故三者為循序漸進的修持工夫。見丁福保：《佛學大辭典》（臺北：新文豐出版股份有限公司，1992 年），頁 1106。

〔註78〕《大智度論・卷十三》解「尸羅波羅蜜」談持戒的問題，並云「持戒之人而毀戒，今世後世一切衰」，說明謹慎守戒的重要性。見鳩摩羅什編著：《大智度論》（臺北：新文豐出股份有限公司，1999 年），頁 199。

〔註79〕三毒，指指貪、瞋、癡；五蓋，如〈遊天台山賦〉中即有：「發五蓋之遊蒙」之語，善注引《大智度論》云：「貪欲、瞋恚、睡眠、調戲蓋、疑悔。」以上皆為內心之煩惱。五欲，指財、色、名、食、睡五種欲望；六塵，為外在引起感官認識的對象，〈遊天台山賦〉善注引《中論》云：「六塵，色、聲、香、味、觸、法。」

〔註80〕郭慶藩：《莊子集釋》，〈內篇・逍遙遊〉，頁 16。

〔註81〕郭慶藩：《莊子集釋》，〈內篇・逍遙遊〉，頁 16～17。

內心雖然去掉了種種的煩想、遺塵，已進入「無己」，但就字面文義上觀之，當下內心的平和與逍遙，實在是因為外在環境的安逸而得的，也就是說，內心的平靜自在是因為外在環境已無險阻，而非是處變不驚、或是隨物而化的境界。如同「列子御風而行」，還是一「有待」層次，並非真正的「遊心於淡」。而若考慮到外在景色乃是心境變化的反應，在第二境中，祥和可愛的景色，間接反映出修道者心境上的怡然自得，而這份愉悅的心情乃是有賴於自身的修道有成，因此亦是一種「有待」。是故主人翁並未僅安心於這個階段，因為美景的幻象不該耽溺其中，他仍繼續試圖「追羲農之絕軌，躡二老之玄蹤」，邁往更高的境界——第三境。

　　第四段抵達「仙都」，為修道第三境。前文曾言此段的表現手法並不從真實詳切的描摹較度切入，但孫綽於此賦第一段中亦有：「赤城霞起而建標，瀑布飛流以界道」的詳實刻畫，則此處不實寫的原因為何？且此段多用《淮南子》、《山海經》中的神話景物敘述，如「八桂」、「五芝」、「建木」、「琪樹」等，其用意僅是烘托天台山實在是「玄聖之所遊化，靈仙之所窟宅」的歌詠之辭嗎？恐怕未必。孫綽的寫作手法相當類似於郭璞遊仙詩將山林做為烘托神仙世界的幻設，但相較於郭璞詩中「傾心於自己的幻設」[註82]，孫綽建構「幻設」目的，乃是為了說理，而種種「幻設」最終實為「色空」，是需要加以「泯滅」的[註83]，因此圖像描繪並非孫綽的目的本身。范文瀾注《文心雕龍・才略》言：「孫興公〈遊天台山賦〉，多用佛老之語，不甚狀貌山水，與漢賦窮形盡貌者頗異。」[註84] 孫綽撰文並非要讚嘆天台山的景致如何動人，而只不過借「天台山」做為一個說明「修道」的符碼，其他景色的描述只是用來加強形容修道、求仙過程中的仙境，若按作家試圖以「舊瓶裝新酒」[註85]的思維進行詞面抽換，則說這些仙樹、瓊台譬如《佛說阿彌陀經》中的「極樂國土。七重欄楯，七重羅網，七重行樹，皆是四寶周匝圍繞。」[註86] 以譬擬西方淨土也無不可。至此，第四段既為「仙都」——為佛家之西方世界、道家之沖虛聖

〔註82〕林文月：〈從遊仙詩到山水詩〉，《山水與古典》，頁 11。

〔註83〕孫綽〈遊天台山賦〉語：「泯色空以合跡，忽即有而得玄。」

〔註84〕范文瀾注：《文心雕龍注》，卷十〈才略〉，頁 713。

〔註85〕原文為朱曉海先生指陳：「許多詞彙的實際指涉已經移易，僅充當裝新酒的舊瓶。」。見朱曉海：〈從蕭統佛教信仰中的二諦觀解讀《文選・遊覽》三賦〉，頁 455。

〔註86〕見《CBETA 電子佛典集成・大正藏》所收《佛說阿彌陀經》http://tripitaka. cbeta.org/T12n0366_001（2022/06/11 瀏覽）。

地，則為修道第三境，屬於最高境地，可視為物我／色空合一的超脫自在境地。於佛家言，可說是到達了三學中「慧」的階段，即為證空的大智慧，由此可得解脫、涅槃。於道家言，是「乘天地之正，而御六氣之辯，以遊無窮者」〔註87〕，已經達到真正的逍遙與無待。

此段與前二段最大的不同在於全無心境描寫，前文或描述自己驚險萬份的攀登旅程，或登山成功後的心境平和欣悅，皆收筆於內心的感受，此段何以僅有客觀的景物鋪陳？筆者以為，第三境既已體道，便是到達了「無己」、「無待」，順應自然的境地，則與萬物冥合之下，我即山水，山水即我，是為齊物的「化」境，於時「渾萬象以冥觀，兀同體於自然」，道體自在我心，則又何另有一心境須言說？此即郭象所謂「遊外以冥內，無心以順有」〔註88〕的境界，外內相冥，而無所離間。若以佛家觀點，道境雖美，身在其中卻不會起心動念，因已知山水為因緣生而無自性，則「我」亦為因緣生、亦為無自性，物我皆同，認識到這一層，方能夠擺脫了主觀心靈感受的眼光，來觀看現象世界中種種山水的「色」以入「空」，修得大智慧。然而要了悟「空」之真諦進而涅槃，其實不能離開對現象界的觀察與理解，此即《大智度論・卷55・釋散華品》所謂：「不壞假名而說諸法實相。」〔註89〕不會因為色／象為虛假而捨棄之，相反地更是必須透過此色相而入空，因此此段敘述，即是同時說明了空假不離，色空不二的道理，為結論裡的「泯色空以合跡，忽即有而得玄。釋二名之同出，消一無於三幡」鋪路。〔註90〕

（二）〈遊天台山賦〉對「立象盡意」說的體現

在〈遊天台山賦〉中，孫綽以山水的圖像作為工具，進行一場綺麗的展演，為眾人說法。文中可以看見隨著登山者的修道境界的不同，景物也跟著有所變化，而登山者的修道境界，也是象徵著主體精神層次的拔升，因此景色也是一種修道者的心境寫照，據此，孫綽筆下的「天台山」，便不是經驗界中的客觀山水實體，而是修道時內心境界的投射。手法上，孫綽整體以面型的圖像構築

〔註87〕 郭慶藩：《莊子集釋》，〈內篇・逍遙遊〉，頁17。

〔註88〕 郭慶藩：《莊子集釋》，〈內篇・大宗師〉郭象注，頁268。

〔註89〕 鳩摩羅什編著：《大智度論》，頁59。

〔註90〕 孫綽的時代對於佛法的了解，由於翻譯條件的限制與格義方法的使用，未必對大乘般若學「色空」或「中觀」、「中道」有正確的理解，但與孫綽交好的支道林亦有所謂「即色悟玄」的理論，因此筆者認為孫綽從現象世界（色／象）入手來體認精神世界（空／意），此解釋應無過謬。

出一神思的「天台山」，在這風景優美的人間勝地中，仙境般的場景便是孫綽精心打造的虛擬實境，暗藏諸多孫綽加入的符碼。而篇章中安排的線型圖像段落，表面上是用來表現出客觀空間的移動變化，實際上則是暗示修道的境界提升。修道過程漫長艱辛，因此整趟旅程從起登到抵達，不光是客觀的時空流動，更是主體心境的超越與爬升，而這層藏於秀逸山水圖像背後的寓意，即是需要解碼的「言外之意」。

由是我們可以發現，〈遊天台山賦〉之所以巧妙，是在於孫綽跳脫了一般玄言作品中，以山水作為體道工具的作法。文人往往認為「聖人含道應物」，而「山水以形媚道」，因此透過觀覽山水，是得以悟道體玄的。道體是形上的、無名無狀的，山水本身承載著「道」，但山水不是道、不是靈，它是「質有而趣靈」〔註91〕，文人之所以在作品中刻畫山水圖像，正是因為認為山水是悟道的媒介，在一般以山水立象的玄言作品中，山水乃是「從主體入」──它是作者主體體玄的工具，因此山水進入作者內心後，再輸出成作品所要表現的「意」，這個「意」，乃是作者主體體玄的過程與感受。

而孫綽在〈遊天台山賦〉中所刻畫的山水，則不具有承載「道」的功能性意義，而是強調它的「形」。這時，山水在作品中所扮演的角色，便不是「從主體入」的體玄工具，而是主體表意的工具，也就是「從主體出」──作者先領悟了「道」之後（不論他們用何種方式悟道），於輸出時將這些玄理思想或種種體悟轉化成山水圖像作為寄託的符旨，因此作品所要表現的「意」就不在於「主體體玄」的過程與感受，而是透過圖像化書寫的間接表達，敘述出玄理本身。孫綽刻意先透過「天台山」這個符碼構築出一虛擬實境，也就是在玄言詩「象中有理」的寫作模式基礎上，以具雕畫特色的辭賦作為載體，加以擴大鋪展。孫綽以天台山水似虛似實的形貌，象徵了修道歷程中、境由心生的心境變化，因此在此作中，山水圖像即是作者實實在在用來表意的工具。

前文提及傳統玄言詩賦會有「先象後理」或「象中有理」二種創作模式，然而「先象後理」將寫景跟說理分開的寫法，仍存在著將「象」與「理」二分的間距；即使在「象中有理」的模式，也是直接將「象」視為比附「理」的概念化符號了，因此作品中的「理」，仍是落在知識性、符號性的言說層次，

〔註91〕以上引文見張彥遠：《歷代名畫記》，卷六，所收宗炳〈畫山水序〉，頁207～208。

這類作品，彷彿是限於自身表達手法有所不足，才恆說道、恆說玄〔註92〕。
但「象─感─理三者仍有『間距』」〔註93〕的問題，其實可以用「立象盡意」
的寫作方式來解決，〈遊天台山賦〉即是藉由言說鋪陳圖像，以圖像為媒介，
使得「言」之與「理」（意）能夠彼此趨於渾融。自然孫綽所欲言之「玄理」、
「道」這類內容真理是無法被窮盡的，但是大致上仍可抓住作者的創作意旨
──以登山圖像比喻修道過程的這一內涵，是可以透過圖像盡可能地貼近、
表現的，孫綽極力藉由「象」的描繪，來抓捕出「修道歷程」中各種充滿酸
甜苦辣的「意」。

　　魏晉士人大多同意王弼「言不盡意」的理論，而如何把捉「言外之意」也
是他們積極努力的方向，而隨著八王之亂、永嘉之禍等政治黑暗、時代動盪等
外緣因素接踵而來，東晉之後士人的生活環境與活動範圍轉移到了江左一帶，
在失意自放與無奈偏安的心境下，士人在南方「千巖競秀，萬壑爭流」〔註94〕
的秀麗山水中，逐漸發現到宇宙自然之間的美感與欣趣，「那麼便把山水當作
一種導體，一種較單純說明的語言更充足適當的導體，來比現那宇宙人生的本
體──道，不是更能『盡意』嗎？」〔註95〕由是，以山水作為體察宇宙人生的
導體、媒介的創作手法，逐漸蓬勃起來，而文學作品中的山水圖像，便具有了
「表意」的功能，以山水表意的意有兩種，道體之意與作者之意。

　　前者如在「先象後理」的模式中，藉觀山水實體而生感興、與自然產生玄
會後，得玄思玄理，這類的「意」是一種由感性的興發轉入理性的哲學思辯；
或如「象中有理」以虛寫符碼來象徵、解說「道」的意涵。二者的「山水」都
是個人主體體玄悟道的媒介，作者所得、所發之「意」乃「道」、「玄理」。後
者則是作者將圖像描摹出來後，進一步賦予特定的意義、寄託自身的體會或觀
念。這類的創作手法中，圖像是拿來做為詳細表達作者創作意念的，因此文章
中重工刻畫出的各類圖像，是為作者欲以此盡可能達到「盡意」所採取的表現
工具，是故這類「山水圖像」是個人主體表意的媒介，作者所得、所發之「意」
乃「創作意旨」、「創作內涵」。

　　因此，同是媒介、載體，前者的工具性是在於能夠藉此對「內容真理」有

〔註92〕王弼：「老、莊未免於有，恆訓其所不足。」見余嘉錫：《世說新語箋疏》，〈文
　　　　學〉8，頁199。
〔註93〕顏崑陽：〈從應感、喻志、緣情、玄思、遊觀到興會〉，《詩比興系論》，頁371。
〔註94〕余嘉錫：《世說新語箋疏》，〈言語〉88，頁143。
〔註95〕王瑤：〈玄言・山水・田園──論東晉詩〉，《中古文學史》，頁63。

所解悟；後者的工具性是作為語言結構上的表意功能，前者的山水是對於「體」的直接闡發、屬於存有論、宇宙論；後者的山水則是「用」，是從方法論的觀點來處理「體」的問題。孫綽的〈遊天台山賦〉雖屬於後者以山水圖像寄託作者意旨的類型，然而他的寫作意旨又與談玄、修道等玄學問題相關，因此在析解時往往容易造成層次上的混淆。

最後，以圖像呈現來說，〈高唐賦〉的山水圖像，目地在於表現出對於道體所存之處的奇險巨麗，這種臨場的震撼帶來了儷人心魄的效果；〈遊天台山賦〉的山水圖像則涉及對於內心歷程的暗示，尤凸顯出求道時精神上的艱苦跋涉。凡此諸多景象，雖狀在目前，但圖像只是作為表意的工具，因此不必拘束於特定一山一水，而應以從中理解作者之意為要。按孫綽所言，當進入修道的最高境界時，乃是「渾萬象以冥觀，兀同體於自然」，既然物我兩忘，則種種仙境風光，不過是自我心境的變現、腦內神遊的結果，則當「如智者見水中月」〔註96〕，不可凝滯於圖像，沉溺其山水景象中。儘管文學仍不離言說的層次、也離不開語言文字作為載體，因此文學作品的表現，不能說能夠達到「得意忘象」、「得意忘言」的地步，但文字化的圖像不過只是作者表意的筌蹄，故讀者不該為圖像所限制，一味栽進文中的美麗山水，而無法跳脫出來領略作者真意。孫綽透過神思構築出的登山三階段，雖然花了大篇幅描繪天台山的幽閴險峻、秀麗絕倫，但其實目的是要藉一求道旅程進行說法，至於那些華美詞藻下的山水風光，最終仍需被棄置。由此看來，孫綽的創作思維倒也相當符合王弼觀點中不可拘泥於象的玄學理路。

綜上所述，孫綽並非是實際接觸山水實體來從中悟玄，而是利用「神思」的想象，構築出天台山仙境般的美麗風景，故非是當時尋常的山水論玄之作。然而「圖像之興，豈也虛哉」，孫綽的神思並非空談的無聊幻想，其旨在利用假想的天台山幻境，以說明對玄理道體的追求歷程；結構上則以登山時三個旅途的階段，隱喻修持求道時的內心變化與修為境界各有不同的狀態，即初時的艱辛苦修，有所小成後的逍遙自在，與最終階段的物我兩忘、色空不二。

其次透過筆法上對於景色的描寫，以圖像化的敘事之方式，比擬、象徵修道的心路歷程。賦中的「天台山」僅為說明「修道」的象徵符碼，其他景色的描述皆是圍繞著此仙境開展的描摹，以加強刻畫修道境界的不同，如荒榛峭崿

〔註96〕陳慧劍：《維摩詰經今譯》（臺北：東大圖書股份有限公司，1999年），卷中〈觀眾生品〉，頁243。

到纖草長松、鳴鳳寶樹，作為一個個的意象以象徵主人翁的心境變化。透過此一圖像，實現了王弼就言意之辨中提出的「立象盡意」說，更在通篇內容上也藉由神思之虛妄暗示「得意忘象」的旨趣。是故筆者認為〈遊天台山賦〉的重點全不在過程中的模山範水或結尾的論說玄理上，而是透過結構布局與圖像化書寫所具備的象徵意義，體現孫綽對於佛老思想的工夫修持觀。

第三節 〈文賦〉與〈遊天台山賦〉以「物色」說理的思考脈絡

一、〈文賦〉：以圖像呈現的文學理論

〈文賦〉以賦的形式介紹文學理論，內容討論到創作動機、構思過程、文體分類、結構剪裁、修飾技巧等注意事項。但是〈文賦〉不只是一篇文學理論，它本身就是一篇絕妙的文學作品，因此既是「體」（對於文章本質的理論探討），也是「用」（理論之實踐與應用）。其中在手法表現上，通篇可見陸機採取了精熟的圖像化書寫，來充分表達文學的特質與創作的歷程。

〈文賦〉指出賦的特色乃是「體物而瀏亮」，也就是要能夠具體且流暢地鋪陳出各種物件、事件的情貌，因此在「體物」的過程中，必然會以文字描繪出具象的畫面。在〈文賦〉的寫作中，陸機自己也身體力行，大量採用了各種自然物象、音樂等等具體象徵，來進行對於文學特質的比擬，這些具體的譬喻包含植物：

> 謝朝華於已披，啟夕秀於未振。
>
> 理扶質以立幹，文垂條而結繁。
>
> 彼榛楛之勿翦，亦蒙榮於集翠。〔註97〕

或風雲、流水：

> 若遊魚銜鉤，而出重淵之深；浮藻聯翩，若翰鳥纓繳，而墜曾雲之峻。
>
> 浮天淵以安流，濯下泉而潛浸。
>
> 石韞玉而山輝，水懷珠而川媚。

花草樹木展現出一種欣欣向榮的生命力，而水、風、雲都是不停流動、變化的。

〔註97〕李善注：《文選》，卷十七〈賦壬‧論文〉所收陸機〈文賦〉，頁761～782，下文注釋亦同，茲不再引。

如「理扶質以立幹，文垂條而結繁」二句，便以樹苗破土而出後，逐漸開枝散葉、茁壯成長，最終長成枝葉扶疏、果實纍纍的大樹形象，比喻寫作初期或許存在著苦思冥想、含筆腐毫的困窘，但隨著思路越來越清晰條暢，下筆的狀況也漸入佳境，最後終於能產出一篇文情並茂的佳作。透過這些具象的比擬，展現出「文學」本身具備了動態的、充滿生命力的美感，使創作者在進行構思時，自然而然便能夠引發他源源不絕的靈思妙想。「靈感」的萌發，是作者在接收到種種外在的資訊刺激後，意圖進行一「創造行為」的初始點，而這個初始點正是建立在對於宇宙整體認識上。宇宙萬物的生生不息，也同樣反應在了「文學」這一層面中，如同「石韞玉而山輝，水懷珠而川媚」一般，不論是作品中的嘉言警策、或是常音庸聲，都是創作者與宇宙感通之後所表現出來的一種有機的、心靈境界式的內蘊，因此能夠互相成就、顯現出生命本質中的那份靈動性，這種靈動的生命不光是指透過作品意念的呈現來證明自身存有價值的作家生命，文學作品中也自有活生生的生命蘊含於內。

　　創作是一個動態的歷程，而文學的通變性更在於作者生生不息的創造力與轉化力。陸機善用植物、流水並舉的文句，來呈現文學的這類特徵。如：

　　　　因枝以振葉，或沿波而討源。

　　　　兀若枯木，豁若涸流。

　　　　思風發於胸臆，言泉流於脣齒。紛威蕤以馺遝，唯毫素之所擬。

　　　　播芳蕤之馥馥，發青條之森森。粲風飛而猋豎，鬱雲起乎翰林。

以上文句皆呈現一幅生機蓬勃，風起雲湧的自然圖景。青枝蒼翠、香遠益清，陸機以自然物色中勃發的生命力，體現文學創作時的豐富多元與變化萬端。

　　其次，這些具象的描摹也充滿著時間與空間的流動感，如：

　　　　遵四時以歎逝，瞻萬物而思紛。悲落葉於勁秋，喜柔條於芳春，心
　　　　懍懍以懷霜，志眇眇而臨雲。

「四時」、「萬物」二詞便分別了囊括縱向時間與橫向空間的流動與變化，並具體落實在「落葉」、「柔條」、「霜」、「雲」等焦點上。「勁秋」、「芳春」，代表著季節的遞嬗，呼應著前面的「四時」；「懷霜」與「臨雲」二個動作，陸機雖未直言人視角的俯仰，但透過點出地上之霜與天邊之雲，畫面上下延伸的空間性就被展現出來了。陸機僅用了短短六句，就透過時間的移動、空間的拉伸，以及人內心對外在環境的感懷，說明在外在物色的影響下，將產生出寫作的動機。

〈文賦〉中幾乎處處可看見這種線型流動式的時空敘述手法，例如形容在捕捉創作靈感時的過程是：

> 其始也，皆收視反聽，耽思傍訊。精騖八極，心遊萬仞。其致也，情瞳曨而彌鮮，物昭晰而互進。傾群言之瀝液，漱六藝之芳潤。浮天淵以安流，濯下泉而潛浸。於是沈辭怫悅，若遊魚銜鉤，而出重淵之深；浮藻聯翩，若翰鳥纓繳，而墜曾雲之峻。

「耽思傍訊」是一種將外在訊息接收後，收歸於內心沉澱的過程，這樣的過程是一種創作時對於自我感觸究竟為何的叩問，也就是在思緒萬端的情況下，創作者的「意」到底該是什麼？這種直逼靈魂的叩問不但要具備深度，還要有廣度，因此陸機說要深「耽」、要廣「傍」，要「精騖八極，心遊萬仞」，在橫切面與縱切面之前不停穿梭逡巡，好在萬物萬情紛雜而來之時，抽出那一個靈感的線頭，並凝聚於筆端，產出文章。這樣的叩問，是「浮天淵以安流，濯下泉而潛浸」，是一個飛天遁地式的求索歷程。陸機此處再度以流水來形容思緒的不固定性與變換性，同時也表現出文學創作的孕育本身實具有流轉的靈動性、活躍性。在作家成功捕捉到自己所欲下筆的內容標的之時，陸機形容出了一個「若遊魚銜鉤，而出重淵之深；浮藻聯翩，若翰鳥纓繳，而墜曾雲之峻」的情境，他採用圖像式的語言，用遊魚、飛鳥來象徵靈感或文思的游移飄渺、難以掌握，游魚之於深淵，飛鳥之於高空，都是細小之於浩瀚的極致對比，但這樣深沉、細微的目標物，最終仍被化身獵者的作家給捕捉到、給把握住了。創作過程中腦內的各種思慮活動是抽象的，但陸機卻以圖像化的文字，構築出一個活靈活現的主題情境，藉由物色的生命力與變化性，來指陳出文學創作的內涵。

文學創作的內涵很大一部分即在於創出新意、發前人之所未見。因此其後陸機又說：

> 收百世之闕文，採千載之遺韻。謝朝華於已披，啟夕秀於未振。觀古今於須臾，撫四海於一瞬。

「闕文」、「遺韻」正是要由自己來補上，開啟嶄新的題材內容，「謝朝華於已披，啟夕秀於未振」二句除再度以植物的圖像刻畫外，同時字面上的朝／夕、已／未，也恰好在一種線性的先後關係中，點出一個創作極為重要的注意事項：即創作者應拋棄陳舊腐套，開創新的文學創作道路。正如同綻放的花，眾人已見其姿容之美，則縱我也開出一模一樣的花朵，儘管仍是大眾所認可的「美」，但不過是因襲前人，沒有與眾不同的特質，自然算不上一等一的作品。

文學創作實是一人獨自進行的腦內風暴，這種對於自身懷抱與性靈的呈露，都只能「獨抒」，而不能「共享」，也正是因為能夠「謝朝華於已披，啟夕秀於未振」發出新見，達到他人未有之高度。當能夠以作品證實自己存有的價值，乃至達到「觀古今於須臾，撫四海於一瞬」這般跨越時空的豪情氣魄時，則自我感覺自然是極為自信、乃至驕矜的，面對他人之創作，就更容易有「文人相輕」〔註98〕、「易菲等夷」〔註99〕的情況發生。

　　這種創作時皆求新求變的態度，不只是由於文人「雖杼軸於予懷，怵佗人之我先」的競騁文才，更是來自於文學自身發出的源源不絕的創生力。在〈文賦〉中，陸機也多次提到「變」，如上文所提之「謝朝華於已披，啟夕秀於未振」，需要比別人搶得先機，以創出新意；在處理文章的體貌變化時，需要如同「舞者赴節以投袂，歌者應絃而遣聲」一般「因宜適變」，以上都是利用具象的譬喻，來使讀者了解應當如何創作。而要達到文章的「新」、「變」，也是要從既有的現實存有中進行創新，因此陸機主張文學創作的發端乃是在「佇中區以玄覽，頤情志於典墳」之時，這是對萬物感發而生成的創作動機，也是創作的基礎。「佇中區以玄覽」乃對於自然界現象的觀察，因此強調了客觀場域的覽物、應物；「頤情志於典墳」則是飽覽於三墳五典等先人遺教。因此，在物色感發與積學研閱之中，自然界的無字天書，與人文化成的先賢經典，都是創作的養分。透過這些養分的汲取，才得以引發創作者或悲或喜的多樣感受與思慮。這同時也指陳了一個道理，即創作不能憑空自生，而是需要追本溯源的。本源自有生命，創作者不過是汲取到這廣大文學本源的一小部分，嘗試進行種種再創造。此時「信情貌之不差，故每變而在顏。思涉樂其必笑，方言哀而已歎。或操觚以率爾，或含毫而邈然」，寫作時或文思泉湧，或靜心沉思，或哭或笑等經驗，這都是作者無法控制、而全由自有生命的「文學」所牽引的，這可說是文學自身有所「自覺」的表現，即文學自有其存有的價值與意義。

　　另外，陸機也採取了相當多音樂的圖像，對文學進行譬喻，例如：

　　　抱暑（景）者咸叩，懷響者畢彈。

　　　炳若縟繡，悽若繁絃。

　　　形不可逐，響難為係。

　　　文徽徽以溢目，音泠泠而盈耳。

〔註98〕李善注：《文選》，卷五二〈論二〉所收曹丕《典論‧論文》，頁2270。
〔註99〕姚思廉：《梁書》（北京：中華書局，1992年），〈文學傳下‧史論〉，頁727。

除了將文學創作比喻成彈奏樂器，或是將作品比擬作各種樂音之外，陸機同時也將一般對音樂特質的描述，轉移到對文學內涵的說明上：

> 或託言於短韻，對窮跡而孤興。俯寂寞而無友，仰寥廓而莫承。譬偏絃之獨張，含清唱而靡應。或寄辭於瘁音，徒靡言而弗華。混姸蚩而成體，累良質而為瑕。象下管之偏疾，故雖應而不和。或遺理以存異，徒尋虛以逐微。言寡情而鮮愛，辭浮漂而不歸。猶絃么而徽急，故雖和而不悲。或奔放以諧合，務嘈囋而妖冶。徒悅目而偶俗，固高聲而曲下。寤防露與桑間，又雖悲而不雅。或清虛以婉約，每除煩而去濫。闕大羹之遺味，同朱絃之清汜。雖一唱而三歎，固既雅而不豔。

整段文字中，音樂僅是「喻依」，真正的「喻體」乃是文學，陸機將音樂彈奏時會出現的「應」、「和」、「悲」、「雅」、「豔」五種風格，對應於寫作文章時所產生的狀況，以說明文章的偏失〔註100〕。這樣的類比，我們可以從曹丕《典論・論文》中「譬諸音樂」的觀點找到端倪。文學的創作，實是將無形之作者意念轉化為有形語言文字的過程，〈文賦〉刻意地將音樂與文學的連接，我們可以聯想到，其實音樂也是如此。音樂本身亦是看不見、摸不著的，如果要跟一個完全沒有接觸過某首曲子、某種樂器的人說明它的聲音或特色，乃至「什麼是音樂」、「音樂的內涵是什麼」種種抽象式命題，勢必只能從其他的感官經驗中盡可能找到可以比附、配說的例子，這正是以音樂為主題的賦作需要處理的問題。傳統音樂賦採取各類具象的描摹手法，其原因即在於期望能夠用這些象徵式的語言呈現音樂帶來的感受，並試著盡力補捉住音樂的屬性與特質。而〈文賦〉也是利用了類似的技巧，陸機不但參照音樂賦「無形轉有形」的描繪手法，使用圖像化的語言來陳述抽象性的文學特質與創作時腦內的運思情況，同時也進一步將無形的音樂用以形容同樣抽象的創作思路與文學風格，等於是另一種「移覺」的手法——將具有類似屬性的音樂與文學放在一起比較，以音樂的各式聽覺體驗來提撥文學創作上的問題。

　　〈文賦〉的內容遍及創作心境、文章風格討論、創作情景描繪與文學創作的意義，這跟傳統音樂賦中注重描摹樂器材料的生長環境、樂音的形容、演奏

〔註100〕關於〈文賦〉以樂理譬喻文理的分析，請參看饒宗頤：〈論文賦與音樂〉，收錄於饒宗頤：《文轍——文學史論集》（臺北：學生書局，1991年），頁277～300。

場景的陳設、音樂的效果是非常相像的。從這種寫作結構上的相似性，我們應可確認陸機在創作〈文賦〉時，是有將音樂賦的寫作手法與行文結構納為己用的，畢竟音樂與文學同時都是一種藝術表現，而這種藝術往往能夠將人精神上的情志進行創造性的轉化，彷彿是作者／演奏者都扮演一個造物主的角色，主導了一個從無到有、從抽象落實到具象的創生過程。

二、〈文賦〉蘊含的玄學思維

陸機在〈文賦〉中主張了文章要「尚巧」、「貴妍」，也指出賦的特色即在「體物瀏亮」，賦中這些對於文學理論的闡述，既是對形而上的文學本「體」的說明，也充分遵照自己論文準則，將理論運「用」出來，陸機以「文學」解釋「文學」，將〈文賦〉直接落實成「文學之道的肉身」〔註101〕，這種體用合一的實踐，藏著玄學體用論的影子，而陸機在〈文賦〉的思考邏輯與撰文進路上確實與玄學思想高度相關。文中多次使用如「玄覽」、「天機」、「枯木」、「橐籥」等老莊詞彙，關於「收視反聽」、「應感通塞」等觀點，也可窺見對於道家虛靜觀與《易》學變易觀的化用〔註102〕。同時值得注意的是，在談到「選義按部，考辭就班」的創作步驟時，陸機指出需要「因枝以振葉，或沿波而討源」，以植物與流水作比喻，主張由枝見幹、追本溯源的因果、本末關係的理論，這種以枝幹、水源的線型圖像表述，所呈現出的線性關係，並非是時態的線性關係，而是因果、本末關係，可以想到這應是對王弼「崇本息末」玄學理論的應用〔註103〕。

王弼的「崇本息末」論，乃從其本無論系統出發，說明道之本末、體用的主從關係，因此落在形式表現上說，是道與物；落在數量表現上說，是一與多，但「息末」並非指「末」不重要，在確實認識道體之「本」後，「末」反而更能彰顯「本」之存有，故王弼也說「崇本舉末」〔註104〕。體與用、本與末非

〔註101〕 朱曉海：〈文賦通釋〉，《清華學報》漢學與東亞論專號，新 33 卷第 2 期，2003 年 12 月，頁 333。

〔註102〕 從《文選》善注中可見，陸機所採用的文辭，多引用《老》、《莊》、《易》三家之經典。

〔註103〕 關於陸氏兄弟北上赴洛後對於北方的文學與學術文化的吸收，詳參本論文第三章第一節，此處不再贅述。

〔註104〕 「崇本舉末」出自《老子》王弼注三十八章：「用夫無名，故名以篤焉。用夫無形，故形以成焉。守母以存其子，崇本以舉其末，則形名俱有，而邪不生。」此段便說明了形上道體與形下形器二者圓融如一的狀態，見樓宇烈：《王弼集校釋》，頁 52。又關於王弼之「本末」論，可參林麗真：《王弼》（臺北：東大圖書股份有限公司，1988 年）。

是一斷開的對立關係，陸機在論述文學本質與文學形式的時候，亦是採「即用顯體」之方法，就「實有層」以明「作用層」。陸機通篇闡述的「文體」，乃是形而上的文學本質〔註105〕，換句話說也可視為是「道」落在文學這個層面的一種形態，而透過自然或人文之「象」的外在示現，人主體的精神能夠藉由這些「象」的輸入，轉而體「道」（文學本質），這是就創作初期萌生動機的階段而言，然而在正式投入創作時，則必須要把自身對文之本質的領悟、感發轉化成多種形式符號進行輸出。但在輸出的過程中，便會有「意」與「言」的隔閡問題，因此又涉及到了當時「言意之辨」的討論。陸機相當重視「文」跟「意」的關係，他於〈文賦〉序中言：「每自屬文，尤見其情，恆患意不稱物，文不逮意，蓋非知之難，能之難也。」文學是「言恢之而彌廣，思按之而逾深」，往往會產生無論如何都講述不完、挖掘不完的狀況，這就顯現出「意」——或說是道體本身——的高深莫測。因此，作家透過接觸道體而感發生出的「意」是難以窮盡的，此一觀點的形成可說是陸機借用了當時盛行的玄學本體論，以說明文學的大體本質。整篇〈文賦〉，陸機雖點出「文之為用」，如「濟文武於將墜，宣風聲於不泯」等，但重點不在談文章含有「經國之大業、不朽之盛事」〔註106〕之類的功能性或是工具性論述，他是從「文學本質是什麼」這一個方向去建構他的文學創作論，至於文中所指點的種種寫作技巧，無非只是支流、枝葉，非要「因枝以振葉」、「沿波而討源」，先到達到「崇本」——對文學本質有所體認、不離，才能夠進而「舉末」——去了解各類的文學現象。

　　陸機論文，實從一宇宙本體論出發，所謂「課虛無以責有，叩寂寞而求音」，這最初始的文學本質正如道體一般飄忽不定、無形無象，作者想方設法欲透過文字表達、捕捉下來，以達到「辭程才以效伎，意司契而為匠」的目標，也就是「辭」與「意」能夠相契合。但如何能達到「辭」與「意」相契合？在「意不稱物，文不逮意」的狀況下，陸機對於言意問題的立場，是站在「言不盡意」這一邊的。他指出「體有萬殊，物無一量」，「文學」落實到形式上的各類文體後，便有萬千的變化，所要描述的物也有多個面向，在「紛紜揮霍」的狀況下，充滿了迅疾變動的不安定性，因此「形難為狀」，很難捕捉，這導致如要「意司契」，勢必需要尋求一定的方法，才有可能。陸機接著指出：「雖離

〔註105〕《文選》善注：「機妙解情理，心識文體，故作〈文賦〉」，此文體非指文章各類體裁，而是文學本質之「體」。見李善注：《文選》，頁761。
〔註106〕李善注：《文選》，卷五二〈論二〉所收曹丕《典論・論文》，頁2272。

方而遺員，期窮形而盡相。」方圓，《文選》善注「規矩也」，要想要把捉住「意」，擺脫一般行文的規矩、規則也沒關係，但無論如何總是要讓旁人了解自身之「意」的，但是「意」正如道體一般，無形無象，所以只能換個方式，以有形有限的實體「尺素」來對無限綿邈的「意」進行轉化，以達到解釋、表示的目的。「尺素」承載的乃是有限的、具體的語言文字，道體之「意」雖然無限，然而「惚兮恍兮，其中有象；恍兮惚兮，其中有物」〔註107〕，創作者仍可在「窮形」、「盡相」的過程中，以「構擬」的方式，盡可能活靈活現地呈現出自身的「意」。而此時陸機指出構思的狀況可能會是：

> 若夫應感之會，通塞之紀。來不可遏，去不可止。藏若景滅，行猶響起。方天機之駿利，夫何紛而不理。思風發於胸臆，言泉流於脣齒。紛葳蕤以馺遝，唯毫素之所擬。

「意」難以明確把捉，但陸機其實也掌握到當時王弼玄學對於言意問題的解決方法：「立象盡意」，因此在「雖離方而遺員，期窮形而盡相」二句，就已透露出對捕捉「象」的重視。「言盡意」論和「言不盡意」論，看起來是矛盾的，但是所指涉的本質並不相同，蓋一則是以經驗式的語言說明形而下的現象世界，一則是以非經驗式的語言指涉形而上的精神世界。而〈文賦〉中，陸機雖看似要處理一邏輯說理的議題，但「文學」之理卻非客觀上「名實相應」的物理性的外延性真理，故難以用經驗式的分析語言說明。因此他利用圖像式的語言進行指涉、啟發，便可以擺脫語言文字所帶來的限制，而能夠直達「言外之意」、「言外之意」的層次，解決了文學創作上「意不稱物，文不逮意」這個「恆患」的困擾。

　　陸機並不苟同「徒尋虛以逐微」的寫作方式，因為一味地講述抽象的道理，文章將缺乏深刻的感動與體會，最終不過是「辭浮漂而不歸」，導致淪於虛無與空泛。他主張文章要巧、要妍，能「暨音聲之迭代，若五色之相宣」，這都是因為希望能藉由形下之器、物、象，來體現形上道體的完美。〈文賦〉本身即是陸機對自身文學觀的實踐，因此從賦中運用的豐富圖像中，便知他正是採取這種象徵式、指涉式的語言，以便於處理文學作品中思想意義的神髓。作家能從虛無中創造出美好，而創作的意旨乃人之精神活動，如何表達無形之精神活動於有形的語言文字，在〈文賦〉中，陸機用玄學思維處理文學創作的問題，他以具象譬喻以陳述抽象創作之「理」，看似從形式的美感營造出發，指點眾人各式寫作技巧，但實不失對文學內在本質的真切體認與重視。

〔註107〕 《老子》二十一章，樓宇烈：《王弼集校釋》，頁52。

三、〈文賦〉與〈遊天台山賦〉圖像說理手法的比較

從寫作手法來說，二者同是以圖像來進行說理，通篇充滿聲色之美，且大量使用自然物色的圖像表述，但這些自然物色的圖像在二篇作品中所代表的意義並不相同。陸機文中所呈現出的種種花草樹木、風雲霜水，暗示著文學創作時茁壯且變化萬千的「生命力」；孫綽的山水景色則從東晉時期以山水感悟道體的玄學體驗出發，將修道歷程，比喻成遊覽山水的體驗。其中二者的圖像化書寫手法又有二處特點：

（一）綜合使用點、線、面三種圖像化書寫的手法

魏晉的辭賦作品中大多會使用圖像化書寫的手法來表達創作意旨，甚至是作者試圖藉「象」來延伸自身幽微的「言外之意」，然而多數作者僅會在一篇作品中專注於一個類型的書寫技巧上，例如潘岳在〈笙賦〉中採取點型圖像聚焦於「笙」所帶來的種種聽覺享受上；在〈懷舊賦〉中使用線型圖像來強調美好不再的今昔對比；在〈閑居賦〉中選擇面型圖像製造出自我退隱的情境，而甚少在一篇作品中不停地將三種類型的圖像化書寫手法進行穿插。在一篇作品中廣泛且靈活運用到點、線、面型三種手法的作品，曹植〈洛神賦〉、陸機〈文賦〉與孫綽〈遊天台山賦〉三作可為代表。

曹植〈洛神賦〉乃一抒情作品，文中各類圖像的描繪、鋪陳，目的皆是為了加強渲染女主人翁「洛神」的美麗動人、觸不可及的形象，因此全賦的中心主軸仍是環繞著「洛神」圖像而開展的，使得賦中非「洛神」的種種圖像較為模糊，淪於洛神的襯托，而未必都具有特定涵義。風華絕代的「洛神」被曹植塑造地如此清晰真實，以至於千百年來，後人皆為其筆下的佳人神魂顛倒，足見曹植在圖像化書寫手法上的功力，然而此圖像雖然寄託了曹植的情志，但是這種情志又是相當曖昧隱微、難以明示眾人的，以至於「洛神」具體究竟代表了什麼，難以斷定。

〈文賦〉與〈遊天台山賦〉目的在於說理，因此看似在各式各樣堆砌的圖像之中，形成霧裡看花的錯覺，實際上掌握到了作者的主旨（說理標的），即可清楚明瞭作者使用圖像的意義何在，因此作者在文章中所設置的種種圖像，與他所欲指涉的對象，也就一一有了對應，這可以說是在圖像化書寫的手法中，創作主體在處理感性表露與理性見解時，所面對的狀況不同，而導致圖像化書寫手法的運用也有所不同的緣故。

（二）善於利用圖像創造幻境

由於二作皆全面使用點、線、面三種圖像化書寫，因此極盡聲色之美，作者在文章中多次堆疊圖像所產生的效果，並沒有予人矯揉造作的堆砌之感，反而是猶如打造了一個虛擬實境，這個人工幻境，極其自然，彷彿渾然天成，令讀者優遊其中、不可自拔。

陸機創造的幻境是一座美麗的文學花園。在這個花園中，流水淙淙、綠樹翁鬱，花香四溢、音樂悅耳。有飛鳥游魚、虎躍龍騰，隨著四季遞嬗，霜雪紛落、風雲際會。這是每個文學家心靈中的良田沃土，也是形而上的宇宙道體落實在文學層面上的具象呈現。孫綽所構築的幻境是一座橫亙在修道者面前的崇山峻嶺。其中道路崎嶇，有萬丈深淵、滑石峭壁，但也有鳴鳳翱翔、仙樹神葩，象徵著修道者必須要通過重重關卡，逐步提升自己心靈境界的修為，才能夠更進一步達到功德圓滿的成仙、成佛的境界。

由此，我們可判定，陸機筆下所有的山川霜雲、花草樹木，乃至於繁絃清管等形象，都是將抽象的文學本質「實體化」的表現；而孫綽也在他的天台山色中灌注了大量的求道符碼。二人皆將點、線、面等圖像的刻畫，凝鍊在通篇賦作中，如同愛麗絲夢遊仙境一般，使讀者進入賦中世界，稍有不察，便忘乎所以。

（三）以圖像表意（道）的玄學思路

二作一篇用以「談文」，一篇用以「說玄」，這是主題內容上的差別，但就表現手法與創作思路來說，陸機跟孫綽其實是如出一轍的，他們都利用「圖像」作為工具，進行各種象徵與比喻，來達成說理的目的。他們以善於鋪陳體物的賦體進行說理，這是一個很大的挑戰，因為在華麗詞藻與音韻協和的要求下，還要達成清楚說理的目的，實非易事，然而陸機與孫綽卻恰恰捨棄掉一般邏輯性或科學式的分析語言，反用文學創作的方式進行論述，這看似是一種將事情複雜化的作法，因為本身要說的道理已非經驗式的真理，而是涉及到形而上的精神體驗，以旨在悅耳娛目、增加美感體驗的「辭賦」作為載體，豈不是可能落入越說越不清楚的泥淖中嗎？然而這正是陸、孫二人巧妙以玄學思想為「體」為「用」的最佳證明。

就內容主旨言，在〈文賦〉中陸機欲闡發「文學之道」；〈遊天台山賦〉中孫綽則是欲說明「修道之道」，二篇文章的本質都是說明道，是為「體」。論述方法上，以辭賦創作的方式，雕琢出各式豐富多彩的圖像，試圖在「見乃謂之

象，形乃謂之器」〔註108〕的準則中，透過立「象」盡「意」，指出道之存有，是為「用」。因此他們的創作脈絡是很清楚的：既然「真散則百行出，殊類生」〔註109〕，故二人便透過文字載體創作出諸多繽紛的形象圖貌，以作為對玄學思想的具體實踐。同時他們要在說理過程中進行對於美感藝術的創造，故訴諸於建構諸多的「象」，而目的其實都指向「意」，然而最後無論是陸機的「是蓋輪扁所不得言，故亦非華說之所能精」、「茲物之在我，非余力之所勠」；還是孫綽的「泯色空以合跡，忽即有而得玄」、「釋二名之同出，消一無於三幡」，都是在提點眾人形而下的「象」之有限，而形而上的「道」（意）之無窮，言說雖能藉「圖像」試圖朝「意」往盡，但「物無一量」、「有之不盡」，這些論述豈非正扣合王弼指陳了「得意」之後，應拋卻形式，達到「忘象」的說法？

《莊子‧養生主》謂庖丁解牛：

> 庖丁為文惠君解牛，手之所觸，肩之所倚，足之所履，膝之所踦，砉然嚮然，奏刀騞然，莫不中音。合於〈桑林〉之舞，乃中〈經首〉之會。……庖丁釋刀對曰：「臣之所好者道也，進乎技矣。始臣之解牛之時，所見無非牛者。三年之後，未嘗見全牛也。方今之時，臣以神遇，而不以目視，官知止而神欲行。依乎天理，批大郤，導大窾，因其固然。技經肯綮之未嘗，而況大軱乎！」〔註110〕

陸機之「舞者赴節以投袂，歌者應絃而遣聲」，孫綽「投刃皆虛，目牛無全」，便是化用如此道理，蓋離形離象而到達一「神會」境界時，即能「因宜制變」、游刃有餘。如此已全然進入到如輪扁「得之於手，而應於心」〔註111〕那般只可意會、不可言傳的境界。至此，縱樸散成器，但終不能只看見器，這是真正以玄學思路在處理作品，陸、孫二人對玄學的體契，是在經過自我的消化的基礎上，重新整塑、創造而來的，並非是跟在前人屁股後面，拾老莊之牙慧、嚼聖人之糠秕。陸機乃「太康之英」；孫綽為「文士之冠」，二人藉創作出的作品，各自闡述自己生命中相當關心、看重的事物，透過高難度的文學操作，不但可證實二人文壇霸主的地位，也藉此寄託了自身生命存有的價值。

　　以上就二賦相同處進行比較分析，但細究其不同之處，〈文賦〉的採用的圖像符碼種類較多，因此往往在閱讀上形成一種瑣碎感，這也有可能是因為陸

〔註108〕孔穎達：《周易正義》，〈繫辭傳上〉，頁590～591。
〔註109〕《老子》王弼注二十八章，見樓宇烈：《王弼集校釋》，頁75。
〔註110〕郭慶藩：《莊子集釋》，〈內篇‧養生主〉，頁117～119。
〔註111〕郭慶藩：《莊子集釋》，〈外篇‧天道〉，頁491。

機行文風格本就偏向辭藻繁麗，同時又有「深而蕪」的特色，需要「排沙簡金」方能「見寶」〔註112〕，導致容易產生一種陸文「巧而碎亂」〔註113〕的誤解。〈遊天台山賦〉則因有一遊記主題包裝，聚焦在單一的天台山上進行開展，因此整體觀之較有一致的主題性。然則陸機明確點出此作乃一「文論」，中心思想相當明確；孫綽全以「遊山」作為主題包裝，難免誤導讀者，只顧著沉浸在山光水色的遊賞之中。然而如不是透過這類包裝性的象徵指點語，單靠分析式的描述性語言，恐怕與「道」更是難以貼合。是故若抓出二人的創作理路，則判斷作品中的圖像真意，自非難事。二篇作品可謂玄學與文學的完美結合，透過「圖像化書寫」的技巧，實可以證實魏晉妍麗多姿的文學花園，乃是受到了一定的玄學土壤孕育而成。

第四節　小結

　　本章採取主題式的聚焦討論，整理出以圖像說理的辭賦源流，並由此再度證實當時文人結合玄學與文學的觀念乃在於「立象盡意」的具體實踐。

　　首先透過梳理先秦的〈高唐〉、〈神女〉二賦，證實早期賦作即有「以象說理」的手法運用，只是「象」跟「理」的連結性較為幽微，故不易被察覺，這是因為早期賦作必須依靠著幾乎是要「喧賓奪主」的文學手法與娛樂包裝來引起王公貴族的興趣之故。嗣後於魏晉時期進一步深化，其繼承關係為〈高唐賦〉之繼承為孫綽〈遊天台山賦〉、〈神女賦〉之繼承為曹植〈洛神賦〉。

　　然而〈神女賦〉與〈洛神賦〉皆使用「神女」圖像作為符碼，其繼承關係較易被看出；〈高唐賦〉與〈遊天台山賦〉雖都以山岳為書寫對象，但一則〈高唐賦〉多被姊妹作〈神女賦〉所遮蓋，同被視為是艷情篇章，箇中涵義便不易被察覺；一則是〈遊天台山賦〉容易被視為是遊覽為主、體玄為輔的山水賦，故其繼承關係較不明顯。本章針對孫綽〈遊天台山賦〉詳細分析後發現，〈遊天台山賦〉以栩栩如生的登山圖像，來象徵著主人翁修道的境界變化。而孫綽運用的手法，與當時一般玄言詩賦不同，係採取山水圖像作為表達作者之意的工具，而非將作品中的山水圖像視為體玄、體道的工具，因此即是如同王弼「立象盡意」的理路一般，從方法論的觀點，以文字圖像化的手法做為作者的表意工具，來處理「體」（意／道）的問題。

〔註112〕余嘉錫：《世說新語箋疏》，〈文學〉84，孫綽評陸機語，頁261。
〔註113〕范文瀾：《文心雕龍注》，卷十〈序志〉，頁726。

　　最後透過〈文賦〉與〈遊天台山賦〉的對讀，亦可發現同是以「圖像」說理，二者除了透過物色的比擬來表達自己文章中對「道」的闡釋之外，也塑造出一個如同愛麗絲夢遊仙境般的文學花園與玄道秘境，以此渲染、強化文章主旨，因此無論是在論述內容上的「體」，或是創作手法上的「用」，陸機與孫綽皆在作品的內容與形式二方面充分與玄學觀點相契合。

第六章　結　論

第一節　餘論：圖像運用技巧的境界

魏晉時期圖像化書寫的發展脈絡與作品分析，已如前文所述。然寫作手法僅是作品呈現出來的表面軌跡，此處再針對六朝文學理論中涉及圖像化書寫的相關論述與運用的異同等問題，作為餘論補述於此，期使本文立論更臻於完備。

一、六朝文學的「隱秀論」與圖像化書寫的關係

圖像化書寫可謂在文學領域上對於《周易》「象其物宜」〔註1〕的實踐，其成熟也與魏晉時期玄學思潮的衝擊與文學觀念的自覺有關。文學之所以具有獨特性，就在於它雖可以作為真理的載體，或是宣揚美感與自我情志的管道，但文學本身所展現出的美即是目的，而這獨特的魅力也是其價值所在，如果單純侷限於「文以載道」的工具性目的，講大道理、談道德教化，那麼文學也不就構成文學，而僅是一種分析式、邏輯式的表意語言了〔註2〕。則如何表現出文學自身這種「美」的價值？「美」其實是難以分析、言說的，然若透過

〔註1〕孔穎達：《周易正義》，〈繫辭傳上〉，頁562。

〔註2〕如陸機〈文賦〉已指明文學的價值不朽，實因來自於對那份「被金石而德廣，流管絃而日新」、源源不絕的道體的感知。又如蕭統於《文選》中的選文標準，不選經、史、子類之文，而指專乎於「讚論之綜緝辭采，序述之錯比文華，事出於沈思，義歸乎翰藻」的篇什，即是排除了經史子類中文以載道或紀實的工具性目的。

語言文字圖像化的表意方式，使得圖像化的文字能夠「如在目前」〔註3〕，成為一外顯的表徵，妥善地掌握到作者內心的情志內涵，表達出各類「言外之意」、「象外之意」，這種幽微曖昧的「意」便能觸及到一種心靈上的美感體現。由外在客觀經驗的表徵，連結到內部主體的情志意念，落在玄學上說，這屬於言意問題的範疇；在品評人物上說，這是屬於形神的表現；在文學上說，即是《文心雕龍》中所指的「隱秀」。今再針對「隱」、「秀」與言、意、象的關係梳理。

《文心雕龍·隱秀》篇言：

> 夫心術之動遠矣，文情之變深矣，源奧而派生，根盛而穎峻，是以文之英蕤，有秀有隱。隱也者，文外之重旨者也；秀也者，篇中之獨拔者也。隱以複意為工，秀以卓絕為巧，斯乃舊章之懿績，才情之嘉會也。夫隱之為體，義主文外，秘響傍通，伏采潛發，譬爻象之變互體，川瀆之韞珠玉也。〔註4〕

〈隱秀〉一篇，歷來有以為風格論者，有以為修辭論者，有以為形象特徵者〔註5〕。筆者先就「秀」論。秀指的是文章中的文句、字辭，於表達景象、情意之處有著絕妙的表現，換言之也就是一種藝術美感的傳達，那便不離形式上的表現手法，故不能單就作家風格或文體體勢論之，而可歸於對於外在創作手法的境界的評價。然文學表現情意與美感的手段是離不開種種形象指涉的，因此若要創造文中的「秀」處，便不能離開「圖像」的描摹，若文中某處的圖像化書寫所呈現出的震撼度極高，便屬於文章中極為漂亮超群之所在，可稱為是「秀」。《文心雕龍·情采》中關於「情」與「采」的論述，也可以一併參看：

> 聖賢書辭，總稱文章，非采而何？……故立文之道，其理有三：一曰形文，五色是也；二曰聲文，五音是也；三曰情文，五性是也。

> 五色雜而成黼黻，五音比而成韶夏，五性發而為辭章，神理之數也。

「采」即文飾，是相對於文章內容的情意（質）而言，而「采」雖是外在的裝飾，但必須依靠情的存在，才能有所發動，故情、采乃一相輔相成之有機體。劉勰論文的觀點乃以情為主、采為輔，故言「鉛黛所以飾容，而盼倩生於淑姿」，

〔註3〕李之亮：《歐陽修集編年箋注》（七），所收《六一詩話》，頁142。
〔註4〕范文瀾：《文心雕龍注》，卷八〈隱秀〉，頁頁632。
〔註5〕前人論〈隱秀〉以為風格論者如劉師培、詹鍈，以為修辭論者如周振甫，以為形象特徵者如章康、王少良。

主張辯麗雖是自然本有之天性，但反對過度藻飾而以辭害意，此處不討論文章為文造情或為情造文的價值評斷問題，而側重於劉勰認為透過「采」之裝飾點綴，能使「情」浮現此一觀點往下討論。

　　任何文章內在的情意內容，都必須要靠明面字句的包裝、修飾來彰顯，那也就是魏晉文人竭力以「巧構形似」之法來煉字煉句的目的了〔註6〕。而「采」的使用，如《文心雕龍》中如〈誇飾〉：

> 夫形而上者謂之道，形而下者謂之器。神道難摹，精言不能追其極；
> 形器易寫，壯辭可得喻其真；才非短長，理自難易耳。故自天地以
> 降，豫入聲貌，文辭所被，夸飾恒存。

正是因為形上的「神道難摹」，故以易寫之「形器」，試圖「追其極」、「喻其真」。又如〈比興〉指陳：

> 且何謂為比？蓋寫物以附意，颺言以切事者也。
> 夫比之為義，取類不常：或喻於聲，或方於貌，或擬於心，或譬於事。

〈麗辭〉：

> 自揚馬張蔡，崇盛麗辭，如宋畫吳冶，刻形鏤法，麗句與深采並流，
> 偶意共逸韻俱發。至魏晉群才，析句彌密，聯字合趣，剖毫析釐。

以上皆是利用各種聲文、形文等方式來達成「采」的實踐，而這類對於視覺、聽覺描寫來使文章增色的技巧，實皆可包攝進圖像化書寫的模式觀之。文句、文章具備了麗采藻飾的外在形式後，尚須透過豐富的蘊涵，才能夠真正成為「義主文外，秘響傍通」的秀句、秀篇，這就必須靠「隱」的工夫來完成。何謂「隱」？「隱」指的是文章、文句含蓄曲折地引申出去的情意、寓意。作者有意識地使用各類巧妙的手法，使文章或文句的意義多重派生，使讀者讀後能引起迴響，故內涵深厚，類同於鍾嶸《詩品‧序》之「曲味」，如鍾嶸所指陳：「直書其事，寓言寫物，賦也」〔註7〕，賦法在體物、寫物的過程仍須「寓言」，則必然在體物等圖像描摹中，盡可能「以宛轉喻託，含蓄濃縮出之」〔註8〕的

〔註6〕關於以「巧構形似」以表達情志一題，可參看廖蔚卿：〈從文學現象與文學思想的關係談六朝「巧構形似之言」的詩〉，收錄於廖蔚卿：《漢魏六朝文學論集》。王文進：《論六朝詩中巧構形似之言》（臺北：國立臺灣師範大學中國文學研究所碩士論文），1978 年。

〔註7〕鍾嶸《詩品‧序》，見汪中：《詩品注》，頁 16。

〔註8〕廖蔚卿：〈從文學現象與文學思想的關係談六朝「巧構形似之言」的詩〉，《漢魏六朝文學論集》，頁 563。

手法來達到「寓言」、「寄意」的目的，也就是必須注入「複意」，如此看來，鍾嶸對於「賦」法的判定也與「興」法相同，都以達到「文已盡而意有餘」之效為上。然而，假如一篇作品中，以文字描摹了一百個圖像，可能只有其中十個寄託了作者的「隱」，而就評鑑角度言，裡面甚至只有一個才是那「塊孤立而特峙，非常音之所緯」的「秀」，也正是陸機〈文賦〉中「苕發穎豎，離眾絕致」的警策。「隱」可說是作為閱讀感受上的一種衝擊與餘響，能在讀者心靈造成餘音繞樑的效果，而象固可表意，但未必全然有辦法指陳殆盡，這其中的空缺，讀者自可以透過自行的詮釋、想像，來盡可能「盡」意，但此意未必是作者之意，是故在作者以圖像表意的過程中，讀者的探索跟連結也可以是「隱秀」中的「隱」。例如劉勰評論陸機時說：「士衡矜重，故情繁而辭隱。」〔註9〕辭隱乃是讀者對於閱讀陸機作品後的觀感，這是屬於從讀者觀點去談對作品的鑑賞、接受的部分，但作者可以有意識地去讓讀者有這樣的感受，透過各種的「隱」、「複意」的營造，讓讀者在觀照作品的過程中不斷地求索、挖掘，並試圖與作者、與文本自身進行對話。

於是我們不妨這樣歸納：文學材料經作者選取、提煉，以圖像手法婉轉指涉，這是文章中「象」的呈露；象中或有寄託了作者深意的部分，這是「象」中之「隱」；而在深沉複意中更有「獨拔」、「卓絕」的警句、警策，使文章昭然顯其秀美，這即是「隱」中之「秀」，故隱與秀二者相輔相成、不可分割，亦難擺脫圖像化書寫的工具性輔助，如黃侃《文心雕龍札記》談到：

> 然隱秀之原，存乎神思，意有所寄，言所不追，理具文中，神餘象表，則隱生焉；意有所重，明以單辭，超越常音，獨標苕穎，則秀生焉。〔註10〕

在「意有所寄」的情況下，魏晉文人將其意託付給了圖像化的文字，藉此來表達表象背後蘊涵的「神」，這樣間接的、具有模糊性的寄託，即是為文時「隱」的特質。「隱」能使文章呈現出「多意」、有「餘味」；而象作為言、意間轉換的樞紐，其呈現又具有不確定性與豐富性，故能表達出「隱」的深意。作品中對於內涵深意的處理與結果所呈現出的優劣高下，在在考驗作者的寫作功力，為文時對情與采、隱與秀的拿捏，其實也即是言與意的掌握。是故在本研究第四、五章的文本分析當中，我們尤可見魏晉文人們善用圖像化書寫以表達種種

〔註9〕范文瀾：《文心雕龍注》，卷六〈體性〉，頁506。
〔註10〕黃侃：《文心雕龍札記》（上海：華東師範大學出版社，1996年），頁249。

「複意」的證明。

　　「立象盡意」的觀點雖然在《易傳》寫成的年代就已經出現〔註11〕，然從文學觀點來看，圖像化的書寫模式之所以在魏晉時期成熟，與王弼玄學對於《易》象的詮解，以及當時盛行的人物品評風氣不無關係。「圖像化書寫」此一議題看似屬於文學外在的形式討論，可是實際上正是這個看似是「支流末節」的形式技巧，真正實踐了魏晉玄學精神，而文學的發展，是要落實到作品的具體實踐上說的，因此討論創作的語言藝術表現形式，不可不謂不重要。

二、圖像化書寫的層次異同分析

　　透過上述分析，我們可說：「立象盡意」是圖像化書寫的目的，諸如「巧構形似」等體物技巧為圖像化書寫的表現手段，「意在言外」乃是圖像化書寫的效果，至於能否具備含蓄簡潔的「神韻」、「韻味」，則是屬於額外的美感表現〔註12〕。而若要做到以上幾點，則圖像化書寫的內涵其實有不同的層次展現，因此根據作家所欲「表意」的內容，以下將圖像化書寫的標的從抽象到具體分為三個層次進行評價，並針對本論文中分析過的文本加以綜合比較：

（一）有：由體物而寫物

　　作家借具象表具體，以描寫客觀存在的各類人、事、物。如建安時期曹丕、曹植與諸子們同題共作的詠物賦屬是。此外，以寡婦為主題的辭賦作品中，亦是將寡婦作為全文中心點，透過各種刻畫入微的情景鋪陳，塑造出逼真的情境，渲染全文氣氛。這類「寫物圖貌」、「蔚似雕畫」的手法便屬於圖像文字化的初級階段。

　　以上乃是單純對於「象」的描摹。另外在此層次尚有一個子類，如「物人雙寫」的詠物賦中，藉由具象之「他物」，來象徵、指涉具體之「我輩」，內涵意蘊更加深沉，此種較前一子類單純體物、寫物的用法自然更為高明。

（二）無中生有：化無形為有形

　　作家借具象表抽象，尤以具體可見的事物，來擬配不可見的指涉對象。如在音樂賦此一賦類主題中，由於音樂無形無象、不可見、不可觸，因此描述音

〔註11〕《易傳》寫成的年代，舊說皆認為為孔子所著，然或非一人一時所作，或在孟、莊之後，漢代之前的儒家作品。見王邦雄等：《中國哲學史》，頁93。
〔註12〕關於中國古典文學的「韻味」問題，已涉及到唐代以後的文學觀念與風格發展，故此處不作討論。可詳參蔡英俊：《中國古典詩論中「語言」與「意義」的論題：「意在言外」的用言方式與「含蓄」的美典》第四章的討論。

樂時皆是用「有形」的、具體的畫面，來形容「無形」的樂音與旋律。

　　然音樂尚是可聽聞的形而下之氣，並非是形而上的價值存有，若要描述純然的精神意念，便會將之寄託於一具體圖像之中，此時圖像會隱藏著作者的另一層「複意」。首先可將自身的情感，轉化成時空遷逝的種種景象描繪，如魏晉各種的感時賦作、物色賦作，其中又可以王粲〈登樓賦〉藉登樓之景色，實反映出內心心象作為箇中代表；又陸機的〈文賦〉也是以各項具體圖像來展現文學的本質。以上俱已經進入精神世界的指涉，這類例子中的圖像，其符徵與符旨之間通常會有類似的關係，例如以流泉、樹木的生生不息，能與文學本質變化多端、日新又新的特質相互連結。而在原本就具有類似的關係中，若作者刻意將「象」之符徵注入更多「意」之符旨的特色時，「象」的內涵已被取代，產生了更多的創造性轉化，此時便會進入到第三層次。

（三）有中見無：自象外見真意

　　作家借具象表抽象，特定形塑一具體可聞可見的人、事、物、景等「象」，表達自己的內在的心境、想法、理念。看似在陳述於此，實際上寄意於彼。相較於第二層次，帶有更多寄喻性。文章中傾向直接進行圖像展演（有），而不說破真正的寄託或喻體（無）為何。此處的有／無關係，也並非單純是第二層次僅是依有形／無形、可見聞／不可見聞來做區分，而是涵括進魏晉玄學對於「有無」論述，意即「無」並非虛無、零，而是變化無窮、經驗難以把捉的道／意，試圖透過形而下的各類存「有」展現其本質，因此能在作品中以圖像之「有」，挖掘出作者本意之「無」。第三層次的圖像化書寫，其隱晦程度又有可能隨著作者的描摹手法、心思所向而有所不同，需要仔細解讀才能理解作者用心。

　　代表作品如宋玉之〈神女賦〉、曹植之〈洛神賦〉，以飄忽不定的「美人」形象，象徵難以追尋、甚至失落了的道體與理想；或如向秀〈懷舊賦〉、潘岳〈懷舊賦〉，透過一場「由『他人』見『我』的心靈之旅」，表面寫旁人而實則隱射自己，便是如此作法。同時以多為賦體的另一種文類——弔文——來說，陸機〈弔魏武帝文〉通篇敘述曹操圖像，而不言自身經歷或內心起伏，但在敘述曹操的「過去」圖像的過程之中，同時是一種對於自身「未來」意念的審視。另外像潘岳〈閒居賦〉之閒居圖像暗藏躁進不平的求仕心態，與孫綽〈遊天台山賦〉之登山圖像指陳修道的不同境界，皆是屬於透過圖像來表達「隱」之「複意」的作法。

　　上述的層次問題，雖然是一種文學發展的現象，但跟時代不必然相關，因為層次的高低問題或寓意的深淺，其發展的時間軸不一定是線性，而可能受到作家個人因素的影響。「夫設文之體有常，變文之數無方」〔註13〕，文學作品往往會產生流變，而產生流變的原因，我們首先會注意到作家。作家就個別作品來說是文學的孕育者，先天之才氣與後天之學養等差異會造成文學作品的差異；但就文學的本質上來說，作家實為一助產士，負責接生那原本就不停靈動流轉的文學道體，來到形而下的經驗世界。因此根本上文學能持續產生新變，乃是因其本質上具有一種豐富的創生性內涵，能日新又新，綿綿不絕。然而作家想要創生，也不會是以造物者之姿無中生有，創作仍必須有所本，而這個「本」可看作是一種前後文本的繼承關係與開展關係，因此我們往往可在歷時性的文本變化中，找出書寫模式根源的共時性。由此觀之，「立象盡意」的寫作目的被建立之後，魏晉以降越發走向「巧構形似」的圖像化書寫策略，如江淹之〈恨賦〉、鮑照之〈蕪城賦〉，都是在通篇的圖像中，表達出對於抽象情感的說明，以及天道時間之流逝循環等內容。惟二作之寫成時代已到南朝，超越本研究之範圍，當另撰專文析論。

第二節　結語：研究成果與未來展望

一、研究成果

　　文學重視審美意識，而無關乎道德價值之判斷，但無論幻想或寫實皆一定程度反映了人類的生活與心靈思維，由此，任何文學作品中以語言文字展現的「圖像」，自然並非完全客觀，而是參雜了作者主觀心靈意識所形成一概念式圖景。這類「圖像」的呈現，是在作家採取特定的藝術技巧後，將其自身的感發、體悟或理念，以文學語言進行轉化，而這個做法，乃是為了處理作為表意媒介的語言符號實有所不足，而萌生的解決之道。

　　魏晉時期是一個文學創作與哲學思辯都雲蒸霞蔚、燦爛奪目的時代，因此也少不了文學與玄學相互消長、競爭、碰撞的局面。假如能深入追問文學與哲學的消長與融合關係，並佐以時代背景下相關的社會文化脈絡，在爬梳比對各個文本之後，即能提出「圖像化書寫」此一書寫模式在當時的發展過程、流行

〔註13〕范文瀾：《文心雕龍注》，卷六〈通變〉，頁519。

樣態與產生原因，此即為本研究試圖探求、挖掘的議題。關於文學作品中的「圖像」使用，前賢或僅點出現象，而未深入探究現象產生的背後原因。另外前人也未特別將「圖像化書寫」這個文學現象拿出來獨立討論，而僅視為文人在描繪物色、物象時的一種摹寫手法，且多附屬在傳統文學觀念如「比興」、「意象」等範疇之下，囿於既有之名詞界定，而未能將這創作手法納入一宏觀的系統審視，使得論述時其界義與類型的論述都有較不全面或是存在著籠統之處，導致針對這些創作手法的個別討論或相當零碎，或直接統一畫入「意象」範疇，未曾處理它的獨立意義。因此本研究旨在點出圖像化書寫存在的現象，同時將此寫作模式進行類型的分析與層次探究，希望藉此概念的提出，以解決在論述中國古典文學時關於「意象」、「形象」的未達之處。

本文的研究成果列舉如下：

一、中國古典文學的寫作技巧中，始終存在著「圖像化書寫」的現象。在魏晉以前，圖像化書寫發展脈絡僅是一條潛伏著的暗流，或附景物以比興，或白描各式形體形象，其書寫手法散落各處，卻是隨處可見，實不應在討論時僅被視為是一種形象思維的表達，而應可看作是一獨立運作的書寫手法。本文於第二章透過梳理先秦至漢魏的文學作品，證成此一書寫模式就文學史的發展言，乃是一系統式的存在，而此書寫模式若單就「意象」、「形象」表示，都有所侷限或出入。

二、魏晉時期「圖像化書寫」的技巧趨於成熟，並蔚為表現主流，可歸因於當時文人對於玄學的體認。玄學與文學的關係其實是互為消長的，蓋其觀看世界的價值系統不同，玄學乃哲學，講究何謂「真」等邏輯的、存有的問題；文學乃藝術，關心美感的，在乎「美」如何呈現，而不問真實性或道德價值的意義，因此兩者在本質與目標上都是存在著差距的，然而時代社會文化的觀念必然會有所影響，因此尤其值得追究這些由碰撞而生的交集變化。在魏晉時期玄學與文學交互滲透的情形之下，士人接收與思考資訊的方式自然不脫玄學式體用、本末的世界觀，這一套思維模式，也會反映在為文之上。就玄學觀念言，道（意）若為「體」為「本」，則分化為形下之語言文字後，如何使能表意／載道的「文」能真正呼應此一「本」、「體」？這實得要落在「用」的層次來說。魏晉士人對於「言意之辨」的爭論，在王弼「立象盡意」的理論提出後，基本上得到了解答，而順著王弼思維在文學領域中開展的「圖像化書寫」模式，即可完成玄學體用論中關於「用」的實踐，故此書寫模式亦是魏晉時期

玄學對文學產生影響的一條例證。

三、在重新梳理了傳統音樂賦與詠物賦二目的類型後，肯定「圖像化書寫」在過去音樂賦與詠物賦主題寫作的基礎上，透過音樂賦善於「以有形描繪無形」與詠物賦慣將物／人關係進行比附聯想的二種手法，邁向了更成熟、更豐富的轉化。筆者根據辭賦作品中主體視角對於圖像的聚焦與移動，將圖像化書寫的類型分為點型、線型、面型三個形態，以便進行辭賦文本的分析。

四、以抒情主題的辭賦來說，文人會利用圖像化的文字安排自己的幽微情感。圖像的描繪包含人、事、物、景，然而在安排圖像的過程中，作者為文之巧心多有不同：或藉圖像渲染氣氛，或藉圖像意有所指，或逕自將圖像注入情感，使圖像直接為自身代言等，故不能單純地以「情景交融」一言蔽之，而是存在著先後次序與層次差異。透過作品中各種圖像的安排，可以更加彰顯主體我之情志，在時空書寫上更能有所寄託，化抽象之「心象」為具體之「實象」。

五、以說理主題的辭賦來說，文人亦利用具體圖像表達抽象理論，而透過圖像式的語言，能更好地掌握對於內容真理的指涉。這即是說明了玄學在具體文學作品上的應用，尤其是傳統上談到文學創作受玄學思潮的具體影響，多指創作內容涉及到玄學的作品而言，如玄言詩、遊仙詩等，而忽略了其實還有另一條思考進路，即是利用「圖像化書寫」此表意手法，來體現當時玄學觀。

綜上所述，作家藉由文字化的「圖像」工具，便能夠將抽象的精神概念融於客觀空間的描摹中，形成一既真實又虛構的想像場域。而這個場域的內容，難以用一般邏輯分析的語言文字充分指涉、表現，清人葉燮言：

> 唯不可名言之理，不可施見之事，不可經達之情，則幽渺以為理，
>
> 想像以為事，惝怳以為情，方為理至、事至、情至之語。〔註14〕

因此圖像化書寫的重要性，即在於如何「構築」出這樣不可名言、不可施見、不可經達的空間，使之可見可聞，讓「客觀」即「內心」，「虛構」即「真實」。本研究之所以特別拉出「圖像化書寫」這個命題進行專題討論，也是意在從形式層面入手，以期更能具體且精準地掌握住文本的內涵，並提供較系統化的解析，以挖掘出不同文本中共同存有的觀念性意義，這應屬於前賢研究未曾專題觸及的部分。

〔註14〕續修四庫全書編纂委員會編：《續修四庫全書》集部詩文類（上海：上海古籍出版社，1995 年），所收葉燮《原詩》。

二、未來展望

本論文側重在魏晉時期的圖像化書寫技巧，此乃就技巧層面出發，析論表意工具的使用問題，然而尚有許多未盡事宜待深究。以下分為兩個面向進行本次研究之反思，以期未來能有機會詳細析研：

首先，本論文乃就整體時代的脈絡觀察，但未針對專家進行個別專論。從個別作家言，魏晉文人的圖像化書寫的運用層次與特色為何？如潘岳、陸機之圖像化書寫技巧就層次上有何異同？其圖像化書寫在辭賦中的表現又有何特色？或如陶淵明較當時魏晉文人乃是一特殊之存在，其作品中的圖像化書寫模式與當時的主流樣態是否存在著差異？

其次，從文學史的發展言，若往上回溯，自漢到魏的圖像化書寫發展，其中的文學大家張衡、蔡邕在作品中開拓了什麼新的境界？對於後世的圖像式語言應用有什麼顯著的影響？此處本文雖有討論，然尚未深入細究張衡、蔡邕個人就文學、思想層面等承先啟後的具體貢獻。若向下開展，至南北朝以降，詩文「巧構形似」的現象已成為主流，乃至詠物、宮體，無不工於細膩寫實，「誇目侈於紅紫，蕩心逾於鄭衛」〔註15〕之能事，而當時的文人對於「文學自覺」的意識抬頭，文學的發展壓過了對於哲學的思辯，而能獨立蓬勃發展。關於題材的開發與文字藻飾的雕琢，文人在創作時或許不再是思考「如何運用才會更能反應情志」，而是直接投身到對於文學本質中的美感追求去了，在此情況下，文人如何就圖像化書寫的技巧領域有更大的發揮？例如工於雕琢的謝靈運、鮑照、江淹、庾信等南朝作家，對於圖像化書寫有什麼進一步的突破？而最終文人對於圖像化書寫的拓展，又造成什麼樣的弊端，而導致其末流竟淪為「綺麗不足珍」〔註16〕？

「問題」從來都存在，只是吾人有沒有一雙發現的眼睛。唯有勤勉鑽研，深入每一篇文本、每一個作家的內心，方能於無涯學海有所突破、發揮。

〔註15〕令狐德棻：《周書》（北京：中華書局，2003 年），卷四一〈庾信傳論〉，頁 744。
〔註16〕李白〈古風其一・大雅〉：「自從建安來，綺麗不足珍。」見瞿蛻園：《李白集校注》（臺北里仁書局，1981 年），頁 91。

徵引文獻

一、傳統文獻（依內容分類排序）

1. 孔穎達：《毛詩正義》（臺北：臺灣古籍出版有限公司，2001 年）。
2. 孔穎達：《周易正義》（臺北：新文豐出版股份有限公司，2001 年）。
3. 孔穎達：《禮記注疏》（臺北：新文豐出版股份有限公司，2001 年）。
4. 賈公彥：《周禮注疏》（臺北：新文豐出版股份有限公司，2001 年）。
5. 劉熙：《釋名》（北京：中華書局，1985 年）。
6. 許慎：《說文解字》（臺北：頂淵文化事業股份有限公司，2008 年）。
7. 瀧川龜太郎：《史記會注考證》（臺北：大安出版社，2005 年 1 月）。
8. 班固：《漢書》（北京：中華書局，1987 年）。
9. 范曄：《後漢書》（臺北：中華書局，1966 年）。
10. 陳壽：《三國志》（（北京：中華書局，1995 年）。
11. 房玄齡：《晉書》（北京：中華書局，1974 年）。
12. 魏收：《魏書》（北京：中華書局，1974 年）。
13. 沈約：《宋書》（北京：中華書局，1974 年）。
14. 王毓榮：《荊楚歲時記校注》（臺北：文津出版社，1988 年）。
15. 姚思廉：《梁書》（北京：中華書局，1992 年）。
16. 令狐德棻等：《周書》（北京：中華書局，2003 年）。
17. 續修四庫全書編纂委員會編：《續修四庫全書》史部傳記類（上海：上海古籍出版社，1995 年）。
18. 郭慶藩：《莊子集釋》（臺北：河洛圖書出版社，1974 年）。

19. 王先慎《韓非子集解》（北京：中華書局，2011 年）。

20. 韓復智：《論衡今註今譯》（臺北：國立編譯館，2005 年）。

21. 陳喬楚：《人物志今註今譯》（臺北：臺灣商務印書館，1996 年）

22. 樓宇烈：《王弼集校釋》（北京：中華書局，2019 年）。

23. 王利器：《顏氏家訓集解》（北京：中華書局，2010 年）。

24. 鳩摩羅什：《大智度論》（臺北：新文豐出股份有限公司，1999 年）。

25. 陳慧劍：《維摩詰經今譯》（臺北：東大圖書股份有限公司，1999 年）。

26. 朱熹：《四書章句集注》（臺北：國立臺灣大學出版中心，2019 年）。

27. 黎靖德：《朱子語類》（臺北：文津出版社，1986 年）。

28. 章學誠：《文史通義》（臺北：廣文書局，1981 年）。

29. 逯欽立輯校：《先秦漢魏南北朝詩》（北京：中華書局，1983 年）。

30. 洪興祖：《楚辭補注》（臺北：大安出版社，2004 年）。

31. 趙逵夫主編：《歷代賦評注·先秦卷》（成都：巴蜀書社，2010 年）。

32. 趙逵夫主編：《歷代賦評注·漢代卷》（成都：巴蜀書社，2010 年）。

33. 費振剛、仇仲謙、劉南平：《全漢賦校注》（廣州：廣東教育出版社，2005 年）。

34. 韓格平、沈薇薇、韓璐、袁敏：《全魏晉賦校注》（長春：吉林文史出版社，2008 年）。

35. 郭光：《阮籍集校注》（河南：中州古籍出版社，1991 年）。

36. 葛洪著，成林、程章燦譯注：《西京雜記》（臺北：臺灣古籍出版社，1997 年）。

37. 戴明楊：《嵇康集校注》（臺北：河洛圖書出版社，1978 年）。

38. 王增文：《潘黃門集校注》（鄭州：中州古籍出版社，2002 年）。

39. 余嘉錫：《世說新語箋疏》（臺北：華正書局，1989 年）。

40. 顧紹柏：《謝靈運集校注》（臺北：里仁書局，2004 年）。

41. 蕭統編，李善注：《文選》（臺北：文津出版社，1987 年）。

42. 蕭統編，呂延濟等注，俞紹初、劉群棟、王翠紅點校：《新校訂六臣注文選》（鄭州：鄭州大學出版社，2013 年）

43. 范文瀾：《文心雕龍注》（臺北：學海出版社，1991 年）。

44. 汪中：《詩品注》（臺北：正中書局，1990 年）。

45. 倪璠：《庾子山集注》（臺北：源流文化出版有限公司，1983 年）。

46. 穆克宏、郭丹：《魏晉南北朝文論全編》（南京：江蘇教育出版社，2004年）。

47. 郁沅、張明高：《魏晉南北朝文論選》（北京：人民文學出版社，1996年）。

48. 歐陽詢：《藝文類聚》（上海：上海古籍出版社，1982年）。

49. 瞿蛻園：《李白集校注》（臺北里仁書局，1981年）。

50. 張彥遠：《歷代名畫記》（北京：中華書局，1985年）。

51. 李昉：《太平廣記》（臺北：文史哲出版社，1981年）。

52. 李之亮：《歐陽修集編年箋注》（七）（成都：巴蜀書社，2007年）。

53. 王文皓輯注，孔凡禮點校：《蘇軾詩集》（北京：中華書局，1987年）。

54. 王強：《周邦彥詞新釋集評》（北京：中國書店，2006年）。

55. 狄寶心：《元好問詩編年校注》（北京：中華書局，2011年）。

56. 祝堯：《古賦辨體》（上海：上海古籍出版社，1996年）。

57. 俞琰：《歷代詠物詩選》（臺北：清流出版社，1976）。

58. 永瑢、紀昀：《景印文淵閣四庫全書》集部所收林師蒧等《天台前集等五種》（臺北：台灣商務印書館，1986年）。

59. 永瑢、紀昀：《景印文淵閣四庫全書》集部所收樓鑰《玫瑰集》（臺北：台灣商務印書館，1986年）。

60. 張寅彭：《清詩話全編·乾隆期》（上海：上海古籍出版社，2020年）。

61. 劉熙載《藝概》（臺北：華正書局，1985年）。

62. 續修四庫全書編纂委員會編：《續修四庫全書》集部總集類（上海：上海古籍出版社，1995年）。

二、近人專著（依作者姓名筆劃排序）

1. Rene & Wellek 著，梁伯傑譯：《文學理論》（臺北：水牛出版社，1991年）。

2. Erwin Panofsy 著，李元春譯：《造型藝術的意義》（臺北：遠流出版事業股份有限公司，1997年）。

3. W. J. T. Mitchell, *Iconology: Image, Text, Ideology*, The University of Chicago Press, 1986.

4. 丁福保：《佛學大辭典》（臺北：新文豐出版股份有限公司，1992年）。

5. 仇小屏：《篇章意象論——以古典詩詞為考察範圍》（臺北：萬卷樓圖書股份有限公司，2006年）。

6. 王力堅：《由山水到宮體——南朝的唯美詩風》（臺北：臺灣商務印書館，1997 年）。

7. 王邦雄等：《中國哲學史》（臺北：里仁書局，2015 年）。

8. 王瑤：《中古文學史論》（臺北：長安出版社，1975 年）。

9. 北京大學出土文獻研究所編：《北京大學藏西漢竹書（肆）》（上海：上海古籍出版社，2015 年）。

10. 宇文所安、孫康宜：《劍橋中國文學史》（北京：三聯書店，2013 年）。

11. 宇文所安著，鄭學勤譯：《追憶：中國古典文學中的往事再現》（臺北：聯經事業出版有限公司，2006 年）。

12. 朱自清：《詩言志辨》（臺北：台灣開明書店，1974 年）。

13. 朱伯崑：《易學哲學史》（北京：北京大學出版社，1986 年）。

14. 朱曉海：《漢賦史略新證》（西安：陝西人民出版社，2004 年）。

15. 牟宗三：《才性與玄理》（臺北：學生書局，2002 年）。

16. 余英時：《中國知識階層史論·古代篇》（臺北：聯經出版事業公司，1993 年）。

17. 孟悅、戴錦華：《浮出歷史地表：中國現代女性文學研究》（臺北：時報文化出版企業有限公司，2003 年）。

18. 宗白華：《美從何處尋》（南京：江蘇教育出版社，2005 年）。

19. 林淑貞：《表意·示意·釋義——中國寓言詩析論》（臺北：里仁書局，2007 年）。

20. 林麗真：《王弼》（臺北：東大圖書股份有限公司，1988 年）。

21. 林麗真：《王弼及其易學》（臺北：國立臺灣大學文學院，1977 年）。

22. 韋賓：《漢魏六朝畫論十講》（北京：中國社會科學出版社，2009 年）。

23. 唐翼明：《魏晉清談》（台北：東大圖書股份有限公司，1992 年）。

24. 孫康宜：《文學經典的挑戰》（南昌：百花洲文藝出版社，2002 年）。

25. 徐復觀：《中國文學論集》（臺北：學生書局，2001 年）。

26. 袁行霈：《中國詩歌藝術研究》增訂本（北京：北京大學出版社，2005 年）。

27. 馬積高：《賦史》（上海：上海古籍出版社，1987 年）。

28. 高千惠：《當代藝術生產線》（臺北：典藏藝術家庭股份有限公司，2019 年）。

29. 高秋鳳：《宋玉作品真偽考》（臺北：文津出版社，1999 年）。

30. 張少康：《中國古代文學創作論》（臺北：文史哲出版社，1991 年）。

31. 張文勛、杜東枝：《文心雕龍簡論》（北京：人民文學出版社，1980 年）。

32. 張克鋒：《魏晉南北朝文學與書畫的會通》（北京：中國社會科學出版社），2010 年。

33. 張曉梅：《男子作閨音——中國古典文學中的男扮女裝現象研究》（北京：人民出版社，2008 年）。

34. 曹淑娟：《漢賦之寫物言志傳統》（臺北：文津出版社，1987 年）。

35. 曹道衡：《漢魏六朝辭賦》（臺北：群玉堂出版事業股份有限公司，1992 年）。

36. 梅家玲：《世說新語的語言與敘事》（台北：里仁出版社，2004 年）。

37. 梅家玲：《漢魏六朝文學新論：擬代與贈答篇》（臺北：里仁書局，1997 年）。

38. 陳世驤：《陳世驤文存》（臺北：長榮書局，1975 年）。

39. 陳昌明：《沉迷與超越：六朝文學之感官辯證》（臺北：里仁書局，2005 年）。

40. 陳昌明：《緣情文學觀》（臺北：臺灣書店，1999 年）。

41. 陳淑美：《潘岳及其詩文研究》（臺北：文津出版社，1999 年）。

42. 陳順智：《東晉玄言詩派研究》（武漢：武漢大學出版社，2003 年）。

43. 陳傳席等：《中國畫山文化》（天津：天津人民美術出版社，2005 年）。

44. 陳滿銘：《意象學廣論》（臺北：萬卷樓圖書股份有限公司，2006 年）。

45. 陳滿銘：《篇章意象學》（臺北：萬卷樓圖書股份有限公司，2011 年）。

46. 陳蒲清：《中國寓言史》（臺北：駱駝出版社，1987 年）。

47. 陸侃如：《中古文學繫年》（北京：人民文學出版社，1998 年）。

48. 湯用彤：《理學‧佛學‧玄學》（北京：北京大學，1991 年）。

49. 湯用彤：《魏晉玄學論稿》（臺北：佛光文化事業有限公司，2001 年）。

50. 黃侃：《文心雕龍札記》（上海：華東師範大學出版社，1996 年）。

51. 黃慶萱：《學林尋幽——見南山居論學集》（臺北：東大圖書公司，1995 年）。

52. 葉舒憲：《高唐神女與維納斯——中西文化中的愛與美主題》（西安：陝西人民出版社，2018 年）。

53. 葉嘉瑩：《迦陵談詩二集》（臺北：東大圖書有限公司，1985 年）。

54. 葉嘉瑩：《風景舊曾諳：葉嘉瑩說詩談詞》，（香港：香港城市大學出版社，2006 年）。

55. 廖國棟：《魏晉詠物賦研究》（臺北：文史哲出版社，1990 年）。

56. 廖蔚卿：《漢魏六朝文學論集》（臺北：大安出版社，1997 年）。

57. 歐麗娟：《杜詩意象論》（臺北：里仁出版社，1997 年）。

58. 蔡英俊：《中國古典詩論中「語言」與「意義」的論題：「意在言外」的用言方式與「含蓄」的美典》（臺北：學生書局，2001 年）。

59. 蔡英俊：《比興物色與情景交融》（臺北：大安出版社，1986 年）。

60. 蔣寅：《古典詩學的現代詮釋》（北京：中華書局，2003 年）。

61. 鄭明璋：《漢賦文化學》（山東：齊魯書社，2009 年）。

62. 鄭毓瑜：《六朝情境美學綜論》（臺北：學生書局，1996 年）。

63. 鄭毓瑜：《引譬連類：文學研究的關鍵詞》（臺北：聯經出版事業股份有限公司，2012 年）。

64. 鄭毓瑜：《文本風景——自我與空間的相互定義》（臺北：麥田出版，2005 年）。

65. 鄭毓瑜：《性別與家國——漢晉辭賦的楚騷論述》（臺北：里仁書局，2000 年）。

66. 魯瑞菁：《諷諫抒情與神話儀式——楚辭文心論》（臺北：里仁書局，2000 年）。

67. 錢鍾書：《管錐編》（北京：三聯書店，2010 年）。

68. 顏崑陽：《詩比興系論》（臺北：聯經出版事業股份有限公司，2017 年）。

69. 羅宗強：《玄學與魏晉士人心態》（臺北：文史哲出版社，1990 年）。

70. 羅宗強：《魏晉南北朝文學思想史》（北京：中華書局，2006 年）。

71. 羅蘭巴特：《符號學要義》（臺北：南方叢書，1988 年）。

72. 饒宗頤：《文轍——文學史論集》（臺北：學生書局，1991 年）。

73. 龔克昌：《中國辭賦研究》（濟南：山東大學出版社，2010 年）。

三、單篇論文（依作者姓名筆劃排序）

1. 王懷平：〈「人的自覺」與魏晉南北朝的語圖互文〉，《美與時代》（下），2011 年 11 期。

2. 王懷平：〈言意之辨與魏晉南北朝語圖符號的越界會通〉，《雲南社會科學》

2013 年第 2 期。

3. 王懷平：〈審美自覺與魏晉南北朝圖—文會通的嬗變——兼論文學圖像化審美轉向的發生〉，《雲南社會科學》2012 年第 4 期。

4. 吉川幸次郎：〈推移的悲哀〉，《中外文學》6 卷 4 期，1977 年 9 月。

5. 朱曉海：〈「靈均餘影」覆議〉，《清華學報》，新 30 卷第 4 期，2000 年 12 月。

6. 朱曉海：〈文賦通釋〉，《清華學報》漢學與東亞論專號，新 33 卷第 2 期，2003 年 12 月。

7. 朱曉海：〈自東漢中葉以降某些冷門詠物賦作論彼時審美觀的異動〉，《中國文哲研究集刊》第 12 期，1998 年 3 月

8. 朱曉海：〈某些早期賦作與先秦諸子學關係證釋〉，《清華學報》新 29 卷第 1 期，1999 年 3 月。

9. 朱曉海：〈從蕭統佛教信仰中的二諦觀解讀《文選・遊覽》三賦〉《清華學報》，新 37 卷第 2 期，2007 年 12 月，頁 431～466。

10. 朱曉海：〈揚雄賦析論拾餘〉，《清華學報》，新 29 卷第 3 期，1999 年 9 月。

11. 朱曉海：〈論向秀思舊賦〉，收錄於江建俊主編：《竹林名士的智慧與詩情》，頁 43～44。

12. 朱曉海：〈讀兩漢詠物賦雜俎〉，《漢學研究》第 18 卷第 2 期，2000 年 12 月。

13. 何寄澎：〈悲秋：中國文學傳統中時空意識的一種典型〉，《臺大中文學報》第 7 期，1995 年 4 月。

14. 呂正惠：〈物色論與緣情說——中國抒情美學在六朝的開展〉，收錄於中國古典文學研究會編：《文心雕龍綜論》（臺北：臺灣學生書局，1988 年）。

15. 李文鈺：〈從〈神女賦〉到〈洛神賦〉——女神書寫的創造、模擬與轉化〉，《臺大文史哲學報》第 81 期，2014 年 11 月。

16. 林韻柔：〈凝視與再現：天台山記中的宗教文化記憶與行旅書寫〉，《東華漢學》第 27 期，2018 年 6 月。

17. 段德寧：〈文學圖像學溯源及其中國語境〉，《內蒙古社會科學》（漢文版）第 36 卷第 4 期，2015 年 7 月。

18. 孫雅芳：〈潘岳的「拙者之政」——以〈閒居賦〉為考察中心〉，《中國文

學研究》第 20 期，2005 年 6 月。

19. 馬丹紅、黃鵬：〈〈閑居賦〉不閑〉，《安徽文學》第 5 期，2008 年。

20. 高秋鳳：〈宋玉〈神女賦〉與曹植〈洛神賦〉的比較研究〉，《國文學報》第 26 期。

21. 張勇鋒：〈宋玉〈風賦〉「由諫入諷說」小析〉，《淮海工學院學報》（人文社會科學版），第 11 卷第 1 期，2013 年 1 月。

22. 張淑香：〈邂逅神女——解《老殘遊記二編》逸雲說法〉，中國文學的多層面探討國際學術會議論文編輯委員會：《語文、情性、義理：中國文學的多層面探討國際學術會議論文集》（臺北：國立臺灣大學，1996 年）。

23. 許東海：〈求女‧神女‧神仙：論宋玉情賦承先啟後的另一面向〉，收錄於許東海：《女性‧帝王‧神仙：先秦兩漢辭賦及其文化身影》（臺北：里仁書局，2003 年）。

24. 許芳紅：〈空靈剔透之心，幽虛澄澈之境——論〈遊天台山賦〉的意境美特質〉，《船山學刊》第 3 期，2007 年。

25. 許恬怡：〈潘岳〈閑居賦〉與謝靈運〈山居賦〉之比較〉，《輔大中研所學刊》第 14 期，2004 年。

26. 許結：〈漢代文學與圖像關係敘論〉，《社會科學》，2017 年 2 期。

27. 許結：〈漢賦「象體」論〉，《文學評論》，2020 年第 1 期。

28. 許結：〈漢賦「蔚似雕畫」說〉，《濟南大學學報》（社會科學版）第 28 卷第 4 期，2018 年。

29. 許結：〈賦體與圖像關聯的文學原理〉，《天中學刊》34 卷第 2 期 2019 年 4 月。

30. 許結：〈歷代賦論中的圖像意識〉，《文藝理論研究》，2019 年 5 期。

31. 郭乃禎：〈《文選》物色類風、雪、月三賦析論〉，《國文學報》第 38 期，2005 年 12 月。

32. 郭永吉：〈王粲登樓賦主旨探索兼論其歸曹後的心境〉，收錄於《華學》第 11 輯（廣州：中山大學出版社，2014 年）。

33. 郭永吉：〈王粲登樓賦結構分析及創作技巧探索〉，《淡江中文學報》第 21 期，2009 年 12 月。

34. 郭建勳：〈論漢魏六朝「神女——美女」系列辭賦的象徵性〉，《湖南大學學報》（社會科學版），第 16 卷第 5 期，2002 年 9 月。

35. 陳玉萍：〈煙火式棲居——論潘岳〈閒居賦〉的隱逸思想〉，《安康學院學報》第 30 卷第 5 期，2018 年 10 月。

36. 黃洽：〈高唐神女原型與《聊齋志異》中的高唐型神女〉，《蒲松齡研究》，2002 年第 2 期。

37. 楊志娟：〈心游萬仞，情寄八荒——論孫綽〈遊天台山賦〉的虛境〉，《新鄉學院學報》第 32 卷第 10 期，2015 年 10 月。

38. 楊義：〈李白代言體詩的心理機制〉，《海南師範學院學報》（人文社科版），2000 年第 2 期。

39. 楊儒賓：〈「山水」是怎麼發現的——「玄化山水」析論〉，《臺大中文學報》第 30 期，2009 年。

40. 萬光治：〈論漢賦的圖案化傾向〉，《四川師範學院學報》，1982 年第 3 期。

41. 葛曉音：〈山水方滋，老莊未退——從玄言詩的興衰看玄風與山水詩的關係〉，《學術月刊》，1985 年 2 期。

42. 董舒心：〈漢魏六朝人神戀小說中女神主導局面形成的原因〉，《民俗研究》，2018 年第 4 期。

43. 廖國棟：〈從歸田到閒居——兼論漢晉辭賦對京城的頌讚、眷戀與疏離〉，《南臺學報》第 38 卷第 2 期，2013 年 6 月。

44. 廖國棟：〈試探潘岳〈閒居賦〉的內心世界〉，收錄於國立成功大學中文系編：《第三屆魏晉南北朝文學與思想學術研討會》（台北：文津出版社，1993 年）。

45. 熊紅菊、劉運好：〈論孫綽的「以玄對山水」〉，《學術界月刊》，總第 234 期，2017 年 11 月。

46. 聞一多：〈高唐神女傳說之分析〉，《清華學報》，1935 年第 4 期。

47. 趙逵夫：〈趙壹生平著作考〉，《文學遺產》2003 年第 1 期。

48. 劉剛：〈從戰國謀臣策士的進諫策略看宋玉〈風賦〉〉，《鞍山師範學校學報》第 5 期，2004 年 10 月。

49. 鄭毓瑜：〈由「神與物遊」至「巧構形似」——劉勰的「形神」說及其與人物畫論「形神」觀念之辨析〉收錄於中國古典文學研究會編：《文心雕龍綜論》（臺北：臺灣學生書局，1988 年）。

50. 鄭毓瑜：〈從病體到氣體——「體氣」與早期抒情說〉，收錄於柯慶明、蕭馳：《中國抒情傳統的再發現》上冊（臺北：國立台灣大學出版中心，2009

年）。

51. 蕭兵：〈神妓女巫和破戒誘引〉，《民族藝術》，2002 年第 1 期。

52. 簡宗梧：〈賦與設辭對問關係之考察〉，《逢甲人文學報》第 11 期，2005 年。

53. 顧農：〈潘岳研究二題〉，《寧夏師範學院學報》（社會科學）第 28 卷第 4 期，2007 年 7 月。

四、會議論文

1. 郭永吉：〈禰衡〈鸚鵡賦〉中處世之道研析〉，鄭州大學《文選學與漢唐文化國際學術研討會》會議論文，2014 年。

五、學位論文（依作者姓名筆劃排序）

1. 王文進：《論六朝詩中巧構形似之言》（臺北：國立臺灣師範大學國文學系碩士論文，1978 年）。

2. 江明玲：《六朝物色觀研究——從「感物」到「體物」的詩歌發展》（臺北：國立政治大學中國文學系碩士論文，2001 年）。

3. 吳儀鳳：《詠物與敘事——漢唐禽鳥賦研究》（臺北：輔仁大學中國文學系博士論文，2000 年）。

4. 周芳仰：《「神女論述」與「欲望文本」——宋玉賦到江淹賦》（新竹：國立清華大學中國文學系碩士論文，2001 年）。

5. 林莉翎：《六朝物色觀念研究》（臺南：國立成功大學中國文學系碩士論文，1999 年）。

6. 孫雅芳：《安居的沉吟：魏晉「閒（閑）居」賦作析探》（臺北：國立臺灣大學中國文學系碩士論文，2005 年）。

7. 張娜：《六朝「體物」美學思想研究》（太原：山西大學文藝學碩士學位論文，2019 年）。

8. 陳秋宏：《從氣感遷化到興會體物——論六朝詩歌中知覺觀感之轉移》（臺北：國立臺灣大學中國文學系博士論文，2012 年）。

9. 蔣洪耀：《體物、感物與觀物——古代文學中的主客關係論》（成都：四川師範大學文藝學碩士學位論文，2009 年）。

10. 錢瑋東：《六朝時期宋玉辭賦的經典化及其意義》（臺北：國立政治大學中國文學系碩士論文，2018 年）。